講談社文庫

大聖堂の殺人

~The Books~

周木 律

JN166352

講談社

"Imagination is more important than knowledge.
Knowledge is limited. Imagination encircles the world."

——Albert Einstein

The Books

目次 CONTENTS

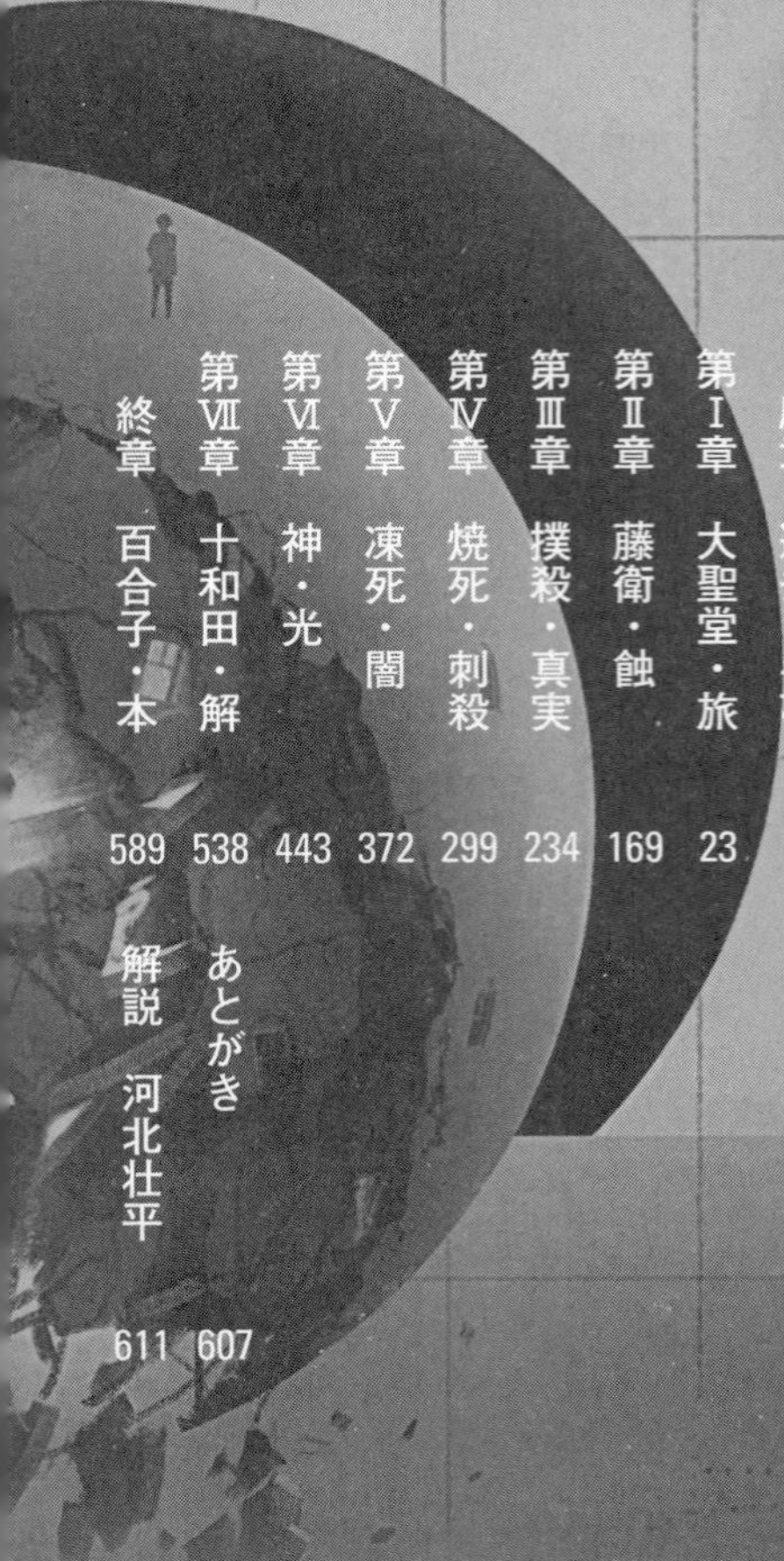

本文イラスト 日田慶治
本文図版 周木 律
本文デザイン 坂野公一(welle design)

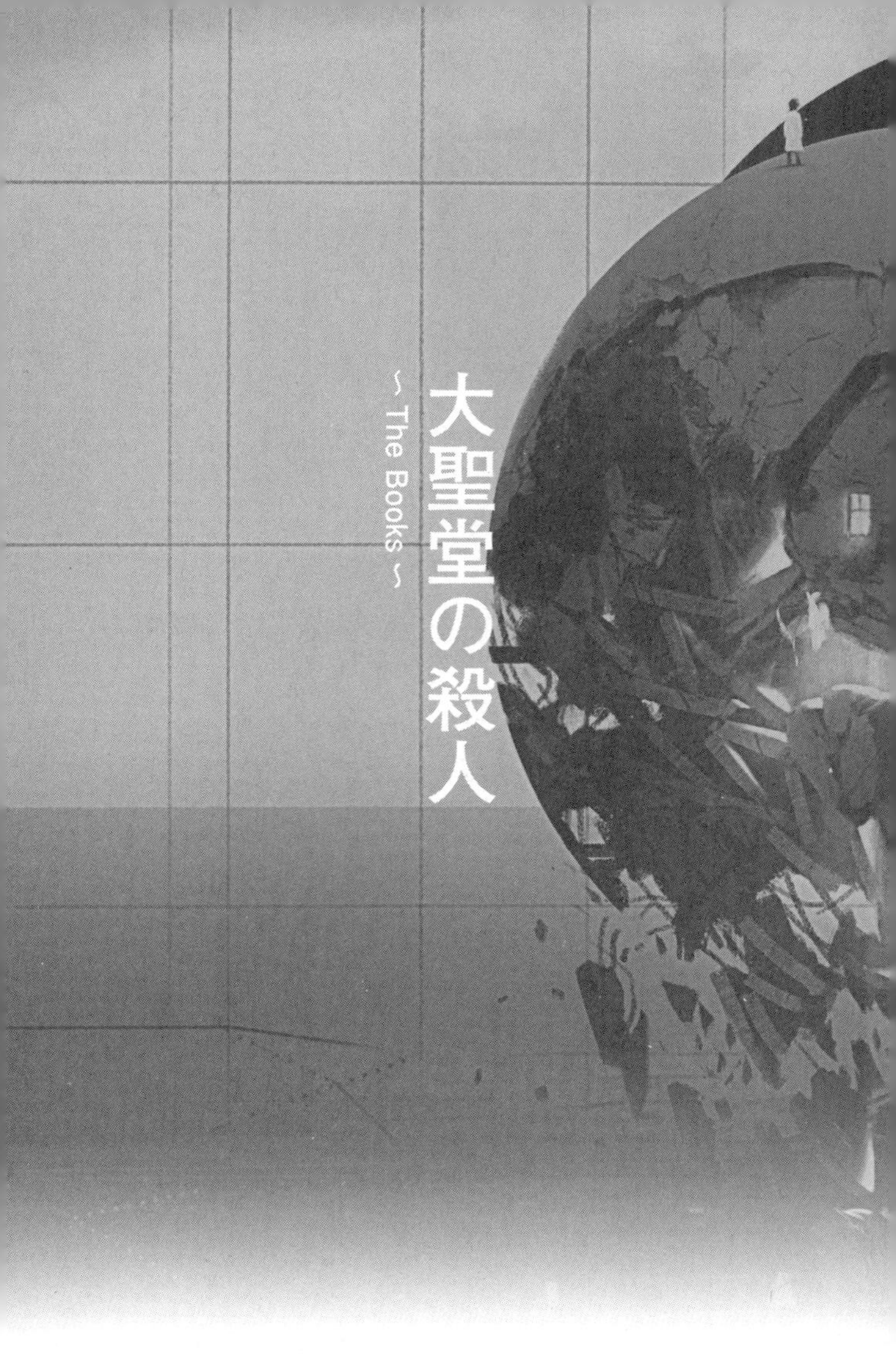
大聖堂の殺人
~The Books~

序章　過去・半夢

1

——冬。

東京にも、そろそろ寒波が押し寄せる。

この十年、高度経済成長に伴い国民の暮らしは劇的に豊かになった。金盥《かなだらい》は洗濯機に、ラジオはテレビに、そして火鉢もストーブへと変わっていった。

だが、旧態依然として変わらないものもある。

例えば、彼——刑事が住む官舎だ。

戦後すぐに建てられた木造のボロ官舎は、この季節になると隙間風《すきまかぜ》が吹き抜け、異様に寒い。雨水の染《し》みた壁板には黴《かび》がびっしりと浮かぶ。周囲が洋風の家に建て替えていく中、いつまでも古く使い勝手が悪いこの家に、刑事は独《ひと》りで住んでいた。

三十半《なか》ばを過ぎた今でも、刑事は独身だった。こんな汚い家に大事な家族を住まわせるわけにはいかない——というのは、体面を取《と》り繕《つくろ》うための言い訳だった。本意では、彼は警察官としてひたすら自らの人生を職務に捧《ささ》げるつもりでいたのだ。それであれば、別にこんなねぐらでも構わない。雨風さえしのげればよいのだから——。

いずれにせよ、この年の冬の初め、彼は有能な刑事として、あの困難かつ不気味な仕事に抜擢《ばってき》されたのだった。すなわち——。

例の被疑者と対峙《たいじ》し、彼が語る言葉を、B５判の調書に書き留めていくという、仕事に。

率直に言えば——。

刑事は、その男のことを何ひとつ知らなかった。

上司によれば、その世界では有名な男なのだという。

いわく、世界の宝である。いわく、不世出の天才である。いわく、その筋では天皇陛下のごとき扱いを受けている。

もちろん、どんな評価を聞いたとしても、刑事の視座が揺らぐことはない。それがどんな人間であったとしても——いかなる偉人だろうが、傑物であろうが、大物であろうが、英雄であろうが、たとえ自分の親であったとしても、犯罪者は犯罪者である。一切の先入観を省いて被疑者に臨み、一切の私情を挟むことなく、事実関係を書き留める。それこそが、その後正しい裁きの場に被告人を引きずり出し、裁きを受けさせ、罰金を科し、獄に繫《つな》ぎ、さらには命を奪うことの大前提であるのだ。

だから刑事は、今日も、まずその男の属性や男がやったと主張することのすべてを頭に叩《たた》き込《こ》むと、そのすべてを再び追い出し、いつもと同じように、いつもと同じ格好で、いつもと同じ右足から、あくまでもフラットな自分として、取調室へと入っていった。だが――。

いつもと同じはずの刑事は、男と会った瞬間、いつもと同じではあり得なくなった。

なぜなら、その被疑者があまりにも、刑事にとって未体験の存在であったからだ。

「やあ、君が担当の刑事かね？」

被疑者はまず、そう言うと、刑事に歯を見せた。

取調室は、天井から二本の蛍光灯に照らされている。片方が古いせいか、時折チカチカと瞬《またた》くが、調書を書くのに難儀するほどではない。

その、白い蛍光灯の光に照らされたエナメル質は、むしろ、何ものよりもおぞましさを感じさせる、不気味な青白色に輝いていた。

その色が含む圧力に、刑事は思わず、足を止める。

刑事は、柔道の有段者だ。さまざまな修羅場も経験した。命のやり取りをする場面にも出くわしたことがある。どんなやくざ者と対面しても、畏怖《いふ》することなどないはずなのだが——。

「どうしたのかね？　君はこれから私の調書を取るのだろう。さあ、遠慮なく私を恫《どう》喝《かつ》したまえ」

「…………」

聞きようによっては挑発するような、男の言葉。それでも、刑事は返す言葉もないまま、じっと被疑者を見つめた。

被疑者は——小柄な男だった。

年齢は間もなく七十になる老人だという。だが、背は曲がることもなく、しゃんとパイプ椅子《いす》に腰掛けている。顔つきも精悍《せいかん》で、髪は黒々と艶《つや》やかで、額が異様にせり出しているのが特徴的だ。

見た目はせいぜい四十、自分と同い年と言っても納得するほど若々しい。やや後退した額こそ年齢を感じさせるが、それとて七十近いとは思えない。

もしや、取調べをする人間を間違えたのだろうか。

「ああ、君は間違えてはいないよ。私が藤衛《ふじまもる》だ」

刑事の心を読んだかのように、男は言った。

その瞬間、刑事は——動揺を自覚した。

そして同時に、ある感情に囚《とら》われた。この二十年、感じることのなかったそれを、刑事は、生唾《なまつば》を飲み込みながら、静かに認める。

俺は――この男をおそれている。

おそれ、そして、慄《おのの》いていると。

「大丈夫だ。私は君のことを取って食いはしない。だから、まずはそこに座りたまえ。そして、これから私が語る言葉を、一言一句誤ることなく書き留めるのだ。そう、そのモンブランの万年筆で。それこそが、君の職務なのだからね。……それにしても、随分と年季が入った万年筆だ。察するところ、十八年前にドイツで販売された限定品のようだ。当時それを買うためにその場所に行くことができた。買うだけの一定程度の財力もあった。すなわち、君のお父上は、船員であったと推測されるが、いかがかね？」

――当たっていた。

ぞっとするほどの震えを覚えつつ、しかし、男の真っ黒で巨大な二つの瞳《ひとみ》から決して視線を離すことができないまま、刑事は――。

「さあ、ぼやぼやせずに、掛けたまえ」

「…………」

まるで、催眠術で操られたかのように、無言のまま、藤衛という男の前に、静かに座った。

筆は、勝手に進んだ。

刑事はただ、藤衛が語る淀《よど》みのない言葉をそのまま薄紙の調書に書き留めていく作業に従事した。ある意味では自動筆記のごとく、そこに刑事が思考を差し挟む余地もなかった。

そんな単純作業の傍《かたわ》ら、頭の片隅《かたすみ》で、ふと——思い出す。

同僚が話していたゴシップにも似た話。立ち聞きをしただけだが、しかし、その事件の内容は、凶悪犯を相手にしてきた刑事である彼の興味を、やけに引いた。

——先日、南米ガイアナの「ジョーンズタウン」と呼ばれる場所で、『人民寺院』という集団に関するある悲惨な事件が発生した。

寺院《Temple》と呼ばれてはいるが、その実態は一種異様な宗教団体であったという。

元々は、ジム・ジョーンズという社会活動家が人種差別撤廃を謳《うた》い、アメリカで立ち上げた団体で、マスコミも一定の評価をしていたらしいが、やがてジョーンズの指示により信者たちがジャングルの奥で自給自足の生活を送るようになると、不穏な話が聞こえ始める。

例えば、人民寺院では暴力事件が起きている。例えば、子供たちが労働を強制されまともな教育も行われてはいない。例えば、侵略者に備えた軍事訓練を行っている

――。

こうしたうわさを受け、アメリカ連邦議会の議員とマスコミ関係者が人民寺院を訪れたが、あろうことか信者たちは彼らを殺害すると、ジョーンズの指示に基づき、青酸カリを呷《あお》り集団自殺を遂げてしまったのである。

これにより、少なくとも九百人が死亡したというが――。

「……猟奇的な事件もあったものだ。まぁ、アメさんだからこんなことになったんであって、日本じゃこんなことにゃならんだろうな」

同僚は、そう付け加えた。

その高らかな笑い声を聞きながら、刑事も、こう思った。

確かに、理解不能な事件だ。宗教的な環境において、部外者を殺害した後、教祖の指示で集団自殺を遂げるなど、一般的な常識では考えられない。

だが――それが日本では起こらないなどと、言えるだろうか？

あるいは、人民寺院におけるジム・ジョーンズのごとき「求心力」を持つ者が出現したならば、日本でも、同じような事件が起こるのではないだろうか――。

「……どうしたのかね？　君」

藤衛が、刑事を呼んだ。

無意識の世界からハッと我に返った刑事は、いつになく慌てた。そうだ、調書はどうなった？

手元を見る。

調書は、完成していた。

黙秘権の告知に始まる、数十ページに亘《わた》る供述の記録。そのすべてが、ものの一時間で完成していた。しかも、刑事自身にそれを書き留めたという自覚すらないまま――。

茫然《ぼうぜん》とする刑事に、藤はなおも言った。

「まだ、君の仕事は終わりではないね」

「……はい」

屈強な刑事は、まるで素直な子供のように頷《うなず》くと、たった今自らが記述した――かどうかすら定かではない――文章を、頭から朗読した。

読み聞かせ。すなわち調書の内容に間違いはないかを確かめる行為。これまでの職業人生で何百回と繰り返してきたそれを行いながら、刑事はある確信を抱いた。

藤衛は間違いなく、あの事件の「犯人」だと。

なぜなら、あの島で起きた事件の様子を、藤衛は極めて事細かに、それこそ真の犯人しか知りえない程度に克明に説明しているからだ。警察関係者でも一部の者しか知らないような些細《ささい》なことまで、まるでその場で見てきたかのように、すべてを正確に、詳細に供述している。そんなことができるのは、犯人以外にはあり得ない——だが。

「そのとおり、私が犯人だということは揺るぎない事実なのだ。しかし君は、だから

こそ動揺する。違うかね？」

藤が、刑事の心の内を読んだように問うた。

戦慄《せんりつ》し、返事ができないでいる刑事に、ニヤリと笑みを浮かべると、藤は「はは

は、怖がることはないのだよ」と、さも面白そうに言った。

「なあに、これは当たり前のことなのだ。別におかしなことではない。少し考えてみ

れば解《わか》ることなのだよ。だから……ほら、遠慮せずに言いたまえ」

「言う……とは、何をですか」

「君がなぜ、動揺するのかを」

「…………」

藤の問いに、刑事は、躊躇《ちゆうちよ》するかのような数秒を置いてから、まるで釈明するよう

に言った。

「あなたは、犯人です。あなたの供述は、それを雄弁に証《あか》している。しかし……にも

かかわらず、犯行があったまさにそのとき、あなたは、現場にいなかった。それも確

固たる事実です。だから私は……」

「動揺するのだね？」

「……ええ」

可視化されることのない異様な圧力に、刑事は思わず、怯《おび》えたように肩を竦《すく》めた。

藤は、蔑《さげす》むように口の端を歪《ゆが》めると、再び問うた。

「私がいたのは、具体的にはどこかね？」

「ソ……ソヴィエト連邦……」

「ソ連のどこかね。具体的に言いたまえ」

「……ハバロ、フスク、です」

声が――出ない。

異様に渇く喉《のど》に、喘《あえ》ぎながら刑事は答えた。

だが藤は、そんな様子にむしろ満足したかのような表情を見せた。

「そのとおり。私はそのとき、ハバロフスクにいた。これは事実だ。一方、あの島で起こった事件の渦中にも私がいた。これもまた事実なのだ。これが何を意味するか、解るかね？」

「……何を……意味するのでしょう」

「残念だが、それを考えるのは私ではない。君だ」

「あ……」

言葉を失う刑事に、藤は言い放った。

「君が対峙するのは、バナッハ－タルスキのパラドクスがごとき矛盾だ。そして、その矛盾に解釈を与えるのもまた、君なのだ。それができるのは、刑事である君しかいないのだよ」

「…………」

刑事は、それきり沈黙した。

沈黙するしかなかったからだ。

答えのない問いに対し、それでも何かを言い放つほど、刑事は愚かではない。

愚かではないから、刑事はただ、解らないものは解らないと認め、藤衛という男の前で、ひたすら調書の正誤を確かめるという単純作業を繰り返すしかなかったのだ。

いや――。

ひとつだけ、明確に言えることがあった。

それは、男が述べるパラドクスなるものが、おそらくは恐ろしい真理の一角を構成するものであるのだろうということ。

そして、その真理が、ただの人間には到底手の届かない場所で世界を回しているのだということ。

それらの真実を前にして、刑事は――。

神に比肩する巨大な男を前に、自らの矮小《わいしょう》さを感じながら、ただひたすら、怯え続けたのだった。

2

目を開くと、見慣れた天井があった。

いつもと同じ、いつもと変わらない、いつもの天井。穏《おだ》やかな光が差し込む午前八時――。

軽やかな仕草《しぐさ》で起き上がると、宮司《ぐうじ》百合子《ゆりこ》は、小さく伸びをした。

それから、手早く普段着に着替え、朝食の用意とともに、今日という一日をまたスタートした。

この一年を超える期間。百合子は自分でも驚くほど規則正しい生活を送っていた。同じ時間に起き、同じ時間に食事し、同じ時間に学び、同じ時間に就寝する。相変わらず休学はしていたが、図書館は利用できたから、多くの書物を借りてきては、学びたい世界を自ら学び続けていた。

きっかけは――あの楕球《だきゅう》の鏡の堂の事件だった。

唯一の肉親である司《つかさ》を亡くし、傷心のまま赴《おもむ》いた堂で、百合子は、自らと、自らに関《かか》わる多くの人々と、異形《いぎょう》の建築家である沼四郎《ぬましろう》の過去を繙《ひもと》いた。

そして、知ったのだ。自らの宿命と、運命を。

だからこそ、百合子は——。

じっと、その時を待っていた。

待ちながら、自らを研鑽《けんさん》し続けた。規則正しい生活もその一環だ。少しでも「原点」を理解すべく、かの予想に対する研究を続けるのも、その時のためだ。すべては、「戦い」の準備であったのだ。

だから——。

長い沈黙を経《へ》た二〇〇二年の四月。かの男から招待状が届いたときにも、百合子は動揺しなかった。

ああ、遂《つい》に来るべきときが来た。

そう、淡々と思うのみだった。

そして、「六月十日、正午に、丘珠《おかだま》空港に集まられたし」と結ばれたこの招待状の意味するところもまた、百合子には明らかだった。

すなわち——この招待は、片道切符である。

その場所に百合子たちを呼び出し、一体何をしようというのか。それはすべて隠され、しかし半ば明らかだった。

そう、すべては見通せているのだ。

これから、何が起こるのかも。

自分の身に、どんな危険が迫るのかも。

そうなるべき、理由も。

強《し》いて言えば、解らないことは三つある。

ひとつは、彼が何を思うのか。ひとつは、彼女が何を思うのか。そして、もうひとつは——。

——夢。

そう——百合子は、ある夢をよく見ていた。

その夢は、夢以上に現実感があり、現実以上に夢想的であり、現実ではないと解っていながら、夢でもないと解っている、あの安堵《あんど》に満ちた瞬間に、現れた。

思うに——。

それはたぶん、とても古い記憶がもたらすものなのだろう。兄の庇護《ひご》に置かれる前の、いまだ彼女が母の下にあった時代の、古い、古い記憶が——。

そう——だから、なのだ。

その淡いパステルカラーの夢の中には、確かに母の温《ぬく》もりがあった。そして、もうひとつ——彼女を見つめる優しい瞳が、真横にあった。

それは、母のものではなかった。なぜなら、百合子を抱く母は、上から彼女を覗《のぞ》いているはずだったからだ。

ならば、それは誰のものなのだろう？

問うまでもなく、百合子にはその好奇心と優しさと知性に溢《あふ》れた漆黒の瞳の主が誰か、解っていた。

だから彼女は、何ひとつ憂《うれ》うことなどなく、すやすやと眠るのだった——。

けれど——そんな幸せな夢の狭間《はざま》で、ふと百合子は思う。

はたしてこれは「真」の記憶なのだろうか？

もしかすると、百合子の願望が作り出した「偽」の思い出なのではないか？

だが、言うまでもなくそれを判別する方法はない。

遡《さかのぼ》ることのできない過去を確証とともに証明する方法など、存在しないのだ。

つまり、それが実像であるという証拠はない。

しかし、それが虚像であるという証拠もない。

夢ではなく、現実ではない。

現実ではなく、夢ではない。

だからこそ——半夢なのだ。

そして、裏を返せば、百合子には——もはや、別にどちらであっても構わなかった。

この記憶は真か。それとも偽か。それを知りたいと煩悶《はんもん》することが、もはや何も意味をなさないものであると、百合子は理解していたからだ。

それに、仮にそれらに解を与えられないとしたって、解ることはあるのだ。

それは——真実とは、いつも「ザ・ブック」と性質を一にするものなのだということ。

この世界のすべての真理が書かれた本《The Book》。神のみぞ読むことのできるこの本が生まれたのは、神が生まれる前だろうか。それとも、神が読むことで初めて生まれるのか。そんな問いに、百合子は答える。

別に、どちらだってかまわないと。

なぜなら、私に誰がいかなる未解決の難問を投げたとしたって、それらを定義するのもまた、この私なのだから。

ザ・ブックも同じ。

半夢も同じ。

だから——。

百合子は、明鏡止水の心で待ったのだった。

招待状に示された、その運命の日が来るまで——。

第Ⅰ章　大聖堂・旅

1

二〇〇二年。六月十日。

初夏だ。窓越しに見える澄んだ青空には、午後の太陽がぎらつき、容赦のない光を放つ。

一方、視線を下ろせば一面の海だ。

まるできめの細かなシルクのように艶めく太平洋。時折、何かの魚が海面から跳ねたのか、波紋が、小さな円形のアクセントを描いていた。

穏やかな、初夏の海原――だが、ガラスを一枚隔《へだ》てた向こうが、そんなに呑気《のんき》な環境ではないことを、百合子は知っている。

ちらりと、視線を前に向ける。

目の前には、向かい合わせに、重厚なヘッドセットを装着し、彼女が腰掛けていた。

滑《なめ》らかな生地《きじ》でできた黒いワンピース。そこから覗く伸びやかな四肢。東洋人的でもあり、西洋人的でもある神秘的な雰囲気を纏《まと》うその人は、左右対称の顔と、艶やかで長い黒髪、そしてどこまでも深い漆黒の瞳を持つ、美貌《びぼう》の女性。

「……どうしたの？」

百合子の視線に気づいた彼女——善知鳥神《うとうかみ》が、小首を傾《かし》げて微笑《ほほえ》んだ。声が、ノイズキャンセリング機能を持つヘッドフォンの奥で、凛《りん》と響く。これのお陰《かげ》で、今ここが爆音を立てて飛ぶヘリコプターの中だということを忘れてしまいそうなほど静かだ。

「どうしたの？　百合子ちゃん」

神が、再び問う。

ううん、なんでもないよ、お姉ちゃん——首を横に振りかけて、しかし百合子は、気恥ずかしさとともに、窓の向こうへと視線を逸《そ》らした。

「外……寒いでしょうか」

他人行儀な敬語だ。

だが、それ以上は深く考えることなく、遠くを眺《なが》める百合子に、神はさりげなく「そうね」と頷いた。

「海に出ればなおのことよ。百合子ちゃん、羽織《はお》るものはちゃんと持ってきた？」

「はい」

こくり、と素直に頷く。

ジーンズに、長袖《ながそで》のシャツ。東京では暑かったが、ヘリが発《た》った丘珠空港ではもう肌寒かった。目的地では冬のような寒さが待っているかもしれない。

もっとも、準備は万端とのっている。リュックサックには厚手の服をぎゅうぎゅうに詰めてきた。これだけあれば、よもや寒さに負けることもあるまい――。

「それにしても……待ったわね」

ふと、思い出したように神が言った。

百合子は、一瞬ハッとするが、すぐに居住まいを正して答えた。

「ええ。待ちました。一年以上」

「百合子ちゃんと会うのも、去年の春以来かしら」

「……そうですね」

去年の春――鏡面堂での出来事を思い出す。

それからの、独りで過ごした時間も。守ってくれる者のない中、ただ淡々と準備を続けた一年も――。

「長かった？」

「いいえ」

百合子は、即座に首を横に振った。

「短すぎたくらいです。できれば、もっと準備したかった」

「そうね。でも、仕方がない」

「解っています。それに……」

「それに？」

首を傾げた神に、百合子は静かに答えた。

「運命ですから。主観とは無関係の」

「ふふ……そうね」

満足げに目を細めると、神は静かに、窓の外に視線を向けた。

ふわり、と無重力を漂うように、髪が膨《ふく》らむ。

そんな優雅な仕草を目で追いながら、百合子は、あえて厳《おごそ》かな口調で言った。

「二十四年前のあの日。これから向かう島で、事件は起きたのですね」

「ええ。そうよ」

神は、端正な横顔を動かすことなく、真剣な眼差《まなざ》しで答えた。

「絶海の孤島、『本《もと》ヶ島《しま》』でね」

北海道《ほっかいどう》の南部を、日高《ひだか》山脈が南北に走っている。

二千メートル級の幌尻岳《ぽろしり》を主峰とする山脈は、まさしく北海道の背骨とでも言うべきものだ。そして南端が太平洋に突出し、特徴的な岬を形成していた。

それが、襟裳岬《えりもみさき》だ。

先端に立てば、まるで四方のすべてから海が迫ってくるかのような錯覚を起こす北海道の仙骨から、さらに太平洋を東へ進んだ洋上に、その島はあった。

それが、本ヶ島だ。

襟裳岬の東方約百六十キロメートル。北方領土《ほっぽうりょうど》の択捉島《えとろふとう》からは約三百キロメートルに位置する本ヶ島は、周囲約六キロメートル、面積約四平方キロメートルを持つ、巨大な島である。

主島である本ヶ島と、それを取り囲む三つの岩礁は、まさに「絶海の孤島」と呼ぶに相応《ふさわ》しい。

アイヌの時代から、この島に神《カムイ》が渡り暮らしていたというような記述があったらしい。明治期となり、その帰属を日本国政府が主張してからは、一応、本ヶ島は日本の領土ということになっている。

もっとも、領土であるからと言って、それが常に日本国の所有権に属するとは限らない。たとえ巨大な島であっても、その所有権が私人に属する、すなわち「私有地」であるということはあり得る。

そう、本ヶ島もまた、私有地であった。

そして、その所有権者こそが——。

「藤衛……あの男の所有物に相応しく、本ヶ島は急峻《きゅうしゅん》で、人を寄せ付けない島よ」

「ええ。私も航空写真で見ました」

百合子は、相槌《あいづち》を打ちつつ答えた。

「全周が切り立つ外輪山で、その最高標高は約四百メートルだとか。クレーターのような島でした」

サイズこそ、せいぜい式根島と同じくらいだが、カルデラを形成する本ヶ島は、全周を高い崖《がけ》のような外輪山に囲まれているのだ。

そして、山の内側は大きく陥没し、巨大なカルデラ湖を形成していた。これらの事実から、かつて本ヶ島に火山活動があったことは容易に解る。

いずれにせよ、船でこの島に来ても、内側のカルデラ湖に行くためには、港に船を泊めた後、四百メートルの山越えをしなければならない。だから、港が使われることはほとんどなく、島への行き来は、外輪山の頂上に設置されたヘリポートを拠点にしてすべて行われているという話だった。

「内側にヘリポートを設置すれば、四百メートルの山を下りる必要もなかったのに」

ぼやくような百合子に、神が口角を上げた。

「仕方がないわね。外輪山の内側は複雑な乱気流が渦巻いていて、ヘリコプターや水上飛行機の類は使えないそうだから。何よりここは藤衛の島。一筋縄ではいかないとくらい織り込み済みよ」

「……まあ、確かに」

そう、これくらいの障害は元より覚悟の上だ。いちいち怯《ひる》んでいるようでは、先が思いやられる。

気を引き締めるように顎《あご》を引く百合子。目を細めつつ、神はしかし、すぐに真摯《しんし》な表情に戻る。

「そんな島で、二十四年前、あの事件は起きた」

「『大聖堂の殺人事件』ですね」

百合子は、即座に答える。

大聖堂の殺人事件――。

そう、百合子はすでに、二十四年前に本ヶ島で発生したあの事件について、十分に調べていた。

宮司百合子が明日を生きるために、本当の自分の名である善知鳥水仙《すいせん》として因縁《いんねん》にけりをつけるために、そして、自らの人生を賭《か》けて藤衛と戦うためには、それについて調べ尽くすことは、言うまでもなく必要条件のひとつだったからだ。

もっとも、調べれば調べるほど、却《かえ》って理解ができなくなるのもまた、『堂』が関わる事件の特徴であるのだが――。

「ふふ……分母は、ゼロにはできないのよ」

無意識に俯《うつむ》く百合子を窘《たしな》めるように、神が言った。

「無理にゼロを作り、理解を試みたならば、いつか自分がゼロになってしまう。あなたは、その実例を幾つも目撃してきた」

「……はい」

そのとおりだ。不可解を理解しようとすればするほど、人は、原点に――藤衛に取り込まれる。

素直に頷くと、百合子は、それ以上考えるのを止め、その代わりに神が、言葉を継いでいった。

「本ヶ島には、巨大なカルデラ湖がある。湖の中には小島があり、二十四年前、大聖堂はそこに建てられていた。大聖堂は奇妙な建造物だったというわ。それがどんな設計思想を持ち、どんな意匠を有するものかは、私にも解らない。でも……」

「あの藤衛の根城が、尋常であるわけがない」

「そうね。そのとおり」

神は、口元にえくぼを作った。

「そして、その尋常ではない大聖堂には、やはりよからぬ企《たくら》みが潜んでいた。だからこそ、大聖堂に集った人々が悲劇に見舞われることになってしまった」

「…………」

無言のまま、百合子は悲痛に目を閉じる。

二十四年前――。

大聖堂の事件で、多くの人々が命を奪われた。

司の両親である宮司潔《きよし》、章子《あきこ》夫妻。神と、そして百合子の母でもある善知鳥礼亜《れいあ》。加えて、あのとき藤衛によって、学術会議《カンファレンス》の名目で大聖堂に集められていた四人の数学者たちもまた、死を遂げたのだ。

この事件こそが「大聖堂の事件」であり、そして、自分こそが事件の首謀者であり実行者であると藤衛が述べたことから、これは「大聖堂の『殺人』事件」となったのである。

「藤衛がなぜ、こんな大量『殺人』に手を染めたのか……世間ではさまざまな評価や憶測がなされた。数学者という未知の人種に対する畏怖や揶揄《やゆ》に基づく報道記事、学問に打ち込みすぎたことによる精神疾患を述べる論評もあった。でも、今の私たちは、その『真実』を知っている。すなわち……」

「リーマン『予想』、ですね」

「ええ。リーマンの『定理』よ」

あえて神は、予想を定理と言い換える。

真意はもちろん、それが藤衛の数学者たちを殺す動機となったということだ。予想《Hypothesis》ではなく定理《Theorem》であること。その神秘を脅かす者をことごとくゼロに戻し、自分だけが原点の地位にあらんとしたのである。

「大聖堂における藤衛の目的は、四人の数学者をゼロに帰す。ハンガリー人位相幾何学者であるバーニャース、フランス人フラクタル研究者であるウード、同じくフラクタル研究者であったドイツ人物理学者オットー、そして、巨大数の専門家であったアメリカ人数学者ケネディ。それぞれに一流の若手数学者であった彼らが、いかなる形で藤衛の聖域を脅かしていたのかは解らない。でも、結果として藤衛は、彼らを一夜にしてゼロにしてしまった」

「…………」

神が滔々《とうとう》と、澄んだ声で語るその内容に、ふと、百合子は無言になった。

――バーニャース《Bányász》、ウード《Oudot》、オットー《Otto》、そしてケネディ《Kennedy》。

二十四年前の事件で犠牲になった数学者たちの頭文字。組み合わせれば――「BOOK」。これは単なる偶然なのか、それとも、藤衛というどす黒い求心力が成した必然か。

「世界は、必ず理論に立脚する」

神はにこりと微笑んだ。

「だから、世界がどれだけ魔法のように見えたとしても、それは理論の側面にしかすぎない」

「藤衛の魔力ではない、ということですか」

「ええ。そもそもあの男自体が特別な存在ではない。だからこそ私たちはそれを、自らの生存を通じて証明しようとしている。そうでしょう？」

「…………」

逡巡《しゅんじゅん》し沈黙する百合子に、神は続けた。

「目を眩《くら》まされてはいけない。私たちは、単なる組み合わせの結果をまるで魔術のように思わされているだけよ。藤衛は自らが原点にいると錯誤させることで、人間を、神々でさえも欺こうとする。百合子ちゃん。私たちが、そんな男に屈してはいけないわ。ましてや、戦いが始まる前にね」

「……はい」

漸《よう》く、頷くことができた百合子に、神は満足げに、なおも言葉を継いでいく。

「四人の数学者たちの亡骸《なきがら》を瓦礫《がれき》から掘り出した警察官たちは、一様に顔を強張《こわば》らせた。なぜなら、彼ら四人の死因は、土砂に埋もれることによる圧死や窒息死ではなかったから。つまり……一目見て解るほどに、特殊な死に方をしていたから」

そう、そのとおりだ。

百合子は思い出す。四人の数学者たちは、それぞれ異様な死にざまを遂げていたのだ。すなわち——。

ひとり《オットー》は焼死していた。

ひとり《ケネディ》は凍死していた。

ひとり《ウード》は刺殺されていた。

ひとり《バーニャース》は撲殺されていた。

「……刺殺や撲殺は、必ずしも考えられないものではない。なぜなら、こうした殺され方は実行為者さえいれば成立するから。でも、焼死と凍死だけは理解ができないものだった。なぜなら、大聖堂の瓦礫からは、火事が起きた跡も焼却施設の痕跡《こんせき》も冷凍設備も、何も見つからなかったから」

「まさに、『大聖堂では不可能な死因』だった」

「ええ。だからこそ警察は困惑した。世界でもよく知られた学者が四人一度に失われた事件が解決できなければ、捜査機関の沽券《こけん》にかかわる。にもかかわらず事件を解決に導く見込みはまるで立たなかったのだから当然ね。陸地から遠く離れた遠方の島での事件ということも困難さに輪をかけた。警察は道警だけでなく、全国各地から選《え》りすぐりの捜査員を集めて対応に当たったそうよ。けれど……」

「事件は、解決できなかった」

「ええ、迷宮入りする可能性が大きいとさえ囁《ささや》かれた。けれど、そんな捜査がある日、急展開する」

「藤衛の証言、ですね」

「そう。あの男が、事件を『回転』させたの」

回転──。

その一言に、多くの含みを持たせながら、神はなおも話を続けた。

「本ヶ島と大聖堂の所有者でもあった藤衛は、もちろん事件発生当初から、最重要の参考人であると考えられていた。けれど、事件に関わる人々は……事件を追うマスコミや、警察でさえも、藤衛は何らかの形で事件に関与しているが、直接の犯人ではないと考えていた。なぜなら……」

「事件があったとき、藤衛はソ連に滞在していたから、ですね」

「そう。あの男の滞在の目的は？」

「カンファレンスです。ハバロフスクで開かれていた会議に参加していた」

「そのとおりね」

神が、小さく顎を引く。

その、やけに魅力的な仕草に目を奪われながらも、百合子は神の言葉を反芻《はんすう》し、そして思う。

そう──事件が起こったまさにそのとき、藤衛は、ソヴィエト連邦に属する都市、ハバロフスクで開催されていた国際数学者会議に参加していたのだ。

名だたる数学者たちの集まりの中には、もちろん藤衛の姿もあった。日本では「天皇」に喩《たと》えられ、尊敬を集めていた藤は、世界の数学者の中にあっても一際存在感を放っていたという。

そして、事件のあった夜は、カンファレンスの最終日前日に当たり、まさに佳境を迎えていた。議論は日付が変わるまで交《か》わされた後小休止となり、最終日である翌日の午前八時に再開した。藤衛は議論の渦中にあったため、彼が「誰の目にも触れない」時間は僅《わず》か八時間だけであった、ということになる。

もちろん、その八時間を利用して、藤衛がハバロフスクから日本の本ヶ島まで移動し、犯行に及んだのだという見方もあるだろう。だが、それはもちろん、不可能な所業だった。

例えば、「手段」だ。

ハバロフスクから大聖堂に行くためには、幾つかのルートが考えられる。空路はまず不可能だ。通常の深夜便はないし、それ以外の手段で渡ろうとすれば航空自衛隊がスクランブル発進するだろう。したがって、行けるところまで空路を使い――具体的には択捉まで約一時間――そこからは海路を用いることになるが、そうであっても障壁はなお存在する。

それが、「距離」だ。

本ヶ島は、北海道沖に浮かぶ島で、択捉からは約三百キロメートル離れている。最も速いクルーザーが時速約百キロだとして、片道でも三時間掛かる。すなわち、空路一時間、海路三時間で片道四時間、往復するためには、計八時間掛かるのである。

確かに、藤衛には八時間の空白があった。だが、その間にできることは「行って帰ってくること」だけで、とても犯罪に手を染めている暇などないのだ。

そもそも海路も、哨戒《しょうかい》中の海上自衛隊に捕捉《ほそく》される可能性が高いのである。

かくして、藤衛には物理的に本ヶ島に行く方法がないという鉄壁の証明――不在証明《アリバイ》が存在していたのである。

神はなおも、粛々《しゅくしゅく》と言葉を継いでいく。

「……カンファレンスには終始藤衛が出席していたと、多くの学者が証言し、鉄壁のアリバイの根拠となった。だから、これが藤衛の島で起きた事件であるからといって、彼を犯人であると考えることはあり得ないと万人が認識したの。ところが……」

「人々をあざ笑うかのように、藤衛は証言した」

「ええ。自分こそが本ヶ島の事件の犯人だと声高に述べたの。警察関係者は、担当係員から警察庁長官に至るまで、一様に仰天したそうよ。『御大《おんたい》は何の狂言を演じようというのか』と……この表現には、伝聞ならではの誇張《こちょう》があると思うけれどね」

そう言うと、神はおかしそうにくすくすと笑った。

「でも……藤衛の証言そのものは、決して狂言などではなかった……」

呟《つぶや》くような百合子の言葉に、神はすぐさま真顔に戻った。

「ええ。藤衛の証言は、いずれも『自分が犯人である』ということを明確に根拠づけるものだった。例えば藤衛は、大聖堂で死んだ数学者四人の、その特徴的な死に方のすべてを、克明に説明した。ひとりは焼死、ひとりは凍死、ひとりは刺殺、ひとりは撲殺。そのすべてを正しく描写した。死に方だけじゃない。あの男の言葉は、実際の現場の状況とことごとく符合した。警察が決して公にはしなかった、その状態、状況までも含めて」

「…………」

そう、だからこそ、当時の担当者は、後に怯えた様子でこう述懐したという話が伝わっている。

――まるで自分の目で見てきたかのようだった。いや、きっと、実際に見ていたに違いない。そうでなければ、まったく説明がつかないのだから。

百戦錬磨の刑事でさえも畏縮させた、当時の藤衛の様子がいかなるものだったか、百合子が知ることはできない。それでも、十分に想像することはできた。それが、どれだけ人々を畏怖させるものであったのかを――。

「その上で、藤衛は、大聖堂を自ら爆破したことも自供した。その供述は瓦礫の状態と克明に一致し、人証と物証いずれも藤衛が事件の犯人であると示唆《しさ》していた。そして……警察は遂に踏み切った」

「逮捕したんですね」

「そうよ。藤衛が『その事実』を主張することでストーリーを覆すリスクはあったけれど、警察は藤衛を被疑者として拘束し、検察に送致した」

「『その事実』……つまり、事件があったときに、藤衛がハバロフスクにいたという事実」

「摘示するだけで警察と検察の主張を覆すことができる事実……まさしくジョーカーのようなカードを、藤衛は持っていたのね」

「それでもなお、警察が立件し、検察が起訴したのは……捜査機関としての意地でしょうか？」

「おそらくね。ジョーカーの存在だけでなく、警察庁や検察庁の『さらに上』や『外交筋』からも、きっと何らかの圧力が掛かっていたでしょう。だから、この事件を刑事事件として公判に持ち込むことは、ある種の賭けでもあったはずよ。検察官もきっと、藤衛がいつ『その事実』を述べ、無罪を主張するかと身構えていたはずね。でも……」

「藤衛は、それを主張しなかった」

「そう。あの男は淡々と法廷に臨み、そして何ひとつ抗弁することなく、無言のまま裁判を終えた」

藤衛が一切の防御活動を行わなかったこと。

それが、事件の重大さ、そして判決の重さに比較して、異例のスピード裁判となった理由であると言われているが、いずれにせよ裁判はあっという間に終結し、判決の日を迎えた。

——被告人を、死刑に処す。

被告人席で、藤衛はピッと背筋を伸ばし、裁判官が思わず判決の読み上げに閊《つか》えるほどに威厳《いげん》を持った表情で、極刑を受け入れたのだという。

そして、この異例ずくめの裁判に関しては、後に多くのざわめきも残したと言われている。

すなわち、裁判手続きの適正性は担保されていたのか、あるいは法廷に持ち込まれないクリティカルな事実がある場合に裁判官はいかなる態度をとるべきか、といった議論だ。しかし、とどのつまり波紋を呼んだのは、やはり藤衛がなぜ無罪を主張しなかったのかという点についてだった。

私はそのとき、ハバロフスクにいました――この一文を証言台で述べるだけで覆る裁判であったのに、なぜ藤衛は、それをしなかったのか？

これこそが、あの事件に付随する大きな謎のひとつであり、かつ今に至るも未解決のものである。

だが、今の百合子は、そうした一見すると不合理な藤衛の行動にも、ひとつの合理的な解釈を得ていた。すなわち――。

謎が謎のまま残るからこそ、藤衛には真の自由が担保されるのだ。

「死刑判決を受けた藤衛は、控訴しなかった」

ノイズキャンセリング機能がもたらす人工的な静寂の中、神は、まるで独りごとを呟くように言った。

「そうして死刑判決を確定させると、藤衛はそのまま東京拘置所に収監された。もちろん身分は死刑囚よ。刑事訴訟法に基づけば、死刑は判決確定後六ヵ月以内に執行することとされている。けれど、それから六ヵ月、一年、二年と経過しても、藤衛の死刑は一向に執行される気配がなかった」

「躊躇したんですね」

「ええ。これほどの謎が残された事件に対し、不可逆の刑を執行してよいものか。担当者、法務省、もちろん大臣も含めた関係者が皆、怖気《おじけ》づいたのね」

「…………」

——この時期、法務省では「旅《ミウラージュ》」という言葉が囁《ささや》かれたそうだ。

誰が最初に口にしたのかは解らない。だが、まさしく、神の御業《みわざ》にも似た奇跡的な「旅」を介在させなければ、この事件を明確に理解することはできない。そんなふうに感じられた事件であったからこそ、安易に「死」を与えることには躊躇《ためら》いが生まれたのだ。そして——。

「結局、刑は執行されなかった」

「できなかった、と言うほうが正しいわね」

顎に人差し指を当てる仕草で、神が言った。

「こうした緊張状態はその後も続いた。歴代の担当者は判断を迫られ、その都度、死刑執行のサインはできないまま後任にその判断を譲っていった。きっと、すべては藤衛の思惑どおりだったでしょう。人間が躊躇い、怖気づき、死刑囚である藤衛の生命をむしろ塀の内側で守り、世間にいるよりもずっと安らかにするだろうことを、すべて見通していたのね。でも……」

神は、一拍の間を置いて言った。

「西暦二〇〇〇年、その均衡が崩された」

「…………」

無意識に、百合子は目を伏せた。

西暦二〇〇〇年。それは、五覚堂《ごかくどう》の事件があった年であり、藤衛が再審請求を行った年であり、そして、彼が再び行方を晦《くら》ました年である。

——あのとき、私はハバロフスクにいた。

二十二年の時を経て今さら証言した藤衛の身柄は、ほぼ即座に釈放された。これも死刑判決と同様、異例のスピードだったが、むしろ当然のことだと噂《うわさ》された。物理的に不可能な犯罪の、その不可能性を明確に摘示したのだから、無罪となって当然なのだ。

「かくして、事件は二十二年の時を経ての無罪確定により、表向き、一旦解決したように見えた」

「でも……真実は迷宮入りしたままだった」

「そうね、百合子ちゃん」

神が、意味ありげに口角を上げた。

「私たちもまた、あの日、その迷宮に迷い込んだまま、出口を見出《みいだ》せずにいる……」

「…………」

瞬《まばた》きをしない、神の瞳。

その、吸い込まれそうなほどに漆黒の瞳孔《どうこう》を見つめつつ、百合子は言った。

「……二十四年前の本ヶ島に、私は、いた」

「そう。私も、いた」

百合子と神が、見つめあう。

二十余年の時を経て相対する姉妹――ふと百合子の心の中に、不思議な感情が生まれる。

神のことを、百合子は最初「凶悪犯」と見ていた。

眼球堂、双孔堂《そうこうどう》、そして五覚堂。自らを本物の「神」に喩え、人の心を弄《もてあそ》び、命を奪うことさえ厭《いと》わない彼女に、反感を抱いていた。

だが、その感情は、伽藍堂《がらんどう》、教会堂、そして鏡面堂の事件を経るごとに変わっていった。

肉親であると解ったからではない。共通の敵を抱いていたと解ったからでもない。きっと、理屈ではない、魂から生まれる共感、あるいは同志としての結束、すなわち――「血」が、そうさせたのだ。

そう――きっと。

二十四年前のエレベータの中で、すべては運命づけられていたのだ。

崩れる大聖堂。人々も死体も皆、瓦礫の下に埋もれた。けれど、エレベータだけは原形を留《とど》め、たまたまその中にいた二人を守ってくれた。

そして、一方の神もまた、奇跡的に生き残った。

彼女はまだ幼《おさな》く、身体《からだ》も小さかった。そのお陰で、瓦礫の間でかろうじて難を逃れられたのだ。

これらは、偶然の産物だったのか？

いや――きっと、これこそが運命だったのだ。

司と百合子が兄妹《きょうだい》として生きることとなったのも、神が自らの幸運に、自らが神そのものだと強く自覚したのも、後に、自らを生んだもう一人の「神」に抗《あらが》う存在となるだろうことも含めて、すべては運命であったのだ。

だからこそ、運命に弄ばれつつ、百合子は、神とともに今、眼前に聳《そび》え立《た》つ「宿命」――すなわち「原点」に、挑もうとしているのだ。

「……原点は、強大よ」

神が、表情を変えることなく、まるで心に語り掛けるかのように、静かに言った。

「抗うには、私たちに隙《すき》があってはいけない」

「解っています」

百合子もまた、静かに頷きを返した。

「隙を見せれば、原点はその隙間《すきま》に入り込み、私たちを無にしようとする」

「だからこそ、私たちは、常に最大値でなければならない。あるいは、最大を乗り越えて、無限大でなければならない」

「ゼロに対抗できるのは無限大だけだから？」

「ふふ……それは、違うわ」

神が再び、落ち着いた笑みを湛《たた》えた。

「定義し得ないものに対峙するには、定義し得ないものになるしかないということよ」

「つまり……私たちも神になると？」

「いいえ？　私たちは、すでに神よ。ただ……」

神が、不意に目を伏せた。

「……ただ？」

「眷属《けんぞく》が、必要ね」

「……眷属」

「あの人が、私には必要なの」

あの人──。

百合子は、その言葉を心の中だけで呟くと、小さな溜息《ためいき》を吐《つ》く。

それが誰のことか、百合子は知っている。

彼は、百合子にとって、憧《あこが》れの人だった。

彼は、ここまで百合子を導いた。

彼は、ある意味で常に百合子の先生だった。

にもかかわらず彼は、不意に姿を消すと、百合子に相対する側に立った。犯罪に手を染め、百合子の最愛の肉親を失うきっかけさえ作った。

彼は、師であり、仇《かたき》であったのだ。

それでもなお――。

百合子は、断言する。

「私にも……あの人が必要です」

にこり、と口角を上げると、神が窓の外に視線を送った。

「……もうすぐね」

つられるように、神と同じ方向を見る。

真の青に輝く穏やかな太平洋に、小さな島が浮かんでいた。さらに小さな岩礁を三つ従え、急峻な外輪山とカルデラ湖を有する島――。

「あれが……本ヶ島」

そう呟くと、百合子はひとつ、深呼吸をした。

ヘリコプターが、顎を上げるようにして速度を落とすと、その禍々《まがまが》しい島の稜線《りょうせん》に向けて、高度を下げていく。

近づけば近づくほど、その荒々しさは容易に見て取れた。

外輪山の厳しい斜面。内側にこそ森を蓄《たくわ》えるものの、海に面した側は、過酷な環境ゆえか、赤茶けた岩肌と切り立った崖が聳えるのみだ。

だが、よく目を凝《こ》らすと、その山頂と崖に、特徴的な建造物が二つ見えた。

ひとつは、鳥居だ。

伽藍島で見たものと同じような鳥居が、本ヶ島の西側の岩肌に建てられていた。もっとも、本ヶ島の鳥居は伽藍島のそれとは異なり、コンクリートで作られていることが遠目にも解る。環境が過酷だからだろう。もっとも、鳥居以外に祠《ほこら》や社《やしろ》のようなものはなく、その鳥居が何のために存在しているものなのかは、解らない。

一方、外輪山の東側の頂上には、丸い印のようなものが見えた。小さな円形のそれには、中に「H」の記号が描かれている。

ヘリポートだ。事実、ヘリコプターはまるで吸い込まれるように、あのHへと一直線に向かっていた。

ふと思い出し、百合子はポケットから二枚の地図を取り出した。

図1　本ヶ島周辺図

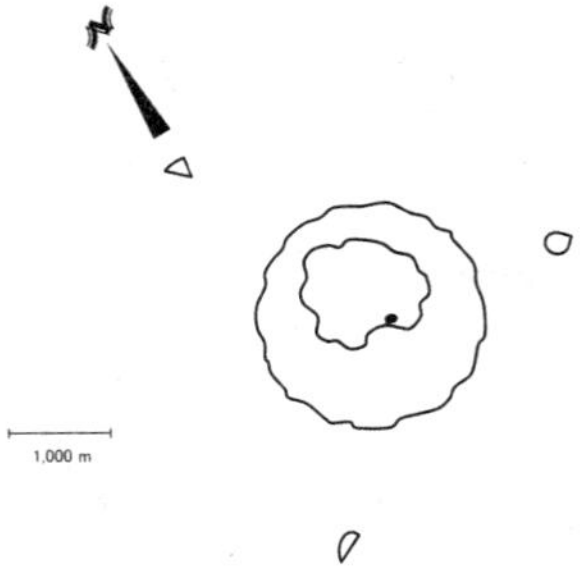

それは、あらかじめ彼女が用意しておいた、本ヶ島の地図だった。

※ 図1「本ヶ島周辺図」参照

※ 図2「本ヶ島全図」参照

眼下に見る島の形状は、鳥居とヘリポートの位置、ほぼ真円の島の形も、すべて地図と符合していた。

ヘリコプターは、ヘリポートの真上で三十秒ほどホバリングすると、そのまま静かに下り、着陸した。

同時に、ヘリポートの横から、ひとりの男が現れ、ヘリコプターに向けて歩いてきた。暴風にも似た向かい風の中、顔色ひとつ変えずに歩く男――。

神に続き、本ヶ島の外輪山の山頂へと降り立った百合子は、色素の薄い男の瞳を真っ向から見返しながら、複雑な想《おも》いとともに、彼の名を呼んだ。

「お久しぶりです。十和田《とわだ》さん」

図２　本ヶ島全図

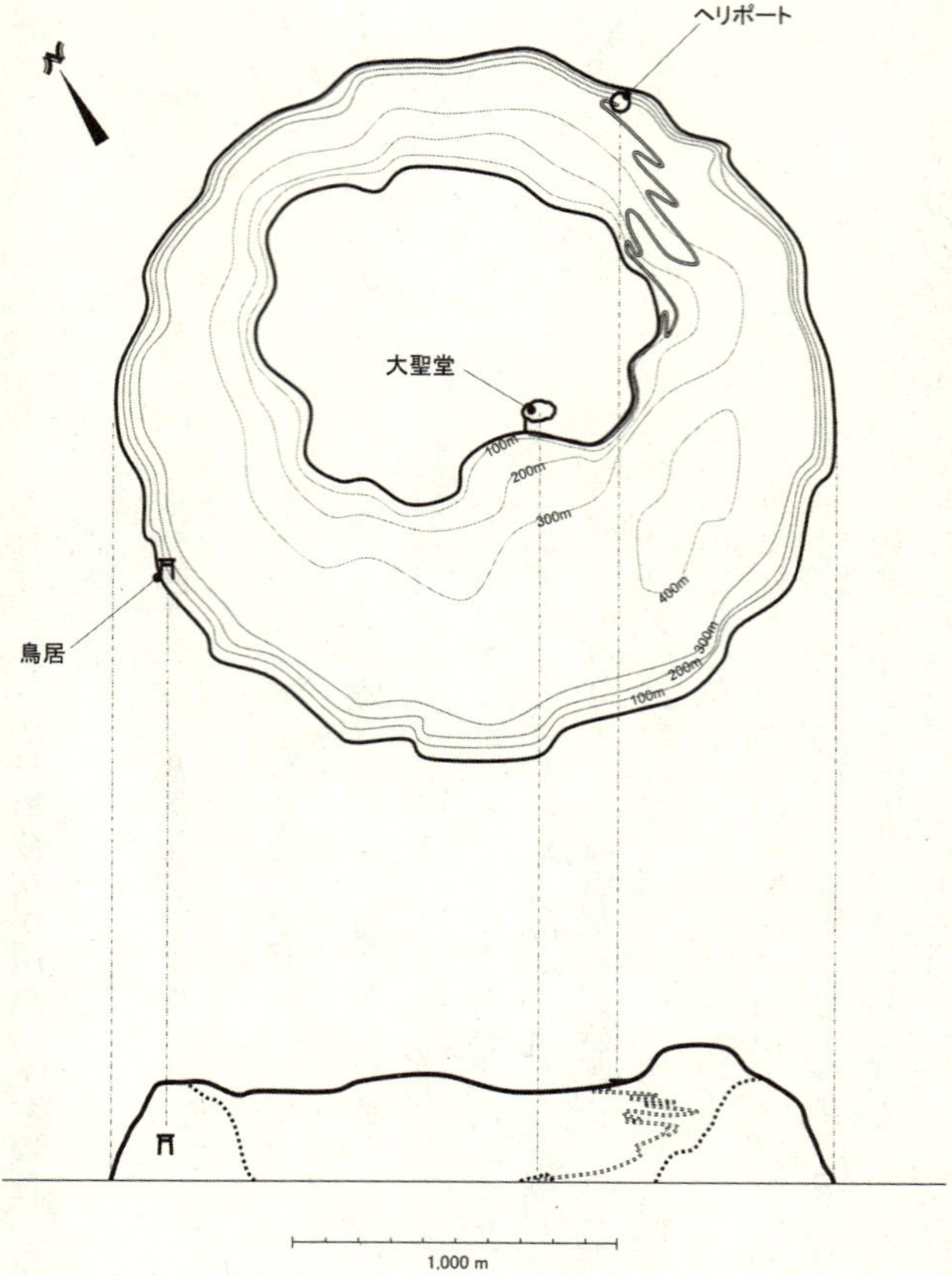

2

十和田只人《ただひと》。

かつて百合子の「味方」であった十和田は、今は「敵」として、藤衛のしもべとなり動く男である。

だが考えてみれば、彼が敵となることには、十分な理由があった。というのも、二十四年前の事件の生き残りのひとりが、他《ほか》でもない彼であるからだ。

あのとき――十和田は、まさにこのヘリポートで発見されたのだという。

藤衛に才能を見込まれ、この本ヶ島を訪れていたという十和田。当時は未成年であり、事件とは直接関係がないと考えられ、藤衛自身も十和田は事件と無関係だと述べたため、参考人として供述は取られたものの――事件の衝撃ゆえか、事件の記憶が曖《あい》昧《まい》にしか残っていない状態で、満足な供述は得られなかったらしいが――無罪放免となったという。

そして、釈放された十和田は、そのまま着の身着のままの旅に出た。彼がそれから放浪の数学者として、世界の数学者たちと共同研究をするようになったことは、今では、その成果とともに知られている。

一切淀みのない足取りでつかつかと歩いてきた十和田は、神と百合子のすぐ前で立ち止まると、神、そして百合子を順繰りに一瞥《いちべつ》し、一言述べた。

「……君たちか」

そのぶっきらぼうさの中に、男の感情を見ることはできない。

代わりに百合子は、じっと十和田を観察した。

よれたシャツに、着古しすぎて擦り切れた、グレーのブレザー。

ぼさぼさで整えられているのを見たことがない頭に、顎一面の無精髭《ぶしょうひげ》。

鼈甲縁《べっこうぶち》の眼鏡《めがね》は傷だらけで、不安定な角度で鼻の上に載っている。その奥には、色素の薄い瞳がぎょろりと覗き、何かを物想いにふけっている様子で見つめている――。

すべて、いつもどおりの十和田只人だ。だが――。

「……どうしたのですか。十和田さん」

神が、問う。

「あなたらしくもないですね。なぜ、今日はそんなに落ち着きがないのですか?」

「それは……」

しかし十和田は、言おうとした何かをぐっと飲み込むと、くるりと背中を向けた。

そして――。

「……ついてこい」

それだけを言うと、来た道をそのままなぞるようにして、大股《おおまた》でヘリポートを下りていった。

「まるで、逃げるみたい。これから、私たちを地獄に誘《いざな》おうというのに」

その台詞《せりふ》を口にした神の瞳は、ほんの少しだけ、寂《さび》しげに細められていた。

ヘリポートから地獄の底にあるカルデラ湖までは、山道が一本、うねりながら下りていた。

青々と茂る森の中、周囲は異様な静けさに満ちていた。

お前たちの来る場所ではない——そう言わんばかりの木々が、梢《こずえ》をゆらゆらと不気味に揺らしている。妙に現実感に乏《とぼ》しい光景に、百合子はぼんやりと視線を惹《ひ》きつけられた——。

「十和田さんは、いつからここにいるんですか？」

神の言葉に、百合子は、白昼夢の中で歩いているような気分からはっと我に返った。

「随分と慣れた足取りですね。きっと、暫《しばら》く前から滞在していらっしゃるのですね。でも、それは、何のためなんですか？」

「…………」

十和田は、答えない。振り返りもしない。

「ふふ、言うまでもないこと、なんですね」

悪戯《いたずら》っぽい口調の神。しかし、それでもなお十和田が答えることはない。

ふと、百合子は思う。

坂道をもう三十分は歩き続けているが、十和田が足取りに迷い、あるいは躓《つまず》くことはない。足取りは軽く、明らかに歩き慣れている。

それは、神が言うように、十和田がこの道を暫く前から行き来しているからだろうか？

それとも――以前、歩いた道だからだろうか？

ぞくり、と妙な悪寒が背中を走る――その刹那《せつな》。

身体の震えではない何かが、足下から突き上げた。

「えっ……？」

それは、突然の揺れだった。しかも、強い。

森がざわめき、百合子は思わず山肌に手を突く。

「地震ね」

よろめくことなく、前を歩く神が言う。

揺れなどなきがごとく、まるで雲の上を歩いているような優雅さで歩を進めながら、神は、そっと外輪山の縁を見上げた。

その視線の意味を補足するかのように、十和田が、ほんの僅かだけ後ろを向きつつ、神に言った。

「最近は、しょっちゅう揺れるんだ」

「頻繁にあるんですか」

「ああ」

「活動期？」

「かもしれない。北海道は全体として、火山地帯だからな」

北海道には活発な造山帯がある。洞爺湖《とうやこ》、支笏湖《しこつこ》といった北海道の湖は、いずれも過去に火山が噴火した後のカルデラが湖になったものだ。そして、こうした火山活動は今もなお、続いていると言われている。

本ケ島も、そうした造山帯の近くにある。

まさに今、感じている揺れも、きっと、火山性の微動なのだろう——と、そんなことを考えているうち、何事もなかったように揺れは収まった。

森が、静寂を取り戻す。ほっとした百合子が、ゆっくりと立ち上がった、そのとき——。

ドーン。

突然、背後で大きな音が轟《とどろ》いた。

思わず後ろを振り向いた百合子は、そこに、驚くべきものを見た。

ヘリポートが——崩れていた。

頑丈なコンクリートで作られているはずのヘリポートが、まさに今、無残《むざん》に崩れ、山肌に瓦礫を撒《ま》き散《ち》らしていた。

一体、今、何が起こっているのか——？

「間一髪だったな」

目を疑うような光景に、暫《しば》し唖《あ》然《ぜん》とする百合子をよそに、十和田が、ごく当然のように言った。

「……基礎の岩盤が崩れたようだ。この島の岩盤は脆《もろ》いからな」

「火山性の岩盤ですものね」

「残念だが、なるべくしてああなったのだろう」

「なるべくして……ね」

「………………」

神の含みのある答えに、十和田がふと口を噤《つぐ》む。

なるべくして——その意味はもちろん、地震が原因となってヘリポートが崩壊した、ということではない。

ここは、藤衛の島——だからこそ、ヘリポートは崩壊したのだ、ということだ。つまり――。

ヘリポートは、意図的に破壊された。

裏を返すと、すでに自分たちは藤の手中にあるのだ。この理解していたはずの当然の事実を突き付けられ、百合子は――思わず、震えた。

「しかし……幸運だったな」

十和田が、無感情な口調で呟く。

「幸運？　その言葉は私たちへのものですか？」

その言葉に、神が答える。

「もし到着があと三十分遅れれば、私たちがあの瓦礫に押《お》し潰《つぶ》されたかもしれないから？」

「いいや。ヘリポートを使えなくなったのが、全員揃《そろ》ってからでよかった、ということだ」

即座に否定すると、十和田は再び前を向き、坂道を確かな早足で下りながら、言い訳をするように続けた。

「ヘリポートは壊れたが、心配しなくていい。港があるから船で往来ができる。ただ、港までは山越えで、片道二時間は掛かる。それだけは今から覚悟してくれたまえ」

「私たちもいずれ、その道のりを歩くことになる。そう言いたいんですね」

「ああ」

「……ふふ」

神が、不敵とも憐憫《れんびん》ともつかない笑みを、口元に浮かべた。

「心からそう思っている？」

そう聞き返す神に、十和田は、深く考え込むような十秒を挟むと、やけに平板な口調で答えた。

「……もちろん、そう願っている」

急峻な山道が、徐々になだらかになるころには、すでに標高は水面近くまで下り、眼前にカルデラ湖がより大きな姿で広がりを見せ始めていた。

百合子はふと、腕時計を見た。

ヘリコプターを下りてから、ちょうど一時間が経過していた。上るのにも大体同じ時間を要するとすれば、山越えにはその倍は掛かることになる。

片道二時間。十和田の言葉は正しいと考えていいようだ――そう思いつつ、百合子は無意識に、ジーンズのポケットに手を入れると、それを、ぎゅっと握りしめた。

それは――かつて百合子が兄である司に贈ったネクタイだった。

どれだけ布地がくたくたになろうとも、兄が頑《かたく》なにそれだけを締め続けた、銀色のネクタイ。百合子は、その遺品を握り締めながら、心の中で祈るようにして呟いた。

私はいつも、お兄ちゃんとともにいる。

だから、もし私に何かあったら、私のことを、助けてね。

お兄ちゃん――。

「……見えてきたわね」

神が、十和田の行く手に目を細めた。

その言葉に、促《うなが》されたように顔を上げると、目の前には湖畔が、そして深い青緑色の湖が広がっていた。

そして、岸壁から延びる木造の桟橋を経た、さらに向こうに、一棟、異様な建造物が見えた。

百合子は、ごくりと唾《つば》を飲む。

そう、あれこそが――。

「……大聖堂だ」

十和田が、どこか禍々しげな口調で言った。

※　図3「大聖堂」参照

図３　大聖堂

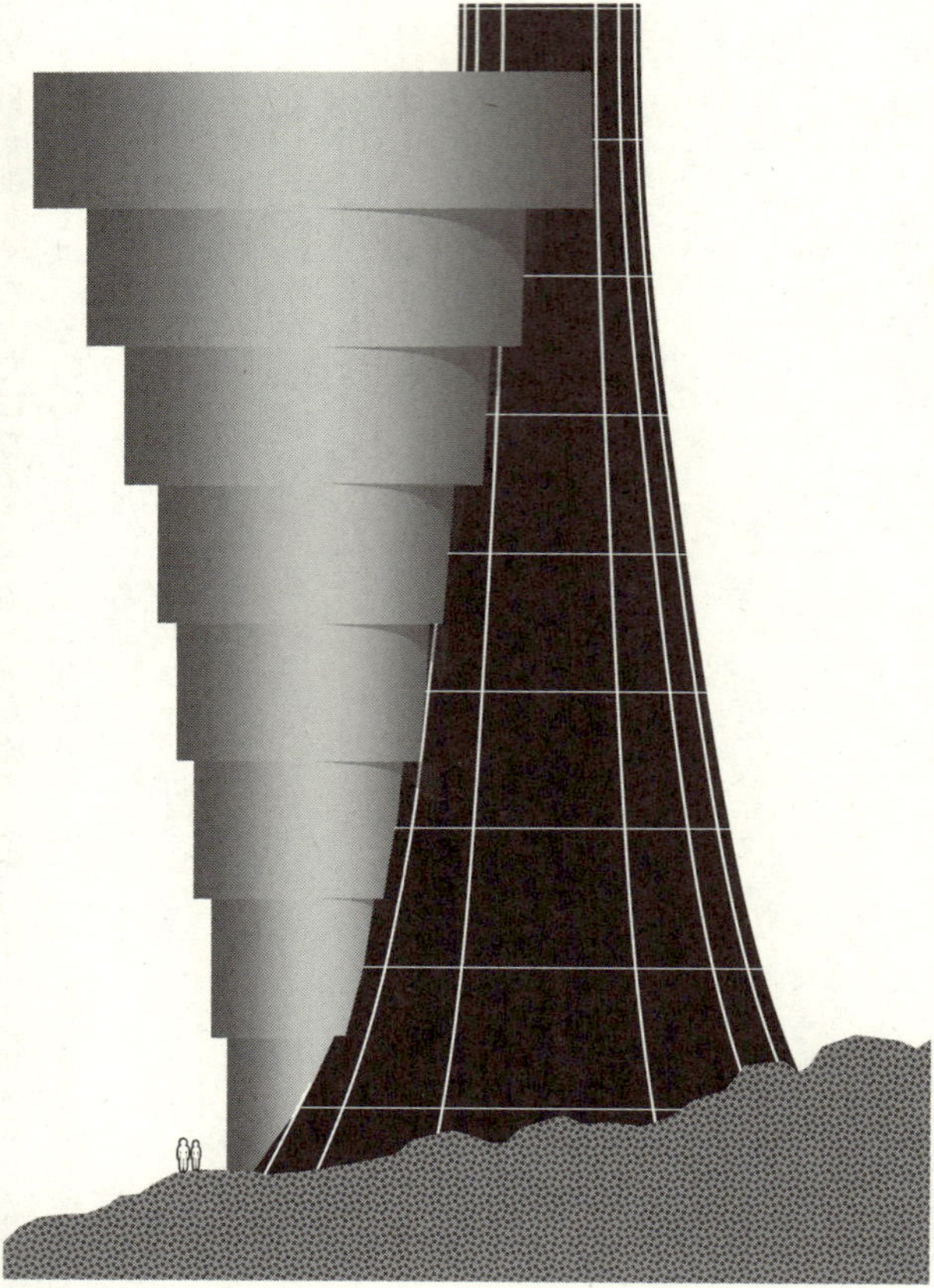

本ヶ島の広大なカルデラ湖には、ひとつ、小さな島が浮かんでいた。

全長は百メートルほどか。五十メートルほどの桟橋を隔てたすぐ向こうに見えるその島は、ごつごつとした岩石質で、東側がこんもりと盛り上がる形をしていた。きっと、カルデラの中央火口丘だろう。だが今は、島の形や成り立ちよりも、むしろあの奇妙な建造物が、何よりも百合子の目を引いた。

それは、大まかに言って「白い塔」と「黒い塔」とで構成されていた。

いずれも高さは六、七十メートルほどあるだろうか。湖を隔てた陸地側からも見上げるほどの威容だ。

東側の黒い塔は、上に行くほどに窄《すぼ》んだ形をしており、躯《く》体《たい》は滑らかな曲面を持っていた。おそらく、それは数学的に計算された形であるのだろう。表面には窓がなく、その代わりに経線方向、緯線方向に白い溝が穿《うが》たれていた。

一方、西側の白い塔は、上に行くほど広がる不安定な形をしていた。躯体はやはり窓がなかったが、黒い塔とは異なり、幾つかの円筒を重ねたような形をしており、それを覆《おお》う大理石のような材質の白い表面が、太陽の光を眩《まぶ》しく反射している。

そして、それら二つの塔は、極めて絶妙な距離を隔て、互いに重なっていた。

混ざろうとしているような、拒絶し合っているような――実に不思議な印象を抱かせるこの巨大なオブジェを、この二つの塔を、百合子は、時間も忘れて見上げていた。

「……あのときと、まったく同じものですね」

神が、小さく呟く。

どこか感情を押し殺すように呻《うめ》いた後、十和田は、やがて「……ああ、そうだ」と答えた。

「当時、ここに建造されていたものをそのまま再建したと聞いている」

「見覚えがあります。当時……私と百合子ちゃんはまさにこの場所にいました。この建物の中にいて、あの事件の当事者になったんです。そして十和田さん、あなたも当時この場所にいた。この建物の中にいて、あの事件の当事者になった。そのことを、十和田さんも覚えているのでしょう？」

「…………」

しかし十和田は——答えない。

そんな無言の十和田を見ることなく、神は、なおも問いを続ける。

「なぜ、この建物はまた生まれたのですか？」

「…………」

「誰が指示したのですか？」

「…………」

「答えないんですね。もっとも、答えなくとも、それが答えになっていますけれど」

「…………」

ふと一瞬、憂鬱そうに小さく俯くも、すぐに音もなく振り返ると、十和田は――。

「……これを、渡しておく」

一枚の畳まれた紙片を、百合子に差し出した。

受け取ると、百合子はゆっくりと紙片を開く。

それは、大聖堂の全図、断面図、そして平面図だった。

※　図4「大聖堂全図」参照

※　図5「大聖堂断面図」参照

「ここの図面だ。君たちの役に立つだろう」

十和田が、か細い小声で言った。

「役に立つ？　それは真ですか？」

その語尾に、神がすぐ言葉を重ねた。

「真だとも」

「そうですか？　証明は？」

図４　大聖堂全図

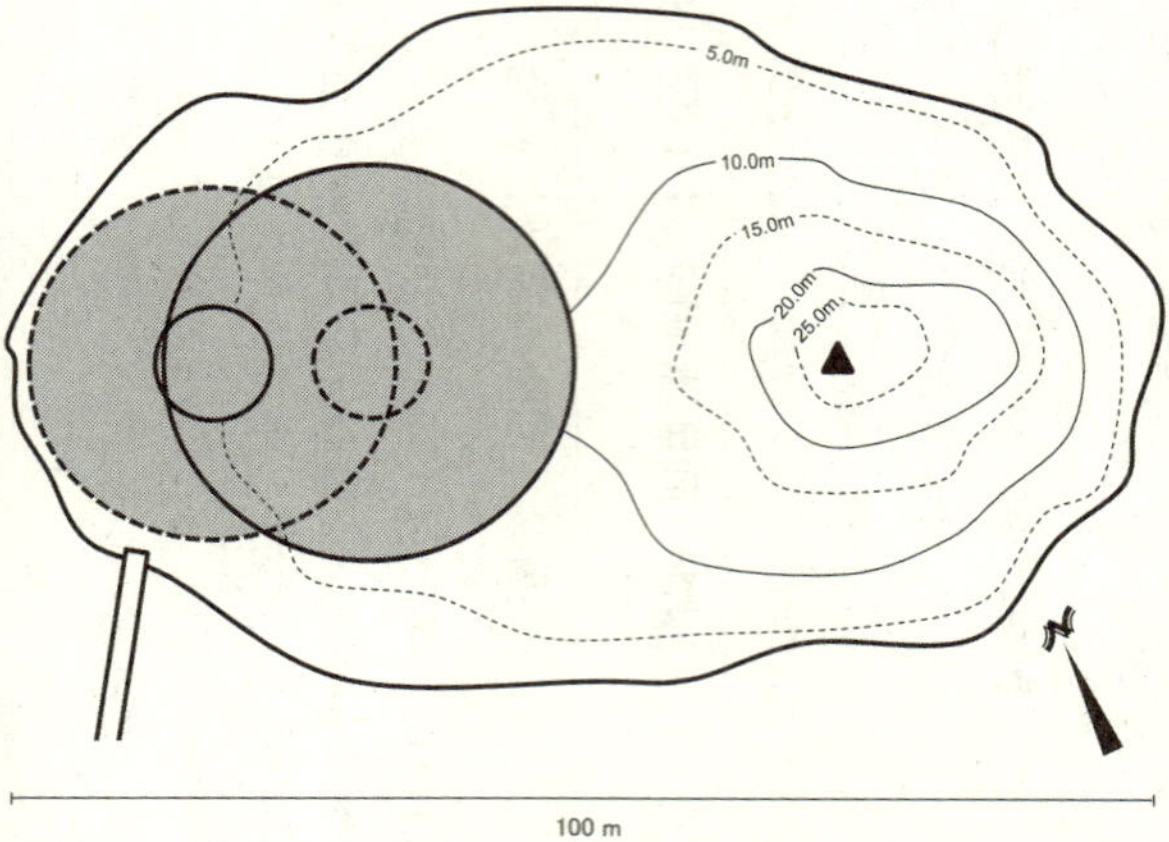

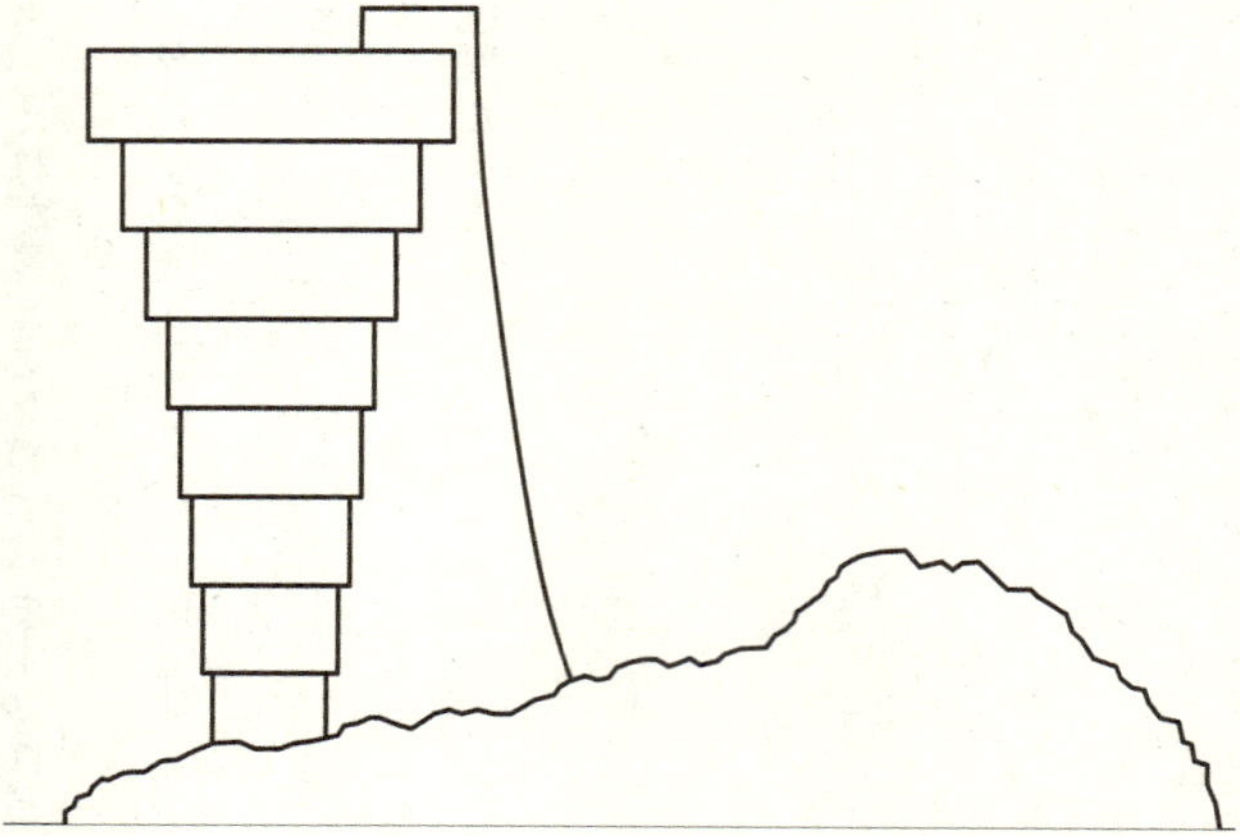

図５　大聖堂断面図

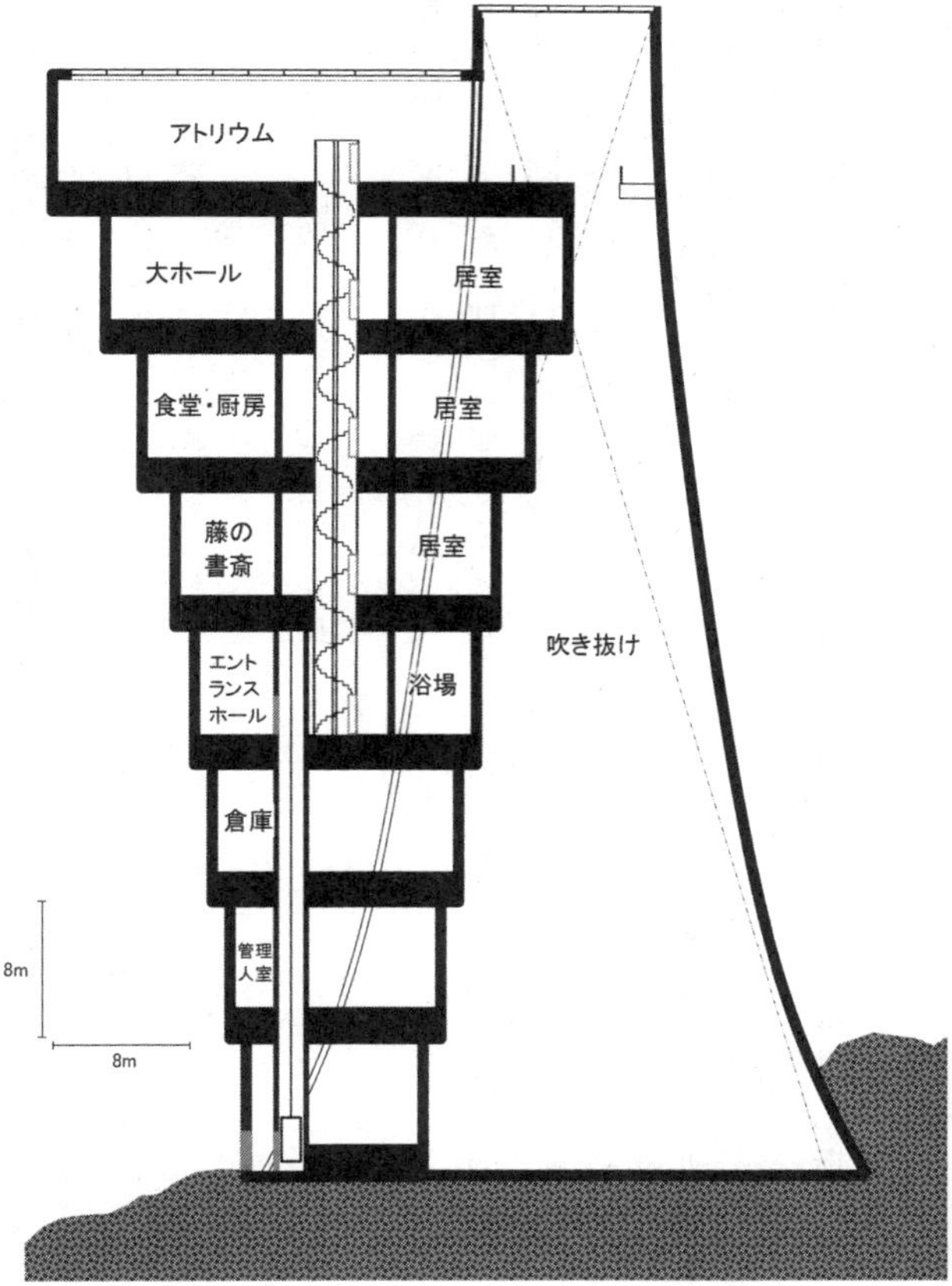

「そんなものはない。……何が言いたい？」

「この図面では、無矛盾性が保証されていません」

「嘘《うそ》があると言いたいのか」

「いいえ？　そうは言っていません。ただ……」

「……ただ？」

「もし私なら、間違いなく、ここに罠《わな》を掛ける」

「…………」

十和田は、やはりすぐには答えない。

肝心なこと、または都合の悪いことは頑なに口を閉ざす。十和田はあの日から――あの伽藍堂が回転した日から、すべてを心の内に閉じ込めているのだ。

だが十和田は、やがて、喉奥から絞り出すように言葉を発した。

「この図面は、正しい。それは保証されている」

「誰が保証しているんですか？」

「それは……」

十和田は一瞬、言葉を切ると、鼻先までずり落ちた鼈甲縁の眼鏡を中指でそっと押し上げ、言った。

「……原点だ」

そして、まるで逃げるように踵《きびす》を返《かえ》すと、背を向けたまま大股で桟橋を歩いていった。

その態度に、百合子は神を見る。

神は、ほんの少し首を傾げ、小さく肩を竦めた。

幅二メートルほどの細い木の桟橋は、大聖堂の聳える島の西端に向かってまっすぐに伸びていた。

罅割《ひびわ》れた橋板は灰色に朽ち、足裏で踏みしめるたび、ぎしり、ぎしりと不穏な音を立てる。

だが、二十メートルも進むと、突然それが真新しい木のものへと変わった。

「……壊れたところを、組み継いだのかしら」

思うことをそのまま言った神に、百合子も「ええ」と頷きながら答えた。

「きっと、大聖堂に近い部分は、二十四年前の崩壊時に巻き込まれて壊れた。その失われた部分を、ごく最近、再建した」

「そう。二十四年前と同じように……ね」

意味ありげにそう言うと、神は不意に、眉間《みけん》に小さな皺《しわ》を寄せ、水面を見つめた。

その視線の先を、百合子もじっと見る。

カルデラ湖の穏やかで鏡のような水面。

だがその奥は、不気味なまでに、青い。

その濃い色が意味するものは、水の深さだ。澄んだ水が湛えられる器の深さが、色合いをこれほどまでに不穏なものにしている——。

「……ん？」

不意に、百合子は顔を顰《しか》めた。

青く暗い水の奥底に、何かが蠢《うごめ》いたからだ。

なおもじっと見つめていると、その蠢きは徐々に水面へと移動し、その姿を露《あら》わにした。それは——。

巨大な魚だった。

体長一メートルはあるだろうか。黒く巨大な身体を持ち、光を宿さない丸い目と、大きな口を持っていた。

湖面にゆっくりと浮上すると、魚はそこから顔を出し、まるで百合子たちを威嚇するように、ぐわっ、と口を開いた。

その、分厚い唇《くちびる》を持った大きな口の中には、鋭い牙《きば》が不気味に並んでいる。

「大丈夫よ、百合子ちゃん」

無意識にたじろぐ百合子に、神が言った。

「恐ろしい顔をしているけれど、あれは臆病《おくびょう》な魚よ。自分から手を出しさえしなければ、嚙《か》みつかれることもないわ」

「そうなんですか」

「ええ。でも、手は出さないほうがいいわね」

安堵する百合子に、神は忠告するように言った。

「あの魚の顎は、帆立貝《ほたてがい》をそのまま嚙み砕いてしまうほど強靭《きょうじん》だから。それに……」

「……？」

不意に、神は顎に人差し指を当て、暫し何かを思案するように目を瞑《つぶ》る。

どうしたんですか、と百合子が神に尋《たず》ねようとした、そのとき――。

「何をしている。早くきたまえ」

すでに桟橋を渡り終えようとしていた十和田が、僅かに横顔を見せながら言った。

その促しに、百合子は早足で、神は――いつもの悠然とした足取りで、桟橋の向こうにいる十和田の元へと進んでいった。


カルデラ湖に浮かぶ島の地面は、想像していたよりも柔らかかった。

地肌はごつごつとした岩場だが、その上をうっすらと土が覆っているのだ。

滑《すべ》らないよう、足下を見て気を遣いながら、百合子は桟橋からの登り坂を、ゆっくりと上っていく。

ほどなくして、白い塔の西側、大聖堂全体のスケールに比すると拍子抜《ひょうしぬ》けするほど小さな、人ひとりがくぐれる程度の大きさしかない扉の前で、十和田が立ち止まり、振り向かずに言った。

「ここが、入り口だ」

「ええ、知っている。他には出入り口がないことも」

「……………」

十和田は、背を向けたまま神に無言を返した。

そこで、百合子は改めて、大聖堂をほぼ垂直に見上げる。

薄い円柱を、上に行くほど広がるように重ねて作った白い塔――百合子はすでに、その傘の下にできた日陰《ひかげ》の中に入っていた。

ぽかんと、図らずも口を開けて見入ってしまう意匠――ふと百合子は、さっき十和田に渡された図面の平面図を、今一度頭に思い浮かべる。

※ 図6「大聖堂平面図」参照

平面図は、1階から8階までの八層構造になっていた。西側の円はエントランスホールや居室、浴場、食堂も備えた居住区になっているが、東側の円はすべて吹き抜け

図６　大聖堂平面図

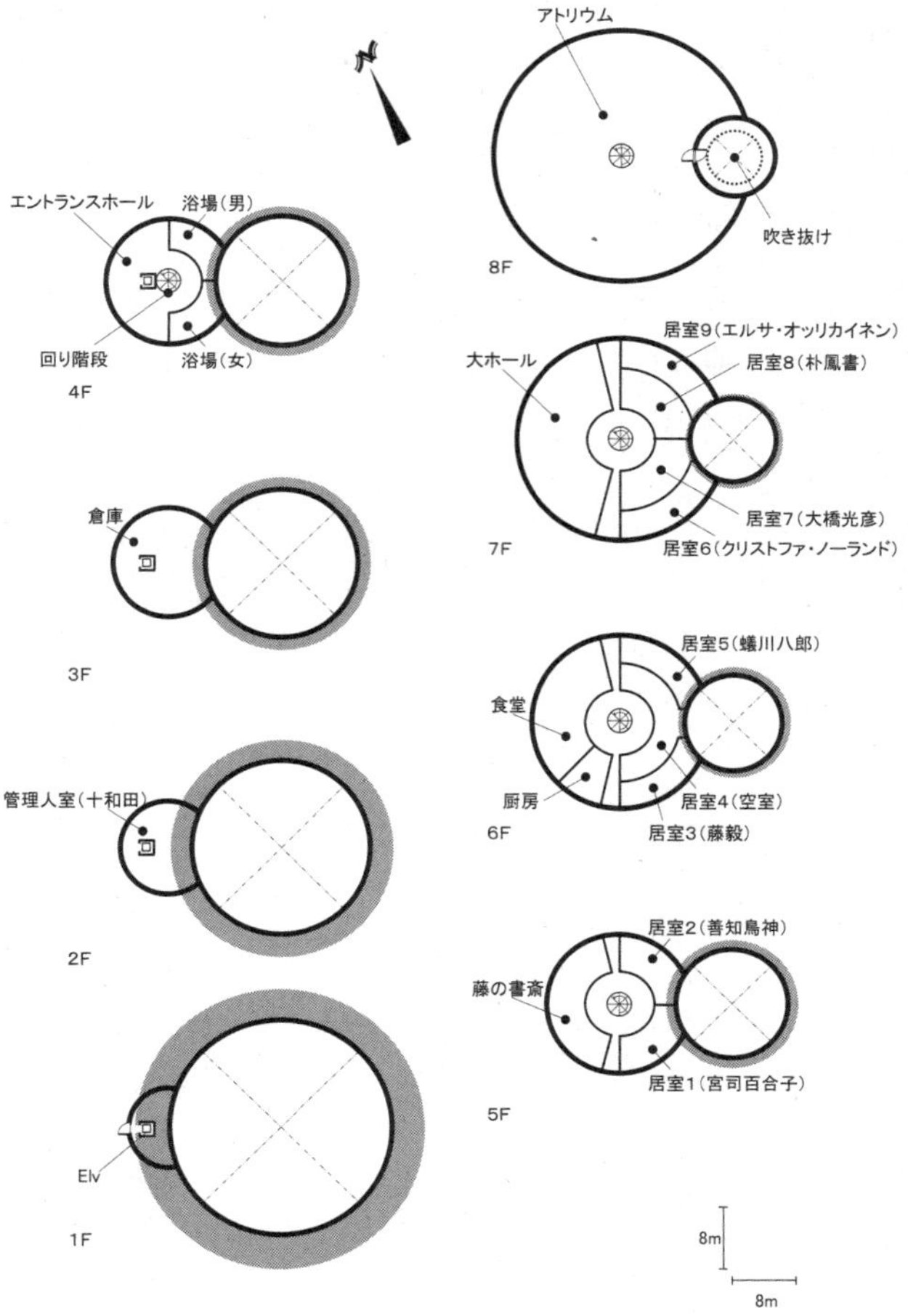
アトリウム
吹き抜け
8F
エントランスホール
浴場(男)
回り階段
浴場(女)
4F
大ホール
居室9(エルサ・オッリカイネン)
居室8(朴鳳書)
居室7(大橋光彦)
居室6(クリストファ・ノーランド)
7F
倉庫
3F
居室5(蟻川八郎)
食堂
厨房
居室4(空室)
居室3(藤毅)
6F
管理人室(十和田)
2F
居室2(善知鳥神)
藤の書斎
居室1(宮司百合子)
5F
Elv
1F
8m
8m

で中空だ。

まさしく、今こうして真上に見上げる、重ねられた白い円柱構造——上に行くほど大きく、おそらくはわざと不安定に作られている——のそれぞれの階層に、図面のとおり、人が暮らすことを前提とした設備が作られている。

ごくり、と百合子は無意識に、唾を呑《の》み込《こ》む。

そんな百合子を無視するように、十和田は無言のまま扉を引き開けると、素早くその奥へと消えた。

「……黄泉比良坂《よもつひらさか》ね」

神が、面白そうに目を細めた。

「神話では、伊弉諾《イザナギ》は黄泉の国へ、亡くなった伊弉冉《イザナミ》に会いに行くけれど、その醜《みにく》く腐った姿に逃げてしまう。追ってきた伊弉冉を阻《はば》むために、伊弉諾が最後に千引《ちびき》の岩を置いたのが、東出雲《ひがしいずも》の黄泉比良坂だと伝えられている」

「つまり、黄泉への入り口だと」

そうね——と頷くと、神は続けた。

「私たちも、伊弉諾のように、生きて帰ってくることができるかしら」

「桃の実でも持っていきますか？」

「三つほどね」

ふふ――と神はおかしそうに微笑んだ。

白い塔に入ると、百合子はすぐ、部屋の異様さに思わず目を瞬く。

そこは――曲面で覆われた部屋だった。

背後には外壁と同じ白い壁が、湾曲して百合子たちを囲んでいる。一方の眼前には、それと対照的な黒い壁が――これも、黒い塔の外壁と同じ材質だ――百合子たちの足下に向かって裾野《すその》をせり出すように、立《た》ち塞《ふさ》がっている。

天井は高く、六メートルはある。照明は疎《まば》らだがハロゲンランプのように光量があり、薄暗くはない。

それにしても、この構造は――。

「……二つの塔は、互いに干渉しているのですね」

神が、百合子の思うことを的確に言った。

その言葉に、十和田は相変わらず背を向けたままで答えた。

「そうだ。白い塔の内側に、黒い塔がめり込んだ造りをしていて、外見上、お互いの重なりを持っている。この二つの塔は、互いに絡み合い、共有部分を有しながら、ひとつの堂を形成しているのだ」

「何を表現しているのでしょう？」

「それは……解らない。藤先生の考えることは、僕の思慮が及ぶ世界にはないのだから」

「そうですか？　私には、解りますけれど」

眉《まゆ》を顰《ひそ》めながら、十和田が漸く半分だけ振り返る。

その怪訝《けげん》そうな顔に、神は飄《ひょう》々《ひょう》と続けた。

「白い塔には人が住み、黒い塔には奈落《ならく》が広がる。白い塔は天空に拡《ひろ》がり、黒い塔は地面へと根ざす。すなわち、白は陽。黒は陰《いん》……相対する二つの要素が影響しながら、ひとつの世界を作り上げている」

「……陰陽道《おんみょうどう》か」

十和田が、呟くように続けた。

「陽は陰にあり、また陰は陽にある、二元論により世界が解釈されることを表現している」

「ええ。そして、その渦中にある私たちこそが、二元の混じり合う混沌《カオス》そのものだと思える……でも、本当のところ藤衛が言いたいことは、そんな陳腐《ちんぷ》な思想じゃないと思いますが」

「つまり？」

「解りませんか？」

神は、口の端に、どこか冷たい印象のある笑みを浮かべながら言った。

「それらのすべてを、大聖堂が腹中に飲み込んでいる……そう、藤衛は、こう表現しているんです。『この私こそが、世界を原点に取り込むのだ』と」

「…………」

答えはないまま、十和田は再び緩慢に前を向いた。

その視線の先、黒い斜面の中央に通路が抉《えぐ》られ、すぐ行き止まりになっていた。

十和田はつかつかと通路に入っていくと、行き止まりで、壁に向かって低い声を発した。

「……『開け』」

声は、鉄扉に反射して短い反響を生み、それが完全に壁面へと吸い込まれたところに、音もなく扉がスライドし、開いた。

扉の向こうには、小さな部屋があった。

何もない部屋だ。壁面はオフホワイト、床はベージュのカーペット。六人も入れば一杯になってしまう部屋を、天井のパネルライトが煌々《こうこう》と照らしている。

十和田は、当然のようにその部屋へと歩を進めると、振り返り、目線で「中へ」と百合子たちを促した。

悠然と、そして早足で、二人が部屋に入ったのを見届けると、十和田は再び、天井に向かって言った。

「……『閉じろ』、そして『2階へ』」

その言葉に、部屋の扉が即座に閉じると、程なくして、ぶうんという小さな振動とともに、足下に圧を感じた。

神が、いつもと何も変わらない声色で言った。

「このエレベータは、声で操作するのですね」

「そうだ。最新の音声認識技術が使われている」

「ボタンで操作していたあのときとは違うのですね。十和田さん以外の声でも反応しますか？」

「ああ。誰の声でも応答する。それが、日本語であればだが」

エレベータが2階に着くと、扉が静かに開いた。

「管理人室、つまり僕の部屋だ。特に何もないが」

その言葉どおり、確かに殺風景な部屋だった。

白い壁面と黒い斜面に囲まれた、何もない部屋。1階と同じく、天井はやけに高い。

僕の部屋、と言う割に、十和田がここで寝起きしている生活感は感じられない。その原因は、きっとここに十和田の私物が何もないからだろう。

そういえば十和田は、以前こんなふうに言っていた——僕に言わせれば、私有財産はわずらわしくて面倒なだけだ。

その言葉どおり、寝るときも寝袋さえ使わず、その辺に転がって眠っているのに違いない。

いかにも十和田らしい考え方、そして眠り方だ。だが——。

「本当に何もないのですか？」

神が、十和田に軽い口調で問うた。

「十和田さんが、実は何か、よからぬものを隠し持っている可能性は否定できません」

「そう思うのは君の自由だ。だが事実はそれとは別に確定している。確かめてみても構わないが？」

「……遠慮しておきます」

神は、首を横に振った。

確かめてもいいと言うくらいなのだから、あえて嘘を吐いているのでもないのだろう。

十和田は、エレベータの壁を向いたままで言った。

「『閉じろ』、『3階へ』」

その言葉に、忠実なエレベータはまた動き出した。

そして、すぐに3階に着く。

扉が開くと、今度は一転、薄暗い中に多くの段ボールが置かれているのが見えた。段ボールの側面には、ミネラルウォーターや缶詰メーカーのロゴが印刷されている。

十和田が、つまらなそうに言った。

「ここは、ただの倉庫だ。やはり君たちが見るべきものはない。『閉じろ』、『4階へ』」

急いでいるわけではないのだろうが、そそくさと十和田は次の階層をエレベータに指示した。


4階に着くなり、十和田は無言で出ていった。

改めて思い出す大聖堂の平面図。エレベータは4階までしかなく、そこから上へは階段でしか行くことができない。

後に続く百合子たちに、十和田は、背を向けたまま、やはり高い天井を持つこのフロアの、奥で湾曲する壁に向かって一直線に歩きながら言った。

「ここが、エントランスホールだ」

そして、右回りに通路を進んでいくと、やがて、その先にある二枚のドアの前で、一瞬足を止めた。

緩慢に、十和田がドアを指差す。

「ここは、浴場だ。左が男性用。右が女性用になっていて、いつでも自由に利用できる。入ってすぐのところにはトイレもある」

確かに、ドアノブの下に小さく「男」「女」と書かれたプレートが貼《は》り付《つ》けられていた。

それ以外には大きな差のないドアだ。間違わないようにしないと、と心の中で呟く百合子の横で、不意に「男」のドアから、二人の男が出てきた。

ひとりは恰幅《かっぷく》のいい熟年の男、もうひとりは中肉中背の中年男性だ。

熟年の男は、十和田の存在に気づくと、まるでよく知る友人を呼び止めるかのように「やあ」と声を掛けた。

「十和田君、あんた、こんなところにいたのか。どこに行ったのかと思っとったよ」

「すみません」

「『午後六時になったら、最上階のアトリウムに上がってください』などと言ったきり、いつの間にか消えるとは。仕方がないので、私も勝手に風呂《ふろ》をいただいたよ」

大口を開けて笑いながら、男は黄色い歯を見せた。

皮膚の弛《たる》みからして、年齢は六十代後半くらいだろうか。髪はなく丸坊主《まるぼうず》で、顔に刻まれた皺とは対照的にてかてかと輝いている。四角い顔つきは、岩のようにごつごつとしており、取り分け繋がった眉には特徴があった。

「今は五時か。六時までにはまだ時間があるな。もう少し長湯してもよかったか」

上下で色が異なるダブルのスーツを着た男は、高そうな金色の腕時計をちらりと見ながら分厚い手のひらで自らの頭を撫《な》で、それから漸く百合子たちに気づいた。

「ん？　こちらのお嬢さん方はコンパニオンか？」

失礼な物言いに百合子がむっとする横で、十和田が首を左右に振った。

「いいえ。二人とも、蟻川《ありかわ》さんと同じ立場の、今回の会議《カンファレンス》に招待された方です」

「そうなのか？　これは失礼したな」

一瞬、驚いたように目を見開くと、男は心持背筋を伸ばし、小さく一礼した。

「蟻川八郎《はちろう》です。M新聞社の論説委員をしております。会議では、縁あって立会人に指名され、藤衛先生にご招待をいただいたのだが……お二人は？」

妙に居丈高《いたけだか》な口調だ。少しむっとする百合子の隣で、神が、飄然《ひょうぜん》と答えた。

「今、十和田さんがおっしゃったでしょう？　私たちも、招待されたの」

「ってことは、学者さん？」

「いいえ？　私たちは娘よ。藤衛の」

「……何と」

一瞬、蟻川は「しまった」というような顔をすると、伸ばした背筋をさらに伸ばし、一本眉の下でぐりぐりと目玉を動かした。豪放磊落《ごうほうらいらく》を気取ってはいても、その実、小心者なのかもしれない。

「あなた方が、藤衛の娘さんなのですね」

蟻川の後ろで、中年の男が苦笑いを浮かべた。

黒いスラックスにグレーの開襟シャツ。上品で紳士的な中肉中背の男は、その言動にも落ち着いた雰囲気を纏っている。

「あなたは？」

「ご存じないですか。……いや、お二人が僕のことを知らないのも、無理はない」

「……？」

男が、不意に百合子を見つめた。

理知的で、紳士然としたその男。だがその顔に、百合子はふと、見覚えがあるような気がした。

それが誰だったか、思い出せないままの百合子をよそに、男は言葉を継いでいく。

「僕は、お二人のことをよく知っています。善知鳥神さんのことも、宮司百合子さんのことも……そう、百合子さん。僕は以前、あなたのお兄さんとも色々と話をしたことがあるのです」

「えっ、兄とですか?」

「ええ。お兄さんは僕の職場を訪ねてくださり、そのときに……もちろん、父の話も」

「……あ」

百合子は、はたと気づいた。

男の面影《おもかげ》が、誰のものか。

高い知性を思わせる、幅も高さもあり、しかも大きく前にせり出す発達した額と、吸い込まれそうなほどに大きく黒い瞳。それは——。

「まさか、あなたは……藤毅《たけし》さんですか?」

「ええ、いかにも。僕はW大学理学部で部長職を拝命している、藤毅です」

改めて、男は——藤毅は、静かに一礼した。

「お二人とは初対面ですから、初めましてと言うべきでしょうか。それでも僕はあなた方のことをよく知っている。それがなぜか、解りますか?」

「血が、繋がっているからね」

「……まさしく」

神の言葉に、藤毅は、神妙な顔つきで頷いた。

「父は、母が異なる僕をあなた方に会わせるようなことはしませんでした。僕も、あなた方のことは伝聞でしか知り得ません。こんなに歳《とし》も離れていますし、今さら血を分けた兄妹であると言うつもりもありません。でも、それでも……」

ふと、藤毅は顔を伏せ、声を詰まらせた。

「……どうしたの？」

「いえ、善知鳥さん……何でもありません。やはりこれは、今さら言うべきことではないと」

「ふふ。こう言いたいのでしょう？『あなたたちは、ここに来るべきではなかった』」

「……どうして、それを」

眉間に険《けわ》しい皺を刻む藤毅に、神は飄々と答えた。

「あなたは、誰よりも藤衛のことを知っている。それは、あなたが藤衛の嫉妬《しっと》を受けてはいなかったから。それはとても幸せなこと。だからこそ今、この場所にも来ることができている。でも同時に、不幸なことでもあった。なぜなら……」

「……僕は、『立会人』でしかない」

「そう。決して『当事者』とはなり得ない」

神は、ふと十和田に身体を向けると、そこでじっと視線を背けたままの男に語り掛けるように言った。
「藤衛の執着は、私たちに向いている。それを振《ふ》り解《ほど》くためには、もう形振《なりふ》り構って
はいられない。十和田さんにも、そのことは理解してほしい」
「…………」
「な、何を言っているんだ？　藤さん、あんたまで……一体どうしたんだ？」
突然の異様な雰囲気に、目を白黒させつつ、蟻川が割って入る。
理解できない状況に、あえて主導権を握ろうとするのは、不安の表れだろうか。
「何でもないわ。蟻川さん」
神が、いつもの微笑みを返す。藤毅も、懐《ふところ》からシガレットケースを取り出すと、
何事もなかったかのように煙草《たばこ》を咥《くわ》え、ライターで火を着けた。
「そう。何でもありませんよ。蟻川さん」
「は、はあ……」
「ともあれ、蟻川八郎さん、そして藤毅さん。よろしくお願いするわね。立会人とし
て」
神の言葉は、決して威圧的なものではなかった。しかし蟻川は、よく解らんと言い
たげに顔の右半分だけを歪めると、それから、不安げに自分の坊主頭を忙《せわ》しなく撫で
た。

蟻川たちと別れると、十和田はエレベータのちょうど裏側に向かった。

そこには、扉が一枚ついた円筒形の構造物が天井まで延びている。その扉を、ほんの僅かだけ軋《きし》ませながら開けると、中へと入っていった。

慌ててその後をついていくと、そこには、上層階へと回りながら延びる階段があった。

百合子は思う。図面と同じだ。大聖堂がすべて、あの図面どおりに作られているのは間違いない。図面は、嘘を吐いてはいないのだ。

――左回りに上がっていく狭い回り階段を、十和田はトントンと迷いのない足取りで上がっていく。

階段の周囲は、プラスチックのような材質でできたクリーム色の壁で覆われていた。等間隔に間接照明が仕込まれているお陰で暗さは感じない。

各層の天井が高く、したがって次の階へと上がるためにはそれなりの時間が掛かる。

不意に、百合子の足下が覚束《おぼつか》なくなる。

眩暈《めまい》？　いや――。

すぐに理解する。回り階段が、小さく揺れていることを。

「……また地震ね」

　前を上がる神が呟いた。黒いワンピースが、大きく膨らみ、まるで死神のように、神の周囲で踊る。

　そこから僅かに覗く彼女の踝《くるぶし》が、それとは対照的に、まるで陶器のように白く輝いていた。

　やがて、揺れが収まると、百合子は地震など物ともせず先に上がった十和田を、早足で追い掛けた。

　5階の扉を開けるなり、待ち構えていた十和田がぶっきらぼうに言った。

「この階には、三つの部屋がある。案内しよう」

　そして、廊下を左回りに歩きながら、それぞれの扉を顎で示した。

「手前にあるのが百合子くんの部屋、奥にあるのが神くんの部屋だ。部屋には洗面所とトイレがあるから、自由に使ってもらって構わない」

「その気になれば、籠城《ろうじょう》も？」

　冗談まじりに神が言ったことを、十和田は即座に否定した。

「できない。それは無理だ」

「なぜですか？」

「鍵《かぎ》がないからだ」

「なるほど。逃げも隠れもできないと」

「そう考えてもらっていい。ところで百合子くん」

不意に十和田が、百合子に振り向いた。

色素の薄い灰色の虹彩《こうさい》。瞬きもしない瞳に射貫《いぬ》かれ、どきりとする百合子に、十和田は言った。

「荷物を、置いてくるか？」

百合子は、一拍の間を置いてから、首を横に振った。

「あ、後でいいです。別に重くないですから。服しか入ってないですし……」

「……そうか」

小さく頷くと、十和田はちらりと神を見た。

「君は、荷物はないんだな」

「ええ。私物には興味がないので」

「…………」

なぜか沈鬱《ちんうつ》な表情を浮かべると、十和田は、それきり何も言うことなく、再び早足で歩き出した。

程なくして、廊下の右手にもうひとつ扉が現れた。

これまでの扉とは異なる、大きく重厚な扉だ。高さは三メートルほどあり、おそらくは紫檀《したん》で作られた両開きの木製扉だ。

その扉の前で足を止めると、十和田は眩しそうに眼《め》を細めた。

「ここは、藤先生の書斎だ」

「ここが……」

神や百合子の部屋と同じフロアに、藤衛の書斎もある——その事実に、無意識に唾を飲み込む百合子に、十和田は残念そうに言った。

「今は、先生はいらっしゃらないが。……入ろう」

そう言うと、扉をゆっくりと押し開けた。

そこは、「書斎」と名付けられただけの、何もない部屋だった。

絨毯《じゅうたん》が敷かれた扇形の部屋の四面にはすべて、高い天井までの本棚が、正方形の格子状に作りつけられている。材質は扉と同じ紫檀だ。ちょっとした図書館の蔵書ならば、すべて収納できる規模だが、しかし今は、そのすべてが空だった。

ぽっかりと何百何千もの口を開けた、大聖堂の本棚。それ以外には、机も椅子もない不気味な光景に、百合子は無意識に一歩たじろぐ。

「大丈夫よ。百合子ちゃん」

百合子の怯えを察したように、横にいた神が、顔を半分だけ百合子に向けた。

「不可解さに怯んではいけない。そうなれば藤衛の思《おも》う壺《つぼ》よ。私たちを飲み込もうとする意志に負けてはいけない。それに……こういうときほど、表裏一体だもの」

「表裏一体？　……何がですか」

「ふふ……知ってる？『危機』と『好機』は、一字違いなのよ。それに、ほら……あそこを見て？」

神が、優しげに目を細めつつ、書斎の片隅《かたすみ》を指差した。

そこは、本棚の隅に当たる場所。よく見ると、そこに何かがあった。

「あれは……ドア、ですね。小さなドアです。何の入り口でしょうか」

「ユニットバスよ」

「ユニットバス？　……そういえば、私たちの部屋と同じドアですね」

「そうよ。そして、あれこそが証でもあるの」

「……証？」

不審げに首を傾げる百合子に、神は静かに、しかし真剣な表情で続けた。

「そう。あの場所こそが、証明になる。あの男も所詮《しよせん》、私たちと同じ存在でしかないことの」

「…………」

神は、何を言っているのだろう。

困惑する百合子をよそに、神はそのまま、藤衛そのものと決別するかのように、くるりと背を向けると、もはや口を開くことなく、書斎を後にした。

長い回り階段を6階へと上がると、十和田は、相変わらずの無感情な口調で言った。

「東側には居室、西側には食堂と厨房《ちゅうぼう》がある。居室は三つ、そのうち二つは、蟻川さんと藤毅さんに使ってもらう予定だ」

「もうひとつは？」

「空室だ」

神の問いに、十和田は即答した。

「ふふ……φ《ファイ》ですね」

「空集合だ。特段の意味はないが」

「だと、いいですね」

神が、含みのある言い方で十和田を挑発した。

だが十和田は、神の言葉を無視すると、そのまま早足で廊下を左回りに歩いて行く。

「迷いのない足取りは、誰よりも迷いがあることの裏返しよ」

神が、その背に向けてぽつりと呟くように言った。

「態度は言葉よりも雄弁なものね……こと、十和田さんにあっては」

――居室への扉は、廊下の中央と、北側と南側に枝分かれした細い廊下の奥まった先に、それぞれひとつずつある。

それらには目もくれず、十和田は、廊下をそのまま左回りに進んでいくと、右手に見えたガラス扉の前で止まった。

一面がすりガラスの両開き扉だ。十和田は扉に手を掛けると、それを押し開け、中へと入っていった。

そこにあるのは、扇形の大きな部屋だった。

清潔感のある白壁と、フローリングの床。天井には蛍光灯が整然と並び、部屋を隈《くま》なく照らしている。

その中央には、三脚のテーブルがあった。ひとつのテーブルには三つの椅子が、向かい合わせに計六つ置かれている。十八人が一度に着座できる計算だ。

「ここが、食堂だ」

十和田が、三つのテーブルを、順繰りに目を細めて見ながら言った。

「食事はすべて、ここで提供する。食事時間が決まっているわけではないから、もし空腹になれば、僕に言ってもらいたい。もちろん、これは君たちがあらかじめ用意し持ち込んだ飲食物を摂取することを妨げるものじゃあない」

け安堵する。

回りくどい言い方だ。だがそれは、百合子がよく知る十和田らしくもあり、少しだ
「十和田先生が、作ってくださるんですか」

問う百合子に、十和田は「いいや」と首を横に振った。

「正確に言えば、食事を作るかまたは作ったのは、電子レンジと食品製造業者だ。僕がするのは、用意されたレトルト食品や缶詰を、君たちの要望に応じて温めることだけだ」

「だとしても、私たちのためにしてくださるのには間違いないですよね」

「そう思いたくば、そう思えばいい」

百合子の顔を見ることなくそう言うと、変わらず無表情の十和田は、ふと顔を食堂の片隅に向けた。

つられて百合子も視線を向けると、その先に、二人の人物が見えた。

ひとりは、長身で銀髪の美女、もうひとりは、横に大きな印象のある小男だ。

「ああ、十和田さんですか。今度は、一体私に何を指図しにきたのですかね」

小男は、十和田の姿に気づくと、あからさまに目を眇《すが》めた。

そして、極端に嫌そうな顔をして言った。

「何度も言われなくても、私はきちんと六時にアトリウムに上がるつもりでおります

よ。私の記憶能力に不信を抱いているのならば、その心配はご無用。と、それよりも、あなたの隣にいるのはどなたですか。存じ上げない顔ですね」

眇めた目が、神と百合子をジロリジロリと、品定めするように交互に見た。

男の態度にも動じることなく、十和田は淡々と百合子たちを紹介した。

「こちらは善知鳥神くん。こちらは宮司百合子くん。どちらも、今回、藤先生が招待された方です、大橋《おおはし》先生」

「なるほど。お二人も招待者だと」

大橋先生と呼ばれた小男は舐《な》めまわすように百合子たちを見る。

不愉快な視線に、しかし百合子も負けじと男のことを観察し返す。

年齢は、三十手前か。背は低いが、幅のある肩が盛り上がっている。横に大きな印象があるのはそのアメリカンフットボール選手を思わせる肩のせいか。

その肩の上で、不釣り合いなほど細い首が大きな面長の頭を支えている。終始眇めた目も印象的だが、黒々とした髪が整髪料できちんと左右対称に分けられているのも個性的だ。シャツのボタンを一番上までしっかりと留めていることからしても、この男はかなり神経質な性格なのではないかと思えた。

「神……善知鳥神……」

眇めた目を、左右入れ替えると、大橋は言った。

「思い出した。もしかしてあなたは、あの、善知鳥先生ですか？　十五歳のときに『クシー関数とハーディ・リトルウッド予想群の無限級数的かつ幾何的表現』を書かれた」

「ええ、そのとおりよ」

神が、白く滑らかな頰《ほお》に笑窪《えくぼ》を作ると、大橋は大仰な素振りで手を大きくパンと打った。

「おお、やはり。これは光栄です。実は私は、あの論文にいたく感銘を受けたのですよ。若くしてこれほどのものを書いた才能があるのかと。いや、まさかこんなところでお会いできるとは、恐悦至極」

言葉は丁寧だが、目は終始眇めていて、今さら百合子は、大橋には元々そういう顔つきをする癖《くせ》があるのだと理解した。

大橋は姿勢を正し、自己紹介をした。

「申し遅れましたが、K大学院で数学の研究をしております大橋光彦《あきひこ》です。光の彦と書くので『みつひこ』と間違えられますが『あきひこ』です」

あー、きー、ひー、こー、と虫歯だらけの口を開けて、大橋は自分の名前を繰り返す。

「専門は数論、取り分け双子素数問題と和算について探究しております。どちらも面白く、また拡がりとともに深みのある世界ですよ」

そう言うと大橋は、改めて恭しく一礼した。

双子素数問題と、和算――。

百合子は、大橋が述べたその二つの単語を心の中で反芻する。

双子素数問題とは、３と５、17と19、８２７と８２９のように、間に偶数を挟んで隣りあう素数の組が――だから双子素数と呼ばれるのだが――無限にあるという仮説のことだ。この命題は証明されておらず、したがっていまだ定理《Theorem》ではなく仮説《Hypothesis》である。しかも極めて難易度が高い、現代数学の最難問だ。

一方の和算は、主に江戸時代の日本で発展した数学で、その代表的研究者は言うまでもなく、かの関孝和《せきたかかず》である。

双子素数問題と、和算。数学の中ではある意味で両極にあるものを、いずれも「専門」と自称する大橋は、一体どのような研究を行っているのだろう？

「……似て非なるものがその根底において結びつくことは、よくあることよ。百合子ちゃん」

百合子の疑問に答えるかのように、神が言った。

「哲学者は数と世界を結びつけた。物理学者と数学者の邂逅《かいこう》は原子核の内側に零点が存在するのを明らかにした。楕円《だえん》曲線とモジュラーの相関はフェルマーの最後の夢を叶《かな》えた」

「はい。知っています」

百合子は、静かに頷く。

神が述べたことはすべて、百合子がよく知るエピソードだ。だからこそ、百合子にはよく解る。神が何を言わんとしているのかが。だから——。

「……世界は、いつも水面下にある」

「ええ。ダブル・トーラスのようにね」

神が、静かに答えた。

「いつもそれらは、目には見えない。でも、見えないからといって存在しないわけではない。むしろ、見えないからこそ、そこに真理がある」

大切なものは、目に見えないのよ——そう言いたげに、神が目を細めた。

その黒い瞳の向こうに、百合子は、いつかどこかで見つめた瞳の色を連想した。

「ところで、彼女のこともご紹介しましょう」

そう言うと大橋は、隣に立つ美女のことを、勝手に紹介し始めた。

「こちらはミス・オッリカイネン《Miss Ollikainen》。はるばるフィンランドから来られました。今朝方成田《なりた》に到着して、そのまま藤先生の手配した小型機とヘリを乗り継いで来られたそうです」

そうですね？　と大橋は美女の方を向いた。

ミス・オッリカイネンと呼ばれた美女は、大橋の促しに「はい」と首を小さく縦に振ると、片言の日本語で自己紹介をした。

「はじめまして。エルサ《Elsa》・オッリカイネンです」

高く澄んだ声色だ。たどたどしいが、発音はしっかりとしていた。

「彼女はまだヘルシンキ大学の学生ですが、今期待の俊英です。今回、初めて日本に来るということで、急遽《きゅうきょ》、日本語を覚えられたそうです」

「言葉、解らなければ、すみません」

エルサはそう言うと、銀髪の数本をはらりと肩口から落としながら、静かに一礼した。

年齢は、二十代後半だろうか。いや、欧米人は大人っぽいからもっと若いかもしれない。身長は百七十センチ以上あるが、その割には華奢《きゃしゃ》で、ぴったりとした白のニットとスリムジーンズが、長くしなやかな手足のラインを明らかにしていた。

高い鼻に、薄い唇。尖《とが》った顎。それらが左右対称に整った北欧の女性特有の小さな顔に、白雲母のような模様を持つ艶のある眼鏡を掛け、その奥で、少し寄り目気味の碧色《へきしょく》の瞳が二つ、輝いていた。

神秘的な雰囲気を漂わせる女性だ——そう思いつつ、百合子はふと、ちらりと隣にいる神を見た。

黒いワンピースを身に纏い、黒く長い髪をなびかせる神。彼女の雰囲気も、どことなくエルサに近いものがある。

「彼女の専門は、フラクタルです」

大橋が、言葉を継ぐ。

「なんでも、あらゆる数学的表現形式は常にある種のフラクタルと一対一の相関関係を持つそうです。専門外の私には残念ながら理解できませんが、これはなかなか凄《すさ》まじい着想で、少し興奮しますね」

大橋は、興奮、というところであからさまに、ふん、と鼻息を吐いた。

そんな様子を、エルサは微笑んでいるような、不機嫌なような、形容しがたい表情で見つめていた。言葉少ななこともあって、彼女が何を考えているのか、その表情から読み取ることは難しかった。

「……それでは、また後程」

「あ、ちょっと待ってください」

会話が止まり、頃合いとばかりに食堂を辞そうとした百合子たちを、大橋が呼び止めた。

「あなたがたは、あの池を見ましたか？」

「池？　外のカルデラ湖のことですか」

「まさしく」

戸惑う百合子に、大橋は、黄色い犬歯を見せた。

「次に外に出られたときにはぜひよく見てください。実は、あの池にはオオカミウオがウヨウヨしているのですよ」

「オオカミウオ。もしかして……あの、鋭い歯を持った魚でしょうか」

百合子は思い出す。あの黒く巨大な体軀《たいく》と、光を宿さない丸い目、そして大きな口、分厚い唇と、鋭い牙を――。

「ええ、そいつです」

大橋は、パンと手を打った。

「可能であれば、ぜひあの魚を捕まえて、食べてみていただきたいですね」

「えっ、食べるんですか？」

「淡白で、美味《おい》しいですよ」

唇の端《はし》をL字に歪めながら、大橋は、妙に意味ありげな口ぶりで言った。

7階に着くと、十和田はさっさと扉を開け、そのまま右へと歩を進めた。

百合子はまた、図面を思い出す。このフロアには確か、東側に四つの居室が配置されていたはずだ。一方の西側半分は、大きく扇子を広げたような空間になっている。それが――。

「……大ホールだ」

廊下の中央にある大きな両開き戸を開けて入ると、十和田はそう言いながら、百合子たちを振り返った。

大ホール。そこは食堂よりも幅と奥行きがある、さらにひと回り広い部屋だ。部屋の扇形に沿うように長机が整然と並べられ、奥にいくほど床が高くなっている。言わば、今、百合子たちがいる入り口を中心として、机が彼女たちを見下ろすような造りになっていた。

こんな構造の部屋を、百合子はよく知っていた。

そう、これは――大学の講義室だ。

多くの学生たちに見下ろされながら、身振り手振りを交えて教授が講義をする、あの場所である。

だとすると――百合子もまた、十和田に倣《なら》うように、後ろを振り返る。

扉の上には、高い天井までの間に三メートルほどの空間があり、その空間一面に巨大なスクリーンが設置されていた。

そのスクリーンと向かいあう、天井のちょうど真ん中あたりに、大きな映写機《プロジェクタ》が据え付けられている。なるほど、黒板の代わりにあそこからスライドを映写して、講義を行うということか――。

それにしても、何のために、こんな部屋があるのだろう。疑問に思う百合子は、しかしすぐさま自らその答えを出した。

何のため？　そんなの、決まっている。

ここは大数学者藤衛の館《やかた》、大聖堂だ。藤衛が使うに相応しい立派な講義室が、存在しないわけがない。

――ふと見上げると、大ホールの右端、その最上段に二人の男がいた。

ひとりは大柄《おおがら》な欧米人、ひとりはアジア人。二人は、十和田たち三人の姿を認めるや、すぐに迎えるように下へと降りてきた。

「やあ、十和田さん。どうしたんだい？」

片方の欧米人が、フレンドリーに右手を上げる。

見た目に反し流暢《りゅうちょう》な日本語だ。抑揚《よくよう》がやや変わっているからネイティブではなさそうだ。

「もう上がる時刻だっけ？　……いや、まだ六時にはなっていないな。まだ三十分はある。もし十和田さんが上がれというなら、そうするにやぶさかではないが」

やぶさか、という言葉を使ってみたかった――そう言いたげに、男はニコリと白い歯を見せた。

男の身長は、百八十センチ以上あるだろうか。白いポロシャツと対照的な小麦色に焼けた肌。袖口《そでぐち》や七分丈《たけ》のパンツから覗く筋肉は引き締まっている。赤毛のナチュラルな長髪と僅かに浮かぶそばかすに、まだ少年のような面影が残っている。威圧感を感じないのは、人懐《ひとなつ》こい笑顔のお陰だろう。

年齢は——ちょうど三十歳くらいだろうか。

「どうも、初めまして、僕はアメリカ人のクリストファ・ノーランド《Christopher Knowland》と言います。君の名前は？」

ナチュラルに右手を出す男——ノーランドに、百合子もまた返事と共にごく自然に右手を差し出す。

「あ、はい。宮司百合子といいます」

その手をぎゅっと力強く摑《つか》むと、ノーランドは再び、白く磨《みが》き上《あ》げられた前歯を見せた。

「百合《Lily》。いい名前ですね。あなたも数学を？」

「え……ええ、一応」

「だろうね。そうでなければこんなところまでくることもないはずだ」

ノーランドは百合子の手を離すことなく、捲《まく》し立《た》てるように言葉を続けた。

「しかし、ここにきた君ならばもちろん知っていることだろうけれど、一旦数学の虜《とりこ》になったならば、この場所はまさに聖地となる。そうそう、僕には二つの聖地があって、ひとつはノースショアという場所にある。知っているかい？」

「ノースショアですか？　確か……ハワイにあるサーフィンで有名な場所だったかと」

「そう、それだ」

ノーランドは百合子に人差し指を向けた。

「海底が岩場で、命を脅かす危険な場所でもある。だが、そこが本当に素晴らしくって……とまあ、その話はまた別の機会にしよう。僕が言いたいのは、僕のもうひとつの聖地が、まさにこの大聖堂だということさ。いや、僕でなくたって、数学に没頭する者は皆同じじゃないかな。そう、ひとたび数学を志し、『かの難題』に魅せられたならば、ここは聖地だ。たとえそれが『悲劇』の場所であったとしても……」

「『悲劇』……もしかしてノーランドさんは、二十四年前の事件のことを？」

「もちろん《Of course》。知っているとも」

不意に真剣な表情を見せると、ノーランドは続けた。

「そういえば、僕の自己紹介がまだだったね。僕は今、ハワイ大のヒロ校に籍を置く研究者です。専門は位相幾何学、特にトポロジーで、その立場から『かの難題』に対するアプローチをもう何年も続けています。それが何かは解るね」

「リーマン予想、ですね」

「そのとおり。『$\Sigma 1/n^x$で定義されるζ《ゼータ》関数がゼロになるとき、その自明でない引数xの実部は必ず2分の1になる』……この深遠かつ未解決の問題は、僕の心をもう二十年も惹きつけている。もう、僕は虜なんだ。愛《いと》しくてたまらないんだよ。この美しい女神がね」

叙情的な表現に耽溺《たんでき》するように、ノーランドは、眉根に波打つ皺を寄せた。

「ノーランドさん、あなたはリーマン予想に魅せられた。だからこそ、ここを聖地と呼んでいる。その理由は……ここで事件があったからですか」

「……そのとおり」

百合子の問いに、ノーランドは漸く百合子の手を解放すると、静かに頷いた。

「本来ならば、リーマン予想は解決されるはずだった。二十四年前、藤天皇《Emperor Fuji》の呼びかけによりこの大聖堂に集まった四人の俊英、バーニャース、ウード、オットーそしてケネディの手によって、大リーマンの偉大な城は陥落するはずだったのです。けれど、それは、叶わぬ夢となってしまった。そう、事件が起きてしまったのだからね」

大仰に肩を竦め、その後手のひらで頭を抱《かか》えるようなジェスチャーをすると、ノーランドは続けた。

「あの事件は、藤天皇が起こした事件だと言われている。他でもない藤天皇自身もそう言ったそうだが、実は、そんなことはどうでもいいことなんだよ。そう……僕たちはもっと本質を見つめるべきだ」

「本質……というと？」

「解らないかな？　僕らはよく吟味しなければならないということさ。あの場でリーマン予想は解決したはずだった。しかし、結局解かれることはなかった、という事実を」

訴えかけるように、両手を胸の前で広げた。

「藤天皇がその背後で事件に何らかの加担をしていたのかどうか。それは世間では大きな問題とされているが、大したことじゃあないと僕は思う。そもそもこれは、本当だとも嘘だとも言えない決定不能命題だよ。カントールやゲーデル、ヴィトゲンシュタインに聞けばわかるさ。むしろ僕たちが見るべきは、四人の生命とともに、解決の望みも散ってしまったという、ロマンだ」

「……ロマン？」

やや場違いな単語に、今度は百合子が額に皺を寄せる。

だがノーランドは、なおも陶酔したように自らの言葉を紡いでいった。

「そうさ、これは実にロマンティックなことなんだ。人は命を懸けてノースショアに挑む。岸壁に叩きつけられても、海底に沈んでも、遂には一枚のボードで波を制したいと生涯を掛けて挑む。それがサーファーという生き物だ」

「数学者が、一本の鉛筆で問題に挑むように？」

神が、不意に言葉を挟んだ。

「そう、そのとおり。……君は？」

「善知鳥神」

「ウトウ、カミ。うーん、耳にしたことがある名前だ。もしかしてどこかで？」

「いいえ、初めてよ」

「そうですか……まあいいや。いずれにせよ君は、僕と同じ海を泳いでいる人のようだね」

嬉《うれ》しそうに口の端を曲げたノーランドに、しかし神は微妙な微笑みと無言だけを返した。

だが百合子には、そんな態度を取った神の小さな呟きが、聞こえていた。

——ノーランドさん。あなたは二つ誤っているわ。ひとつ、私はあなたと同じ海を泳いではいない。もうひとつ、私は人ではない……。

「そう、これは命を懸けたロマンティックな挑戦なんだ。だからこそ、僕の心はなお駆り立てられている。三十になった今も、僕はこの偉大な波を制しようと試みているのさ」

「だからこそ、この場所に来たと。でも……二十四年前のことは、思い出さないのですか」

「当然、思い出すさ。招待された人々は皆死んだ。だが、思い出すからこそ、僕は奮い立つ」

「もしかしたら、同じ結末があるとしても？」

「もちろんだとも」

ノーランドが、大きな手をパンと打ちあわせた。

「繰り返すけれど、これはロマンなんだよ。ロマンが何だか解るかい？　危険そのもののことさ。この場所はまさしく、ノースショアと同じ、命と等価交換の挑戦が行われた場所だ。その場所に今、僕は立っている。同じ命を天秤《てんびん》の片方に掛けてね。これって、実にロマンティックなことじゃないか？　それに……」

「……それに？」

訝《いぶか》しげな百合子に、ノーランドは、ふと企むような表情を見せて言った。

「僕らは皆気づいているんだ。大聖堂には藤天皇が隠した秘密があることをね。だからこそ……あえて、死地に飛び込んでいるのさ」

「…………」

「なるほど、あなたの言いたいことは解ったわ。ところで……」

黙り込む百合子の代わりに、神が、斜め後ろでじっと佇む男に声を掛けた。

「ところで……もうひとりのあなたは、誰？」

男は、ぴくりと小さく肩を震わせると、半歩だけ後退し、一重の大きな瞳をじっと見開くと——。

「………」

何も答えない。

そんな男を、百合子もまたじっと観察した。

身長は神と同じくらいだろうか。白いTシャツを着た線の細い男だ。髪を横に分けているが、古めかしさはなく、むしろお洒落《しゃれ》な印象があるが、顔つきは赤い頬にあどけなさが残っている。

ノーランドが、言った。

「彼は、朴鳳書《Bak Bong-seo》。彗星のごとく現れた韓国《かんこく》の俊英だよ。……知らないかな？」

もちろん、知らない。

だが、知りませんと百合子が言う前に、ノーランドは弁舌も滑らかに、朴に代わって彼を紹介した。

「彼は凄《すご》いよ。ソウル大学の機械工学科で学びながら、同時に数学科にも籍を置いている」

「二つの学問を学んでいるってことですか」

「いいや。機械工学を学生として学びながら、同時に、数学科の教授として数論を教えているんだ」

「なんと……教授ですか」

「そうだよ。まさしく、天才だ」

ノーランドの言葉に、朴は恥ずかしそうに俯いた。どうやら、日本語は理解できているらしい。

「朴君の専門は巨大数論、これは彼が創始した新たな分野だ。機械いじりは趣味らしく……あれ？　そういえば朴君はなぜ機械工学科にもいるんだ？」

「それは……奨学金が、出るから」

朴が、小さな低い声で答えた。

その後、対照的な大声でノーランドが説明するに――。

朴は元々、機械工学科に奨学金を得て入学した学生だった。学生とは言っても、特例措置で二年の飛び級入学を果たしているので、ただの学生ではない。

だが、朴がその本当の才能を発揮したのは、大学に入った後だった。

「教養課程の数学の講義の最中に、未解決の問題をひとつ解いてしまったんだ。その後、彼はめきめきと数学の才能を発揮し、いつの間にか教授になってしまった。僅か二年の出来事だ」

「二年で、ですか」

「ああ。だから、彼のことを『ガウスの再来』と呼ぶ人もいるね」

確かに、大数学者に準《なぞら》えられる偉業だ。

だが、熱弁を振るうノーランドに比べ、当の朴はあまり楽しくもなさそうに、ぼんやりとした表情でその言葉を聞いていた。

「……もっとも朴君は、同時に機械工学科の学生でもある。いや、本当はそんなものどうでもいいと思うのだが、朴君がどうしても受けると言うのでね。問題は、それだと彼の数学研究に支障が出るおそれがあることだ。そこでソウル大では、彼の研究環境を整えるために、特例措置でひとりの研究者を招聘《しょうへい》し共同研究に当たらせた。それが……僕だ」

ノーランドは、誇らしげに胸を張った。

「それから二年、僕らは二人三脚で研究を続けている。僕の専門は代数幾何学、彼の得意分野は巨大数論だが、実は根底においてひとつの概念でつながっている。それはかの難問のキーともなるもので……おっと、これはまだ研究中の話だったな」

唇に人差し指を当て、ノーランドはおどけた。

「いや、話してもいいんだけれど、長くなるのでね。このくらいにしておこうか。そうだね、朴君」

「……はい」

朴は、つまらなそうに頷いた。

二人がなぜ日本語で会話をしているのかは、よく解らない。それが彼らにとってもっとも意思疎通を図ることができる言語であるからか。それとも、彼らが見上げる男の母国語であるからか。

いずれにせよ、二人はこの「奇妙な師弟関係」をそのままに、二人まとめて大聖堂に招待されたのだ。

もっとも、危険イコールロマンと捉《とら》えて、大聖堂へと喜び勇んでやってきたノーランドに比べ、目の前にいる朴という青年に、どのくらいの意欲があるのかは解らないが――。

「それにしても、ここの講義システムはすごいな」

ノーランドが、さらりと話を変えた。

「これだけ大きなスクリーンは、アメリカの大学でもあまり見ないよ。しかも世界中と繋がっていて、どことでも会議ができるというのだから驚きだ」

「どことでも？」

「ああ。ネットワークを繋げれば、世界中にいるどの人とも会議が可能になる。もちろん、ここで行った講義を世界中に発信することも、その逆も可能だ」

「通信は、どうやっているんですか」

「主に人工衛星を介しているらしい。予備として電源を引く海底ケーブルにもバックアップ回線があるそうだ」

「太陽フレアが、バーストしても、安心ですね」

朴が、ぽつりと呟くように付け加えた。

「ああ。これぞ藤天皇らしいダイナミックさだよ。この設備も、この建物も、そもそも離島に居を構えたこともね」

ノーランドが、大仰に手を広げた。

まさしく、藤衛らしいダイナミックさだ。加えて、それらが周到に用意されていることも——忌々《いまいま》しい思いとともに、百合子は無意識に、純白の巨大スクリーンをじっと見上げるのだった。


十和田たちは再び、回り階段を上っていく。

そして、最上階である8階の扉を開けると、十和田は溜息混じりに言った。

「ここが、アトリウムだ」

その言葉と、その光景に、百合子は——。

想像していた以上の衝撃を受けた。

図面から読み取れる8階は、大きな円から少し小さな円を欠いたような形の空間があるということ。だから、ある程度は想像していた。そこが広く、曲面で囲まれた、大聖堂最大の室であると。

だが眼前に広がる光景は、そんな想像を軽く超えていた。

確かに、そこは広い空間だった。床は毛足の短いカーペット、壁も真っ白で開口部はない。いや、正確には東側の突出した部分だけは黒く塗られていて、そこにひとつだけ目立たない扉があった。

だが、驚くべきはそれらではなかった。つまり——。

天井だ。

呆《ほう》けたように、ただ見上げる百合子に、神が、皮肉を述べるような口調で言った。

「綺麗《きれい》な、空ね」

その呟きに、百合子はただ無言で首肯するしかない。そう——この天井が透きとおり、頭上のすべてを露わにしているのを見上げながら、百合子はただぽかんと口を開けているしかなかったのだ。

屋根は、鉄骨トラス構造に、透明のガラスをはめ込むことにより作られていた。鉄骨は細く、視界を遮《さえぎ》ることはない。お陰で、その向こうに広がる光景を見とおすことができたのだ。すなわち、澄み渡る空も、棚引く雲も、そして輝く太陽も。

日が傾いた今、空は青から橙《だいだい》へと淡いグラデーションを描いている。夕日を浴びる雲もまるで虹《にじ》が煌《きら》めいているようだ。百合子は、心の中で感嘆する。まさか、こんな色彩豊かな夕刻の光景を、この場所で見上げようとは——。

しかし、一方の神は、そんな絶景もごく当然のものであるかのように一瞥しただけで、すぐに十和田に向き直ると、黒い壁の中央に見える扉を指差した。

「十和田さん、あの扉の向こうには何があるのですか？」

その問いに、十和田は、右眉の上に小さな歪みを作りながら言った。

「知りたければ、自分で見てくれればいい」

「……ふふ」

ぶっきらぼうな十和田の答えに、神はいかにも面白がっているような笑みを作ると、ややあってから、ふわり、と黒いワンピースの裾《すそ》を膨らませつつ踵を返した。

そして、自らが指し示した扉へと、優雅な所作で歩き始めながら、背中で言った。

「百合子ちゃんも、行かない？」

「あ、はい」

慌てて百合子は、神を追った。

静かな足取りにもかかわらず、神の歩みは異様に速い。今日はなんだか、誰かの背中を追い掛けてばかりだと、半ば小走りになりつつ思う百合子は、三十秒後には神とともに扉の前に立っていた。

黒い壁にめり込むように作られた、黒い扉。

色を除けば特に奇妙な点はない。にもかかわらず、妙な存在感——禍々しさ——を放っていた。

「この向こうには、何があったかしら？」

「確か……吹き抜けがあったはずです」

「そうね。平面図ではそうなっていた。この扉の向こうには黒い塔の吹き抜けがある。でもね、百合子ちゃん。それはきっと、あなたが想像しているものとは異なっていると思うわ」

「どういう意味ですか」

「図面を見ても、感覚質《クオリア》は動かされない。そう、このアトリウムと同じようにね」

意味深にそう言うと、神は、躊躇うことなくノブに手を掛け、一気にその扉を引き開けた。

——キィ。

何かが起きる。そんな気がして目を細めるが——。

「……何も、ない？」

黒い扉の向こうには、まさしく何も存在しないかのように、ぽっかりと、扉の色と同じ黒い空間だけが広がっていた。

そこは——無か？　いや——。

「……もう一枚、奥に扉があります。図面ではそうなっていたはずです」

「そう、二重扉ね。かつて、どこかで、そんな建物を見たのを思い出すわ」

にこり、と微笑むと、神は左手から、その暗闇《くらやみ》の中に、自らを溶け込ませるように入っていった。

そして、半身に構えた神は、左手の先で暗闇の向こうを探ると、何かを摑み——押し開けた。

——キィ。

小さく、そして甲高《かんだか》い、蝶番《ちょうつがい》の軋む音。

次の瞬間、神の姿が消える。

だが百合子は、決して慌てることなく、神の背を追い、自らもその暗闇の中へと、身体を滑り込ませていった。

暗闇の向こうにあったのは——。

「こ……これは」

吹き抜け——ではなく、巨大な「坩堝《るつぼ》」だった。

坩堝——そう表現するのがはたして適切であるのかどうかは、本当のところよく解らない。

坩堝とは本来、熱せられた金属などを入れるための容器のことだ。高温となるためセラミックなど耐熱性の高い材質で作られる。だから、これを坩堝と表現するのならば、本来、何か煮えたぎったもの、激しく熱を滾《たぎ》らせるものを含まなければならないだろう。

だが——。

吹き抜けの天井は、アトリウムと同じトラス構造のガラス張りだ。周囲には狭い通路が設けられ、腰ほどの高さしかない手すりが巡らされている。その手すりからほんの少し身を乗り出せば、簡単に、吹き抜けを見下ろすことができる。

その底にあるのは、闇《やみ》だ。

熱などはなく、じわりと吹き上げる風にも、むしろ空恐ろしいほどの冷たさしか含まれていない。

では、煮えたぎりもせず、熱を滾らせもしない吹き抜けを、どうして百合子は直感的に坩堝だと感じたのだろうか？

その理由は——。

「ね？　想像しているものとは、違ったでしょう」

「はい。私が想像していたよりも、ずっと……ここは、藤衛を表していました」

百合子は、神妙な顔つきで答えた。

「ここには、何もありません。底に落ちれば、あるのは死のみです。つまり……」

ここここそが——原点。

そう、それこそが、この場所が坩堝である、理由。

「……分母が原点に近づく。すなわち、ゼロへと近づいていく」

神が、百合子の言葉を継いだ。

「すべてを原点に帰そうという悪意に満ちている。すなわち、この場所が表すのは、まさしく藤衛そのもの。そうよ、百合子ちゃん。あなたが今、肌で感じたことは正しいの。つまり、ここが藤衛そのものだということは」

そうか、だからか——百合子は漸く納得した。だから私は、直感で理解したのだ。

この場所こそが、坩堝なのだと。

顎に手を当てて考え込む百合子に、神は続けた。

「この場所はゼロの住処《すみか》であり、無限大へと発散させられる特異点《ブラックホール》となっている。でも私たちは原理的に無限大にはなり得ない。つまり……私たちの存在が、この場所では矛盾する」

「矛盾すると、どうなるんですか？」

「……死よ」

――死。

ぞくり、と百合子の背中を、悪寒が立ち上る。

死神に背筋を撫でられた。そんな気がしてはっと振り返るが、もちろん誰もいない。

その代わりに、黒くぬめぬめとした質感の壁を持つ悪魔の坩堝が、嘲笑《あざわら》うように口を開けていた。

神は、無意識に自分の身体を自分でぎゅっと抱きしめる百合子に、口角を僅かに上げながら、言った。

「今、六時になったわ」

3

アトリウムに戻ると、すでに、これまで百合子たちが顔を合わせた人々が全員集まっていた。

二人の立会人と、四人の数学者。すなわち、蟻川八郎と藤毅。大橋光彦とエルサ・オッリカイネン。そして、クリストファ・ノーランドと朴鳳書。

彼らを迎えるのは、すでに黄昏《たそがれ》が覆い始めているアトリウムを険しい顔で見上げる十和田只人、飄然とした態度を崩さない善知鳥神と、そして、宮司百合子が、そこに加わる。

ふと——百合子は思い出す。

二十四年前。まさにこの場所で起きたあの事件でも、十一人が居あわせていた。

四人の数学者たち——バーニャース、ウード、オットー、ケネディ。そして宮司潔、章子、司、さらに善知鳥礼亜と、神と、私と——十和田只人。

人数は違えど、きっと、意味するところは同じ。

「……なあ、十和田君」

無意識に険しい表情を浮かべていた百合子の向かいで、蟻川が、トントンと苛立《いらだ》たしげに爪先《つまさき》で床を小刻みに叩きながら言った。

「この屋敷《やしき》にはどういう意味があるのかね。ここまで上がってくるのが本当に一苦労だったぞ。どうしてこんなに一階一階が高く作られているのか……いやまあ、お作りになった藤衛先生に文句を言うつもりはないのだがね」

明らかな文句に聞こえる愚痴《ぐち》を零《こぼ》しつつ、蟻川は続けた。

「しかし、君は六時に私たちをここに呼びつけた。そして、すでに六時にはなったが……一体何があるというのかね。いや、そもそも、藤衛先生はいないのかね。我々は、先生に招待されたのだが」

不機嫌そうに、蟻川は唇を曲げる。

やや棘《とげ》のある言い方だったが、意味としては、おそらくここにいる十和田以外の人々の総意でもあっただろう、と百合子は感じた。すなわち、六時にここで何があるのか。そして、百合子たちをこんな辺鄙《へんぴ》な島の謎の館に呼び出した当の藤衛は、一体どこにいるのか。

先生は、今はいらっしゃらない――十和田は先刻、書斎でそんなふうに述べていた。不在とは、書斎にはいないという意味だろうか。それとも――。

百合子の疑問に、十和田はきっぱりと答えた。

「藤衛先生は、おいでにはなりません」

「おいでにならない……？　こないというのか」

「ええ」

頷く十和田に、すぐさま神が問う。

「十和田さん。それは、ヘリポートが壊れて、こられなくなったから？」

「いや……」

「なに、ヘリポートが壊れただって？」

蟻川が、どんと十和田に向けて一歩前に出た。

「ちょっと待て、聞き捨てならないぞ？　そのヘリポートってのは、あの、山頂にあったやつのことだろう。私も昼、そこで降りた」

「ええ、そうです」

「それが今は壊れたって……なんで壊れたんだ」

「元々老朽化していましたが、先ほどの地震で、基礎が崩れてしまったのです」

「基礎が崩れたって、そんな危ない場所で私を歩かせたのか……いや、それはいいが、あれがなければヘリはどこに着地するんだ？」

「本ヶ島に、ヘリが着地できる場所は他にありません」

「この建物の屋上はどうだ」

鼻息も荒く、夕日に輝くガラス天井を指さす蟻川に、十和田はしかし「それはできません」と、静かに首を横に振った。

「ヘリが着地できるほどアトリウムは丈夫に作られてはいません。そもそも、屋上に出る階段や梯子《はしご》はこの建物にはありません」

「ありませんって……だったらヘリは島に来られないってことになるじゃないか」

「そうなります」

「だったら、我々はどうやって本土に帰るんだ」

呆《あき》れたような蟻川に、十和田はただ淡々と言った。

「本ヶ島には港があります。山越えはしますが、そこまで船を呼ぶことができます」

「山越えって、どのくらい掛かるんだ」

「僕の足で片道二時間くらいです。蟻川さんの場合は、それ以上掛かるかもしれませんが」

「…………」

四百メートルの山を登り、下りる。その道のりを想像したからか、蟻川はぱくぱくと口を開いたまま、言葉を失った。

「まあ、それはいいよ。だが、そうなったら今回のカンファレンスはどうなるんだ？」

ノーランドが、肩を竦めつつ口を挟む。

「僕らは藤天皇がいるというからここに来たんだよ。会って話ができないというんじゃ、いる意味もないし、中止にせざるを得ないと思うが」

「中止にはしません」

「カンファレンスを決行するのか？　藤天皇抜きで？」

「そうではありません。正確に言うならば、カンファレンスは開催しますが、元々、藤先生がこの場に来る予定でもなかった、ということです」

「……どういうことだ?」

欧米人らしく、不審だという内心を、顔全体を歪めることで表現したノーランドに、十和田は、身体をくるりと向け、説明を続けた。

「藤先生は、カンファレンスを主催し、かつそのカンファレンスにおいてご講演をなさいます。ただ、そのご講演を行うのは、ここではない」

「ここではない……?」

「それは、どこでやるんですか」

ノーランドの代わりに、大橋が問うた。

十和田はその質問に、数秒の間を置くと、静かに右手を上げ、曲面を描く白い壁の一点を指差した。

「襟裳岬にある、襟裳観光ホテルです」

おそらく、その方向に襟裳岬があるのだろう——しかし視線は、問いの主である大橋に向けたまま、十和田は言葉を続けた。

「藤先生は明日、襟裳観光ホテルで開催されるもうひとつのカンファレンスにおいて丸一日のご講演をなさる予定になっているのです」

「なるほど、理解しました。しかし、それであれば僕らとのカンファレンスはどうなるというのですか。藤先生は、僕たちをここに呼んだにもかかわらず、僕たちのことは放っておいて、そちらの講演を優先するということですか」

「いいえ、そうではありません。藤先生はもちろん、こちらの講演にも参加されるのです」

「……どういう意味ですか」

意味が解らない、と言いたげに、眇めた目をさらに眇めた大橋の横で、朴が、「あっ」と、小さな声を発した。

「解りました。あの遠隔会議システムを使うんですね」

「…………」

十和田は何も言わず、しかし、そうだと言わんばかりに大きく頷く。

「そういうことか、なるほど。あのシステムを使うのか。それなら理解できたよ」

ノーランドが、まさしく顔中で理解したと言いたげな、大仰な顔つきで続けた。

「襟裳観光ホテルと、この大聖堂の大ホールとを繋いで、リアルタイムでやり取りをするってことか。頭いいな。エルサもそう思うだろ？」

「…………」

唐突に、ノーランドがエルサに話を振る。だが当のエルサは肯定も否定もせず、ただ意味ありげな表情だけをノーランドに返した。

少し拍子抜けしたのか、「……まあいいや」とノーランドは、自分で会話を続けた。

「ま、そういうやり方ならば、藤先生が襟裳岬でカンファレンスを行いながら、僕らもそこに参加できるというわけだ。うまいことを考えたものだね」

ははは、と、わざとらしい笑い声を、ノーランドは上げた。

確かに——この大聖堂の7階に設置された遠隔会議システムを使えば、襟裳岬にいる藤衛と大聖堂にいる自分たちとは、遠く離れながらにしてカンファレンスを実行することができるだろう。

しかも、一方通行ではない双方向《インタラクテイヴ》のカンファレンスだ。そう、ノーランドはこう言っていたのだ——この遠隔会議システムがあれば、世界中にいるどの人とも会議が可能になる。もちろん、ここで行った講義を世界中に発信することも、その逆も可能だ、と。

納得する一方で、しかし百合子は、ふと思った。

そもそも——なぜ藤衛は、この場所に来ないのだろう?

襟裳岬でカンファレンスがあるからか?

それはひとつの理由だろう。だが、そんな予定がどうして今さらダブルブッキングされたのだろう?

加えて言えば、どこか遠い地球の裏側にいるのではなく、日本の、しかも北海道の南端である襟裳岬まで来ることができているのだ。多少時間が掛かることを許容すれば、そこから本ヶ島に、そして大聖堂に来るのにそれほど困難はない。すなわち、大聖堂にいる私たちが暫く待って、それからカンファレンスを遅れて開催するということにすれば対応できるのだ。だが――。

にもかかわらず、藤衛は、遠隔会議システムで離れた二ヵ所を繋いでのカンファレンスを行うのだという。それは、なぜか？

――決まっている。

「……最初から、仕組まれているのよ」

神が、百合子の傍で、百合子にだけ聞こえる声で呟いた。

百合子もまた、緩慢に頷いた――そう、神の言うとおり、これは明確に、仕組まれていることなのだ。

藤衛がこの場に来ないことも、襟裳岬にいることも、しかも二ヵ所を繋ぎカンファレンスを行おうとしていることも。だから――。

「目的は、私たちを罠に嵌《は》めることですね」

百合子もまた、小声で呟いた。

「きっと、そうね。しかもあの男は、自らの手を下すことさえしようとはしない」

「遠くにいて、目的を果たそうとしている。二十四年前と、同じように……卑劣ですね」

吐《は》き捨《す》てるように言う百合子に、しかし神は――。

「ええ、卑劣ね。でも、それはあの男の油断でもあるわ」

「……油断？」

「そうよ、百合子ちゃん」

神は、瞬きをしない漆黒の瞳で百合子を見つめながら、泰然自若として言った。

「二十四年前。彼らは『二十四年前の事件』を知らなかった。でも今、私たちは『二十四年前の事件』を知っている。私、あなた、そしてここにいる人々はすべて……」

「あの事件を知っている……それは、前例があるから、手が読める、ということですか」

「違うわ」

にこり、と微笑むと、神は首を静かに横に振った。

「あの男の手の内を読むのは、ゴールドバッハ予想の解決よりも難しいこと。それは、できない」

「ならば、何が有利《アドバンテージ》になるんですか」

「それは……」

神が、ふっ――と、顔を背ける。

いや、背けたのではなかった。誰かを見たのだ。その視線の先にいたのは――。

「十和田、先生」

「…………」

神が、再び頷く。

舞うような長い黒髪の奥で、じっと十和田の姿を見つめる神は、しかし――十和田只人が、そして二十四年前の事件が、いかなる形で藤衛の油断をもたらすのか、そのことには触れないまま、それきり無言を貫いた。

一方、その視線の先にいる十和田は、神の視線を一切無視し、あくまでも淡々と説明を続けた。

「カンファレンスは、明日行われます。しかし今夜は特別にプレ会議として、午後九時から、藤先生と大ホールで事前歓談を行います。その上で、明日の本カンファレンスに臨みます。本カンファレンスでは、藤先生が朝七時四十分から、午後の六時までご講演を行われますので、我々も遠隔会議システムを通じてそれに参加する予定です」

「朝八時前から、午後の六時まで？　そんなに藤先生はご講演なさるのか」

蟻川が、驚きの声を上げた。

「確か藤先生は、もう九十を超えているのだろう？　ええと、確か……」

「九十三です。もうすぐ九十四になりますが」

息子である藤毅が、補足する。

「九十四だと？　そりゃあ、もう十分なご老体じゃないか。そんな老人に無茶をさせて、何かあったらどうするつもりなんだ」

心配げな——いや、本当に心から心配していたのかどうかは解らないが——蟻川に、十和田が言った。

「ご心配には及びません。大丈夫です」

「大丈夫？　何が大丈夫なんだ」

「それは今夜、藤先生を見ていただければ解ります」

「いや、しかしだね十和田君……」

「そもそも、藤先生に何かが起こることはありません。あり得ません」

語尾に被《かぶ》せるように言った十和田に、蟻川は少しむっとしたように口を曲げた。

「あり得ないって……どうしてそう言えるんだ」

「藤先生は、原点だからです」

「……原点？」

予想外の答えに、蟻川は目を白黒させる。

「そうです。原点とは、すなわち零元《れいげん》zです。我々任意の元xは、$xz=zx=z$を満たし常にzへと吸収されます。しかしzは何があろうとzです。藤先生は何があろうと藤先生なのです」

「…………」

一体、この男は何を言っているのか。

蟻川は、そうアピールしたげな目線を周囲に忙しなく送ったが、しかし、その場にいる誰もが十和田の言葉を理解しているらしいことを察すると、すぐに委縮したように、それきり口を噤んだ。

そして十和田は、改めて全員に向き直った。

「……藤先生のご講演が終われば、僕たちのカンファレンスも終了です。明後日《あさって》にはお帰りください」

「ヘリポートは壊れている。港まで歩きですね」

「そうです」

大橋の言葉に、十和田は小さく首肯した。

「外輪山を越えるのは大変ですが、どうかご容赦ください。ここに滞在されている間、皆さんのお部屋その他、設備はどうぞご自由にお使いください。食事も食堂に用意していますから、必要であれば僕を呼んでください。では……」

くるり、と十和田が、鼻先にずり落ちた鼈甲縁の眼鏡を中指で押し上げながら、踵を返した。

「ちょ、ちょっと待て、十和田君」

蟻川が、十和田を呼び止めた。

「君……それだけか？」

「それだけ、とは？」

「それだけのために、私たちをここに呼んだのかと聞いているんだ」

やや詰《な》じるような口調の蟻川に、十和田は、後ろを振り返ることなく「ええ」と頷いた。

「そうです。午後六時に全員をアトリウムに案内し、日程を説明せよ。それが、藤先生の指示でした。僕はそれを忠実に実行しただけ……それ以上でも、それ以下でもないのです」

そう言うと、そのまま、足音をほとんど立てることなく、しかし驚くほどの早足で、アトリウムを去っていった。

十和田がいなくなると、アトリウムには微妙な空気だけが残された。

見上げる空は見る間に明度と彩度を落とし、夜の雰囲気を湛え始めている。あと一時間もすれば、あの天上に漂う藍色《あいいろ》の帳《とばり》が、静かにこのアトリウムにも下りてくるに違いない。アトリウムの円形の壁の上部には、うっすらと淡い間接照明が輝き始めている。夜ともなれば、この場所ではどんなプラネタリウムよりも見事な天体ショーが見られることだろう。

「……なんだ、これで終わりか」

蟻川は、十和田の言葉で丸め込まれたと感じたことに対する反発だろうか、やけに威勢のいい口調でそう言うと「人騒がせな男だ。最初から事前歓談のある大ホールに集まってくださいと言えばいいものを……」とぶつぶつ不平を零しつつ、どかどかと足音を立ててアトリウムを去った。

それにつられたように大橋が、そしてノーランドと朴が、続けて回り階段を下り、アトリウムからいなくなった。

「……明日は終日、我々は父の講演を聴くのですね」

藤毅は去り際、神と百合子に意味ありげな口調で言った。

「父の講演や講義は興味深く、聴けばいつでも知的好奇心を掻《か》き立《た》てられるものです。だから僕は、明日がとても楽しみではあるのですが……」

「……不安でもあるのですね」

言葉とは裏腹に、藤毅の表情は浮かない。

内心を察した百合子の言葉に、藤毅は「まさしく、そうです」と頷いた。

「僕には、父の考えていることが解らない。僕が物心ついたときから、今にいたるまで、父が何をしようとしているのか理解できたことがないのです。だからこそ父は、僕のことを歯牙《しが》にも掛けなかった」

「そんなことは……」

「いいえ、お気遣《きづか》いの必要はないですよ」

藤毅は、力ない笑顔を浮かべた。

「それは単に、僕がただの人間だからなのです。父にはきっと、僕が一方的に受け取るだけの存在にしか映っていない。父が僕の知的意欲をくすぐることはあっても、その逆はない。だから……仕方がないのです」

「……………」

返す言葉に閊える百合子に、藤毅は「……でも」と、そっと最後に付け加えた。

「あなた方は違う。だから、僕は……そのことに期待しているのです」

そう言うと藤毅は、そっと自らの存在を消すように、その場を去った。

こうして、アトリウムに残されたのは——三人。

神と、百合子、そして——エルサだ。

エルサはじっと、終始アトリウムを見上げ続けたまま微動だにしない。そんなエルサのことを、じっと見つめ続ける神。その間に挟まれた百合子が「……あの」とどちらにともなく言葉を掛けようとした、そのとき。

ふっ――と、神が無言で、踵を返した。

ふわり――と、黒いワンピースと黒髪が人型だが不定形の闇を纏いながら、アトリウムから回り階段へと向かっていく。

「えっ……あの……」

百合子は刹那、迷う。

ここに残るべきか。それとも、神に付いていくか。

逡巡する百合子に、しかしエルサは――。

「ついて、いきなさい」

いつの間にか、百合子の目を真正面から見つめながら、言った。

「え？　えっと、エルサさん……」

「あなたは、彼女についていくべき。ついて、いきなさい」

片言で、変わった抑揚、けれど明確に――エルサは、白雲母のような模様を持った眼鏡の向こうで、碧色の瞳にアトリウムの曲面を映しながら、言った。

「あ……はい」

なんとなく、その言葉に操られるように、踵を返そうとする百合子。しかし――。

「でも、なぜ？」

理性が、百合子をしてエルサに問い掛けさせる。

訝しいのではなく、むしろ好奇心として、なぜエルサがそう言ったのか。純粋な問いを投げた百合子に、エルサは、白い頬に小さな笑窪を浮かべながら、答えた。

「あなたたちと、違うから」

「違う？　何が？　というか……誰が？」

「私は……妖精《fairy》だから」

——妖精？

だが、それだけを言うとエルサは、まるで百合子を拒絶するかのようにアトリウムを見上げ、その言葉の意味を語ることはなかった。

アトリウム越しの深い青の中では、いつの間にか、星が輝き始めていた。

——慌てて回り階段を降りるが、神の姿はもう消えていた。

ヘリコプターでこの島に来るまで、そして到着してからも、百合子は常に神と一緒に行動していた。

彼女は、かつて人々の心を弄び、さまざまな事件を起こし、あまつさえ自分のことを「神」と称して憚《はばか》らなかった善知鳥神だ。けれども、同時に彼女こそが百合子にとって血を分けた「姉」でもある。その奇妙さに複雑な心情を抱えつつも、今は神だけがただ一人、百合子の味方なのだという事実には変わりがない。つまり――。

頼りにしていた神がいなくなり、百合子は俄《にわ》かに心細さを覚えたのだ。

どこにいても存在感のある、黒い立ち姿。その影を探し、百合子は7階から順に4階まで下り、厨房や浴場まで覗いたのだが、その姿はもはや、どこにもなかった。

神は、自分の部屋に、戻ったのだろうか？

たぶん――そうなのだろう。

不安に背筋を撫でられながら、とりあえず根拠のない結論を出すと、百合子もまた、一旦自分の部屋へと戻ることにした。

荷物《リユツクサツク》はまだ、百合子の背にある。

今日は一日中、緊張に満ちた体験ばかりをしていたのだ。この重い荷物を降ろして、一息《ひといき》吐いても罰は当たるまい。

そう思った百合子は、再び5階に上がると、そのまま右側の、自分の部屋へと向かった。

もつれる足に、予想以上の疲れを感じながらノブを引くと、その向こうには、思いのほか明るい扇形の客間があった。

ダブルベッドがひとつ、テーブルと椅子が一脚ずつ。壁は大きく、奥側の黒い壁――白い塔に食い込んだ黒い塔の一部分だろう――と白い壁とに塗り分けられている。相変わらず妙に高い天井には違和感を覚えるが、それでも、床は柔らかいカーペット敷きだし、真っ白な壁に取付けられた照明も部屋を明るく照らしている。さらにはユニットバスもある。

思いのほか、落ち着いた部屋だ。

ほっと安堵の溜息を吐きつつ、荷物を床にそっと置く。その横には小さな棚と冷蔵庫がひとつずつ据え付けられていて、棚には缶詰の備蓄が、冷蔵庫にも、ミネラルウォーターが何本も冷やされていた。

扉を確認する。鍵はなかった。

十和田の言っていたとおりだ。万が一のときにはベッドを扉の前まで移動させて、人の侵入を阻《はば》むことを考えなければいけない。

水と食料はあるから、最悪ここに籠城しても三日くらいならもちそうだ——いや、そんな事態に陥《おちい》りたいわけでもないのだが。不穏なことを考えつつ、ベッドに腰掛けた百合子は、目の前の黒い壁面を見ながら、ふと——思う。

この大聖堂は、白い塔に、黒い塔が重なるような構造を持ち、その黒い壁面は白い塔の各部屋にも食い込んでいる。

——どうしてだろう？

百合子は、疑問に感じた。なぜ塔は白黒で塗り分けられているのか。なぜこの建物はこんなにも奇妙な意匠なのか。つまり、このデザインに一体何の意味があるのか。

その問いに、百合子が思いつく答えはない。

もやもやとした気分のまま、百合子はわざと乱暴に、ベッドに横になった。

そして、黒と白の狭間で、疲労感の気だるさを感じつつ、百合子はやがて、柔らかなベッドに包まれながら、深く安らかな眠りの淵《ふち》へと沈んでいった。

4

――あ。

まず、見知らぬ天井が見えた。

やけに高い天井だ。中央に煌々と点《とも》る蛍光灯が酷《ひど》く眩しく、思わず目を細め、視線を逸らす。

その逸らした先に、黒い壁が見えた。

せり出した曲面に、不安が呼び覚まされる。

そういえば、私――。

茫漠《ぼうばく》としていた百合子は、我に返ったように目を瞬くと、がばっと起き上がり、腕時計を見た。

時刻は——午後八時五十分だ。

「いけない、もうこんな時間」

口にしながら、慌ててベッドから下りる。

混沌としていた記憶が漸く、意識に上る。

そう、ここは大聖堂。

百合子のものとして与えられた、その一室だ。

私は——。

六時を過ぎてこの部屋に戻ってくると、いつしか眠りこけてしまっていたのだ。

冷蔵庫からミネラルウォーターを取り出し、一口。それからユニットバスの小さな鏡で、乱れた髪と服を直し、最低限の身だしなみだけを整えると、百合子は急いで部屋から出る。

十和田は言っていた——今夜は特別にプレ会議として、午後九時から、藤先生と大ホールで事前歓談を行います。

急がなければ、遅れてしまう。

いくら疲れていたからといって、藤衛の腹の中ともいえるこの館の中で、二時間以上も眠りこけ、しかも遅刻してしまったなんて、洒落にもならない。

百合子は、焦りを感じながら、長い回り階段を、一段飛ばしで上っていった。

午後九時、三分前。

荒い息づかいと引き換えに、百合子は何とか大ホールに間に合った。

大ホールの長机には、すでに人々が、各々ばらばらに腰掛けていた。

すみません——と言おうとしたが、乾燥した口の中に舌が貼り付いて声が出ない。

彼らの視線を浴びつつ、必死で息を整えながら百合子はそそくさと、最後段の長机へと上がり、申し訳のない気分でその端に座った。

幸いなことに、人々は特に百合子を気に留めるでもなく、じっとスクリーンを見つめていた。

スクリーンには——一面のっぺりとした白い光が投げられているのみだ。

まだ始まってはいないようだ。ほっとしつつ、百合子は改めて、人々の姿を確認する。

上段には蟻川がふんぞり返っている。中段には大橋とノーランド、朴が間を置いて、下段にはエルサと藤毅が並んで腰掛けていた。

十和田は——。

百合子と同じ最上段の、しかし反対側で、目の前で手を組んだまま微動だにせず、白いスクリーンを険しい表情で見つめていた。

——あれ？

漸く、百合子は気づいた——彼女が、いない？

そう思った、午後九時、四十五秒前。

当の彼女が、悠然と現れた。


ふわり——。

くっきりとしながら、それでいて形の摑みづらい、奇妙なシルエットを背負いながら、神が現れる。

ヒュッ、と誰かが軽やかな口笛を吹く——ノーランドだろうか？

しかし、当の神は、決して動じることなく、滑らかで淀みのない所作で階段を上ると、そのまま百合子の横に腰掛けた。

「優秀な学生は、いつも最前列に座るものよ」

珍しく、軽口にも似た、神の言葉。

百合子もまた、あえて口元に大きな笑みを作ることを意識しながら答えた。

「現実的には正しいのかもしれません。でも、数学的には、最前列に座らなければ学生は優秀ではないという命題は必ずしも成立しません」

「では、あなたが例外ね」

「いえ、例外は二人です」

「……ふふ」

神が首を傾ける。艶やかな黒髪が、頬の上を滑らかな液体が零れるように流れる。

「それに、もっと根本的な誤謬《ごびゅう》があります。私は、藤衛の学生ではありませんから」

「……そのとおりね」

淡い微笑みだけを残し、神が前を向く。

瞬間、スクリーンが暗くなった。

腕時計を見ると、時刻は九時丁度を示している。

約束の時間だ。

百合子は無意識に唾を飲み込みつつ、リラックスしようと両手を長机の上で軽く組むと、じっと、スクリーンを見つめた。

真っ暗なスクリーンには、初め、何者の姿も浮かんではいなかった。

真っ暗とは、すなわち、まったく光が投げられていないということを意味する。したがって、スクリーンの僅かな歪みがもたらすグラデーション——さながら、宇宙開《かい》闢《びゃく》をもたらした混沌《カオス》のような——だけが、初めは静かに波打っていた。

だが——。

やがて、徐々に、じわじわと、そこにひとつの影が現れる。

カオスの中に現れる影。あるいは、プロジェクタが光ではなく闇で照らしているのだろうか？　そんな錯覚さえ呼び覚ます禍々しい像《かたち》は、やがて、一人の男のどす黒い立ち姿を、その場所に映し出した。

それは——小柄な老人だった。

生え際が後退した白髪頭にこそ、これまで生きてきた九十年以上の年月が示されている。けれど、精悍な顔つきと、しゃんと伸びた背筋、そしてスクリーン越しにも仕立てがよいことがわかるグレーの背広から覗く首筋や手首に見える筋肉は、まだ十分に若々しい。

この男は、誰か。

いや、自問するまでもなく百合子には——いや、その場にいる全員が、当然に解っていた。

あの特徴的な、異様にせり出した額。

この威厳、そして、この鋭い眼光は——。

「ようこそ。大聖堂の諸君。私が、藤衛だ」

スクリーンの男が——藤衛が、口を開いた。

小柄な体格からは想像もつかないほど朗々とした低音が、大ホールに響き渡る。

その声色、そしてその威圧感がもたらす怖気に、身体中が総毛立ち、思わず百合子は肩を竦めた。

ふと周囲を窺《うかが》えば、朴は怯えたように身体を竦め、ノーランドも大きな身体を硬直させている。蟻川に至っては、まるで蛇に睨《にら》まれた蛙《かえる》のごとくに脂汗を掻いたまま目を見開いている。十和田ですら、緊張した面持ちだ。

気がつくと百合子自身も、口を真一文字に結び、両手をぎゅっと握り込んでいた。

平然としているのは、エルサと——神くらいか。

そんな百合子たちに、藤衛は一瞬、蔑むような笑みを浮かべてから、言葉を続けた。

「私は本日、諸君らを大聖堂へと招待した。渡航には困難があったと思うが、まずは全員、無事その場所に集うことができて何よりだと申し上げる」

「生きていなければ、殺せないものね」

神の忌々しげな呟きをよそに、藤衛の言葉は流れるように紡がれていく。

「すでに十和田君から説明は受けていると思う。皆、自分の部屋を割り当てられているだろう。備品は好きに使いたまえ。飲食、休憩、歓談あるいは共同研究。物理的制約の中で、それらも自由だ」

物理的制約——。

「……つまり、私たちはすでに藤衛の手のひらの上にいる、と」

百合子の呟きには、神は「そうね」と即答した。

「自由だと言いながら、不自由を宣言する。いかにもあの男らしい口上だわ」

「…………」

「一方、諸君に謝らなければならないこともある」

藤は、なおも滔々と言葉を継いだ。

「十和田君から聞いているとは思うが、私は大聖堂には赴かないことにした。どうかご容赦願いたい」

藤衛が、不意に、後ろを振り向く。

藤衛の視線の先にあるのは、暗闇だ。だが——。

「……海が、見えるわ」

神が、独り言のように呟く。

海？——百合子は目を凝らす。

スクリーンの、はっきりしない映像。そこでしゃんと背を伸ばしたまま後頭部を見せる藤衛の、その視線の先には、確かに——夜空と、海が見えた。

百合子は、改めて理解する。

今、藤衛は襟裳観光ホテルにいる。おそらく、太平洋に面した大きな窓があるどこかの部屋か、もしかすると外にいる。藤衛は、襟裳岬から望む夜の太平洋をバックに、百合子たちに語り掛けているのだ。

暫くして、再び前を向くと、藤衛は続けた。

「諸事情はあるが、明日は朝からカンファレンスを開始する。その議題は、すでに承知のことだろう」

「……リーマン予想《Riemannhypothesis》」

エルサが、か細い声を発した。

すっと背筋を伸ばした自然体。まるで氷の彫像を思わせる北欧の美女の言葉に、藤衛が、白い歯を見せた。

「そうだ。リーマンの定理《Riemanntheorem》だ」

リーマンの定理――

その一言から、百合子はすぐさま二つのことを理解する。

ひとつは、この会話が双方向《インタラクテイヴ》のものであること。藤衛は間違いなく、遠方である襟裳岬にいながらにして、百合子たちのことを見て、聞いて、話をしていること。そして、もうひとつは――。

やはりそれは、予想ではなく、すでに定理である、ということ。

そう、藤衛はすでに、手中に収めているのだ。この世の真理《Riemann theorem》を――。

「私は明日、この襟裳岬にて、集まった聴講者と、大聖堂にいる諸君に向けて講演を行う。開始は七時四十分。遅れることのないように願う」

やけに早い時刻だ。だが、それこそが聴講者の都合など意にも介さない藤衛らしい――。

「講演では、諸君の質問にも答えるつもりでいる。その大ホールはまさに、そのために作られたものでもある。発言したまえ。闊達《かったつ》な議論のために」

藤衛は、口元に不敵な笑みを浮かべると、挑発的に問うた。

「さて、私からは以上だが、何か質問は?」

「…………」

誰も――答えない。

質問がない、というよりも、質問できない、と言ったほうが正しいかもしれない。

藤衛との事前歓談は、歓談とは名ばかりの威圧的かつ一方的なものであったからだ。

だが、それこそが藤衛の狙《ねら》いなのかもしれない。だとすれば、その思惑にただ乗るのも癪《しゃく》だ。だから――。

「……ちょっと、いいですか」

百合子はあえて、手を挙げた。

瞬間、人々が百合子に振り返る。ある者は驚いたように目を見開き、ある者は興味なげに、緩慢に首を回し、ある者は――じろりと睨むような視線を向けた。

そんな視線の中、百合子はあえて胸と声を張った。

「ひとつ、質問があります」

「……何かね？」

藤衛が、口角を上げる。作り笑いのようなその表情に、百合子は屈することなく尋ねた。

「あなたがいるその場所は、本当に襟裳岬ですか？」

「ほう……」

藤衛が、興味深げな表情で顎に手を当てると、じっと百合子の瞳をスクリーン越しに見つめる。

――続けたまえ。

促された気がして、百合子は先を述べる。

「今だけではなく、明日もです。あなたは本当に襟裳岬にいるのでしょうか。そして、私たちと同じ時を共有しているという保証はあるのですか？」

百合子の問いは、部外者には一聴して意味が解らないものかもしれない。だが、ここに集った者にとっては、その真意は十分に理解できるものだった。

すなわち――このカンファレンスでは、何かが起こる。

あの、ソ連にいながらにして人々を殺害したと嘯《うそぶ》いた二十四年前の事件のように、何かが起こる。

だとすれば、当然こういう疑問も生まれてくるのだ。藤衛は、本当に襟裳岬にいるのだろうか。今も、明日も、そこにいるのだろうか。

その疑問に——藤衛は。

「……いい、質問だ」

思わせぶりに目を細めると、それでも、藤衛は余裕綽々《よゆうしゃくしゃく》の口調で続けた。

「宮司百合子君。君はスクリーンの映像だけでは満足できないというのだね？」

「はい」

「理由は？」

「真正性が担保されないからです。転送された映像だけでは、場所の正しさ、あるいは時間の正しさが証明できません」

五覚堂の事件——あの早春の山奥で遭遇した事件で、百合子は、ビデオで映された映像がいかに欺瞞《ぎまん》に満ちたものかを知った。

敷衍《ふえん》すれば、いかにスクリーンにそれらしいものが映されたとしても、それが現実に起こっていることとは別である可能性がある。映像の合成技術を活用すれば、時間の差を埋めることも——その場にいるように見えて、実は別時間の映像であったということも、可能となる。

いずれにせよ、たとえ「今、襟裳岬にいる藤衛の映像を見ている」ことは、「今、藤衛が襟裳岬にいること」の証明にはならないのだ。

この確信的な疑いを、藤衛はしかし、一蹴《いっしゅう》した。

「残念だが、宮司百合子君。君の批判は、まったく妥当しない」

「なぜですか？」

「理由を知りたいかね？」

ふっ、と尖った犬歯を見せると、藤衛は言った。

「なぜなら、私は神だからだ」

——私は神、だって？

驚きとともに、しかし返す言葉を失う百合子に、藤衛はなおも続けた。

「私は神だ。嘘を吐かない。私の言葉はすべて正しく真理である。当然に、『私は今、襟裳岬にいる。明日もいるであろう』との命題も真となる」

「ちょ……ちょっと待ってください」

絞り出すような声色で、百合子は抗弁する。

「そんな、あなたが神ですって？　それは……」

「あり得ない。そう思うかね？」

「と……当然です。私たちは人間です。神ではありません。あり得ません」

「そのあり得ないという箍《たが》に自らを押し込める限り、君が人間の殻を破ることは不可能だ」

「私のことを言っているんじゃありません」

「そうかね？　少なくとも私は、君たちは私と同じ類に属するものと考えているのだがね」

「同じ類、って……」

思いもよらない言葉。百合子は思わず息を飲む。

同じ、類――それは、つまり――。

「宮司百合子君。いや……善知鳥水仙君。君はかつて、自らを神だと思ったことはないのかね？」

「あ……ありません、そんなこと」

善知鳥水仙。本当の名を呼ばれて動揺する百合子に、藤衛はなおも問う。

「では、君のことを神と呼ぶ者に会ったことは？」

「…………」

――私たちこそが、神なんだもの。

彼女の言葉を思い出し、自己撞着《どうちゃく》に陥った百合子は沈黙する。そんな彼女を弄ぶように、藤衛は、「なるほど、なるほど」と意地の悪い頷きを繰り返すと、やがて、諭《さと》すような優しい声色で言った。

「ともあれ、私は嘘を吐かない。神である私が嘘を吐かないからこそ、世界は無矛盾のうちに存在できるのだ。もっとも、その無矛盾性にさえ疑いを抱く懐疑主義もまた、私は否定しない。人間とはそういう一面を抱くものだからだ。そこで私は、諸君の疑問のすべてに現象をもって答えたい」

「現象……？」

何のことだろうか。混乱する百合子たちに、藤衛は大きく両手を広げて言った。

「信仰することを忘れた諸君。君たちは明日、天を仰ぐ。そして、少なくとも我々の時がお互いに一致していることの証明を、その空に見るだろう」

「あなたは、一体、何を？」

「宣託は、以上だ」

問いを投げようとする百合子を無表情で制すると、藤衛は、有無を言わさぬ口調で言った。

「明日、再び会えることを楽しみにしている。諸君も、いい夜を過ごしたまえ……では」

「あっ、待って」

しかし――。

百合子の制止も空《むな》しく、画面は暗くなり――そして、すぐに元の白いスクリーンへと戻った。

「…………」

半ば唖然としたまま、一同は暫し、ぼんやりと白く輝く四角形を見つめていた。

しかし、ややあってから――。

神が、呟いた。

「あの男は、自らの言葉を『宣託』と表現した」

「宣託……神のお告げ、ですか」

「そう。そして『宣託』は、同時に、私たちに対する『宣告』でもあった」

「……はい」

百合子は、小さく頷いた。

「神は、並び立たない。つまり、あれは……」

――「死」の宣告だ。

神は、無邪気とも妖艶《ようえん》ともとれる薄い笑みを浮かべると、予備動作もなくすっと立ち上がった。

そして、見上げる百合子に、その斜め上から見せる横顔の端正さだけを残しながら、彼女は言った。

「百合子ちゃん。信じるのよ。私たちも、神だということを」

「…………」

百合子は――その言葉をすぐ、そのままの意味で飲みこむことができない。

私は、神。そんな傲慢《ごうまん》さを持つことなどできない。そもそも自らを神になぞらえることすら、おこがましいにもほどがあるのだから。でも――。

それでも百合子は、頷いた。

「……はい」

私は、神だ。

なぜならば、ゼロに勝つのは、ゼロ以外にはないからだ。そのために、百合子自身が神となる――それは、不可避の覚悟なのだ。

百合子の神妙な表情に満足したのだろう。神は、いつもの飄然とした笑みを湛えながら、滑らかな所作で長机の間を下りていくと、そのまま、誰に何を告げることもなく、大ホールを出ていった。

ややあってから、緘黙《かんもく》に徹していた十和田もまた、鼈甲縁の眼鏡を中指で押し上げると、踵を返し、扉の向こうへと姿を消していった。

そこで漸く、一同の緊張が一気に解けたのだろうか、安堵の溜息があちこちから聞こえてきた。

「ははは、まったく……藤先生も、人が悪いな」

脂汗を額一杯に浮かべた蟻川が、懐から取り出した扇子で顔を煽《あお》ぎつつ、喘ぐように言った。

「遠くにいらっしゃるのなら、無理に会議に参加されなくてもいいものを。……いや、だとすると私たちがここにいる意味もなくなるか？　あー、ははは」

自分でも、最後には何を言っているのかよく解らなくなったのだろう。誤魔化し笑いを蟻川が漏らした、まさにそのとき――。

ゴゴッ――。

不穏な揺れが、小さく身体を突き上げる。

強くはないが、小刻みな揺動だ。やや不快さを伴う揺れは、十秒経《た》ってもなお、しつこく続いた。

「また、地震か……」

誰かが、囁いた。

その声は小さすぎて、百合子には、誰が発したものかは解らなかった。

ひとり、ひとり。人々が大ホールを去ってゆく。

警戒するような、呆れるような、あるいは不安に慄くような表情の彼らは、誰かと言葉を交わすこともなく、それぞれ同じフロアと階下にある自らの部屋へと戻っていった。

最後に残ったのは、百合子とエルサの二人。

時刻は、とうに十時を回っていた。外がどうなっているかは解らないが、８階のアトリウムに上がればきっと、満天の星を見上げられるだろう。

けれど百合子は、疲れ切っていた。

長い山道を歩いた。大聖堂という絶海の孤島に建つ異形の建築物で、濃密な経験をした。そして何より、藤衛という猛毒にあてられた。肉体的にも、精神的にも疲労していたのだ。

百合子は、静かに立ち上がる。そして、大ホールの扉に向かって、ゆるい段差を下りていくと、エルサの横で、小声で言った。

「おやすみなさい」

しかし、エルサは——。

「……待って」

百合子を、呼び止めた。

はっとする百合子に、エルサは、瞬きをしない碧色の瞳でじっと見つめながら、言った。

「Ei elämä irvistellen somene」

「えっ？」

唐突な未知の言語。面喰《めんくら》う百合子に、エルサは続けて言った。

「『人生は、顔をしかめても、よくはならない』……フィンランドの諺《proverb》です」

エルサは、口の端にほんの僅かの微笑を湛えた。

「あなたは、とても、怖い顔を、している」

「えっ？　……あっ」

百合子は、自分の顔に手を当てる。

顔の筋肉が、酷く強張っていた。

「笑って？」

「……はい」

促されるまま、口角を上げる。

なぜか、自分でも意外なほど自然な笑顔を浮かべることができた――ような気がした。

「おやすみなさい」

エルサはそう言うと、小さく顔を傾けた。

さらさらと、滑らかなミルクのように流れ落ちる銀色の髪。百合子もまた、小さく会釈を返した。

「おやすみなさい……エルサさん」

回り階段を二層下り、百合子は、自分の部屋へと戻った。

5階のフロアは、静まり返っていた。

神はすでに眠っているのだろう。そう思いつつ、百合子は、自分の部屋へと戻ると、鍵の掛からない扉をしっかりと閉めた。

そして、そのままベッドに飛び込み、頭から掛け布団を被る。

今日は——いろんなことが、あった。

明日も——いろんなことが、あるのだろう。

願わくばそれが、私たちにとって幸せなものであるように——。

やがて、安穏なまどろみがすぐに、百合子を包み込む。意識が眠りの淵に落ちる直前、薄目で垣間見《かいまみ》た、腕時計の時刻は——。

午後十時四十五分、だった。

5

すぐに、百合子は目を覚ました。

寝入った瞬間とほぼ同じく、ベッドの上に背を丸め、赤ん坊のような格好で横になっていた。さすがに、もうここが大聖堂であることは理解している。

今、何時だろう。午前零時くらいだろうか。緩慢に身体を起こすと、百合子は腕時計の時刻を、何気なく確かめた。だが——。

「えっ、もう午前四時すぎ？」

一瞬で、完全に覚醒した。

ほんの一瞬かと思っていたが、五時間半も眠っていたらしい。驚きつつ百合子は、立ち上がると、まず大きく背伸びをした。

それからすぐ、百合子はシャワーを浴びた。

真新しいユニットバス。普通に出てくる熱い湯で身体を洗い流しながら、百合子は思う。

こうしていると、まるで都会のホテルにいるような気分にさせられる。けれど驚くべきことに、ここは紛《まが》うことなき絶海の孤島であり、しかも藤衛の根城である大聖堂の内側なのだ。

蛇口を閉じると、百合子はバスタオルで手早く身体を拭《ふ》き、真新しい服に着替えた。

時刻は、四時半。二度寝もできる時間ではあるが、眠気はすでに吹き飛んでいた。百合子は、ほんの少しの間、ベッドに腰掛けて足をぶらぶらと遊ばせていたが、やがて、意を決したように立ち上がると、そっと、部屋を出た。


大聖堂は、しんと静まり返っていた。

思い返せば、ここに来たときから大聖堂は恐ろしいほどの静寂に包まれていた。そもそもここは、何もない海のど真ん中にある、何もない島の中だ。耳が痛くなるほどの静けさが通常なのだろう。

回り階段を上がると、6階の食堂では、明かりが煌々と点《つ》いていた。

だが、誰もいなかった。

窓がない大聖堂は昼夜問わず消灯しないのだろう。念のため厨房も確かめたが、やはり誰もいない。少し何か食べておこうかと思ったが、特に空腹を感じていないことに気づくと、百合子はそのまま溜息だけを残して、6階を後にした。

7階の大ホールにも、明かりが点いていた。

だがやはり、誰もいない。広いホールには、百本以上の蛍光灯が灯《とも》っている。なんだか勿体《もったい》ないように思えたが、こんな建物を孤島に作ってしまう男にとっては電気代など些細なことなのだろう。そもそも藤衛は、人の命すら無造作に捨てられるのだ。

四人の数学者たちの部屋を横目に見ながら、百合子はさらにひとつ上の階層へと、回り階段を上っていった。

そして——。

最上階のアトリウムに、百合子は辿《たど》り着《つ》く。

そこには、絶景があった。

都会ではありえない夜空だった。

恐怖さえ覚えるほどの底なしの黒い空。そこに、星たちが、白、黄色、赤、そして青白色の輝きを放っている。一等星から六等星まで、肉眼で見ることのできるそのすべての星たちは、驚くほどの色鮮やかさで、空を埋め尽くしていたのだ。

——ああ。

なんて、美しいんだろう——。

想像以上の光景に、唖然と、あるいは茫然と心を奪われつつ、百合子は、心の中で思わずそう感嘆した。だが——。

「……えっ」

次の瞬間、百合子は、反射的に回り階段の扉の陰に隠れていた。

誰かの声がした、気がしたからだ。

背を丸めると、息を殺し、そして耳を澄ます。

「……だ」

誰だろう？　男の声だ。

「……ですね」

女の声もする。会話をしているのだろうか。

鼓動する胸を押さえつつ、そっと――扉の陰から、その声のするアトリウムの薄暗い片隅に、目を細めた。そこにいるのは――。

十和田。

そして、神だった。

よれた服とぼさぼさの髪もそのままに、心なしかやつれた表情を浮かべる十和田と、いつもと何ひとつ変わらず超然とした神とが、対峙していたのだ。

百合子は手で口を覆うと、二人の会話にじっと、耳を澄ました。

「……は、どうしてここにいるのですか？」

神の声だ。円形のアトリウムに、その語尾が反響する。

「……を、教える必要は、ない」

これは、十和田だ。ぼそぼそと、少しかすれ気味の声が、床に沈み込むようにして消えていく。

「……私には、解ります」

「……何が、解るというんだ」

「ひとりでないと、眠れないのですよね？」

「………………」

十和田が、表情を変えないまま沈黙する。

その険しい顔に、神はなおも続ける。

「十和田さんの眠りは、完全なる独りを担保されない限り訪れることはありません。あの館にいるときも、そうでしたよね？」

「……そうだったか」

「ええ。あのとき、私はまだ陸奥藍子《むつあいこ》だった。けれど、十和田さんは変わらず今も十和田さんのまま。きっと、十和田さんの障壁もそのままなのですね」

――そうだ。思い出した。

陸奥藍子が――すなわち善知鳥神が刊行した『眼球堂の殺人事件』。その中には確かに、十和田が独りにならないと眠ることができないのだと独白する描写が現れる。

あれは、本当のことだったのか。

「だから、十和田さんはここにいる」

神が、柔和な口調で、しかしどこか問い詰めるように言った。

「独りで眠ることができない。だから、ここにいるのですよね？」

「…………」

十和田が、なおも沈黙する。

百合子は――。

「それ、どういうことですか？」

気づけば、扉の陰から二人の前に飛び出していた。

「独りにならないと、眠れない。だからここにいるって……どういうことですか？」

十和田は、そんな百合子をちらりと見ると、短いが深さを感じさせる溜息とともに言った。

「……百合子くんか」

一方の神はといえば、百合子を見ても驚くことはなく――もしかしたら、そこに百合子がいることをずっと知っていたのかもしれない――ただ口元に笑みを湛えたまま、じっと百合子を見つめていた。

百合子は、十和田と神の目の前に立つと、改めて疑問を口にした。

「十和田さんには自分の部屋がある。でも、眠れない。それは、十和田さんが独りではないということですか?」

無言を貫く十和田に代わり、神が答えた。

「違うわ。十和田さんは独りよ。今も、昔も」

「ならば、どうしてですか? ……あ、部屋に鍵が掛からないからですか」

鍵の掛からない部屋では、完全なる孤独を担保することができない。

百合子の部屋と同じように、十和田の部屋もまた、鍵を掛けられなくなっているのだろうか。

だが——。

「それも、違うわ。鍵以前の問題なのよ」

神は、さも面白そうに目を細めた。

「どういうことですか」

「十和田さんはね、自分の部屋に戻ることができないの」

「戻ることが……できない?」

一瞬、言葉の意味を理解することができず、二人の顔を交互に見る百合子に、神は、優しく諭すように言った。

「百合子ちゃん。あなたは、どうやって自分の部屋からこのアトリウムにきた?」

「それは、回り階段を上がって……」

「そのとおり。だから、気づかなくて当然なのよ」

「……？」

「解らない？　もう始まっているの」

「始まっている……？」

「そう。戦いはすでに始まっている。だって」

ふと真剣な眼差しを作ると、神は続けた。

「エレベータが、動かないのだもの」

「……えっ？」

エレベータが——動かない？

だが、鸚鵡《おうむ》返《がえ》しの問いを口にする前に、十和田がやけに低く、抑揚のない口調で言った。

「エレベータは、いくら声を掛けても動かなくなっている。音声認識が反応する気配もない。僕が４階にいる間に、一切の動きを止めてしまった」

「壊れた、ということですか？」

「…………」

十和田は——答えない。

その答えを知らないのか、知っているのに答えないのかは、解らない。だが——。

「十和田さんの部屋は2階。そして4階より上に、完全なる独りになれる場所はない。だから十和田さんは、落ち着いて眠ることができず、夜の間ずっとここにいた。夜空を見上げていたのよ。でもね……重要なのは、そこじゃない」

「…………」

不意に神は、長い黒髪を、それそのものがひとつの生き物でもあるかのようにふわりと靡《なび》かせる。

無意識に唾を飲み込む百合子に、神は言った。

「エレベータは動かない。だから、私たちが4階より下に行く術もない。私たちはね、閉じ込められたのよ。この大聖堂にね」

第Ⅱ章　藤衛・蝕

1

少しずつ、天に光が戻ってきた。

数多《あまた》の光点。その余白を埋める、何千、何万、何億光年の空虚。今、その空虚に、光が差す。

黒から藍へ。藍から蒼《あお》へ。蒼から——青へ。

光が色とともに星々をも流し去り、そして大地が夜明けを迎える。

地球という惑星がこれまで連綿と繰り返してきた夜明け。けれど、絶海の本ヶ島の、大聖堂の、アトリウムの百合子たちにとっては、特別の夜明けだ。

そして——朝が来た。

空は雲ひとつなく、晴れ渡っていた。

朝の到来とともに、人間の活動も始まる。

午前五時半を回り、目覚めた人々が、ひとり、またひとりとアトリウムにやってきた。食堂や大ホールに誰もいないのを見て、彼らはアトリウムに集まったのだ。

まず姿を現したのは、藤毅だった。

昨日と同じ、黒いスラックスにグレーの開襟シャツ姿の藤毅は、アトリウムにいる三人の先客を目にするや、呟いた。

「やはり、あなたがたも……」

空虚に消えた語尾は、きっとこう言いたかったのだろう。やはり、あなたがたも、アトリウムにきてしまったのですね、と。

蟻川が現れたのは、その直後だった。

「あんたら、何をしているんだ」

怒ったような、怯えたような、人間らしい反応で、蟻川は問うた。

そんな彼の、目の下に現れた隈は、さして眠ることができなかったためか。顎《あご》の髭《ひげ》の剃《そ》り残しも、落ち着かない心の表れか。

残りの四人も、それから五分のうちに姿を現した。

エルサ、大橋、朴――そして、ノーランド。最後に現れたノーランドは、眉間に深い一本の皺を刻んだ剣呑《けんのん》な顔で現れると、低く唸《うな》るように言った。

「十和田さん。教えてくれ。どうしてエレベータが動かないんだ？」

「……なんだって？」

ノーランドの言葉に、蟻川が即座に反応した。

「エレベータが動かないって、どういうことだ」

「エレベータがまったく反応しないんですよ、蟻川さん。何を言ってもピクリとも動かないんです」

「動かないと、どうなる」

「どうなる？　そりゃあ、ここから出られないってことですよ」

ノーランドは、そのくらいのことも解らないのか、と言いたげに肩を竦めた。

蟻川が、焦ったように十和田を問い詰める。

「エレベータは故障しているのか？　だったら早いところ直さないとまずいだろう。十和田君、君に修理はできるのか？」

「…………」

「何とか言えよ、君」

「まあまあ、落ち着いて」

苛立つ蟻川を宥《なだ》めるように、二人の間に、大橋が割って入った。

「朝から喧嘩《けんか》とはいただけませんね。感情的になるのは個人の自由ですが、その前に十和田さん、ノーランドさん、お二人に伺いたいことがあるのです。まず十和田さん。エレベータが反応しないというのは、本当ですか」

「それは、本当です」

頷くことなく、十和田は結論だけを述べる。

「確かめたのは誰ですか」

「僕と、善知鳥神くんです」

「なるほど、善知鳥さんも確かめた」

大橋が、むしろこの場を面白がるように目を細めている神を見ながら、なおも十和田に問う。

「どうやって確かめたんですか」

「エレベータに声を掛けました。『開け』と」

「しかし、開かなかった」

「そうです。神くんも同じだと聞いています」

「なるほど。ノーランドさん。あなたも？」

「ああ、僕も同じだ」

ノーランドは、大仰に両手を広げた。

「朝の散歩をしようと思って、エレベータに話し掛けたんだが、無反応だった。日本語と英語を試してみたが、うんともすんとも言わなかった」

「なるほど、なるほど……」

二回頷くと、大橋は一同に人差し指を立てながら、続けた。

「声に反応しない理由は不明ですが、由々しき事態であることは事実であるようです。どうでしょう、まだカンファレンスまでには時間がありますし、今一度全員で4階に降りて、確かめてみませんか」

「それは、いい考えですね」

エルサが、囁くような小声とともに頷いた。

「それなら、どちらか、解る」

「どちらか解る……って、どういう意味だ」

自分では理解できないからか、食って掛かるような蟻川に、神が、エルサの代わりに答えた。

「決まってるわ。『故障』か、『故意』かよ」

「故障か、故意か……」

「そう。エレベータは壊れたのか。それとも、止められたのか。それが、解る」

「…………」

数秒、困惑したようにぱちぱちと目を瞬くと、蟻川はそのまま沈黙した。

ふふ、と、いかにも愉快そうな含み笑いを浮かべる神を見ながら、大橋がやけに大きな声で言った。

「というわけで皆さん。４階へまいりましょう」

「『開け』……おい、『開け』よ、こら」

４階エレベータの前に集まった一同は、代わる代わる、扉に向かって声を張ったが、エレベータは案の定と言うべきか、無反応だった。

最後に試した蟻川は、額に青筋を浮かべつつ、がらがら声で叫んだ。

「『開《ひーらー》けー』。『開けっ』。……うーん、だめだなこりゃ」

チッ、と舌打ちしながら、蟻川はバンバンとエレベータの鉄扉を叩く。

蟻川の横で、朴が囁くような小声で言った。

「違う言語では、どうでしょう。認識モードが、他言語になっているのかもしれません」

「おお、なるほど。一理あるな。『開け《open》』」

すかさず、ノーランドが言った。

それに続いて、エルサが「『開け《avoin》』」「『開け《öppet》』」、そして朴も「『開け《열려라》』」と扉に向かって声を出す。

だがやはり、エレベータは無反応だった。

「……どの言語にも反応しないということは、モードの問題ではなく、物理的に機械が動かなくなっている可能性が高いのかもしれませんね」

朴がつかつかとエレベータに歩み寄ると、その扉、そして枠に目を細めた。

「故障しているということですか」

「おそらく、そうですね」

藤毅の質問に、朴は振り向くことなく答えた。

「認識系統の破損か、電気の供給系統の途絶か。原動機が故障している可能性も否定できません。電子制御機械なら、どれも想定できるものですが」

朴は、機械工学科の学生でもある。その知見から彼は、エレベータを隅々《すみずみ》まで確認してから、言った。

「ちょっと、僕の手には負えなそうです」

「ということは、何だ？　もうこの扉は開けられない。もう出られないってことか」

「え、ええ。少なくとも自動で開くことはありません」

食って掛かるような蟻川の言葉に、朴は、少し怯えながら答えた。

感情のやり場に困ったのか、蟻川は無言で肩を怒らせつつ、忌々しげに床を蹴《け》った。

一同もまた、蟻川が発した「もう出られない」という言葉の意味する事実に、継ぐべき言葉に困ったように沈黙した。

だが、百合子は――。

――それは、本当だろうか？

心の中で、疑問を呟いていた。

朴はエレベータが故障したと言った。だがそれは本当だろうか？　つまり、故障などではないのではないか？　なぜならば――。

「……ここは、大聖堂だものね」

目を合わせた神が、微笑みながら呟いた。

「はい。ここは藤衛の館ですから」

百合子は、真剣な面持ちで頷いた。そう、故障は偶然に起こったのではない。これは必然、すなわち「予定調和」に違いない。エレベータが動かなくなったことも、百合子たちが出られなくなったことも。

「でもね、百合子ちゃん。迷ってはいけないわ」

そう――迷ってはいけない。

必然。予定調和。すなわち、藤衛の意図。それが解っているならば、むしろ、迷う必要などない。

ただ、立ち向かうだけだ。

「……はい。解っています」

百合子は再び、小さく首を縦に振った。

気が付くと、時刻は午前六時を回っていた。

なぜエレベータが止まってしまったのか。

そして、自分たちはどうなるのか。

あるいは、この先にどんな意図があるのか。

何ひとつ判明することなく、一同は不可解さを抱えたままとりあえず食堂へと移動し、朝食を摂《と》った。

朝食――といっても、簡素なものだった。

食パンかシリアル、バターとイチゴジャム。それ以上に選べるものはなく、スープもインスタントのものだった。

もっとも、調理する人間が十和田くらいしかいないのだから仕方がない。一同は文句も言わず、それらの食べ物を黙々と口に運んだ。

百合子は、ロールパンを焼かずにそのまま食べた。

本当はあまり食欲もなかったのだが、昨日からほとんど何も食べていないことを思い出し、無理やり口にした。

パン、そして十和田が湯を入れたインスタントのコンソメスープを、交互に胃に詰め込むと、脳が動き出したからか、不意に昨晩の台詞を、声色とともに思い出した。

——私は神だからだ。

「……っ」

ぞわり、と身体中が総毛立ち、パンを口に運ぶ手が止まった。

委縮する心に必死で「落ち着け」と言い聞かせながら、百合子はなおも記憶を辿った。

そう——昨晩。藤衛はスクリーンの向こうで、確かにこう言っていた。

——私は神だ。嘘を吐かない。私の言葉はすべて正しく真理である。

——当然に、『私は今、襟裳岬にいる。明日もいるであろう』との命題も真となる。

何を、馬鹿《ばか》なことを。

心の中で毒づくと、百合子は、わざと荒々しくパンに齧《かじ》りついた。

人が神であるわけがない。人は現実の存在で、神は概念のみの非存在だ。ましてや、人が神となれるわけがない。だが——。

藤衛は確か、続いてこうも言っていた。

——私は嘘を吐かない。神である私が嘘を吐かないからこそ、世界は無矛盾のうちに存在できるのだ。

——もっとも、その無矛盾性にさえ疑いを抱く懐疑主義もまた、私は否定しない。

──そこで私は、諸君の疑問のすべてに現象をもって答えたい。

「……『君たちは明日、天を仰ぐ。そして、少なくとも我々の時がお互いに一致していることの証明を、その空に見るだろう』」

あの男の『宣託』が、無意識に漏れる。

その呟きを、まるで他人事《ひとごと》のように聞きながら、百合子は──思う。

我々の時がお互いに一致していることの証明。それは一体、何なのだろう？

ふと──。

背中に、薄気味悪い何かがじっと見ているような視線を感じ、思わず百合子は後ろを振り向く。

だが、当然のごとく、そこには誰もいなかった。

2

やがて、午前七時を過ぎ、誰が言い出したわけでもなく、一同はぞろぞろと大ホールへと移動した。

遠隔会議システムはすでに稼働しており、スクリーンにもすでに、海が映し出されていた。

濃い青に輝く平穏な水面。筋雲だけが浮かぶ空。そして、その境目となる水平線。

「昨晩と同じ……襟裳岬ですね」

藤毅が、眩しそうに目を細めた。

昨晩と同じ——その言葉に、百合子も思い出す。昨晩、事前歓談において、藤衛は夜の海を背に、百合子たちと対話をした。

今、映し出されているのは、そのときと同じ海だ。

「……演台が、置かれているな」

蟻川も、誰にともなく呟いた。

確かに、蟻川の言葉どおり画面の中央には昨晩はなかった細長い演台があり、その上にマイクがひとつ置かれていた。

「藤先生は屋外で、ご講演をなさるおつもりなのだな。もう聴衆も集まっているだろうよ」

疲れたような声色で、蟻川は続けた。まだ朝がきてから大した時間も経過してはいないのに、すでに蟻川は困憊《こんぱい》気味だ。

だが蟻川の言葉どおり、スクリーンに映らないその反対側の屋外では、すでに講演目当ての学者、マスコミなどの関係者が待機しているのに違いない。

ふと——。

神が、柔和な笑みを浮かべて、言った。

「よく理解できたわ。これこそが、あの男の存在証明なのね」

「……？」

どういうことなのだろう。よく解らないが、しかし訊《き》き返すタイミングを逃した百合子は、結局、無言のまま、神とともに太平洋を映し出すスクリーンを見つめ続けていた。

やがて――。

七時四十分となった。

約束のその時刻。一分一秒違うことなく、今日の主役である男が、スクリーンにその姿を現した。

揺るぎのない所作と、若々しい風貌《ふうぼう》。

心の内まで見透かさんばかりの眼光。

そして――この異様にせり出した額。

藤衛は、悠然とした所作で演台の前に立つと、小さな咳払《せきばら》いをひとつ。そして、何も言わないまま、たっぷり十秒、人々を睥睨《へいげい》した。

襟裳岬が、そして大ホールが、息を飲む。

蟻川と藤毅、大橋、エルサ、朴、ノーランド、そして――神と、百合子と、十和田。

呼吸すら憚るように、一同は、じっとスクリーンを凝視する。ただ――むしろ笑顔とともに目を細める神を除いて。

それにしても――。

喘ぐように呼吸をしながら、百合子はふと気づく。スクリーンが――やけに暗い？

「ようこそ、諸君。藤衛だ」

朗々とした声が、響いた。

その音圧に、百合子は思わず目を閉じる。スピーカー越しでさえこうなのだから、襟裳岬で直接藤衛と対峙している人々は、威圧されているだろう。

そして、もしかしたらこう思っているのではないか。世界を統べる王――いや、それすらも超える、現人神《あらひとがみ》そのものなのだと――。

「襟裳岬に、かくも人間が集う。素晴らしいことだ。襟裳という名称は、アイヌ語のエンルム《enrum》、すなわち『岬』に由来する。岬とは、大地の先端部が海に突き出した地形のことだ。まさしく、未解決の大海原に我が一突きを入れるこの日を、この場所で迎えられたことを、私は心から喜ばしく思う」

――圧倒的。だが、心に響く声だ。

ある意味では陶酔感も伴うスピーチは、それから自讃《じさん》とともに数分続いたが、やがて藤衛は「そうだ。忘れてはならないことがひとつある」と、今さら気づいたとでも言いたげに、手を叩いた。

「今日は襟裳岬だけでなく、海原の先にある我が館にも、俊英に集まっていただいている。今日は、彼らもカメラ越しに私の講演を聞き、議論に参加する予定だ。ああ、本当に楽しみでならない。そうは思わんかね、諸君も」

ニッ、と藤衛がくすみひとつない白い歯を見せる。

その所作に、百合子は本能的に、悪寒を覚える。

なぜ、かくも藤衛は、人の心を効果的に抉るのか。

だが——こんなことで負けてはならない。

百合子は、怖気づく心を押し殺すと、むしろ、スクリーンで不敵な笑みを浮かべる藤衛を睨み返した。その気魄《きはく》が伝わった——というのでもないのだろうが、藤衛は再び、小さな咳払いをして、話を変えた。

「さて、諸君は日本の神話に親しんだことがあるかね？　日本における『神の歴史』は我々の一般教養だが、仮に親しんでいないとしても、これらの神話に天照大御神《アマテラスオオミカミ》という神が登場することくらいは知っているだろう。そう、まさしく三貴子の長にして、太陽を象徴する女神だ」

もちろん──知っている。

三貴子とは、伊弉諾《イザナギ》と伊弉冉《イザナミ》が生んだ子のうちもっとも重要な三人、すなわち夜を統治する月夜見尊《ツクヨミノミコト》、そして海を統治する素戔嗚尊《スサノオノミコト》、そして──天を統治する天照大御神。

「天照大御神のよく知られた伝承は、何を措《お》いても岩戸隠れの伝説だ。素戔嗚の狼藉《ろうぜき》を憂いた天照大御神が天岩戸《あまのいわと》に引き籠《こも》り、高天原《たかまがはら》も中津国《なかつくに》も闇に閉ざされ、さまざまな禍《わざわい》が引き起こされた。八百万《やおよろず》の神々は儀式により天照大御神を岩戸の外に出そうと試みた。三種の神器として伝わる八咫鏡《やたのかがみ》や八尺瓊勾玉《やさかにのまがたま》もこのとき造られたと伝えられている」

天照大御神は、天宇受売命《アメノウズメノミコト》の踊りにより外に出され、再び世界に光が取り戻されることになる。原因となった素戔嗚は高天原から追放される。これが大まかな岩戸隠れのあらすじだ。

だが──百合子は、首を傾げる。

その話をなぜ藤衛は、今しているのか？

人々の疑問を見透かすような笑みを、口の端に浮かべると、藤衛は続けた。

「こうした神話は、まったくの無から作られたものではないだろう。例えば、古代の日本人にとって、作物に恵みを与える太陽が、一時的であるとはいえその姿を隠すということは、心から恐ろしい出来事であったに違いない。そんな現象を目の当たりにしたとすれば、それは、後世まで口伝される天変地異となったはずだ。もっとも、この天変地異も、現代に生きる我々にとっては、すでに解明された現象のひとつにしかすぎない。そう……我々は知っているのだ。神話の出来事は、ただの日蝕《にっしょく》にしか過ぎなかったのだということを」

藤衛は、ここで一度、大きく息を吸った。

九十歳代としては桁違《けたちが》いの量の空気を肺に送り込むと、藤衛は続けた。

「理解している者には単なる現象にしかすぎないものも、理解していない者には天災だ。言い換えれば、知っている、ということと、知らない、ということの間には極めて深い溝があるのだ。だからこそ諸君は彼岸にいる古代人を嗤《わら》うだろう。単なる天体現象を神話にするとは、古代人とはなんと無知だったのかと。だが、諸君は気づいているかね？　これは、今の君たちの姿でもあるのだ」

すべての聴衆を見下すように顎を上げると、藤衛はここで一度、言葉を切った。

――これは、今の君たちの姿でもあるのだ。

その言葉の意味を、藤衛は説明しない。だから、その真意を理解している者もいれば、理解できない者もいたに違いない。だが、理解できた者は一様に、その藤衛の真意に、畏怖に似た感情を抱いていた。

すなわち――藤衛は、こう断言しているのだ。

諸君は、私から見れば古代人と同じだ、と――。

「……話を、戻そう」

藤衛は、おどけたように言った。

「岩戸隠れは、まさに皆既《かいき》日蝕現象の言い換えであった。そして、すでに気づいている者もあろうが、このような神話的な出来事に、今の我々も直面している。……ほら、あれを見たまえ」

ふと――藤衛が、向かって左側を見上げる。

それが合図になったのだろうか、藤衛を写すカメラが少しずつズームアウトしていく。

徐々に小さくなる藤衛の姿。背後の水平線も広角に映り、やがて藤衛の正面にいる聴衆の頭も映る。そして――。

最後に、太陽が、スクリーンの左に現れた。

強烈な光に一瞬、画面が白く爆《は》ぜる。だがすぐ絞りが調節され、スクリーンは暗くなり、そして朝の太陽の、まさしく今の姿が映った。

その、貌《かたち》は――。

「……欠けている」

誰かが、呟いた。

それが誰のものか解らないまま、しかし百合子は、一瞬で理解した。

右下が欠けた、太陽。

すなわち――それは、部分日蝕だった。

スクリーンがやけに暗く見えたのは、そもそも日光の量が少なかったからだ。

そして――。

「……まさか」

立ち上がると、百合子は一心不乱に駆け出す。

大ホールの段をひとつ飛ばしに駆《か》け降《お》り、そのまま扉から飛び出していく。そして、もつれる足を物ともせず、回り階段をふたつ飛ばしに上がっていく。

衝動的な、百合子の行動。

その意味するところは、たったひとつだ。

すなわち、もしもスクリーンの映像が、真実のものなのだとすれば――百合子の頭上にも今、それがある。

――確かめなければ。

ダン、と回り階段の終着点にある扉を開け、アトリウムへとまろび出ると、百合子は、天を仰いだ。

青い、空。

きらきらと輝くアトリウムの端に見える、朝の太陽。瞼《まぶた》の隙間から漸く垣間見る、その貌は――。

「……欠けている」

今しがた見たものとまったく同じ、部分日蝕。

不意に、あの言葉を思い出す。

「……『君たちは明日、天を仰ぐ。そして、少なくとも我々の時がお互いに一致していることの証明を、その空に見るだろう』」

禍々しい声。禍々しい言い回し。そして、かくも禍々しくも、頭上に美しく輝く、欠けたる真実。

そう――これは確かに、証明なのだ。

お互いが同じ天体現象を目撃できているという事実こそ、我々の時――すなわち藤衛がいる襟裳岬の時間と、百合子たちがいる大聖堂の時間が一致していることの、この上ない証左に他ならないのだ。

ゾッ――。

突然、百合子の身体中に、鳥肌が立つ。

そして、自問する。

――一体、どうすればいいんだ？　宇宙規模の現象まで証明に用いる、そんな相手と、私はどう戦えばいいのか？

「そうだ。これが、藤先生なんだよ」

誰かの声。ハッと振り返ると――。

「……十和田、先生」

彼が、いた。

青い顔にこけた頬。目の下にうっすらと隈を浮かべる十和田は、百合子に歩み寄りながら言った。

「百合子くん。これで君も、身をもって解っただろう。これが、藤天皇のやり方なんだよ」

「…………」

茫然とするしかない百合子に、十和田はアトリウムを眩しそうに見上げて言った。

「もちろん、解釈は幾つか試み得る。大ホールに映された映像が合成なのかもしれない。アトリウムで見上げるこの空こそ人工的な映像なのかもしれない。だが、もちろんその双方とも即座に否定される」

「そうね」

十和田の背後に、神の姿が現れる。

「大ホールの映像が合成ならば、襟裳岬の聴衆は騙《だま》せない。アトリウムに映像を作るのも、技術的に不可能。したがって、どちらも本当のものであり、まさに今起こっている部分日蝕を、私たちとあの男が同時に見ていることは……真実」

流れるようにそう述べると、神は十和田の横に立ち、腕を組んだ。

「まさしく、『証明はかく示された《Quod Erat Demonstrandum》』だ。二人とも、これでよく解っただろう？」

十和田は、百合子と神の間で、両手を広げた。

「この瞬間、僕らが大聖堂にいて、先生が襟裳岬にいること。これが疑いようのない事実であることが今、天を通じて証明されたんだ」

「二〇〇二年六月十一日。午前七時五十四分。日本では部分日蝕が最大の欠損を見せる……まさしく『これこそが、あの男の存在証明なのね』」

それは――。

つい先刻と同じ、神の言葉。だが――。

つい先刻と異なり、その表情は、酷く険しかった。

3

百合子たち三人は、大ホールへと戻ってくる。

スクリーンでは相変わらず、藤衛が演説を打っていた。大ホールに集う人々は、戻ってきた百合子たちを一瞥することもなく、藤衛の演説に、まるで魅入られたようにじっと耳を傾けていた。

ふと、百合子の心の内に、言いようのない怒りが込み上げる。

なぜ、私たちはこんなところにいるのだろう？

私たちの存在が藤衛にとって不都合だからか？

リーマンの定理に対する、脅威となるからか？

それとも——あの男の血を引いているからか？

いずれも、それほど嫌悪感を抱く理由にはならない。ましてや、兄を含めた多くの人々の命を奪い去る理由には——だから。

「……こんなの、おかしいです」

百合子は、十和田を睨む。

「私が一体何をしたっていうんですか。普通に生まれて普通に育っただけ。それなのに、こんな場所で、こんな恐怖を味わわされるなんて……」

「…………」

「どうして黙ってるんです？　何か言ってくださいよ、ねえ、十和田さん」

十和田の真一文字に口を結び、沈黙する顔に、百合子は問い詰める。けれど——。

「…………」

十和田は何も、答えない。

なおも激しく詰《なじ》ろうとする百合子を――。

「大丈夫よ。百合子ちゃん」

神がそっと、止めた。

「何が、大丈夫なんですか」

「十和田さんならきっと、理解する」

神は、百合子を宥めるように優しく言った。

「そしてあなたも、日蝕という現象に打ちのめされてはいけない。藤衛が自分で言っていたように、あれはただの天体現象よ。十分な用意さえあれば誰でもできること。もちろんその準備自体は驚くべきことよ。あの男は……おそらく、眼球堂の事件のときから画策を始めていった。十和田さんを騙し、利用し、十全の準備を進めていった。この島にかつての大聖堂が再建されているのも、今日という日に日蝕が現れたのも、すべてあの男があらかじめ描いた計画のとおり。それこそ、一分の隙もない証明が序章において定義と論点を網羅《もうら》するように、完璧《かんぺき》な証明を果たすべく準備をしていたのね。……でもね、百合子ちゃん？」

神は再び、真顔を見せた。

「準備なら、私たちもしている。そして理解もしている。藤衛という男を、世の中に完璧な証明など存在しないことを、何より十和田只人という人間を。いかに完全なる証明を藤衛が示そうとも、よりエレガントな証明は必ず存在する。それを見つけられるのは、見つけるのは、私たちなのよ。十和田さんだって、それは理解しているはずだわ」

「でも……」

「大丈夫。根拠はある。だって」

左右対称に美しく整った、白い顔。

可憐《かれん》な少女のようでもありながら、妖艶な悪女のようでもある神は、あくまでも落ち着いた口調で、百合子に言った。

「私が、そうだったのだもの」

「あ……」

私が、そうだった――神の告白にも似たその言葉に、百合子ははっとした。

そう、神もまた、かつては藤衛や十和田と同じように、人の生命を奪う存在だったのだ。

返す言葉を失う百合子に、神は続けた。

「藤衛は、自らの絶対性を示して原点に居座り続けるでしょう。それが、あの男の存在意義にすらなっている。でも、本当は違う。その絶対性が決して不動のものではないということを、私たちはすでに知っている……そして、知っているからこそ、あえて負けるという選択肢を自ら選ぶこともないはずよ」

「………………」

知っているからこそ、あえて負けるという選択肢を自ら選ぶこともないはず——。

百合子は、漸く理解する。

裏返せば、それは不知にこそ敗北があるということだ。藤衛の目晦ましに自らを失えば、そこに不知が生じ、敗北へと至る。だから——。

——落ち着け、百合子。

百合子は、大きく深呼吸をした。

今、激昂《げきこう》しても、そこから何かが生まれることはない。むしろ自らの無知を曝《さら》し、敗北する。

だから、今なすべきこと、それは藤衛に対して冷静に立ち向かい、その上を行くことだ。なぜならば、それこそが、唯一の活路なのだから——。

落ち着きを取り戻した百合子に、神は、それでいいと言いたげに目を細めた。だが——。

「神くん。……君の言説は不確かだ」

十和田が、挑発するように言った。

「君たちは、負けるという選択肢を自ら選ぶのじゃない。勝つという選択肢を選ぶことができないのだ。これが正しい表現だ」

「そうでしょうか？　その表現こそ、明らかな誤りのように思えますけれど」

「そう感じるのは、まだ君たちが知らないからだ」

「何をですか？」

「……『神』を、だ」

十和田は、苦しげな表情で顔を背けた。

「知れば、君たちにも解る。僕たちは決して神には勝てないということが。世界の真理であって、決して動かすことのできないこの法則は、決して揺るがない。だから……」

「……だから？」

問い返す神に、十和田は、ずり落ちた眼鏡をそっと中指で押し上げつつ言った。

「僕にできることは、負けないことだけなんだ……君たちも、すぐにそのことを知るだろう。藤先生の言葉を聞きさえすれば……」

それだけを述べると、十和田は逃げるように、百合子たちの前から、大ホールの端へと去っていった。その背は、心なしかいつもよりも小さく見えた――。

「……さて、前置きはこのくらいにしようか」

不意に、スクリーンから大音声が聞こえてきた。

反射的に見上げるスクリーン。その中央で、雄々しく禍々しい藤衛が、百合子たちを見つめていた。

藤衛は、高らかに宣言するように言った。

「間もなく八時だ。これから、前人未到の歴史が始まる。諸君は、この瞬間に立ち会える僥倖《ぎょうこう》とともに、私の言葉に心して耳を傾けたまえ。では……」

——私の講義を、始めよう。

午前八時ちょうど。

朗々とした声が、響きわたる。

その不穏な声色に、百合子の足下が、まるで、ぐらりと揺れたように感じられた。

4

「これから私が述べることは、ある定理の証明に資するコメントである。したがって、これが諸君にとって世界を理解する唯一の手掛かりとなる。本カンファレンスを取り仕切る主催者として、このことはまず、述べさせていただこう」

壇上の藤衛は、演台に両手を突くと、諸君はいつも私の下にいるのだと言いたげに、人々を威圧的に睥睨し、力強く語った。

その言葉に淀みはなく、また声音も驚くほど澄んでいて、とても老齢の者のそれとは思えない。

「もちろん、私の言葉を聴いたからといって理解できるものでもない。ここはあくまで諸君の問題だ。私は発信するが、それを諸君が受け取り得るかは保証しない。解るかね？　これはまさしく、旧約聖書における十戒と同じなのだよ」

藤衛はニヤリ、と不気味な笑みを浮かべた。

十戒。すなわち、神がモーセに託したメッセージ。

藤衛はここでも、自らの言葉を「神」のそれに擬《なぞら》えているのだ――嫌悪感を覚える百合子をよそに、藤衛はなおも続ける。

「さて、ここで諸君にひとつ質問する。もし、人類の歴史を一言で表現しようとするならば、どのような単語が相応しいだろうか？」

そう言うと藤衛は、十秒を掛けて人々をぐるりと一瞥した。

明快な質問。だが、答える者はいなかった。

答えることができなかった、と言うべきだろう。なぜなら藤衛が終始、「つまらぬ答えは許さぬ」と言いたげな表情を浮かべていたからだ。

「ふむ。誰も、答えないのかね」

結局、誰からも答えがないことを確認すると、藤衛は「よかろう」と口角を上げた。

「ならば、私の解答を示そう。人類の歴史とは、すなわち『還元』である」

「……還元?」

百合子は、思わず呟く。

その囁くような小声を捉えたのか、藤衛は「そうだ」と小さく頷くと、大きく両手を広げて続けた。

「人類が有史以来続けてきた営みは、まさしく還元の一言に尽きるのだ。生活、争い、そして俗に愛と呼ばれるものに至るまで、これを理解するため人類はあらゆる還元を行った。例えば生活とは、人間の生命に対する必要条件を要素に分解し充足する営みのことと還元される。争いも、資源や富の合理的または利己的配分に向けた暴力による解決手段のことと還元される。愛もまた、生殖活動とDNA保存という単純な要素に還元され、容易に説明される。人類は、事象を還元作用により単純なものに定義し直し理解を進めてきたのだ」

なるほど――と、藤衛の言葉を聞きながら、百合子は頷いた。

人間とは、常に現象や事実を還元して理解することを試みる生き物だ。「なぜそうなったのか」という純粋な問いに対してより単純な理由が示されれば、安堵できるからだ。

なぜ国は滅びたのか——天がそれを望んだからだ。

なぜ善人が死んだのか——神が召したからだ。

なぜ不遇なのか——だからこそ得られるものがあるからだ。

だが一方で、百合子はこうも思う。本当に、そうだと言い切れるのだろうか？

「……この還元という行為には、具体的な手法がある。例えば体系化だ。人間は地球上に存在する生物の多様性を分析するための枠組みを作り上げた。ドメイン《domain》、界《kingdom》、門《phylum》、綱《class》、目《order》、科《family》、属《genus》、種《species》。これによれば人類は真核生物、動物界真正後生動物亜界、左右相称動物、新口動物上門脊索《せきさく》動物門脊椎《せきつい》動物亜門、四肢動物上綱哺《ほ》乳《にゅう》綱真獣下綱、真主齧《しんしゅげつ》上目真主獣大目霊長目直鼻猿亜目真猿亜目狭鼻下目、ヒト上科ヒト科ヒト亜科、ヒト族ヒト亜族ヒト属、ヒト、と分類される。これこそまさに還元の一手法だろう」

多様な自然界に明確な区分け棚を設け、特定の種を体系的に整理する。これにより特定の種族に対する理解が容易になり、生物学も進歩したのだ。

「他には構造化もある。個々の情報を生のまま取り扱うのではなく、ネットワークの中で有機的に結びつく要素の連結性を位相構造として理解するのだ。単純化や抽象化といった手法も、時に有効なものだろう。物理学は物体を質点とみなす抽象化なくしては理解できない。いずれにせよ、さまざまなアプローチによる事象の還元が、古代ギリシャから連綿と行われてきたのだ」

人類は、哲学を愛する者《φιλόσοφος》の時代から世界を還元して理解しようと努《つと》めてきた。

タレスは、世界の根源は水だと言った。

アナクシメネスは、それは空気だと説いた。

ピタゴラスは物質ですらない、数こそが万物であると説いた。

以来、洋の東西を問わず、世界の哲学者たちは世界を還元し、理解することに心血を注いできた。

その結果、今では世界は素粒子で記述できるようになった。社会も法により律されている。病気や死も医学により理解され、数式による経済活動や、身体の安全を保障する建築学も生まれた。

戦争ですら地政学により、夢も神も芸術ですらも天文学と神学により把握されるようになったのだ。

「還元とは、まさしく人類の飽くなき理解への欲求のための道具であり、進歩の源であったのだ」

深く頷く百合子。その脳髄《のうずい》に染《し》み入《い》るような論述を、藤衛はなおも継いでいく。

「事象を時に概念的に、時に物理的に分解し、分析し、再構築していく行為、その果てに、より根源的な要素へと還元する。これこそが人類《ホモ・サピエンス》の本質であり、だからこそ人類は地球上に特別の地位を築くことができたのだ。だが、諸君は気づいているかね。人類のこれら蝗害《こうがい》にも似た飽くなき還元の営みは、たったひとつの土台にのみ立脚するのだということを」

たったひとつの、土台。

藤衛の言葉に、百合子は息を飲む。

その土台が何なのか、百合子はとうに知っているからだ。そう、その土台とは——。

「その土台とは、数学なのだ」

藤衛が、朗々と述べる。

背広の上からでも解る分厚い胸板を張りつつ、藤衛は、呼吸をすることすら忘れたかのように聞き入る聴衆に向け、言葉を続けた。

「数学とは、何か？　それは代数であり、幾何であり、解析であり、集合論であり、確率であり、統計であり、論理学であり、かつそれらの集合体だ。だが、このような人間が定義し名付けた領域に、何か有用な意味が含まれているわけではない。結局これらも、最終的にはより根源的なものに還元されていくのだ。その意味で、数学は一種の象徴《アイコン》だ。諸君が想像するすべてを含み、かつそのどれとも妥当しないものであると言える。後述もするが、差し当たり理解すべきはただ一点……数学なくして還元の営みは存在しないということ、これに尽きる」

しなやかに人差し指を立て、藤衛は続けた。

「物質は数学が支配する。すなわち、物質世界は算術の結果により記述される。決定論的か、非決定論的かという議論はさておき、その土台には必ず数学が存在するのだ。それは、非物質世界においてすら同様だ。概念の領域において、数学は最重要にして唯一の必要条件、すなわち論理として存在する。論理なくして、確定的な精神世界もあり得ない」

物質世界は算術の結果により記述される。

論理なくして、確定的な精神世界もあり得ない。

これらを言い換えると、物質世界《マテリアル》は計算で、そして精神世界《スピリチュアル》は論理で記述されるということだ。

計算と論理、どちらも数学であり、かつ表裏一体の二世界であることからすると、この主張は、まさしく「数学なくして、世界なし」と同値だ。

「私の主張は、すでに過不足なく伝わっているだろう。諸君が学問と呼ぶもの、真理と呼ぶもののすべては、どれも数学という地盤がなければただの世迷言《よまいごと》なのだ。この点、私はかつて、建築学がすべての学問の祖である、と述べた者があったと記憶しているが……」

建築学がすべての学問の祖と述べた者。

言うまでもなくそれは——沼四郎。

「彼の主張は、それなりに興味深いものだった。建築という土台の上に諸学があるという構造はまさしくコペルニクス的転回とも言えるべきものであったからだ。だが、もちろんこれは誤りだ」

小さく肩を竦めると、藤衛は続ける。

「コペルニクス的転回は、より整合性を持つパラダイムにのみ適用されるものだ。しかし彼の主張は、単なる逆転であった。ある種の刺激と新奇性はあったが、ただそれだけだった。この点は、例えば建築構造が数学により還元されていることを考えてみれば自明の理なのだが、残念ながら彼にはそれが解らなかった。そこが、彼の限界であったのだ」

侮辱するような苦笑いとともに、藤衛は続けた。

「数学は近年、劇的な進化を遂げ、その意味するところも変貌《へんぼう》しつつある。現代では数式さえ捨て去った分野すらある。ただ、だから数学がその根源的な要素も捨てたのかと言えばそうではない。数学とは、いかに高度化、抽象化、概念化したとしても、常にその核に『数学を数学たらしめるもの』を保持しながら進化しているのだ。では、その『数学を数学たらしめるもの』とは、何なのだろう？　言うまでもなく、それが『数そのもの』だ」

数、そのもの。

藤衛が、漆黒の瞳でそう述べる。

人々は――百合子でさえも――まるで、操られたように頷き、藤衛の次の言葉に耳を傾ける。

「そう、数だ。0、1、2、3、4、5と続く数そのものだ。諸君にその定義を説明する必要はなかろう。アレフゼロに属する無限数列と述べる必要すらなかろう。幼児でさえ理解するこの概念こそが、すべての数学の基礎にある。そして数学が世界を作るのだとすれば、かく結論が容易に導き出せるのだ。すなわち……『数そのものが、世界を作る』と」

地の底から響くような声――。

十秒ほどの間を置いてから、藤衛は漸く、次の言葉を続けた。

「数そのものが、世界を作る。あるいは、数そのものイコール世界。この単純な結論が示す真理は『数こそ万物』理論と同様のものでありながら、その比ではなく深遠なものでもある。少なくとも、ピタゴラスのように無理数の存在を抹殺することなど真の神がしてはならないことだからだ。もっとも、ピタゴラスは理解するにはまだ若すぎたのだがね」

ふん、と藤衛は、蔑むように鼻を鳴らした。

大ピタゴラスすら子ども扱いする不遜《ふそん》な態度に、眉を顰める者は誰もいない。むしろ、藤衛ならば、いや藤衛だからこそ許される。そう言いたげな聴衆を前に、藤衛の弁舌はさらに滑らかさを増していく。

「さて、私は今『数そのものイコール世界』と述べたが、これは正確さを欠く定義だ。なぜなら、数そのものもいまだ根源的要素ではないからだ。そう……数そのものは、さらに二つの要素に還元される」

二つの大きな黒い目の下に、不敵な皺を二本寄せると、藤衛はおもむろに、右手の人差し指と中指を立てて聴衆に示した。

「要素のひとつは、素数《prime number》だ。物理世界が素粒子で記述されるように、自然数もより根源的な要素である素数の積で記述される。言わば、素数はすべてを還元した先に残る元素だ。だとすれば、素数の秘密を解き明かすことこそ、数学の、世界の、そして宇宙の秘密を解き明かすこととなる。さて……」

小さな咳払いをひとつ。藤衛はさらに話を進める。

「今ここに、素数の秘密を握る者がいる。その男の名を、ベルンハルト・リーマンという。あえて説明の必要はないだろう。この十九世紀生まれのドイツ人数学者は、一八五九年、ある論文を世に出した。『与えられた数より小さな素数の個数について』と題するこの論文には、六つの予想が示されていた。そのうち五つはすでに証明済みだが、残りのひとつについては、今もなお人間は未解決だ。これを、諸君は『リーマン予想』と呼んでいる」

リーマン予想——百合子は、幾度となく呟いたその言葉を、心の中で嚙み締めた。そう、この忌《い》まわしき予想こそが、私たちの運命をこれほどまでに揺り動かす根源なのだ——。

「リーマンは、論文中こう述べた……『この境界内の実根の個数がおおよそ求まり、根のすべてが実数となることがたいへんもっともらしい。厳密な証明を与えることが望ましいのはもちろんである。私は証明を試みたが無駄に終わったので、証明の探求はしばらく脇《わき》に追いやっておく』……リーマンはこの瞬間、誰よりも神に近づいた。だが彼は証明を放棄した。そして人類は以後、愚かしくもこれを放棄し続けているのだ」

藤衛は、不意にくるりと背を向けると、背景の青空に向かって、人差し指で何かを書きはじめた。

そこには、黒板もホワイトボードもない。だが藤衛の指先が示す滑らかな軌跡は、残像となり、真っ青な空にその「美しい数式」を刻み込んだ。

$$f(x) = \mathrm{Li}(x) - \sum_{\alpha}\left(\mathrm{Li}(x^{1/2+\alpha i}) + \mathrm{Li}(x^{1/2-\alpha i})\right) + \int_{x}^{\infty} \frac{1}{x^2-1}\,\frac{dx}{x\log x} + \log\zeta(0)$$

$$F(x) = \sum (-1)^{\mu} \frac{1}{m} f(x^{1/m})$$

「……もうお解りだろう。リーマンの定理が導かれるとき、任意のxよりも小さな素数の個数$F(x)$が示される。素数とは、要素でありながら決して規則性を示さない神秘的な存在だ。だが、リーマンの定理があれば、彼女は神秘のヴェールから姿を現す。そして彼女を手にするとき、世界の神髄をも手にする神となるのだ。そして……もう解るだろう。今日、この私が、その神髄をお見せするのだ」

おお——聴衆に騒めきが起こる。

再びこちらに振り返った藤衛は、その動揺を、一流の指揮者《コンダクタ》のような流麗な所作で制すると、まるで、あらかじめそうなることが解っていたかのように、満足げな笑みを浮かべた。

ふと——百合子は思う。

いわゆる数学者の講演、講義を聴くのは、これで何度目になるだろう。伽藍堂に消えた二人の数学者はもちろん、十和田の講義も直接、あるいは書物を通じて何度も目に、あるいは耳にしている。そして今も、藤衛という大数学者の言葉を聞いている。

実に不思議なこと、なのだが――。

彼らの講義に、百合子はいつもある種の「色」を感じていた。

例えば、伽藍堂の数学者たちの言葉には、橙色や黄色に輝く有彩色があった。十和田の論述には灰色に似たはっきりしない色があり、神が何かを語るときは、上質な漆器のごとき黒を感じていた。

こうした色が、普段の会話から感じられることはほとんどない。兄である司にも、大学院の教授の講義にも、こんな色は現れない。

だから、もしかするとこれは、生粋の数学者が魂魄《こんぱく》から論述するとき、それに共感する百合子の魂魄が色を感じ取るのかもしれない。

この、まさに共感覚とでも言うべきものは、今、滔々と語る藤衛の言葉にも、ありありと現れていた。

それは――暗黒だ。

ただの黒ではない。神の漆黒とも違う。それらよりもはるかに冷酷で、はるかに邪悪な色。言わば、底知れないほどの恐怖そのもののような――。

もちろん、言葉遣いはあくまで理知的。淀みもなく、それでいて明快でもある。だが藤衛は今、こうはっきりと述べた。

　――今日、この私が、その神髄をお見せする。

　その言葉に含まれる、無限の恐怖は、百合子が人生の中で見たどの黒よりも、深く絶望的だった。

　そして――。

「そして……数そのものにはもうひとつ、ある要素が内在している。それこそが……」

　藤衛は、真に大事なことを、最後に言った。

「……『ゼロ《zero》』だ」


　人々が――静まり返る。

　風も、波も、木々も、空気も、すべてが凪《な》ぐ。

　ゼロ。その一言がもたらす静寂の中、藤衛は――。

　沈黙していた。

　口を真一文字に結ぶと、いつまでも無言のまま、人々を睥睨していた。

　なぜ――何も語らないのか？

　その理由は、百合子には解っていた。

それは、ゼロが、ゼロ自身を述べる意味がないからだ。ゼロは、すべてのものをゼロに帰する。そのゼロが、改めてゼロ自身に言及する必要があるだろうか？

すなわち、素数は世界のすべての要素となる。

一方ゼロは、その世界のすべてを無へと返す。

生成し、滅ぼすのだ。まさしく数学における創造神と破壊神が素数とゼロであり、彼ら陰陽が入り乱れ混沌となることで、世界が構成されているのだ。

ならば当然、このような疑問が浮かび上がる。もしゼロが、素数の秘密を解き明かしたとき、一体何が起こるのだろう？

それこそが——。

「……神だ」

戦慄とともに、百合子は無意識に呟く。

そうだ、それこそが、神だ。

世界を手の内に収めた神、全能の存在なのだ。

「……非常識だ」

誰かが、呟いた。

はっと我に返ると、百合子は、周囲をきょろきょろと見回す。

声の主は、ノーランドだった。

普段は陽気な彼も、今は恐れおののくような表情を浮かべたまま、じっとスクリーンに見入っている。

ノーランドは、震える声で、誰にともなく独り言を続けた。

「この講義は、あまりに非常識だ。非常識すぎて信じることすらままならない。あまりに驚くべきことだからだ。まさか本当に……リーマン予想が定理になる瞬間を目の当たりにできるとは」

くくく、と掠《かす》れた笑い声を漏らすと、ノーランドは、呆れたように言った。

「それにしても藤天皇はお優しい方だよ。だって、こんなにも優しく教えてくれるのだからね。常識とは、常に疑うべきものだということを」

その後も、藤衛の講演は続いた。

時に極めて専門性の高い数学的議論に、時に深みのある哲学的議論に、しかし常にかの予想を念頭に置きつつ、流れるように話は進んでいった。

それはまるで、あらかじめ作られていたシナリオを読んでいるかのごとくであった。もちろん手元にメモなどはないから、藤衛はただそのせり出す額の奥にある脳髄のみを頼りに、言葉を紡いでいる。

驚異的だが、それを感じさせない「講演」に、聴いている側もスムースに、藤衛の世界に誘われたのだった。

だが、やがて――。

「……ここで一旦休憩としよう。また一時間後に再開する。それまでは諸君も、正方格子で種数3のプレッツェルでも味わっていたまえ」

暗号のような言葉を最後に、藤衛が颯爽《さっそう》と壇上から降りると、カメラは、エントランスから控室《ひかえしつ》へと戻っていく彼の後ろ姿を、いつまでも追い続けた。

百合子はここで、はっと我に返った。

気が付けば藤衛の話術に引き込まれていた。かくも悪魔的な魅力を持つ男に改めて畏怖を覚えるとともに、そんな男が、自分の本当の父親であるという事実に、百合子は、複雑な思いをも抱《いだ》いていた。

ともあれ、漸く肩から力を抜き、腕時計を見ると、十一時を少し過ぎた時刻だった。

藤衛は、三時間も講演を行っていたということに、今さら気づいた。それほど濃密な講演だったのだ。

「……なんだったんだ、あれは」

蟻川が、唖然としたような声色で言った。

「あれはまるで修羅だ。藤先生……あなたのお父さんは、一体どこでどういうふうに育ってきたんだ」

狼狽《うろた》えたように、蟻川は隣に座る藤毅に問い掛ける。おそらく、彼自身が抱いていた藤衛像──すなわち、もっと年相応に枯淡で、数学者らしく少し俯き加減で意味不明のことを呟くように話すイメージとは大きくかけ離れた、あまりにも巨大な存在に、困惑しているのだ。

そんな蟻川に、藤毅は、優しく諭すように答えた。

「蟻川さん。あれが、父なのですよ。あなたが感じられたことそのままに、あれこそが藤衛なのです」

「…………」

決して答えにはなっていない、藤毅の言葉。それでも蟻川は、口をぱくぱくと、酸素不足の金魚のように開閉させつつも、口を噤んだのだった。

そんな蟻川に代わるように、大橋が、すっくと立ち上がると咽《むせ》び泣《な》くような声で言った。

「私は、感動しました。まさか、こんな素晴らしい講演に立ち会えるとは」

いつもの眇めた目のまま、大橋は天を仰いだ。

「これはまさしく、歴史的瞬間に他なりません。正直に申し上げて、私は半信半疑でした。かの藤衛先生といえどもこの難問に立ち向かえるのか。しかし、この三時間で私は確信しました。藤衛先生は、すでに真理を手中にしておられる。まさしく九年前、アンドリュー・ワイルズがケンブリッジで成したのと同じ奇跡を、私たちは目の当たりにしているのです。これは……なんという僥倖でしょう。どうですか、皆さん」

大橋の言葉に、朴とエルサは沈黙で答えた。エルサはこの世のものではないあやふやな雰囲気とともに、一方の朴はいかにも神経質そうに辺りを窺いながら。

「ヤー《Yeah》、これは本当に幸運だよ、ミスター大橋」

大橋の問い掛けに答えたのは、やはりノーランドだった。ノーランドは、ブラボー《Bravo》と何度も歓声を上げつつ、興奮したように続けた。

「これこそ歴史だ。偉大な神が作り出した歴史の瞬間だ。そんな瞬間に居合わせた僕らがいかに幸せなことか。おお、神よ《Oh my GOD》」

そう言うと、大仰に胸の前で十字を切った。

そんな四者四様の言動に、百合子は——。

「…………」

ただじっと、今は演台と海のみを映すスクリーンを見つめていた。

そして、見つめながら——。

「十和田さんは、何を思うのかしらね」

神の呟きを、片耳で聞く。その言葉の意味を嚙み締めながら、百合子もまた、熱に浮かされたような気分の中で、ふと思った。

そうだ、十和田はどうしているのだろう？

だから、十和田を、見た。十和田は――。

沈黙していた。

壁を背に立ち尽くし、真一文字に口を結び、一面に無精髭が生《は》えた顎に手を当てながら、十和田は、微動だにせず、物思いに耽《ふけ》っていた。

そんな十和田を見つめながら、百合子は、発すべき言葉に迷い、そして結局、言葉を失った。神もまた、少しだけ細めた目で中空を見つめながら、じっと押し黙った。

百合子、神、そして十和田。

三者の沈黙が、いつまでも続いた。それぞれの沈黙の意味はそれぞれにまったく異なっているのだろう。けれど本当は、自分たちの沈黙は同一の根があることも、百合子には解っていた。そう――。

私たちは、懊悩《おうのう》するのだ。いつも、同じ主題《テーマ》で。

「喉が、渇きました。何か、飲みたいです」

エルサの独り言のような提案にふと気づくと、すでに時刻は十一時二十分を過ぎていた。

また一時間後に再開する、そう藤衛が言い残してからもう二十分も経っている。

「確かに、もうこんな時刻になってしまいました」

大橋が、大仰な素振りとともに提案した。

「一旦、皆で食堂に戻りませんか。そこで一息ついてから、また講演に臨みましょう」

「いいですね。僕もカフェインが欲しいと思っていたところでした。それに……」

「……それに？」

「実は、トイレにも行きたかったんだよ」

臆面《おくめん》もなくそう言うと、ノーランドは、「僕もすぐ食堂に行く。君たちは先に行っていてくれ」と言い残し、颯爽と大ホールから出ていった。

ノーランドに促されたように、一同もまたぞろぞろと、大ホールを後にした。

回り階段を降り、食堂に入ると、一同は各々、好きなように座った。

示し合わせたわけではなかったが、自然と百合子は神の隣に座っていた。今や神とは、運命を共にする同士でもある。あるいは、これも血のなせる業なのかもしれないが——。

十和田が、盆に三つのマグカップを載せて現れると、百合子たちが座るテーブルの向かいに腰掛けた。

「君たちも、コーヒーでいいか」

「……えっ」

一瞬、十和田がコーヒーを淹《い》れてきてくれたということが理解できず、百合子は目を瞬いた。

一方の神は、「ええ、もちろんです」と自然な笑顔で頷くと、盆に載ったマグカップに手を伸ばし、それから、啜《すす》りもせずに熱いコーヒーを飲んだ。

「……美味しいですね」

「インスタントだがね」

「それでも美味しいのは、なぜでしょう？」

「さあ。疲れているのじゃないか」

「かもしれませんね。十和田さんもどうぞ？　きっと、染《し》み渡《わた》るほど美味しいはずですよ」

「…………」

十和田が、黙ったまま、マグカップを摑むと、コーヒーをズッ、とぞんざいに啜った。

「十和田さんのコーヒー、久しぶりですね」

「以前、君にコーヒーを淹れたことがあったか」

「お忘れですか？」

「ああ」

もちろん、忘れるはずもないだろう。

だが、十和田も神も、そんな会話も当然のことばかりに、ほぼ同時にマグカップに口を付けた。

百合子も漸く、盆に手を伸ばし、最後に残ったマグカップ――持ち手は律儀に百合子の方を向いていた――を手に取ると、コーヒーを口にした。

やけに、熱い。

でも、確かに美味しかった。

「十和田さんは、さっきの話を？」

神の問いに、十和田はややあってから答える。

「……以前、聞いた」

「これからの話も？」

「ああ。聞いた」

「ということは、結局は伏せられる？」

「そうなるだろう」

「なるほど。だから十和田さんは、その伏せられたものを知るべく、眷属になったのですね」

「…………」

十和田が無言で、マグカップをテーブルに置く。

「ひとつ、教えてくれませんか」

神は、熱いマグカップを平然と、胸の前に両手で持ちながら、なおも問う。

「十和田さんは、私たちも、あの男の眷属になるべきだと思っているのですか」

「いや、そうは思っていない。……ただ」

「ただ？」

「そのほうが、幸せでは、ある」

「……幸せ？」

神は、眉の上に憂いを帯びた皺を一本寄せると、数秒の間を置いて言った。

「本当に？　本当にそう思っている？」

「…………」

「答えてはくれないのですか」

「…………」

「……解りました。それならば、もうひとつだけ。もし、私たちが眷属にならなければ、十和田さん……あなたはどうするつもりですか？」

「それは……藤先生が許しはしないだろう」

「藤先生ではなく、十和田さんのことを訊いています」

「僕のこと……」

「ええ。十和田さんは、どうするつもりなのかと訊いているんです」

「…………」

幾度目かの沈黙。

だが十和田は、鼻先までずり落ちた眼鏡を押し上げると、掠れた声で言った。

「……僕は」

「僕は」

「やや、おかしいですね」

不意に、誰かの声がどこかで上がった。

反射的にその方向を見ると、そこには――。

「彼は、どこに行ってしまったんでしょう？　どなたかご存じですか」

中腰の大橋が、氷水の入ったグラスを手に、きょろきょろと眇めた目で周囲を見回していた。

「い、いきなりどうしたんだね、大橋さん」

狼狽えたような表情の蟻川が問うと、大橋はギロリ、と見開いたほうの右目で蟻川を睨んだ。

「蟻川さんは気づいていないのですか」

「な、何にだね」

「ほら、ご覧なさい。いらっしゃらないのですよ。彼が」

ほらほら――と大きく右の手のひらを上に向け、食堂を指し示すと、大橋は言った。

「ご覧のとおり、ノーランド氏がいらっしゃいません。彼は今、どこにいるのでしょう？」

ノーランドが、いない――？

ふと腕時計を見ると、時刻は十一時半だ。百合子がノーランドの姿を最後に見てから、十分ほど経過していることになる。別に、十分くらいいなくともおかしなことではないが、しかし――。

「それは、あー、そうだ、便所じゃないのかね」

蟻川が、思い出したように言った。

「ノーランド君はさっき言っていたはずだ。別に、心配するほどのものじゃあない」

「確かにそう言っていました。しかし、あれからもう十分が経過しています。そろそろ戻ってこられてもいいはずではありませんか？」

「んー、まあ、そうかもしれんが……」

「考えすぎではありませんか？　大橋先生」

藤毅が、蟻川とは対照的な落ち着きのある声色で言葉を挟んだ。

「『もう十分間』は、『まだ十分間』かもしれません。心配するほどのことでもないのでは」

食堂のガラス扉に視線を向けながら言う藤毅に、しかし大橋は、肩を竦めて「そこは、正確に言えば『すでに十分間』なのです」と即答した。

「私は聞いていました。ノーランド氏は『すぐ食堂に行く』と言いました。私の定義では『すぐ』イコール『数分』です。十分間を超えればもはや『すぐ』とは言えません。ノーランド氏に何かあったのかと心配してよい時間が経過しているのです」

確かに――ノーランドが「僕もすぐ食堂に行く。君たちは先に行っていてくれ」と言っていたのを、百合子は記憶していた。この言い回しからすると、大橋が述べるとおり、もう戻ってきていいはずだ。

――何か、嫌な予感がする。

ぞくり、と百合子の首筋に冷たいものが走った、その瞬間。

「……気になるのなら、探してみれば？」

誰かが、言った。振り返ると、そこには——。

神がいた。コーヒーを静かに味わいながら、神は悠然と述べた。

「確かめてみればいいでしょう？　生きていれば、無事だったと解る。シュレーディンガーの箱の中身が知りたいのなら、開けてみるべきよ」

「シュ……シュレー？」

何のことか解らず、目を白黒させる蟻川を尻目《しりめ》に、大橋が勢いよく立ち上がった。

「善知鳥さん。それは実にいい考えですね。案ずるより産むが易し《It is easier to do something than worry about it.》。百聞は一見に如かず《Seeing is believing.》。いざ、猫の生死を確かめに参ろうではありませんか」

やけに興奮気味の大橋につられるように、一同もまた、やけに重さを感じる腰を上げた。

——実は、トイレにも行きたかったんだよ。

ノーランドはそう言っていた。だとすれば、大ホールを出たノーランドが向かう場所は自分の部屋だ。部屋は大ホールと同じ7階にあり、トイレもある。

大橋の先導で7階へと上がると、一同は、東側にある四部屋のうちのもっとも南側にあるノーランドの部屋へと向かった。

廊下を進み、件《くだん》の部屋の前に立つと、閉じた扉の前で、大橋は言った。

「ふむ……物音はしませんね」

それから、コンコンと小刻みなノックをした。

返事は――ない。

「開けましょう。失礼に当たるかもしれませんが」

失礼に当たると言っている最中から扉を開けると、大橋はずかずかと遠慮なく部屋に歩み入った。

ノーランドは――いなかった。

部屋は、百合子に与えられたものよりも細長い扇形をしていた。ダブルベッドやテーブル、椅子、冷蔵庫などの什器《じゅうき》は百合子の部屋のものと変わらない。カーペット、白い壁、そして部屋の奥で曲面をなす黒い壁も同じデザインだ。

ベッドの傍には大きな水色のバックパックがひとつ置かれていた。おそらくノーランドの荷物だろう。

きょろきょろと辺りを窺い、ノーランドの姿がないことを確認すると、大橋は、脇《わき》目《め》も振らずトイレのあるユニットバスへと向かった。

「……いませんね」

ユニットバスの扉を開けて覗き込んだ大橋は、大袈裟《おおげさ》な溜息とともに肩を窄めた。

蟻川が言う。

「いないというか、そもそもノーランド君はここに戻ってきたのかね？」

「どうやら、違うようですね」

大橋はユニットバスを指差した。

「見てください。トイレにはシートが掛けられていて蓋《ふた》を開閉した形跡がありません。ノーランド氏はこのトイレを使用していないようです」

「少なくともここの便所は使っていない、ということか」

納得したように頷きつつ、しかしその首を蟻川はすぐ横に傾けた。

「一体、ノーランド君はどこの便所に行ったんだ」

「……行きましょうか」

蟻川の質問には答えることなく、大橋はくるりと踵を返すと、部屋からさっさと出ていってしまった。

大橋のペースに乗せられ、一同は困惑しつつ、また大橋の後についていった。

「私が知る限り、この建物には浴場にもトイレがあったはずです」

早足で、まるで転がり落ちるように回り階段を降りながら、大橋は言った。

「トイレに行ったのが真実なら、ノーランド氏はそこにいるでしょう。逆に、そこにいなければ、別の可能性を考えなければなりませんね」

別の可能性——という部分に含みを持たせながら、大橋は一段飛ばしに、あっという間に4階まで下りると、疲れ知らずの脚力でそのまま男湯の中に飛び込んでいった。

追い掛けるように藤毅が、そしてかなり遅れて息せき切った蟻川が続いていった。

百合子を初めとする女性陣が扉の前で暫し様子を窺っていると、やがて戻ってきた大橋が、言った。

「ビンゴでした。いらっしゃいませんね」

何がビンゴなのかは解らないが、大橋は首を横に振り、さも困ったように目を眇めた。

ノーランドは、自分の部屋のトイレを使っていない。男湯のトイレにもいない。だとすると——。

「……女湯側は？」

「いませんでした」

はっと顔を上げた百合子の、その視線の先で、即座にエルサが答えた。

「今、見ました。女湯《こちら》にも、いません」

いつの間にか、女湯の確認も済ませたらしい。

手回しがいいなと思う百合子の横で、蟻川が呻くように言った。

「一体、ノーランド君はどこの便所に行ったんだ」

さっきとまったく同じ文言で蟻川が言う。

今度は、大橋は一拍の間を置いて答えた。

「……ここでなければ、別の所でしょうね。あるいは、そもそも違うのかもしれませんが」

「そもそも違う？　そりゃあ、どういうことだ？　大橋さん」

「……さて」

蟻川の質問には答えず、大橋は踵を返した。

おい、大橋さん、どういうことなんだよ——と苛立ったように問う蟻川を無視すると、大橋はつかつかと、再び来た道を戻っていった。

蟻川は解らなかったようだが、百合子には、大橋の言葉の真意がなんとなく理解できていた。

そもそも違う。

何が、違うのか？　それは、トイレに行くのではなかったということ。

ノーランドは、トイレに行くと嘘を吐いたのだ。

なぜ嘘を吐いた？

それは、本当は別のところに行くつもりだったからだ。ならば――。

――それは、どこだ？

「……書斎？」

「書斎。なるほど」

百合子の呟きに、大橋は機敏な動きで振り向いた。

「いい着眼点です。あの部屋にもトイレはあり、ノーランド氏がいる条件が整っている」

「えっ……」

――ちょっと待てよ？

確かに大橋の言うとおりだが――そういうことなのか？

自分が考えていることと、大橋の言動とに若干の齟齬《そご》を抱く。だが一方の大橋はさも納得したように何度も頷くと、目をこれでもかと眇めて言った。

「私たちの行く先は5階。藤先生の書斎です。おそらくノーランド氏はそこにいるのでしょう」

――一同は5階にある書斎へと足を踏み入れた。

両開きの扉を両手で勢いよく押し開けると、大橋はつかつかと、本棚に囲まれた書斎の中央へと歩み寄った。

その背を追うようにして一同が書斎の中へと入ると、背後で静かに扉が閉まり、パタン、という音を立てた。

同時に、密閉された書斎が、キンと耳障《みみざわ》りな静けさに満ちる。思わず顔を顰めた百合子をよそに、大橋は暫しその場で立ち尽くしきょろきょろと周囲を見回していたが、やがてその視線の焦点を、書斎の片隅の一点に当てた。

「あそこに、ユニットバスがあります」

「…………」

誰も、何も答えない。

だが、百合子は――。

そのユニットバスの様子に、思わず戦慄していた。

なぜなら――僅かに開いていたからだ。

ユニットバスのドアが。

そして――。

「私……知っている」

思わず、小声で呟く。

呟いてから、自分で自分の心に疑問を投げかけた。

知っている、だって？

一体私は、何を、知っているというのだ？

困惑する百合子の傍で、不意に、誰かが答える。

「私も、知っているわ」

「えっ……」

神だった。

ハッと振り向いた先で、黒いワンピースを纏い、まるで浮遊するような自然体で立つ神は、百合子を真っ向から見つめながら言った。

「百合子ちゃん。あなたは覚えている。この場面を……ううん、正確に言えば、この雰囲気を覚えている。なぜならば私も、この場面を覚えているから」

頬に一筋だけ垂れる艶やかな黒髪を、そっと人差し指で解きながら、神は続けた。

「あのとき、私はまだ幼かった。覚えたての四則《しそく》演算の可能性を試したくて、ガウスを真似《まね》て、頭の中で一から百までの乗算を試しているところだった。だから、本当は大人たちが騒がしくしているのも、母が私のことを連れまわすのも、ひたすら鬱陶《うっとう》しくてしょうがなかったのだけど……でも、その雰囲気から、ただならぬ事態が訪れているのだということだけは、十分に理解していた」

あのとき――。

そう、彼女が幼子《おさなご》だったころ。

神が、百合子の傍にいたころ。

まだ、百合子に母がいたころ。

それは――ただならぬ、事態。

まさしく二十四年前の、事件。

「私は、覚えている。あなたはまだ赤ん坊だった。でも、だから何も覚えていないとは限らない」

「私は、覚えている」

「そう。覚えている。二十四年前のことを」

「…………」

そう――覚えているのだ。

あの日も、この建物で、何かが起こったことを。この部屋で、何かが起こったことを。つまり――。

あのユニットバスのドアの向こうに、恐怖があったことを。

「……だめ」

百合子は、思わず呟いた。

だがその呟きは、まさしくその扉に向かって、一歩一歩を進めていく大橋の耳には届かない。

「……む」

大橋が、小さな声を上げる。

彼が何に気づいたのか、百合子にはわからない。だが、ユニットバスから発せられる、瘴気《しょうき》にも似た禍々しさが、大橋をして、さらなる一歩を踏み出すことを躊躇わせているのは、明らかだった。

だが、大橋は、緩慢ながらユニットバスまで辿り着くと、その扉に手を掛けた。

大橋の顔は紅潮していた。額には青筋が立ち、一筋の脂汗が流れ落ちていた。きっと、開ける前から、開けた後のことが想像できていたのだろう。開けたくはない。しかし――開けねばならぬ。最後に大橋を動かしたのは、きっと、使命感だったのだろう。

「……開けます」

覚悟に満ちた一言を述べると、大橋は一気に、ユニットバスの扉をガラガラと引き開けた。

そして――。

一同は、見た。

図７　ノーランドの撲殺死体

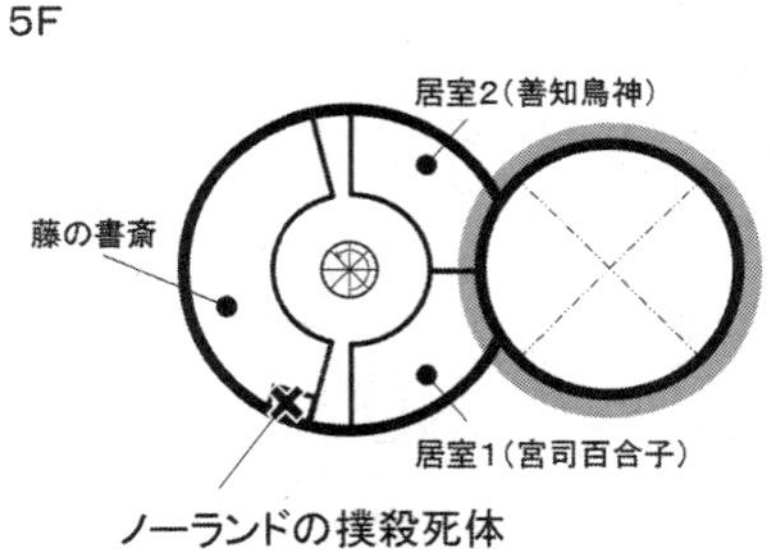

すなわち、大橋は、朴は、エルサは、蟻川は、藤毅は、見た。

神も、見た。

十和田も、見た。

もちろん、百合子も、見た。

そして、一同は、知った。つまり——理解した。

ノーランドが、すでにこの世の人ではないことを。

頭を叩き割られた、クリストファ・ノーランド。あの陽気なアメリカ人数学者が、頭蓋《ずがい》の内側を生々しく曝す撲殺死体となり、倒れているのを。

「そう。あのときと、同じ」

神が、呟いた。

百合子も、心の中で呟いた。

そう。あのときと——同じ。

※　図７「ノーランドの撲殺死体」参照

第Ⅲ章　撲殺・真実

1

茫然――。

その一言に、尽きていた。

一同はひたすら、書斎の奥、書架の隅に申し訳程度に設けられていたユニットバスのその中を見つめながら、ただただ、茫然と立ち尽くしていた。

そこにあるのは、かつてクリストファ・ノーランドであったものだった。

彼の存在を過去形で述べなければならないことは、一見しただけで明白だった。なぜならば、彼の頭部は見るも無残に破壊され、彼の自我を宿し、数学者として代数幾何学を操り、ノースショアを聖地と崇《あが》めていた彼そのものとも言うべき脳髄が、大量の血液に塗れ、零れ落ちていたからだ。

これほどの損傷を受けてなお生存していられる人間など、この世にはいない。

すなわち――彼は死んでいる。

いや――殺されているのだ。

後頭部の陥没は、ノーランドの長髪の狭間に、大きくクレーターのように開いていた。白い頭蓋骨がクレーターを取り巻くように破損し浮いていて、その中央から泉のごとくに血液が吹き出し、脳髄が零れていたことが見て取れる。同時に、その妙に美しい陥没痕《あと》からして、これが拳銃《けんじゅう》によるものでないこともすぐに解った。頭の前面に銃弾が貫通していった痕跡がないことからも、それは明らかだった。

すなわち、これは鈍器で殴られたものである。とはいえ、自分で自分の後頭部をこれほど損傷するまで殴打することはまず不可能だし、仮にそれができたとしても、当の凶器となる鈍器がどこにもない。つまり――。

これは自殺ではない。かといって事故でもない。

つまり――。

「これは……とんでもないことになりましたね」

漸く、大橋がはっと我に返ったように言葉を発した。

その一言に、冷えていたその場が、俄かに沸き立つ。

ざわつきの中から一歩、蟻川が前に出た。

「お、おい、これは一体、どういうことなんだ」

蟻川は、顔を真っ赤にして、まるで怒ったような声色で誰にともなく問い掛けた。

「あれは、何なんだ？　悪い冗談はよしてくれ、おい……ノーランド君はどこへ行ったんだ。どうしてこんな悪戯をするんだ」

「悪戯じゃ、ない」

エルサが、この場にはいかにも似つかわしくない、透明感のある声で呟いた。

「あれはノーランドさん。もう亡くなっています」

「亡くなった？　まさか」

蟻川が、大袈裟な手振りとともに、つかつかとノーランドの元に歩み寄る。

そして、しゃがみ込むと、血まみれの死体の胸ぐらを摑もうとした。しかし──。

「……むっ」

蟻川が、顔を顰める。

それはきっと、死体が発散する「血の臭《にお》い」を感じ取ったからだろう。

暫し、その場で固まっていた蟻川だったが、ややあって先刻とは打って変わった、青い顔で立ち上がった。

「これは……だめだ」

だめだ、だめだ、と震える唇から息継ぎのような音を漏らしつつ、蟻川は何度も首を横に振ると、よろめきながら後退《あとずさ》りをした。

そんな蟻川を見ながら、大橋が「そう。そのとおりです」と、蟻川と対照的に何度も首を縦に振った。

「ご覧のとおり、もうノーランド氏はだめなのです。彼は命を失った。つまり、死んだ。これは歴然かつ覆ることのない事実なのです」

死んだ――明確かつ否定しようもないその言葉に、場がさらに凍《こお》り付《つ》いた。

蟻川がへなへなとその場で腰を抜かし、藤毅がそんな彼の元に駆け寄った。朴もまた、一言も発することのないまま茫然と立《た》ち竦《すく》む。

一方のエルサは超然と、そんな人々の様子をじっと見つめ、神も同様に――まるでエルサと対《つい》をなすように――死体を検分するように眺め、そして十和田もまた、この出来事がごく当たり前のものでもあるかのように、人々の一歩後ろで腕を組んでいた。

そんな十和田の態度が、一体何を意味するのかは、百合子には解らない。だが百合子自身、率直に言えば、この出来事が――ノーランドの悲劇が、おそらくは予定調和のものであり、そして次の一手を待ち、思慮する冷静さとともに受け入れられていることに気づいていた。

そう、大事なのは――次の一手。

この死体が意味することは何なのかを、読み取ること。

そのために必要なのは――。

百合子は、腕時計を見た。

時刻は——十一時四十分。

そう——必要なのは、考えることだ。

百合子たちが大ホールを出て——すなわち、ノーランドの姿が見えなくなってから二十分。そのことに気づいて、皆で食堂を出てから高々十分。まるで何時間も経過したかのように錯覚する、この僅かな時間の間に、一体何が起こったのか。それを考え、推理すること。

それが、今もっとも大事なことなのだ——。

「そういうわけですから、皆さん、どうか落ち着いて」

黙考する百合子の横で、大橋が大仰な素振りで一同に指示をした。

「ノーランド氏は不幸にして命を落としてしまいました。しかし我々には、この悲しみを味わっている暇はありません。一体彼の身に何が起こったのか、時間一杯まで調べてみる必要がありましょう」

「調べてみる？」

貧血を起こしたのか、床に手を突き肩で息をする蟻川を介抱しながら、藤毅が言った。

「僕たちで、あの死体を調べるということですか」

「ええ。私たちにできることは、すべてやっておくべきだと考えています」

「それは逆ではありませんか」

頷く大橋に、藤毅は即座に反論した。

「これは、人の命が失われた事件です。到底、専門家ではない我々の手に負えるものではありません。であれば、我々は今すぐこの事件をプロの手に委《ゆだ》ねるべきだと考えます」

「プロ。警察のことですね」

「そうです。……十和田君？」

藤毅が、キッと十和田の方を向いた。

「一一〇番《ひゃくとおばん》をお願いします。今すぐ警察に連絡を」

しかし、十和田は――。

「…………」

何も答えず、微動だにしない。

「どうしたんですか？　十和田君。どうして連絡をしないのですか。まさかこの建物に電話がないというわけでもないでしょう」

「……ええ。電話ならば、あります。しかし……」

十和田は漸く、眼鏡をそっと中指で押し上げながら答えた。

「それがあるのは僕の部屋である管理人室、すなわち2階です。エレベータが故障しているので、使用することができません」

そうだ——今さら、思いだす。エレベータが故障しており、百合子たちが大聖堂に閉じ込められているのだということを——。

ぐっ、と言葉に詰まりつつも、藤毅はすぐ、次の問いを投げた。

「ならば、大ホールの遠隔会議システムを使って知らせるのです。あれは双方向に会話が可能なのでしょう？　こちらの状況を知らせて向こうから一一〇番してもらうことは可能なはずです」

「確かに、可能ではあるでしょう。しかし」

十和田は、眉間に深い皺を寄せ、拒否した。

「それは、できません」

「なぜかね？」

「藤先生に厳命されているからです。『大ホールのシステムは、カンファレンス以外には用いないように』と」

「……なんだって？」

予期しない十和田の言葉に、藤毅は、険しい表情で詰め寄り、叫んだ。

「警察への通報はカンファレンスじゃない？　だからシステムが使えない？　そんな

ことを言っている場合ではないのは、君も解っているのでしょう。ノーランド君が死んだのです。この事実を一刻も早く伝えて事件を警察に任せるのは、何よりも優先すべき事項なのではないですか」

「一般的には、そうでしょう。しかし……ここでは、違うのです」

「何が、違うのですか」

「ここは、藤衛先生の堂なのです。藤衛先生の言葉が絶対である大聖堂なのです。僕は……藤衛先生が決められたことに逆《さか》らうことはできません」

「なん……ですって」

絶句したような表情で、藤毅は暫し、顔を苦痛に耐えるように歪めていたが、ややあってから、反論を試みる。

「君は今、自分で何を言っているか、解っているのですか」

「もちろん、理解しています」

「ならば、どれだけ君が非常識なことを述べているのかも？」

「はい。しかし、それでもなお、禁忌《タブー》なのです」

十和田は、翳《かげ》こそあるが、あくまでも真剣な表情で、藤毅を真っ向から見返した。

「なぜなら、それが、藤衛先生が定めた、この場所における公理《ルール》だからです。申《もう》し訳《わけ》ありません」

「…………」

藤毅が――沈黙した。

電話を使うことができない。かといって、大ホールの遠隔会議システムを、今ここで起こっていることを伝達するために使うことも、できない。なぜならば――それが、藤衛が定めたルールだから。

おそらく、このルールに反することは、道義的にも物理的にも不可能なのだろう。たとえ藤衛の講演中にイレギュラーな発言をしたとしても、十和田が即座にシステムを切り、通報不可能にするに違いない。

「……もう、よろしいですか？　藤毅先生」

大橋が、言葉を挟んだ。

「通報不可となれば、私たちは、先ほど申し上げたように、すべてやっておくべきだという点に立ち返ることになります。それで、よろしいですね？」

「…………」

藤毅は、沈鬱な沈黙のみを返した。

大橋は納得したように、「なるほど異論もありましょう。しかし」と続けた。

「今は時間がありません。なぜならば、あと十五分ほどで藤衛先生の講演が再開してしまうのです。したがって、とりあえず総論賛成ということで、話を先に進めることにしましょう」

大橋の言葉に、疑問が浮かぶ——今さら、藤衛の講演を聴くことが必要なのだろうか？

だが百合子は、すぐにその疑問に自ら答えを与えた。

いや、やはり、必要なのだろう。

なぜならば、百合子たちはすでに大聖堂に閉じ込められてしまっているからだ。今さらそこから中途退出《ドロップアウト》することなどできない以上、一旦は、藤衛が描いたシナリオの登場人物となり、毒を皿まで食《くら》わなければならないのだ——。

覚悟と諦《あきら》めが綯《な》い交《ま》ぜになった複雑な想いを抱く百合子をよそに、大橋はひとり、つかつかと死体に歩み寄る。そして、暫くノーランドの身体を見下ろすと、不意に後ろを振り向いた。

「朴君、君には手伝いをしていただきたいのですが、いいですか？」

「……え、えっ？」

「君はノーランド氏と師弟関係に近い仕事をしていたと聞きます。そんな君に、ノーランド氏のために助手を務めていただきたいのですが」

「ええと、その……」

「よろしいですね？」

「あ……はい」

一方的かつ強引に指名すると、ノーランドの死にいまだ戸惑う朴を脇に呼び、それから大橋は我流の死体検分を始めた。

「ふむ……ノーランド氏の後頭部の陥没は、径の太いハンマーか何かによるもののようですね。思い切り殴られたようです。ハンマーが重力により落下しノーランド氏の後頭部に当たった可能性は、ハンマーそのものが見当たらないこと、またそのハンマーが床に当たった痕跡がないことから、ほぼないと考えてよさそうです。一方で、凶器となったハンマーは、私の知る限りこの大聖堂では見掛けなかったように思えますが……朴君、君はどう思いますか？」

「えっ……？」

突然話を振られた朴は、驚いたように目を瞬くと、ややあってからおずおずと言った。

「わ、解りません。でも僕も、見たことは、なかったかも……」

「なるほど、二人の見解が一致しましたね」

眇めた目と反対側の口元をニッと引き上げると、大橋は続けた。

「とすると、誰かが、誰かの持参物でしょうか」

「えっ……誰かが、凶器を持ってきた、ってこと、ですか？」

「そのとおり。そこで今、この場に、それらしき物品を持っている者がいるかどうかについてですが……」

大橋がやにわに、その場にいる一同を一瞥する。

どきり、としつつも、大橋の視線につられるように、百合子もまた皆の顔を、それぞれが何かを隠しているのではないかという疑惑とともに見回した。だが――。

それらしい凶器を持っているような気配は、誰からも感じられなかった。

凶器が入るバッグを持つ者はいなかったし、服の下に隠している様子もなかった。

強いて言えば、ゆったりとしたワンピースを着る神ならば、その服の下に何かを隠すことができるかもしれないが――。

――それは、ないわ。

神が、百合子の心の内を読んだように微笑み、百合子はすぐ気恥ずかしさに視線を逸らしてしまった。

大橋が、肩を竦めつつ続ける。

「……こうして一人ひとりを確かめずとも、今この場で鈍器を持ち続けるというのは、あまりにも愚かな行動であることは言うまでもありません。そんな危険物は持っているだけで要らぬ疑念を生みますから。したがって通常の感覚を持つ者ならば、その凶器はどこかに隠すか捨てるかするものです。最も考えられるのは、どなたかの荷物の中にそれが紛《まぎ》れている可能性です。したがって荷物検査でもすれば、誰かの持ち物からそれらしい鈍器が出てくるかもしれませんね」

「それ、やりますか？」

すなわち、持ち物検査をしてみるかという朴の問いに、大橋はしかし、即座に「いいえ」と首を横に振った。

「やりません。私は、凶器探しは無意味と考えます。それをやったところで、出てこない可能性のほうが大きいからです」

「どういうこと、ですか」

「理由は明快です。おそらく、この大聖堂に初めから存在していた何かが、鈍器の代用品となった可能性が高いからです」

斜めに振り向くと、人差し指を立てながら、大橋は言った。

「例えば厨房にある缶詰は凶器の代わりになるでしょう。水煮の缶詰など中身も詰まっていますから、鈍器にはもってこいでしょう。そっと持ち出し、ノーランド氏を、それを用いて撲殺する。後はしれっと戻せば、あるいは戻さなかったとしても、どこかに捨てておけば、それで終わりです」

「そういえば、缶詰は、部屋にもありました。それを持ち出していた可能性も、ありますね」

「そうなのですか？　それは知りませんでしたが、であればなおのこと、この推理は確度が高いことになりますね」

助手君もなかなか洞察が鋭いですね——一方的に助手扱いをする大橋に、一方の朴はといえば、自分の髪を忙しなくいじりつつ、意外とまんざらでもないような顔をした。

「いずれにせよ、凶器が何であるかが、まずもって、この事件のひとつの謎であると言えるでしょう。さて……」

再びノーランドの死体に向き直ると、大橋は物怖《ものお》じすることなく、その死体に顔を近づけ、大きく目を広げた。

「血液はまだ固まってはいませんし、分離もしていない。これは殺害後、多くの時間が経っていない証拠でしょう。腐敗臭もなく、また死後硬直も始まってはいないようです。死亡時刻は現時点から二十分以内……まあ、自明ではありますが、いずれにせよノーランド氏は、姿が見えなくなった十一時二十分から、発見された十一時四十分までの間に亡くなったという事実に間違いはなさそうです」

「どうも、当然のことを述べているだけに聞こえるが」

蟻川が、疑わしげに問うた。

「十一時二十分まで彼は生きていた、四十分には死んでいた、ならば死んだのはその間なのは当たり前のことだろう」

「そう、まさしく当たり前のことです。しかし蟻川さん。あなたは1足す1が幾つだと思いますか？」

「……はあ？」

唐突な、しかもこの場にはあまりにもそぐわない問いに、蟻川はややあってから、困惑したように答えた。

「……2、じゃあないのか？」

「そう、2です。しかしそれが2であることを証明するために、アルフレッド・ノース・ホワイトヘッド氏は、彼の著作において七百ページ以上を使わざるを得なかった」

「七百ページ、だと……？　まさか、1足す1は2など、そんな大それた問題なのか？」

「そう、まさしく、そんな大それた問題なのです」

大橋は、大きく頷いた。

「もっとも、私は記号論理学的な命題をこの事件に当てはめようと言うのではありません。あくまでも、目に見えている事実と、我々の記憶には乖離《かいり》がないと言いたいだけです。すなわち、今この死体は十一時二十分から四十分までの間に生まれたという仮説がある。片や我々のノーランド氏に関する記憶は、その仮説を補強する」

「それこそが、疑いがない事実だ、と、大橋先生は言うのですね」

朴の呟くような声に、大橋は再び「まさしく」と、大きく首を縦に振った。

「解っていることをまずありのままに前提条件として、そこから論考を始めるのが我々の定石です。そして、その定石に則《のっと》れば、まずはノーランド氏が亡くなった時刻が解り、あるいは凶器は何かが鈍器の代用品として使われたことが解る。さらに、とりあえずもう二つばかり解ることがあります。それが何か……どなたか、解る方はいらっしゃいますか？」

大橋はなぜか、挑むような目つきで一同を振り返った。

その問い掛けに、ややあってから、藤毅がしっかりとした口調で答える。

「ひとつは……ノーランド君は『殺されたのだ』という事実でしょう」

「まさしく、そのとおりです。藤毅先生」

大橋が、藤毅の言葉に相槌を打つ。

「状況からみて、事故ではなく殺されたものである、すなわち、これが殺人事件であるということは、一見して当然のことでありながら確かめておくべき重要な前提でしょう」

「…………」

一同が、一瞬しんと静まり返る。

——これが、殺人事件である。

この、明白でありながら誰も明白に口にはしなかった半ば確定的な事実。改めてそれを言葉にされ、思わず息を飲んだのだ。

その間隙《かんげき》に、大橋はさらに述べた。

「そしてもうひとつ。この大聖堂の状況……すなわち、緯度経度、立地条件、状況等我々が知り得る情報から鑑《かんが》みるに、もうひとつ明白なことがあります。それは……オッリカイネン女史ならば、解りますね？」

大橋が、エルサに向きながら、目を眇める。

その、異様な表情に、エルサは——。

「…………」

暫し、大橋の言葉とは無関係にじっと中空を見つめていたが、やがて、白雲母柄の眼鏡の向こうで、碧色の瞳をゆっくりと瞬かせながら、「……ええ」と頷いた。

「犯人は、この中に、いる」

犯人は、この中に、いる——。

痛々しいほどの静寂が、一同を包み込む。

解ってはいた――解ってはいたのだが、解りたくはなかった事実。

考えてみれば、明らかなのだ。我々は九人。唯一の出入り口となるエレベータが反応せず、動きもしない今、我々はこの建物の4階より上に閉じ込められている。

言わば、この九人は、閉じているのだ。

そして、閉じているということは、外界と内界とが明確に弁別され、また影響を一切与えあわないことを意味する。

数学において、以上と未満、内と外、あるいはプラスかマイナスかもそうだが、決して混じりあうことのない要素として捉えられるように、閉じた九人は決して、外界と混じり合うことがないのだ。

裏を返せば、これは、すべての事象が内界に要因を持つものとして解されるということだ。

内界に、要因を持つ。

殺人の原因も、内界にある。

人を殺すのは人以外にはいないのだから、その原因こそ、犯人である。すなわち――。

――犯人は、この中に、いるのだ。

「……馬鹿な」

震え声で、蟻川が呟いた。

声だけでなく、その大きな肩も震えていた。原因は困惑か、それとも、残る八人の中に、凶器を振るってノーランドをかくも無残な姿に作り替えた犯人がいるのだということに対する、恐怖か。

恐怖？　――そう、恐怖なのだ。

百合子は、はっと気が付く。

そうだ、忘れてはいけない。恐怖、それこそが、藤衛が人々をコントロールする源泉でもあるのだ。

藤衛という巨人に対峙するとき、人々は多くの恐怖を抱く。最先端の数学を次々と解き明かしていく才能に対する恐怖。まるで未来を見通しているかのような言動に対する恐怖。そして彼がすでに世界の真理を手中に収めていることそのものに対する恐怖――これら恐怖が、人々を委縮させ、付け入る隙を生み、そして操りの糸口となってゆく。

だとすればこそ、今、なすべきは――。

百合子は、胸を張るように姿勢を正すと、キッと顔を上げた。

そして、あえてこのくらいのことは何でもないのだ、と言いたげな笑みを浮かべると、一同を見回してみる。

——犯人は、この中に、いる。

エルサの言葉が、的を射ているならば、この見渡せる範囲内に、犯人はいるのだ。

それは——。

BOOKの誰か、だろうか？

奇《く》しくも二十四年前と同じく、集う数学者たちの名字の頭を取れば、それはBOOKとなる。偶然か、それとも偶然ではないのか。それは解らないが、いずれにせよBOOKは、リーマン予想解決という同じゴールを目指す学者たちであり、かつその先取権を争う間柄でもある。

アイザック・ニュートンとゴットフリート・ライプニッツが微積分法に関しともすれば醜い争いを繰り広げたように、あるいはイライシャ・グレイの特許出願がグラハム・ベルに対したった二時間遅れたためにその発明者の栄誉を逃したように、「誰が先か」の争いは、その最先端を探り続ける人間たちにとってもっとも大事で、もっとも興味深く、そしてもっとも冷酷な命題である。

BOOKのK——ノーランド《Knowland》の存在が、もしも残るB、O、Oの先取権を脅かすのであれば、彼らがKを亡き者にしようという動機にはなるだろう。

だが——。

探偵気取りで死体を調べるO——大橋《Oohashi》。

その横で、にわか助手として困ったように佇むB——朴《Bak》。

そして、少し離れて、どこかこの世の存在ではないような透明感を放ちつつ、虚《うつ》ろな眼差しで現場を見つめるO——エルサ・オッリカイネン《Ollikainen》。

この三人の中に、そんな後ろ暗い企みを胸の内に秘めた者が、はたしているのだろうか。

例えば——大橋はどうだろう。このようなあまりにも不健全な場面で、意外なほどの健全性を発揮し、自ら探偵役まで務めようとしている大橋。彼のこの態度こそ、もしかすると、何かを心の中に持っていることの何よりの証なのではないだろうか。

あるいは——。

それは、立会人の誰か、だろうか？

M新聞社の論説委員として、いずれはこのカンファレンスの出来事に有識者としてのお墨付きを与える目的で呼ばれた、蟻川か。

それとも、W大学の理学部長という要職に就き、まさに同業者としての立場から立ち会うこととなった、藤毅か。

百合子は、それとなく二人の様子を見る。

ひとりは、相変わらず腰が引け、怯えたように大きな体を震わせている。もうひとりは、今起こっていることのすべてを忘れまいと決意するかのような険しい顔で、瞬きをすることもなく、その場に屹立《きつりつ》している。

だが、そのいずれであるにせよ——。

最も疑わしきは、藤衛だ。

彼らが自発的に犯行に及んだ可能性よりも、そうさせられた可能性のほうが、この大聖堂においてははるかに大きいのだ。

そして、藤衛の存在を考えればこそ、怪しいといえる人間が、ここにはもうひとりいるのだ。

そう、それが——十和田只人だ。

十和田は、先刻から——最後に口を開いたのがいつなのか、もう思い出せないくらい前から——ずっと沈黙していた。その表情は沈鬱で、酷くこけた頬にはいつも後ろ暗い翳が宿り、終始思いつめたように、目を伏せている。

言葉を選ばずに言うならば、もっとも犯人に近いのが十和田であることは、明らかだ。

十和田には、前科がある。

また十和田は、この大聖堂を熟知している。

何よりも十和田は、藤衛の忠実なる眷属なのだ。

だからこそ、十和田は、十和田という男がノーランド殺害に関与したのだというふうに断言されても、それは一切の違和感なく百合子に理解されるだろう。

とはいえ――。

最後の最後で、百合子は思う。

本当に――十和田が、犯人なのか？

仮にそうだとすれば、十和田はいつ、どうやって、ノーランドを殺害したのだろう？　そう――。

ノーランドが姿を消し、次いで死体となって見つかるまでの二十分間、十和田の姿は常に百合子たちの傍にあったのだ。

確かに一瞬、消えている時間はあったかもしれない。だがそれとて高々一分だ。その僅かな一分で、食堂から書斎まで下りてノーランドを殺害するということが、はたして、可能なのだろうか――？

「…………」

百合子は、沈思する。

深い思索に耽る彼女は――。

ふと、気づく。

彼女の視線の先で、神が悠然と――しかし頼もしげな表情で、百合子を見ているのを。

無言の神。しかし彼女の瞳は、はっきりとこう述べていた。

――そうよ、百合子ちゃん。

考えるの。心から。さもなくば――。

「……さもなくば？」

呟く百合子に、神は、微笑みで答えた。

さもなくば――。

決して、あの男に勝つことなどできないのだから。

2

「……戻りましょう」

誰かが、掠れた声で呟いた。

客観的な時の流れを無視し、各々の時間に漂い続けていた一同は、その言葉に、はっと現実に引き戻される。

声の主は――十和田だった。

沈黙を続けていた十和田は、その場に立ち尽くしながらも、人々を促すように言った。

「間もなく、正午です」

十和田の言葉に、無意識に時計を見る。

時刻は——十一時五十六分。

「藤先生のカンファレンスが再開されます。皆さん、どうか……大ホールにお戻りください」

「こ、この場はどうするんだ」

蟻川が、青い顔で、懇願《こんがん》するように言う。

十和田は、そんな蟻川を一瞥することもなく、まるで台本のト書きを読んでいるかのような平板な口調で答えた。

「……このままにし、立ち入り禁止とします」

「ほっとくのか、その、ノーランド君をあのままに?」

「はい。何もしない、現場には手を加えないということが、現状、最良の方法であろうと僕は考えています。その他に何かよい方法があるとでも?」

「あー、それは、その……」

しどろもどろにそう言うと、最後に、むう、と唸ったきり、蟻川は沈黙した。

そんな姿を確認すると、十和田はくるりと身体を翻《ひるがえ》し、書斎から出ていった。

何も——解決はしていない。

判明したのは、ノーランドが撲殺されたという、その事実一点のみ。だが、これ以上、何かができるというわけでもなかったのだ。

だから――。

「…………」

一同は無言で、書斎を後にした。

最後に、殿《しんがり》の大橋がそっと扉を閉めると、きぃ、と蝶番が切なげな小声を発し、それきり書斎は再び、ノーランドの死体とともに閉ざされたのだった――。


正午になろうとしていた。

時計が存在しない大聖堂においては、定刻を知らせる鐘が鳴るわけでもなく、その時刻は各々の持参する腕時計に頼るしかない。もっとも、一同の腕時計が示す時刻には互いに誤差以上の齟齬はなく、アトリウムから見上げられた空の色との一致からしても、百合子のダイバーズウォッチの信頼性は十分にあると考えてよさそうだった。

この異様に長く濃密な数十分を経て、すでにほとほと疲れ果てていた一同を迎えたのは――。

「……諸君。十分に休息は取れたかね？」

――満面の笑みの、藤衛だった。

十二時、ぴたり。

おそらく標準時から数秒の誤差すらなかったであろうその時刻に、襟裳岬の聴衆は、あるいは大ホールの一同は、さっきまでと同じ席で、その顔を見て、そして声を聴いた。

百合子もまた、再び締め付けられるような緊張感を覚えつつ、その一方で――。

ふと、思う。

まるで実際の年齢を感じさせない、精力に満ちた藤衛の表情。そこには、確かに人を惹きつける魅力がある。大きく開いた口は信頼感の証であるし、せり出した額はずば抜けた知性の表れだ。その上、漆黒の大きな瞳で見つめられては、まるで特異点《ブラックホール》のごとく、そこから逃れることなどできないのだ。

かつて、藤衛はBT教団という宗教団体を組織していた。

衆生の救いであったと同時に、極めて効率的な集金システムとしても機能した教団は、最終的に巨万の富をもたらし、伽藍島という異形の島を構築するまでに至った。まさしくバナッハ－タルスキの矛盾《パラドクス》を体現する島において、藤衛のカリスマ性はさらに高められていったのだ。

そう――藤衛は、カリスマなのだ。

「僅かな時間ではあったが、私の頭脳はいまだ明晰《めいせき》だ。諸君の興味を欠片《かけら》も失わせることない講演を、期待してくれて構わない」

今、こうして目の前で聴衆を睥睨し、またスクリーンを隔ててさえ威厳を放ちつつ、しかしあくまでも自然体で語り掛ける姿こそ、人々にとっては、まさしくカリスマであり、そのカリスマが今、知的未踏峰であるリーマン予想にひとつの解を与えようとしているとき、そこには尊敬が、あるいはそれを通り越した崇拝の念さえ生じてくるのだ。

もっとも、百合子には解っていた。

藤衛の持つこの無尽蔵のカリスマ性が、決して善性に基づくものではないことを。すなわち、精悍さ、聡明《そうめい》さ、底知れなさ、それらを包含する彼の存在そのものが先天的《ア・プリオリ》に発する魅力が、必ずしもまっすぐ受け入れられるようなものではなく、むしろ悪魔的に人の心をこじ開けて侵入する類のものであることが、明確であったのだ。

だからこそ、藤衛の言葉に、百合子は時に陶酔し、時に心酔し、時に迷える羊の夢見心地の気分にさせられながらも、その一方でしばしば我に返り、ぞっとするほどの恐怖を感じていたのだ。まさしく、藤衛という男の存在が、善の領域とはまったく相《あい》容《い》れないものであったから――。

だから、まったく陳腐な表現を用いるならば、藤衛こそは「悪のカリスマ」であったのだろう。

そして、だから百合子は――こうして藤衛と対峙しながらも、その決して越えてはならない禁断の境において、すんでのところで留まることができていたのだろう。

けれど――これも、だからこそ――。

「さあ……再び、本題に戻ろう」

口角を上げた、その笑みの魔力に取り憑《つ》かれ、境を越え、深淵《しんえん》に取り込まれる者がいたって、一切おかしなことではないのだ。

そう――「彼」の、ように。

ちらりと、横目で今も憔悴《しょうすい》したように立ち尽くす「彼」を見た百合子をよそに、藤衛は、あくまでも自らのペースで、講演を続けていった――。

「諸君も解っているとおり、今日という一日が今、正午を過ぎ、午後に入ったところだ。私の講演はまだ始まったばかりだが、地球の自転がもたらし、地球の中心と我々と太陽の位置関係に起因して生ずる標準的時刻という観点からは、今は午後、すなわち後半に差し掛かったということができるだろう。前半、後半という分け方はいかにも庶民的だが、二等分する前後のいずれかという素朴な理解を助けるよい言葉ではあろう。もっとも、これを数学的に考えると、少々厄介な問題を生ずることもある。すなわち、中点は前半と後半のいずれに属するのかという問題だ」

藤衛は、壇上で、空中に線を引いた。

水平に、向かって左から右へと。スッとよどみなく動く指先は、まるで鋭利な刃物のように世界を切り裂き、そこに数学的図形を描き出した。

「ここに、直線ＡＢがある。その中点をＭとしよう。そして、直線ＡＢをＭにおいて切断し、切り離す。直感的に理解できることは、切り離したこれら二つの直線がいずれも同じ長さを持つということだ。しかし、突き詰めて考えると少々首を傾げる部分も出てくるだろう。例えば、この二直線において、中点Ｍはどこへいったのだろう？」

藤衛は、空中に引いた直線の中央を、人差し指でスパッと縦に切り裂き、そこを境にして直線を切り離した。

「言い換えれば、切断後の二直線ＡＭとＢＭには、いずれもＭが含まれるが、これは当初の中点Ｍがただ一ヵ所にしか存在し得ない前提からすると、矛盾を引き起こしているのではないかということだ。切断前、Ｍはひとつであった。ところが切断後、Ｍはふたつ存在している。これは、どういうことなのだろうか？」

二つの直線を放り投げるようなジェスチャーをすると、藤衛は続けた。

「もっとも簡単な理解は、Ｍはどちらかの直線に移動したのだという考え方だ。これもまた素朴な解釈であり、現実問題としてもこの理解で足りるだろう。だが数学的にはこれは受け入れられない解釈だ。なぜならば、どちらかにのみＭが含まれた時点で

Mは中点だとは言えなくなるからだ。すなわち、Mは中点であるという大前提を持つ以上、そのMは二直線のいずれにも含まれざるを得ない。しかしいずれにも含まれるのであれば、Mは二つに増殖したことになる。まさしく相互に牽制《けんせい》し合う矛盾が、ここには存在しているのだ。ある意味で、これには球を分解、再構成すると同じ球を二つ作ることができるという矛盾との類似性もあるだろう。だが問題の本質はこちらのほうがよりシンプルだ。すなわち、点はなぜ二つに増殖したのか？　これは矛盾なのか？　もし矛盾でないとすれば、どのような解釈がなされるべきなのか？」

確かに——。

藤衛の言葉に引き込まれつつ、百合子は思う。

確かに、この問題は一聴すると大きな矛盾を引き起こしている。当たり前のような操作しかしていないのにもかかわらず、当たり前ではない結果が生まれているのだ。

だが——百合子はこの問題に、一定の解を与えることができている。

いや、百合子だけではなく、この場にいる数学者ならば皆、その解に気づいている。

そうやって気づいていながらなお、百合子の耳が、目が、そして心が——今も強く藤衛の言葉に、視線に、そして考え方に、抗いようもなく惹きつけられている。

身構えている百合子でさえ、こうなのだ。そうでない者であればなおのこと、この魅力に抗えず陥落して当然のことなのだ。

　そして、まさしく抗いきれなくなった聴衆の崇め奉るような視線の中、しかしその問題の解を与えることなく、藤衛は――。

「……この問題の答えは、諸君自身で親愛なるリヒャルト・デーデキント氏に聞きたまえ」

　そう言うと、ただフッと、人々を見下し蔑むような、酷く爽《さわ》やかな笑みを浮かべた。

　そんな突き放すような態度にさえ、人々はホウと溜息にも似た息を吐き、藤衛が紡ぎ出す次の台詞を待つのだった。

　百合子にとって幸運だったのは、そんな藤衛の言動が、むしろ百合子自身の嫌悪感を催させてくれたということだ。

　一旦、冷静さを取り戻した百合子は、藤衛の滔々と続く講演に対し自ら一線を引くと、耳では、すなわち彼岸ではその内容に耳を傾けつつも、心では、すなわち此岸《しがん》では別のことを考えることにした。

　一体、何を考えるのか？

　言うまでもなくそれは、まさしく今しがた遭遇した、ノーランドの惨劇である。

　一体、誰が、何の目的であんなことをしたのか。さらには、どんな方法で凶行に及んだのか。

かつて善知鳥神が陸奥藍子として書き下した小説にあったような、「誰が《フー》」、「なぜ《ホワイ》」、そして「いかにして《ハウ》」に関する考察が、今再び、ここでも必要になるのだ。

その一部を百合子はすでに先刻検討している。

例えば犯人はＢＯＯＫの誰かではないかという考察だ。朴か、大橋か、エルサ・オツリカイネンのいずれかが犯人ではないのか。特に大橋は、自ら探偵役を買って出るなど、その行動に不自然な点を持っている。彼らが犯人である可能性はあるのだろうか。

そこで、フーが彼らであると仮定した上で、ホワイが成り立つかどうかを考えてみることにする。

ホワイについては、まさしく彼らにとってノーランドが数学者としての——すなわち仕事上の競合関係にあったという点が指摘できるだろう。ライバル関係は時として取り返しのつかない悲劇を生むことがある。特に前人未到の証明を成せるかどうか、その一番乗りを競う局面において、負けそうな者が勝ちそうな者の命を奪おうとすることも、決して大袈裟ではなくあり得ることに違いない。

もっとも、この動機が成り立つのはあくまでも、被害者であるノーランドが何か抜きん出る業績を挙げていた場合に限る。そうした仕事があって初めて、ライバルたちの心に殺人をも厭わないほどの嫉妬が芽生《めば》えるのである。

そして、こうして考えると、少々不自然な面が現れることにも気づく。

すなわち――ノーランドは決して、そこまでの業績を挙げていたと、少なくとも公にはしていなかったということだ。

それどころか、百合子が感ずるところによれば、ノーランドはむしろ何も知らなかったように見えた。特にリーマン予想については、その何も知らない立場から藤衛の講演を心から楽しみにしているように見えたのだ。

だとすると、彼らの誰かがノーランドを殺害したのではないかという疑いは、その根拠、すなわち動機を失うことになるのだ。

もちろん、ノーランドが実は密《ひそ》かに彼らの嫉妬を買うだけの大きな業績を挙げていたか、仕事とは関係のない何かの恨みを買っていたという可能性を否定できるものではないのだが――。

――あるいは。

百合子は思考を一歩手前に戻すと、フーの仮定を変えてみる。すなわち、BOOKではなく、立会人である二名がフーであるとした場合に、そこに合理的なホワイを見出すことはできるだろうか？

この二名とは、つまり蟻川と藤毅のことだ。彼らのいずれかに、ノーランド殺害に至るだけの動機を持つものはあるだろうか。

この点、藤毅はやはり最も怪しい存在だ。その理由はただひとつ、藤衛の息子であるという点に尽きる。直接血を引く親族であればこそ、その代理となって何らかの犯罪行為に手を染めるということは、十分に考えられるのだ。

だが一方で、藤衛の子供であるから、その言うなりになるとも限らない。その血を引きながら、決して彼に使役されないという反例が二つある。すなわち——。

善知鳥神、そして他でもない百合子自身である。

この二つの実例は、取りも直さず藤毅が藤衛の子供であるという事実だけで疑うことはできないという、大きな理由になるのだ。

そして、そう考えれば蟻川でさえ決して疑いの範疇《はんちゅう》から逃れられるものではない。なぜなら、人が使役されるのは、血ではなく金銭的報酬によることが多いからだ。世に多くの勤め人がいて、時には上司の反社会的指示にさえしたがう場合があることを考えれば、むしろ蟻川が藤衛から莫大《ばくだい》な金銭的報酬を提示され、それに目が眩み犯罪行為に手を染めた可能性だって、なくはない。蟻川のことさらに小心な言動も、その視点から観察すれば、却って周到な韜晦《とうかい》なのだと思えなくもないのだ。

——さらには。

百合子は今一度、フーの仮定を変えた。

もし犯人が、BOOKでも立会人でもない、彼だとしたら？

すなわち――十和田只人だとしたら？

端的に言えば、この仮定には極めて強固なホワイが随伴している。

言い換えれば、十和田には藤衛にしたがうべき大きな理由がある。すなわち、リーマン予想の解法――リーマンの定理の真実を知りたいという欲求だ。その一心でのみ動く十和田では、藤衛の指示に抗うことは決してできないに違いない。だからこそ十和田は、伽藍堂でも、そして教会堂でも犯罪の実行行為者となり、あるいはゼロしか選び得ないゲームの導き手となったのだ。

今日、この大聖堂においても、十和田は館の管理者として百合子たちを出迎えている。言わば、藤衛の代理人としてホストを務める十和田が、まさにホストとして大聖堂で起こる出来事のすべてに噛んでいる――あるいは主導している――と考えることは、ある意味では最も合理的であるとも言えるのだ。だが――。

――だから、それが真実なのだろうか？

百合子は、心の中で呟いた。

最も確からしいものが真実である。

そう――それは、数学的には決して正しいとはいえない命題なのだ。

どれだけ巨大な素数が見つかったとしても、それが最大の素数ではない。

どれだけ四色問題の実例が示されたとしても、反例がないとはいえない。どれだけの実部が2分の1となる零点が示されたとしても、リーマン予想は正しいとは言えない。

真実とは、その余りを示すことでは浮き彫りにはできない、それそのものを示すことのみにより示されるものなのだ。

すなわち、十和田が犯人であるという事実は、十和田が犯人らしいという事実の積み重ねだけでは示すことができないのだ——少なくとも、数学的には。

そして、必ずしも数学的に考えるまでもなく、十和田の犯行可能性は——いや、BOOKと立会人の犯行可能性も含め、結局、あるひとつの要素があることにより、帳消しになってしまうのだ。

それが——ハウの問題だ。

百合子は再び、その命題をなぞるように思い返す。

仮に十和田が、BOOKが、立会人が犯人だとすれば——十和田は、BOOKは、立会人はいつ、どうやって、ノーランドを殺害できたというのだろう？　彼らは、ノーランドが姿を消し、次いで死体となって見つかるまでの二十分間、百合子たちの傍にあったというのに。

一体、この問題には、いかなる「解」があるのだろう？

いかなる「真実」が、ノーランド殺害の裏には、隠れているのだろうか？

「…………」

――ハウの問題。それは高い壁となり、百合子の思考をあっさりと阻む。

百合子は、認めるしかなかった。その壁を乗り越えて解釈するだけの「手掛かり」を、残念ながら今の自分は持ち合わせてはいないのだ、と――。

「……むう」

誰かが、唸った。

藤衛の蠱惑《こわく》的な講演と、事件に対する思考の狭間で呻いていた百合子は、その声に、はっと現実へと返ってきた。

――何分、経った？

慌てて腕時計を見る。時刻は――。

午後、二時過ぎ。

なんてことだ――百合子は思わず、心の中で呆れたような呟きを漏らす。午後の講演が始まり、もう二時間を過ぎているとは――。

「心とは、時として時間の概念を崩壊させるものだ」

そんな百合子の内心を読み取ったように、藤衛がスクリーンの向こうで、不敵な笑みを浮かべた。

「人間は物理的現実がすべてなのだと勘違いしがちだ。しかし本質とは、もっと内的な存在であることを知らなければならない。そう、アルバート・アインシュタインはかつてこう述べた……」

流暢な英語が、藤衛の口から流れ出す。

一瞬面喰う。だがすぐに、その言葉の意味が百合子にも理解できた。すなわち──。

想像は知識より重要だ。《Imagination is more important than knowledge.》

知識には限界がある。《Knowledge is limited.》だが想像は世界を包み込む。《Imagination encircles the world.》

「……『うつし世はゆめ、夜の夢こそまこと』とは、誰が述べた言葉だったか。だが私は、一定の真理に迫った人々こそその本質を垣間見たのだと考えている。解るかね？　諸君。君たちが見ているものは、ゆめなのだ。その見えない最奥にこそまことがある。世界を構成するもの、その本質は、諸君が見聞きしているものではないのだよ」

くくく──とさも面白そうに喉から笑うと、藤衛は再び真剣な表情を作る。

二つの黒い瞳。

その無限を思わせる瞳孔の奥に人々を吸い込みながら、藤衛は続けた。

「不可思議な現象には、必ず数学的解がある。数学的に閉じた空間への出入りは数学的に不可能だ。もしそれが可能となるならば、それは閉じてはいない。開いた箇所があるのだ。すなわちその開いた箇所にこそ証明の糸口がある。ならばその箇所とはどこにあるのだろう？　……ここで諸君に、ひとつ大事なことを教えよう。ものを考えるとき、人間は必ず下を向くのだ。アルキメデスのように、足元に図を描こうとするのだ。だが私はそうはしない。私は、ここに描くのだ」

やにわに藤衛は、大きく胸を張り、顎を上げ、視線を空へと向けた。

「そう、私は天に証明を求めるのだ。この言葉の意味が、諸君には解るかね？　……いや、解らずともよい。よいのだ。どうせ、私の講演が終わるころには、諸君にも私の言わんとしていることの一部分は理解できるだろう。そう……君たちは知るのだよ。私の言うことが正しいのだということを。なぜならば……」

藤衛は、大きく両手を広げた。そして――。

「私の言葉こそが算木であり、天こそがそれらを並べる算盤《さんばん》である。言わば地獄まで吹き抜ける『天の啓示』そのものなのだよ」

――そう言うと、魅力的な笑みを浮かべ、最後に小さく頷いた。

まさに、福音を与える宗教的指導者のようなその所作に、スクリーンの向こうに見える頭だけの聴衆は、陶酔したように、統一感のある同意の頷きを返していた。そして、そんな様子を見ながら、百合子は――。

心から、思い知らされていた。

この所作こそ、紛れもなくBT教団を率いた教祖そのものであると――いや。

藤衛とは、それよりもずっと忌まわしく禍々しい「何か」なのだ、と――。

ふと――。

「…………」

大ホールの誰かが、無言で席を立った。

その方向に視線を向けると、そこには、無言で立ち尽くす大橋がいた。

やけに神妙な表情のまま、微動だにせずじっと中空の一点を見つめていた大橋は、ややあってから、急に電源を入れた機械のように、出し抜けに歩き出した。

そして、段をゆっくりと降りると、扉へ向かい、大ホールから出ていこうとした。

「……どちらへ行かれるのですか」

出入り口の傍で、相変わらず門番のように立っていた十和田が、大橋を呼び止める。

だが大橋は、簡潔に答えた。

「いえ、トイレへ」

「藤先生の講義の最中ですが、いいのですか？」

「それは解っています。しかし、生理現象には敵《かな》うべくもない。ところで、十和田君」

「なんでしょうか」

「実は、解けた気がするのですよ」

「何がですか。まさか……」

「いや、さすがに大予想はまだ手に負えません。解けたのは……秘密ですよ」

「……秘密？」

「ええ。大聖堂という座標に隠された、秘密がね」

そう言うと大橋は、十和田の前をすり抜けるようにして、扉を開けて大ホールを後にした。

その後姿を、大ホールの一同は暫し、半ば呆然《ぼうぜん》と見送っていたが、やがて、誰かが呟いた。

「……大丈夫、でしょうか」

その言葉が誰の口から発せられたものなのか、率直に言って百合子には解らなかった。藤毅か、蟻川か、それともエルサなのか――囁くような声色が性別もイントネーションも隠し、その発言者の個性はすべて消えていたのだ。

だが、その発言内容には、誰も異を唱えることはなかった。

――大丈夫、でしょうか。

そう、まさしく先刻、姿を消したノーランドが次は死体となって見つかったことを思えば、大橋をひとりで行動させることに関し、一抹の不安を拭《ぬぐ》うことができなかったのだ。

だが――。

「……さて、話が少し逸れたが」

大ホールの不安に呼応するかのように、スクリーンの向こうで暫し――何十秒か、あるいは何分かの間――意味ありげに沈黙していた藤衛が、思い出したように言葉を紡ぎだすと、一同は再び、かの男の声色にぐっと心臓を摑まれた。

「諸君の目には、世界はただの現実として映るのみだろう。だが私の目には、世界は知と不知の混合物として見えている。あたかも失われたピースを埋めて世界という絵画を、知という絵具《えのぐ》をもって一分の空白もなく描き出すことが私の使命であった。そして今、私は世界をここに見通している。そこにはいささかの不知もない。定理を介して理解されるこの世界こそ、そう……」

大きくひとつ、深呼吸を挟むと、藤衛は言った。

「素晴らしき、我が『リーマンの真実』なのだ」

藤衛が滔々と、己を誇示するような言葉を連ねていく、その陰で、ふと——。

「……傲慢ね」

神が、呟いた。

その横顔には、いつもの摑みどころのない表情はなく、いつになく険しい視線が漲《みなぎ》っている。

傲慢。そう——傲慢だ。

藤衛の態度。世界を見通しているのだ、いささかの不知もないのだと宣言し、その理由を定理に求め、暗にその真実を知る我こそが、まさしくただひとり、「我がリーマンの真実」を知る者なのだと謳いあげる。

神の言葉を待つまでもなく、その傲慢さはありありと見て取れた。

そんな傲慢さに対して神が思うことの真意は——もちろん百合子には読み取りようもない。それは怒りのようにも、憤りのようにも、哀《かな》しみのようにも見えるけれど、そのどれでもない、もっと複雑な思いを、神は心のうちに宿しているのだ。

なぜ、それが理解できるのか。

あるいは百合子も神も、そんな傲慢な男の血族であるから——なのだろうか。

複雑な思いに、暫し言葉に閊える百合子に、ふと神は、表情をいつもの悠然としたものへと変化させると、語り掛けた。

「1とiには、大きな共通点があり、しかし根本的に重大な相違がある。百合子ちゃん、あなたにはそれが何か解る？」

「………」

唐突な問い。百合子は暫し、沈黙する。

だが、口を閉ざしつつも、百合子は決して混乱してはいなかった。神という存在が、眼球堂の事件から百合子の傍に常にあり、その源泉が血の繋がりにこそあるのだと解った今、その唐突な問いも、むしろ百合子の心の内にいつも存在していた無意識下の問いの顕在化にしかすぎないのだということが――つまり、姉妹だからこそ、説明不要に意思疎通できるものだということが、肌で感じられている。すなわち――。

1とi。

それは、実数《real number》と虚数《imaginary number》。

実存する数と、虚構の数。

1という実存と、-1の平方根であるという非実存。それでいて、いつもお互いを映しあう存在としてあり続ける、数学上の概念だ。

だから百合子は、自信をもって答える。

「大きな共通点は、どちらも単位であるということです。1は実数の単位元で、iは虚数単位……」

「そうね」

神が、小さく頷きつつ、長い睫毛《まつげ》の奥の瞳で、先を促した。

「数学世界は、実数と虚数により織りなされます。それぞれの実数倍の和である複素数と、これを幾何学的に表現した複素平面は数学をより豊かなものにしました。平面で考えれば、1とiは直交する二軸の単位にしかすぎません。それぞれの軸には個性がないように、見方によっては1もiも同じです」

「それこそが、共通点ね。では、相違は？」

「片や存在する数であり、片や存在しない数である、ということです」

即答すると、百合子は続けた。

「喩えるならば、鏡のこちら側と向こう側です。鏡の向こうにいる私は、すぐそこにある私と寸分違うことのないものでありながら、決して存在しているとは言えないもの。でも、裏を返すと、鏡面を介して行き来をすることは原理的に不可能だけれども、それでも誰もがそこに私を見ることができるもの、でもあります」

「1とiも同じ、というわけね」

「ええ。存在するものと、存在しないがその姿を見られるもの、ということです。でも……」

百合子はふと、首を傾げた。

「なぜ、今、その話を?」

「……ふふ」

訝る百合子に、神は、微笑みのみを返す。

さまざまな意味を内包したその笑みの向こうで、桃色の唇を震わせながら、神は言った。

「それが……私と、百合子ちゃんだから」

「えっ……?」

私と、神?

目を瞬き、何を答えるべきかに戸惑いつつも、ややあってから百合子は、喉の奥から言葉を絞り出した。

「私が『i』……ってことですか?」

「……ううん」

神は、同じ表情のまま、首を横に振った。

「あなたが……『1』なのよ」

ふわり——。

舞うような神の黒髪の向こう。

なおも傲岸《ごうがん》な自我を言葉に変え続けていた藤衛が、まるで二人の会話に呼応するように、言った。

「……そう、それが『リーマンの真実』なのだ」

3

なおも、藤衛の講演が続いていく。

大ホールのスクリーンの向こうでは、いつの間にか日光が右から差し込んでいた。朝は欠けていたあの太陽が、いつの間にか天を横切っていたのだ。襟裳岬では、確実に時間が経過している。照らし出された藤衛の額にもうっすらと汗が浮かび、それが彼自身の精力的な熱弁とも相まって、異様な迫力を醸《かも》し出《だ》している。

一方の大聖堂にも、確実に時は流れている。

しかも——新たな恐怖とともに。

大ホールの一同が異変を感じ取るまでには、さしたる時間は掛からなかった。

時刻はすでに、午後二時二十分になろうとしている。

にもかかわらず——大橋がまだ、帰ってこないのだ。

「……大橋さん、どうしたのでしょう」

藤毅が、小さく呟いた。

その心配は、藤毅のみならず、百合子もまた感じていたことだった。

大橋が「トイレへ」と言ってこの大ホールを出たのは、二時五分くらいのことだったろうか。差し引けば、あれから高々十五分ほどしか経過してはおらず、それが別に警戒するような「間」ではないことくらいは十分に理解できる。だが、それでもこの事実は、先刻ノーランドの身に起きた悲劇を想起させるには十分なものでもあったのだ。

そう――ノーランドは惨殺されたのだ。高々二十分程度の間に――。

「心配だな……」

藤毅の呟きに呼応するかのように、蟻川も眉根を寄せる。

気が付くと、皆、心配そうな表情で顔を見合わせていた。蟻川も、藤毅も、朴も、最前列に腰掛けていたエルサでさえも、透き通るような眼でこちらを振り向いている。きっと、百合子も訝しげな表情をしていたに違いない。

おそらく、いつもと同じ顔をしていたのは、悠然とした神と、沈鬱げな十和田だけだ。

「心配だな」

蟻川は、腕を組むともう一度、さっきよりも力のこもった口調で言った。

その行間を読んだのだろうか、エルサが言った。

「探しに、いきますか？」

「ああ、そうしたい」

蟻川は、即座に大きく頷いた。

「はっきり言うが、大橋さんが気がかりだ。皆も、そうは思わないか？」

「…………」

誰も、答えない。

それは蟻川の言葉を否定するものではなく、むしろ積極的に肯定する沈黙だと、百合子には感じられた。

だが蟻川は、同意を得られないと感じたのだろうか、少し乱暴に席を立つと、十和田に声を掛けた。

「私だけでも大橋さんを探してきたいのだが、構わないかね」

「藤先生の講演の最中ですが、いいのですか」

「ああ。どうせ私には、聞いてもよく解らんのだ。興味深い講演であることは確かなのだが……」

苛立ったように答えた蟻川に、十和田はゆらりと、一歩動いた。

「解りました。では、僕も行きましょう」

「なんだと？」

予想外の申し出に、蟻川は怪訝そうな顔をした。

「ついてきてくれるのはありがたいが……いいのかね？」

「何がですか」

「講演の最中なのだろう？」

「僕はこの講演の内容を、過去に藤衛先生から直接聞いています。多少聞き逃しても問題ありません」

「そ、それならいいが……」

なぜか狼狽えたような素振りの蟻川の、その語尾に被せるように、誰かが言った。

「私も、いくわ」

その声の主は——。

「……君もか。神くん」

額をゆっくりと撫でるような仕草とともに、十和田が段の上にいる神を見上げる。

「君は、講演を聞いたほうがいいんじゃないか」

「そうですね。それは十分条件ではあるでしょう。しかし、必要条件ではありません」

「なるほど、君は、最小の引数《パラメータ》で、解を得るつもりなのだな」

「ふふ……それは『偽』ではありませんか？　十和田さん」

「何のことだ？」

「解を導くパラメータなど、複素数の世界にしか存在しないのではありませんか？」

「…………」

「な、何を言っているんだ、君たちは」

意味不明なやり取りに、困惑したように蟻川は目を何度も瞬いた。

だが、百合子は、本当のところ、神が言わんとしていることを十分に理解していた。

いや、神が言わずとも、薄々感づいていたことなのだ。そう——。

藤衛の、この講演には、解がない。

すなわち、着地点が用意されていない。

藤衛が述べようとしているのは、リーマンの予想が定理であるという事実のみであり、リーマンの定理そのものについては、迂遠《うえん》にすら述べようとしてはいないのだ。

では、その心は、何だろう？

述べようとしてはいない事実のために、なぜ、藤衛はこんなカンファレンスなど開いたのだろう？

疑問を思い浮かべる百合子は、しかし即座に、その疑問に対する解を得ていた。

——そう。それこそ、初めから解りきっていたことじゃないか。

藤衛の内にある世界の真理は、ただ藤衛ひとりのみのものなのだということくらい。

そのために仕掛けられたこのカンファレンスにおいて、藤衛は、自らの神性を誇示するとともに、それを脅かす存在を抹消しようとしていたことくらい——十分に、解っていたことじゃないか。

だとすれば——。

「……私も、行きます」

百合子は、神の隣で片手を上げて、立ち上がる。

「ふふ。そうなるわね」

当然のことだと言いたげに、神が微笑む。

そして、そんな二人を、十和田もまた——。

「…………」

沈黙の中に、当然そうなるのだろう、という内心を滲《にじ》ませながら、じっと見上げていたのだった。

結局——。

全員で、大ホールから移動した。

朴やエルサ、藤毅も、講演の続きは気になっていたかもしれない。だがその一方、やはり大橋が無事かどうかについても気掛かりだったのに違いない。もちろん、数学者である彼らだからこそ、藤衛の講演がやや本筋から外れたものとなっていたことを感じていたのも、少し席を外す理由にはなっただろうし、ともすれば、あの藤衛の目の届く範囲内から少しでも逃れたいと無意識下で感じたことも、決して否定はできないだろう。

いずれにせよ百合子たち七人は、全員で大ホールを出ると、まずは誰が言い出したわけでもなく、同じ7階の大ホールを出て回り階段を挟んだ右にある大橋の部屋へと向かった。

漠然とした不安に、一同は無意識に、互いに身を寄せる。ただ神とエルサ、そして十和田だけが、そうした不安も見せず、いつもと同じような所作で歩いている。

そして、大橋の部屋の扉を、十和田がそっと開ける。

中には——大橋は、いなかった。

もちろんトイレが併設されたユニットバスにも、彼の姿はない。便座が上がっているなど使用した形跡はあったが、それがこの十五分ほどのことなのかどうかは解らなかった。

十和田が、誰にともなく、ぽつりと零すように呟く。

「ここには、いないようです」

——では大橋は、どこにいるのか？

正午前のあの惨劇が、ふと頭を過る。

それは妄想だ——そう思いつつも、決してこの嫌な感覚は拭《ぬぐ》い去《さ》ることができない。

まさしく、苦虫を噛み潰《つぶ》したようなという陳腐な表現が似合う顔の百合子とともに、一同はさっきと同じようにして、4階へと降りていった。

だが4階浴場に、大橋の姿はなかった。

大橋は、ここにはいない。だが——。

それでも、想定できる二つの可能性を確かめるために、百合子は、エレベータに向かってそっと声を発した。

「……『開け』」

——エレベータは、何の反応もしなかった。

このことは、二つの可能性が想定されないことを意味する。すなわち、ひとつは大橋がエレベータで降りていった可能性、そしてもうひとつは、誰かがエレベータを使って大聖堂の中に入ってきた可能性だ。

それを確かめ、ひとり納得する百合子とともに、一同は無言のまま、ひとつ上の階へと移動した。

そこは5階——例の書斎があるフロアだ。

書斎の扉は、相変わらず重々しく、その向こうに展開されているあの「現場」を想像すればなお、禍々しさを放って見える。

探偵のように振る舞っていた大橋の姿がない今、彼の役を引き継ぐ者は誰もいない。迷うような数秒の後、その扉を開いたのは、やはり十和田だった。

十和田が、表情を変えないまま扉を開けるとすぐさま、鉄のような臭いのする、気味の悪い空気が流れ出した。

それが腐敗臭であると気づくのに、時間は掛からなかった。「うっ」と蟻川が小さくえずき、顔を伏せる。

それでもなお一同は、怖気づく心を押し殺すと、静かに書斎へと足を踏み入れた。

そして、大橋の姿は——。

書斎には、なかった。

悪い空気が沈滞するこの場に大橋がいないことに、ほっと安堵する気持ちと同時に、ふと訝しさが湧《わ》き上《あ》がった。

ならば——大橋はどこにいるのか？

困惑する一同をよそに、静かに、エルサが前に出た。

エルサは書斎を横切ると、そのまま迷うことなくユニットバスへと向かい、躊躇を見せずにその中を覗いた。

「……ノーランドさんは、死んでいます」

淡々と、エルサは述べた。

その言葉に、解っていたはずの百合子は、改めて思い知らされた。

そう——ノーランドの死は、あの惨劇は、集団幻覚などではなかった。やはり現実のものであったのだ。そして、そうだとすれば——。

「……次が、あるかもね」

神が、百合子にだけ聞こえる声で言った。

百合子は、頷いた。

まさしく、神の言うとおりだ。

ノーランドの次が、あるのか？

あるとすれば、それは誰か？

百合子か？　神か？　それとも——。

「……大橋さんを探しましょう」

藤毅が、焦ったような声で、一同を促した。

その震えた声色が、ノーランドの「次」――それが起こった可能性の高まりを感じたからなのかどうかは、百合子には、解らなかった。

――6階に上がる。食堂にも、厨房にも、人の気配はなかった。

そして、さらに7階へと上がる。もしや、大橋の部屋を見ている間に入れ違いで彼が戻ってきたのではないか――回り階段を中心に据えたフロアの構造ならばその可能性はあった――とも思えたが、大ホールにあの小柄で、几帳面《きちようめん》で、いつも目を眇めた表情が特徴的な男の姿はなかった。

4階から7階までにいない。とすると――。

「……アトリウム、でしょうか」

朴が、相変わらず藤衛がスクリーン上で大上段な講演を続ける大ホールの天井を見上げながら呟く。

さっきまであまり自己主張をすることがなく、どちらかといえば大橋の傍で、隠れるように付き従っていた印象のある彼も、その男の姿がない今は、むしろ素直に、不安な自らの心中を吐露している。

もっとも、朴の言葉は正しい。

4階から7階にいないとなれば、その姿は8階にあって然《しか》るべきだ。

――いつしか一同は、無言になっていた。

だが、その無言の中にも、お互いが何をすべきかが、まるで心の中を読めるかのように解っていた。

誰からともなく大ホールの出入り口から回り階段へと向かうと、そのまま階段を最上階へと上がっていく。

足音もほとんどなく、静々と移動する様は、まるで葬儀の列のようにでも見えるだろうか——そんなことを思ううち、一同は回り階段の終わりから、この大聖堂でもっとも広い部屋に到達する。

8階、アトリウム。

透明な天井の上に広がる、青く澄んだ天空。

その向こう側とこちら側は、濁《にご》りひとつないガラスで隔てられながらも、決して行き来ができない構造だ。

内と外とは決して、混じりあうことがない。

アトリウムの向こうに輝く午後の太陽は、まさにその定理が正しいことを自らの輝きをもって証明し、そして、百合子たちを嘲笑っていた。

半ば唖然と、口を開けたまま空を見上げ続ける百合子の傍で、誰かが囁くように言った。

「大橋さんは？」

そうだ、大橋はどこだ？

誰の言葉かも確かめないまま、はっと我に返った百合子は、慌てて周囲に視線を投げた。

だが――。

「……いないぞ」

ややあってから、蟻川が青い顔で呟いた。

きょろきょろと辺りを不安げに窺い続けていた一同は、その言葉に頷かざるを得なかった。

そう――大橋は、アトリウムのどこにも、いないのだ。

回り階段の陰に隠れているのだろうか？　いや――複数人で確かめているのだから、死角はない。

では、光の届かない場所にいる？　いや――夜ならばまだしも、昼間の今は、アトリウムに燦々《さんさん》と注がれる日光が届かない陰など、ないのだ。

だとすると――。

「……まだ、見ていない場所が、あります」

エルサが、誰にともなく言う。

その言葉に、一同は無言のまま、同じ方向を向く。

その先にあるのは――。

扉だ。

白い塔のアトリウムと、黒い塔の吹き抜けとを結ぶ、唯一の扉。行き来ができるのは、この扉だけだ。

物理的に考えて、4階からここまで姿が見えないのだとしたら、大橋は、この扉の向こうにいるとしか考えられなくなる。

ごくり――と、百合子は無意識に唾を飲み込む。

扉の向こうに何かがいる、あるいはある気配は、分厚い扉――しかも二重扉だ――に阻まれ、まったく感じ取ることはできない。それでも百合子は、直感的に理解できていた。

大橋は間違いなく、この向こうにいる。

「……行きましょう」

藤毅が、言った。

一同はおそるおそる――しかし一歩一歩確実に、扉へと近づいていく。

扉の前に立ち、ノブを握ったのは――。

「私が、開けます」

――百合子だった。

率先したい理由があったわけではない。けれども、この扉の向こう側で起こっていること――加えて、おそらくはその禍々しさ――に思いを馳《は》せると、思わず手が出てしまったのだ。

握ったノブは、ほんのりと温かい。けれどもそこからは、背筋がゾッとするほど硬質で、酷薄な感触が伝わった。

湧き上がる恐怖を心の奥に抑え込みながら、百合子は言った。

「……行きます」

そして、滑らかに回るノブを引き開ける。

ふっ――と、目の前を暗闇が横切る。

それが、暗順応による錯覚なのか、それとも現にその場所に広がる奈落に開いた口だったのかは定かではない。だが百合子は、漸く慣れた瞳で、その奥にあるもう一枚の扉を見つめた。

「………………」

今度は無言で、ノブを握る。

さっきよりも燃え上がるような、嫌な感触が手のひらに伝わる。

それを振り払うように、百合子はノブを回し、そして――押し開けた。

刹那――。

「……わっ」

顔を、炎が包み、思わず目を閉じた。

龍――。

そう、龍だ。龍が大口を開け、百合子を丸のみにしようとしたのだ。

そんなイメージに、思わず腰が引ける。

だが同時に、百合子ははっきりと理解していた。

それは、錯覚だ。龍などいない。ましてや、百合子を丸飲みにしようなど、あり得ない。そう、これは――。

ただの、空気だ。

空気の塊《かたまり》が、百合子の身体を覆っただけのことだ。

現に私の身体には今、何の異変も生じてはいない。

すべては錯覚――ただのまやかしなのだ。

怯む身体に活を入れると、百合子は再び、目を開いた。

ほら、やっぱり――。

見えるのは、ただの吹き抜けだ。

何もない。そう、何も――。

「……えっ」

百合子の口から、短い驚きの声が漏れる。

同時に、体が強張り、全身が総毛立つ。

なぜならば、そこに見えたのは、ただの吹き抜けではなかったからだ。

いや、正確には、吹き抜けは昨日見たものと何も変わってはいないのだ。だが、昨日は見なかったものが、確かにそこにはあったのだ。

それは——。

仰向けに倒れる、大橋だった。

彼の身体は、全体が無残に黒ずんでいた。衣服もぼろぼろに崩れ落ちていた。そこかしこがまだ赤熱し、プスプスと音を立て、煙を吹いていていた。

ただ何かを抱くようにして両手を前に出したまま、虚ろな眼窩《がんか》から吹き抜けの透明な天井を見上げたままの大橋は——。

息をしていなかった。

絶命していた。

しかも——全身、黒焦《くろこ》げになって。だから——。

「……焼死？」

誰かが、呟いた。

その呟きが自らの口から出たものだと、いつまでも信じることができないまま、百

図８　大橋の焼死体

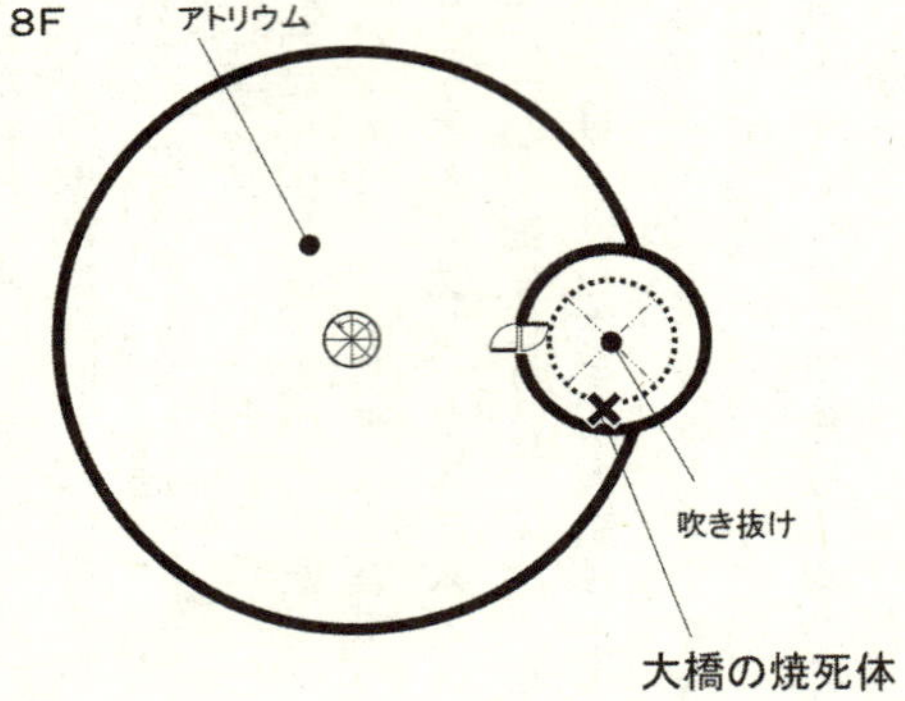

合子は、誰かに操られるように、腕時計を見た。

ぴったり、午後二時三十分だ。

そう思った、瞬間――。

――ポトーン。

どこかで、やけに水っぽい音がこだました気がした。

※　図８「大橋の焼死体」参照

第Ⅳ章　焼死・刺殺

1

俄かに信じることができないまま、時間だけが無意味に過ぎていた。

誰もが無言のまま、その異様な光景を、固唾《かたず》を飲んで見守っていた。

「…………」

もちろん、時の経過とともに何かが変わるわけでもないことくらい、誰もが理解していた。

じっと見ていたところで、大橋が生き返るわけでもないし、その謎が解けるわけでもない。それでも、ただ時間だけを、縋《すが》るようにして消費し続けていたのは、もしかすると、誰かが何かを打開してくれるのを待っていたからかもしれない。

でも、そんな他力本願など、圧倒的な現実の前では、ただの逃避にしかすぎない。

この現実は、常人の思考や行動など軽く凌駕《りようが》していくほどの異常さ――それを、もしかすると「絶望」というのかもしれない――を、人々に与えていたのだ。つまり

──。

──大橋光彦は、焼死していた。

ただ死んでいたのではない。全身黒焦げになって死んでいたのだ。

したがって、目の前にあるのは紛れもない焼死体である。

服は黒く変色し、ぼろぼろに崩れ落ちている。

皮膚もまた焼けただれ、炭となった部分と、その合間に覗くやけに艶やかな生焼けの赤が、薄気味悪い斑《まだら》模様となって、皮膚の露出した部分すべてに浮かんでいた。

少しだけ前に突き出された頭部も、見るも無残に焼け、黒い焦げ肉の塊となっていた。髪の毛はほぼなくなり、黒い頭皮の隙間には白い骨が見える。

それほどの酷いありさまだというのに、それでもこの黒い肉塊が大橋だと解ったのは、アメリカンフットボールの選手のような上半身ががっしりした体格もそうだが、もうひとつ、死体に顕著な「大橋らしさ」が残っていたからだ。すなわち──。

大きく歪んだ、顔だ。

それは何も知らない人間が見たら、皺の寄った雑巾《ぞうきん》がそのままの形で焼けたように見えるだろう。だが、昨日と今日のほんの僅かな時間でも大橋と接した百合子であればこそ、その皺が特徴的な左右非対称の形をしているとすぐに理解できた。

それは──目を眇めた表情なのだ。

片方の皺は細く寄り、もう片方は大きく開かれている。その隙間には、もはや虚ろな眼窩しか開いてはいない。しかし、この形、印象こそ、大橋がいつも見せていたものに間違いはないのだ。だから――。

「死の間際まで……」

百合子は無意識に、呟く。

乾燥した喉の粘膜が、ガラガラと自分でも嫌になる音を発した。

思わず顔を顰めた百合子の横で、神が答えた。

「それだけ『突然』だった、ということかしら」

「突然……？　不意を突かれたってことですか」

咳払いをしつつ問い返す百合子に、神は、「ええ」と頷くと、細くしなやかな人差し指を顎の先に当てて続けた。

「大橋さんは、自分の身に起こっていることを自分でも理解できないうちに亡くなった。死体の状況からは、そう考えるのが適切ね」

「ということは……後ろから襲われた？」

いきなり火炎放射器で襲い掛かれれば、こんなふうになるだろうか。

しかし神は、百合子の言葉に是とも否とも答えず、ただ「どうかしら？」と、妖艶で悪戯っぽい笑みだけを浮かべた。

「驚いたならば、大橋さんは驚いた顔をしたでしょう。そのときに憎んだならば、きっと、憎しみに満ちた表情を浮かべたでしょう」

「そのどちらでもない……ということは」

「ええ。もっと『予想外』だったのじゃないかしら?」

「予想外……」

百合子は、考える。予想外とは——。

突然だから、予想外になるのではない。

予期していなかったら、予想外になるのではない。

そう——理解が及ばないから、予想外になるのだ。

どういう感情であるべきか、したがってどういう顔をすべきか、自分でも解らないままに死んだから、大橋は、いつもどおりの表情を浮かべているのだ。大きく目を眇めた、いつもどおりの大橋のままに——。

そういう目で、改めて大橋の死体の、顔を見る。

焼け焦げ、でこぼこになり、今も燻《くすぶ》る大橋の顔は、今はもはや一塊の炭だ。けれど、そこには漠然とした「不安」や「混乱」がある——そんなふうにも見えた。すなわち、何が起こっているのか、なぜ死ぬのかが分からないまま命を失うことに対する激しい不安と混乱が、そこに、目を眇めた「素の大橋」を表出させたのだ、と。だとすれば――。

その不安と混乱をもたらしたものは、何だったのか？

つまり、なぜ大橋は、こんなことになったのか？

ゾッ――と、百合子の背筋に悪寒が走った。

そんな百合子の横から、誰かが一歩前に出た。

それは――藤毅だった。

険しい顔をした藤毅は、物怖じすることなく死体に近づくと、その傍にしゃがみ込む。

藤毅の横顔には、父親譲りの二つの特徴がよく表れていた。すなわち、よく発達した額と、吸い込まれそうなほどに大きく黒い瞳だ。

だが、それでありながら決して藤衛であれば見せることはないだろう、あくまでも尋常な眼差しで死体を検分すると、藤毅は言った。

「焼けただれは全身にくまなく、衣服の下まで及んでいるようですね。苦しげなお顔ではないように見えますから、死因は高熱にさらされたことそのものによるショック死であると考えていいでしょう」

「亡くなったのは、いつごろでしょう」

百合子の問いに、藤毅はあくまでも落ち着いた口調で答えた。

「見るところまだ燃えている部分があります。またご遺体もまだかなり熱を帯びています。専門家ではありませんから断定はできませんが、十分前、ないし十五分前といったところでしょうか」

「逆算すると、二時十五分から二十分までの間、ですね」

大橋が大ホールを出ていったのが二時過ぎだから、その計算はまったく符合する。

藤毅は、静かに立ち上がると、百合子に向き直った。

「大橋さんはお手洗いに行くと言っていましたが、実際はそうはせず、アトリウムへと上がってきたのでしょう。そして、この吹き抜けまでくると、焼死したのです。なぜアトリウムに上がったかは、まず引っかかる部分ではありますが、とりあえず、それよりもっと不可解なことがあります」

「なぜ焼死したか、ですね」

「……いかにも」

藤毅は、剣呑な皺を額に浮かべると、ゆっくりと首を縦に振る。

そんな表情や仕草に、父である藤衛との類似点と相違点とを露わにしながら、藤毅は続ける。

「結果から言うと、大橋さんは『焼け死んで』います。しかもその焼損部位は全身に及んでいます。つまり、大橋さんは『短時間のうちに』『全身を』『高熱に曝されて』

亡くなったのです。どうしてこんなことになったのでしょう？」

「お……大橋さんが自分でガソリンを被って、火でも着けたのではないかね？」

「いえ、それはありません」

掠れ声で意見を述べる蟻川に、しかし藤毅は即座に首を横に振った。

「この場にガソリンの臭いはまったく漂っていません。もしそうであれば、大橋さんは自殺したと言えるのでしょうが……」

藤毅が、語尾を濁した。

その曖昧さの中には、しかし大橋は他殺なのだ、と断定するニュアンスがありありと含まれていた。

その真意を感じ取り、さっと顔色を変えて黙り込む蟻川をよそに、藤毅は続ける。

「すると、一体どうやって大橋さんの身体をここまで燃やすことができたのかが疑問となります。もちろん、常識的に考えてこれが極めて困難なことであるのは言うまでもないでしょう。なぜなら……」

「人間を燃やすには、道具と燃料が要るから」

神が、ふわりと黒髪を靡かせ、藤毅の後に続けた。

「数十キログラムの蛋白質《たんぱくしつ》と水分の塊である人体を燃やすのは、簡易なバーナーでは困難なこと。少なくとも大掛かりな機械と、それを動かすだけの燃料が必要になるわ」

「まさしく、そのとおりです。僕の見る限り、この建物の中にそんな機械は見あたりません。いえ……あったとしても、その機械を使用していないことは明らかです」

「それは、床にまったく煤《すす》がないから。もしも炎を出す機械を使ったならば、その炎の跡が残るはず。それがないこと、また拭《ふ》き取《と》った跡もないことが、機械を使用していないことの証」

「ええ……それもまさしく、そのとおりです」

藤毅は、複雑な表情を見せつつ頷いた。

藤毅にとって神は、百合子と同様、年の離れた異母妹に当たる。そんな彼女の、打てば響くような答えが、今、藤毅に何を思わせているのだろう?

「結局……どうやって燃やしたか。それが解らないってことなのか」

呆然と、蟻川が呟いた。

だが——。

「方法は、まだあります」

不意に、誰かが口を挟んだ。

心地よいフルートの音色を思わせる声。その方向にいたのは——。

「考えるのを、止めては、いけません。方法はまだ、あるのですから」

――エルサだった。

神と対をなす白いイメージを纏うエルサが、透徹した眼差しとともに続ける。

「燃料が要らない機械も、あります。そう……例えば、レーザーはどうでしょう？」

「レーザー……高エネルギーの電磁波か」

むう、と藤毅が唸る。

確かに、レーザーを使えば、煤を発生させることなく、大橋の全身を燃やすことができるかもしれない。そうした軍事兵器がアメリカかどこかで開発されているというような話を、百合子も聞いたことがあった。

「電磁波……マイクロ波でも、いいのですよね」

朴もまた、おずおずと思うところを言葉にする。

「この場所を、巨大な電子レンジと考えれば、大橋さんを、加熱することは、できます」

「おお、確かに」

朴の言葉には、蟻川が感心したように相槌を打った。

電子レンジはマイクロ波によって極性を持つ水分子を振動させ、食品を加熱する調理器具だ。朴が言うように、この吹き抜け自体が巨大な電子レンジであると考えるならば、水分が約六割を占める人体の加熱など容易なことだろう。

そして、そう考えるならば——こんな方法もある。

「……私も、いいですか？」

百合子も、右手を上げて自説を述べた。

「この吹き抜けの天井もガラス張りになっていて、空を見通すことができます。それで、なのですが……そう、もしこのアトリウムがレンズになるとしたら、どうでしょう？」

「ほう？」

興味深いといった様子で顎に手を当てた藤毅に、百合子は続ける。

「ガラスの屈折をコントロールして、光を一点に収束させる機能がこの天井に備わっているとします。これだけの面積を持つ天井ですから、収束した光は高熱を帯びるでしょう。もしその焦点に、大橋さんがいたとすれば……」

「大橋さんは、高熱に曝されることになる」

「そのとおりです」

虫眼鏡程度の実験ですら、収束した光で紙を焦がすことができる。ましてや、これだけ大きな天井が受ける光がすべて一点に集まるとしたら、そのエネルギーは、瞬時に人体を焼損させるだけのものとなるだろう。

百合子は、大きく頷いた。

レンズ説が、正しいかどうかは解らない。だが、そうではないレーザーやマイクロ波が使われたという説も、どれもそれなりに大橋の燃えた身体の謎を解明する説得力を持つもののようにも思えた。

だからかは解らないが、一同は納得したような安堵の溜息を吐いた。だが――。

「……難しいわね」

囁くような、神の一言。

安堵を覆す神の言葉に、一旦は弛緩《しかん》しかけた雰囲気が一転、再び戸惑いを帯びたものへと変わる。

難しい？　――無理だ、ということだろうか。

一同の心の声に答えるように、神は続けた。

「三つの推理は、どれも事実を十分に説明するものだとは言えないわ」

「……そうなんですか？」

「ええ。残念だけれどね」

訝る百合子に、神は小さく肩を竦めつつ、その理由を述べた。

「レーザーによる方法、電子レンジ、すなわちマイクロ波による方法、ガラス天井をレンズ化して日光を集める方法……これらは、まさにこの大聖堂だからこそ起こし得る方法であるという点には、大きな意味があるわ。けれど、だからこそこの方法はまず、ひとつの事実を前提としなければならない。それは……三つの方法のいずれであったとしても、この吹き抜けに何らかの機械を必要とするということよ」

神は、風もないのに靡く黒髪を、肩口から背中へと柔らかく払うと、僅かに上を見た。

「人体を焼損するほどの高エネルギーのレーザーを出力するにはそれなりの装置が必要だけれど、出力部分も含めてそうしたものは見当たらない。電子レンジにしてもそう。これほどの空間をマイクロ波で満たすための機械はどこにも見えない。ガラスをレンズ化する装置も同じよ」

「確かに、そうですけれど……でも」

言い淀みつつも、百合子は反論する。

「壁の中に埋め込まれているということはないんですか？　または、機械の主要部分が別の場所にあるということだって、考えられるはずです」

「そうね。ふふ……百合子ちゃんの言うとおりね」

柔和な笑みを目元に湛えつつ、神は優しく諭すように続けた。

「その可能性は否定できない。なにしろここは、藤衛の大聖堂なのだから、その気になれば、機械の隠蔽《いんぺい》なんてお手のものでしょう。でも、仮にそうだとしても、もうひとつの証拠がその可能性を否定してしまう」

「もうひとつの証拠……って？」

「解らない？　あれよ」

神が、一切の無駄のない滑らかな動きで、「あれ」を指差した。それは——。

「……大橋さん、ですか」

「そう。あの死体が、あなた方が述べた三つの可能性は存在しないことを如実に物語る」

「……なるほど、おっしゃるとおりですね」

相変わらず険しい顔のまま、藤毅が小さく頷いた。

「もしレーザーによるものだとすれば、その焼損部位は身体の片側の、しかも極めて狭い範囲に限られることになります。少なくとも大橋さんのご遺体のように全身均一に燃えるということはありません。では、均一な温度上昇をもたらす電子レンジによるものかというと、そうでもありません。なぜなら遺体の内側が燃えていないからです」

「確かに……」

藤毅の呟きとともに、百合子も納得した。

大橋の死体はところどころ、皮膚が裂けて肉が見えているが、その部分は熱により変性せず、言ってみれば「生《レア》」のままなのだ。電子レンジはマイクロ波によって外側だけでなく、内側まで均一に水分の温度上昇をもたらす装置だ。体表面がこれだけ焼損しているなら、身体の内側も焼け爛《ただ》れて然るべきだろう。

しかし、現実の死体はそうはなっていない。大橋の死体は、あくまでも身体の表面のみが焼けているのだ。その事実こそ、電子レンジ説を否定する最も確実な根拠となるだろう。

「残るはガラス天井がレンズ化するという説ね。建物の意匠そのものを利用した、大胆で説得力のある説だけれど……残念ながらこれも否定される。理由は幾つかあるわ。レーザーと同様、光は一方向からしか照射されず、身体全体が均一に焼けている事実とは反すること。ガラスをレンズ化させるために必要な屈折を起こさせるメカニズムが解らないこと。でも何よりの証拠は、なぜ大橋さんが都合よくレンズの焦点にいたのか、その理由が説明できないことよ」

「なるほど……おっしゃるとおりですね」

藤毅が、ふうむ、と溜息交じりに唸った。

「レンズの作用によって温度上昇がもたらされるのは、光の収束点、すなわち焦点のごく狭い範囲に留まります。極論すると、その狭い範囲から逃れることは容易だということになります」

「レーザーは照射方向をコントロールすることにより、逃げる大橋さんを捕まえることができるかもしれない。電子レンジならば、そもそもどこにいても一緒。でも……レンズの焦点はあくまでも一ヵ所に限られる」

「なぜ大橋さんがその危険な焦点に、死ぬまでい続けたのかということの説明は、確かに、まったく困難ですね」

「もちろん、逃げる間もなく死んでしまったのかもしれないわ。でもその場合であっても、なぜ最初に、都合よく焦点にいたのかは解らない」

「すなわち、可能性を否定する要素が多く、そう考えると、レンズ説そのものを捨てざるを得ない」

「そういうことね」

ふふ――と再び口角を上げると、神は小さく肩を竦めた。

その動きに、ざわ、と、まるでそれ自身が独立した生き物のように、黒髪が揺れた。

「だ……だったら結局、どうしてこんなことになったのか、解らないってことか」

蟻川が、誰にともなく、詰問するように問う。

誰に対してその怒りをぶつければいいのか、不安と不満とが綯い交ぜになった今にも泣き出しそうな表情の蟻川に、神は「ええ、そうね」と言った。

「ただ、解らないなりにひとつ、解ることはあるわ」

「何なんだ、それは」

「ここには、悪意があるということよ。姿を見せない、手段も明らかにしない、もしかすると動機すら伏せたままの悪意が、ここにはある。……それだけは、嫌というほど解るわ」

「……………」

返す言葉を失い、蟻川がそのまま、悲しげに口を閉じた。

蟻川だけではなく、一同も押しなべて沈黙する。

不意に、しん――と吹き抜けを完璧な静寂が覆う。

と同時に、今さら、この大聖堂という建物が、徹底して外界から隔離された空間なのだということを思い知らされる。

いかなる悲劇が起こり、いかに悲鳴を上げようと、その悲しみは決して外には届かない。

逆に、外にいて、この閉ざされた世界で何が起こっているかを知ることはできない。

いや――

唯一、アトリウムと吹き抜けに設けられた透明な天井だけは、光をとおす。あるいは、この厚いガラス天井を通じてのみ、大聖堂で起こっていることを外に知らせることはできる。

けれど、それとて——知らせるだけ。

救いの手が差し伸べられるわけではないのだ。

だから——。

「……シュレーディンガーの猫も、こんな気分かしら？」

神の冗談めかした呟きだけが、反応する者さえないまま、吹き抜けに開いた空洞へと、不気味に反響し消えていくのだった。


大ホールに戻ると、それを待ちかねていたように、藤衛の高揚《こうよう》した声が聞こえてきた。

「……かくして、諸君がすでにご存じのとおり、謎は謎のままに終わったのだ」

それまで、何を話していたのだろう。

リーマン予想解決に向けた数学者たちの試みと、その挫折《ざせつ》の一部始終だろうか。それとも、百合子たちを立て続けに襲った悲劇に対する揶揄か。

いずれにせよ、満面の笑みにもかかわらず、決して笑ってはいない二つの黒目を、瞬きもせず見開きながら、藤衛は言うのだった。

「……さあ、諸君。こうして私の物語は佳境へと入っていくのだ。10の10の100乗《googolplex》

乗の彼方《かなた》に湧き出る真実の泉へと向けて……だがその前に、少し休憩を取ろう。諸君のために」

また一時間後、この場所でお会いしよう——そう言うと藤衛は、四時間前と同様、一切の疲れも見せず、颯爽と演壇を下りたのだった。

時刻は予定どおり、午後三時ちょうどだった。

2

スクリーンが三たび、誰もいない壇上を映し出す。

襟裳岬は午後になり、その色合いを朝とも昼とも異なるものへと変えていた。

青みを帯びていた海は灰色に変わっている。

風向きが変わったからだろうか。白波が静かに打ち寄せ、その波頭がキラキラと輝いている。

数時間後に訪れる黄昏の予兆だろうか、傾いた太陽も、ほんの僅かにぎらつきを失っている。

風景というものが時間の経過とともに見せる「変化」——現在は過去とは異なり、そして未来はそのどちらとも異なるだろうこと、決して同じ姿を二度見せることはないこと――まさに諸行無常を体現する岬の有様《ありさま》と対峙するとき、人はきっと、誰もが言葉を失うに違いない。

もっとも――そう思えるのも、あくまでも平時のときだけである。

異常事態である今、大聖堂に閉じ込められた哀《あわ》れな子羊たちには、そんな感傷に浸っている余裕もないのだ。

――気が付くと、それぞれが、大ホールでばらばらに腰掛けていた。

神こそ、百合子の傍にいたが、蟻川は大ホールの反対側で険しい表情のまま背を丸めているし、藤毅も真ん中あたりで静かに目を閉じている。エルサと朴はといえば、下段の同じ長机の前にいるものの、数メートルほどの微妙な距離を置いている。十和田も相変わらず、扉の前に立ち尽くしたまま、顎に手を当てて考え込んでいる。

もちろん、七人に会話はない。

それぞれがそれぞれに沈黙し、あるいは物思いに耽りながら、それでいて確固たる拒絶の意思を、強張った身体から放つのみだ。

おそらく――皆、疑念に囚われているのだろう。

そのきっかけとなったものは、きっと、神の言葉だ。

――ここには、悪意があるということよ。姿を見せない、手段も明らかにしない、もしかすると動機すら伏せたままの悪意が、ここにはある。

悪意――そう、悪意だ。

おぞましい悪意が、大聖堂を満たしているのだ。

その悪意がまた誰かに向くのかもしれない。もしかするとそれは自分かもしれない。そう思えば思うほど、その内心の思考は拒絶となって皮膚から外界へと漏れ出てくるのだ。

すなわち――疑心暗鬼。

誰もが信用ならないまま、ただ頼みにできるのは己のみと心を閉ざし、全身に緊張を漲らせながら周囲を気にしているのだ。

もちろん、百合子も自覚していた。そうした疑心暗鬼に、外ならぬ百合子自身が囚われているということを。すなわち、誰を見てもそれが犯人であるという思いに襲われ、継ぐべき言葉を失ってしまうのだ。大聖堂を作り上げ、その背後にいる藤衛こそが睨むべき相手だということが解っていてさえ、この不信感、あるいは不安感は、常にこの場にいる者に――大聖堂の内に閉じ込められている者たちに向くのである。

もっとも――。

そうした俗な思いに囚われていない者も、いた。

それが――神と、エルサだ。

黒と白、好ましくも奇妙な双対を成す二人の神秘的な女性たちだけが、先刻から飄々と、澄ました顔で腰掛けている。

百合子がよく知る神ならば、それはいつもどおりの態度だ。超然とした神が、こうした場であっても普段どおりの神であり続けられることを、百合子はよく知っている。

だが——エルサは、どうだ。

知り合って間もないエルサが、神と同じように、俗世間に住まう者ではなさそうだということくらい、百合子は理解している。だが、だからと言って、こんな事態に陥った今もなお、平然としていられるというのは、どうしてなのか。

エルサは、神と同じだから。そう考えていいのか。

それとも、平然としていられるだけの何かがあるから、なのだろうか——？

酷く混乱しながら、百合子は——。

無意識に、じっと神を見る。

だが、神は——。

「…………」

百合子が予想していたとおり、気体のように摑みどころのない雰囲気を纏ったまま、液体のように柔和な態度と、それでいて固体のように揺るがない信念とを共存させつつ、じっと黙想していた。

実の姉である神だ。今、きっと、百合子の視線を感じていたに違いない。

だがそれでも、その視線を横顔に受けながら、神はその場で、じっと、神であり続けた。

だからこそ——。

漸く百合子は、思い出すのだ。

善知鳥神——彼女もまた、殺人鬼であったのだと。


殺人鬼——という表現は、もしかすると的確ではないかもしれない。

その言葉から想起されるのは、自ら凶器を持ち、返り血を浴びながら何人もの人々を次々と殺害していく、まるでホラー映画のような人物像だ。だが神に関しては、そうした泥臭い雰囲気とは無縁だ。確かに神は、何人もの人間を死に至らしめた。だがそれは、むしろすべてを予定調和として遂行した結果、人が死ぬにすぎないという達観した思想に基づくものであり、ある意味では神は、その遂行時点では「その場に立ち会う」程度の存在でしかない。

その意味で、神は殺人鬼ではなく、殺人指揮者《コンダクタ》と称するのが適切であるように思われた。

指揮者は、楽譜を解釈し、オーケストラに対して意図を伝え、その意図どおりに演奏させるのが仕事だ。すなわち、指揮者の仕事の大部分はオーケストラとの対話と長いリハーサルとに費やされ、大聴衆の前で演奏するときには、もはや指揮者の仕事の九割は終わっていると言える。

神がしていたことも、これに近い。

彼女はかつて、自らの行為をドミノに喩えたことがある。その機構《メカニズム》は、最初の一押しを実行するだけで、あとは自動的に殺人が進んでいくのだ。その機構は、物理的なものもあれば心理的なものもある。だがどちらにしても、殺人が自動的に進んでいくような枠組《スキーム》みを重視していることには変わりない。そして神は、その枠組みを、念入りに時間を掛けて構築することにより、その惨劇の最中においては、極めて傍観者的に事件に関わってきたのである。

そして、これに近いやり方をする人物が、他にもいることを、百合子は知っている。それが――。

藤衛だ。

教会堂で藤衛は、建物そのものを究極の殺人装置として働かせた。まさにあれこそ、ドミノよりもさらに洗練された、自ら手を下さずして、標的《ターゲット》を次々と殺していく機構そのものだったのだ。

過去、こうした機構により人を殺すという発想をした者が、どれほどいただろうか。

さらには、発想のみならず、それを実行に移した者が、どれほどいただろうか。刑法上、このような将来の殺人を現在の行為により実行していくような犯罪に対する明確な規定が――例えば「予測殺人罪」など――設けられていないことからも、その数は極めて少ないのだろうということは容易に想像がつく。そして、だからこそそのほんの一握りしかいない才能ある者が、今ここに二人もいるということ、スクリーンのこちら側とあちら側にそれぞれひとりずついるのだということも、よく考えてみれば戦慄すべきことには違いない。

そう――これは本来、恐れるべきことなのだ。

だが、今の百合子は、神を恐れてはいない。

複雑な心境を持ちつつも、今の百合子にとって、神は運命共同体――すなわち「仲間」だ。その仲間を恐れる理由は何もないし、ましてや神は、百合子の姉なのだ。その血を分けた姉を、なぜ恐れる必要があるのだろう？

いや――。

本当は、違うのかもしれない。

そう、違うのだ――神が、百合子にとって近しい存在になったのではないのだ。

きっと、百合子が――神の側に近づいたのだ。

神と、藤衛。彼らが住まう世界に、すでに今の百合子は籍を置いているのだ。すなわち、殺人すら厭わず、平然と生死を指揮《コンダクト》できる力を持つ者の世界に。

そして、だとすると――。

百合子は、愕然《がくぜん》とする。

私にも――殺人指揮者の素質があるのだろうか？

「ふふ、どうしたの？」

「……っ」

不意に神に話し掛けられ、百合子は思わずドキリとする。

心の中を読んでいるかのようなタイミング。いや、こんなことは何度もあったから、実際に百合子の表情から心を読み取ったのかもしれない。そのくらい、神ならば造作もないことだろう。

瞬時にさまざまな思いを廻《めぐ》らせる百合子――そんな彼女のことを優しく見守るように目を細めた神は、ややあってから、言った。

「百合子ちゃん。あなたは、いろんなことを考える子なのね」

「……えーと」

「ふふ。吃驚《びっくり》している」

「…………」

こんなとき、何と答えるべきなのだろう。

言葉に閊えた百合子に、神は続ける。

「思考は、とても大事よ。なぜならば、それこそが人と獣とを分けるから。でも、同じように、人と神とを分けるのもまた、思考以外の何ものでもない」

「それは……これから知ろうとしているか、それとも、すでに知っているかの差、ですか？」

「そうね」

神は、小さく首を傾けた。

はらりと流れる黒髪の向こうで、神は続けた。

「だからこそ、こういうふうに言えるの。私は、神よ。でも……神ではないと」

「……？」

私は、神。

でも——神ではない、だって？

戸惑いながら百合子は、神の鏡像のように、同じ方向に首を傾げる。

A＝《イコール》Bか、または、A≠《ノットイコール》Bか。

百合子の知る限り、この二つを同時に満たす概念はあり得ない。論理学の根幹にある排中律——すなわち「ある命題が成り立つか、あるいは成り立たないか、そのどちらかである」とする法則に抵触するからだ。

その数学の基本を、数学者でもある善知鳥神が、真っ向から否定するようなことを述べたのだ。

そんなことがあるのだろうか、それとも、それすら肯定も否定もできないという意味において、あくまでも数学的に神は述べたのだろうか？

神は、そんな混乱する百合子のことがいかにも面白いと言いたげに「ふふ」と口角を上げた。

「百合子ちゃんが迷うのは当然ね。なぜなら、私の定義が曖昧なのだから」

「定義が、曖昧……とは」

「言葉よ。私はあえて用語の厳密な定義を欠いて話をしたの。そうね、例えば……『数は無限にあるが、同時に、数はより「濃い」無限である』」

「……無限基数のことですか？」

「そうよ。自然数としての数全体の濃度は$\aleph_0$《アレフ・ゼロ》、しかし実数としての数全体の濃度はより濃い$\aleph$《アレフ》で定義される。厳密に定義があれば明瞭《めいりょう》になる意味も、これを欠くと途端に不可解なものとなる。そう……百合子ちゃんが混乱したのも、私が『神』という言葉の定義を欠いたからよ。幾つもの意味を持つ『神』をひとつの文脈で使ったから、それは矛盾する意味を持ってしまったの」

「…………」

図らずも人を惹きつける、神の言葉。

じっとその語ることに耳を傾ける百合子に、神は、人差し指で空中に何かを書くような仕草をしながら、なおも続けた。

「神……この言葉は、西洋では一神教における神《god》として捉えられる。神《ヤハウェ》、神《アッラー》、三位《さんみ》一体《いったい》を認めるならば神《イエス》もそうね。いずれにせよ、この文脈においては、神がすべての最上位の存在として捉えられる。言わば……『すべての実数よりも大きな数G』かしら？」

——すべての実数よりも大きな数。

これを仮定すれば、背理法により即座に否定され、すなわちそんな数は存在しないことが導かれる。

だからこそ西洋世界における神Gは、少なくとも論理や人智《じんち》を超える存在として捉えられるのだ——そのようなものは、少なくとも人間の論理では存在し得ないものとして。

「でも、東洋では、少し定義が異なる」

すっ、と神が、人差し指を下す。

鋭利な刃物にも似た指先で切り裂かれた空気のその向こうで、神は、宇宙そのものを蓄えるような深い瞳で言葉を継ぐ。

「東洋では、神は自然界に存在する数多の精霊、神《spirit》として捉えられる。日本における八百万の神、ヒンドゥにおける神々……人とは異なる世界で生きる超越的存在の集合体を神と呼ぶの。数学的には、そうね……『超越数も含むすべての実数Rの間に存在する数S』とでも言えば面白いかもね」

「そんな数は存在し得ないという意味において、神である、ということですか」

「そのとおりよ。すなわち、人智を超えるという点においてGとSは同値である。けれど、異なっている部分もある」

「単独性、ですか。Gはひとつしかないけれど、Sは$\aleph$だけ存在する……」

「存在領域も異なるわ。Sは普遍的に存在する。けれど……」

「Gは、常に最大値を取る」

「不正確ね。その最大値より大きい数が常に定義できる。したがって、それは『特異点』と呼ぶべきよ」

「特異点……」

ぞわっ、と背中の毛が逆立《さかだ》った。

特異点――その顕著な存在の実例を、百合子はよく知っていたからだ。

不随意の緊張に、身体が強張る。

そんな百合子の肩に、そっと神の手が触れた。

「恐れてはいけないわ、百合子ちゃん」

氷のように冷たい。けれど、なぜか安堵を感じる神の指先――。

「私たちも、神なのよ。立場は対等だわ」

神はそう言うと、にこりと微笑んだ。

その言葉に冷静さを取り戻した百合子は、大きくひとつ深呼吸をすると、問うた。

「……さっき、こうおっしゃいましたよね。『私は、神よ。でも……神ではない』って」

「ええ、言ったわね」

「それは、Gだけれども、Sではない、ということですか」

「……ふふ」

神が、意味ありげに目を細めた。

「残念ながら、それは逆ね」

「……逆？」

「ええ、逆よ。SとGは入れ替わる」

「つまり……あなたは神Sだけれども、神Gではないと」

「そうね。より正確な表現をするならば、G∨X、X∨Sにより定義される中間の存在X、かしら？」

「………」

G∨X、X∨S——どういうことだろうか。

そのどちらでもない、とは——いずれはそのどちらにもなり得るということ？　それとも——。

「戸惑っている？」

「……はい」

「なぜ戸惑うの？」

「それは……」

——解らない。

なぜ私は困惑しているのだろう？

GでもSでもない新たな概念の正体が解らないから？　神が唐突にそんな概念を提示したから？　それとも——。

「……私は、何なんですか？」

「何なのか、とは？」

「私はSなんですか？　Xなんですか？　それとも……ただの人間なんですか？」

訴え掛けるような百合子の問いに、神は——。

「…………」

数秒、沈黙する。

瞬きもしない目でじっと見つめられながらも、その瞳を真っ向から見返す百合子に、神は――。

「その、どれでもないわ」

艶やかな唇を震わせながら、答えた。

「どれでもない……？」

「ええ。だってあなたは、純然たるGだもの」

「……えっ？」

百合子は思わず、何度も目を瞬いた。

私は――純然たる、G？

それは一体、どういうことなのか？

だが――。

困惑の上に困惑を重ね、ぐるぐると脳髄を巡る思考は、独り言のような藤毅の一言によって、遮られたのだった。

「すみません……朴さんは、どこにおられるのでしょう？」

大ホールの一同が、一斉に、ハッと顔を上げ、ホールの中を見回す。

先刻見た光景とほとんど変わりはない。神は百合子の傍に、蟻川は大ホールの反対側に、そして藤毅も真ん中あたりにいる。十和田も依然として扉の前に立ち尽くし、エルサは下段の長机の前にいる。だが——。

エルサの近くにいた朴だけが、確かにいない。

藤毅が、震え声で続けた。

「考えごとをしていて、彼のことを見ていなかったのがお恥ずかしいのですが……誰か、朴さんが出ていかれるのを見た方はいないのですか？」

「私、見ました」

エルサが、平板な口調で答えた。

「朴さんは、さっき、そっと、ここを出ていきました」

「出ていった？　どこにですか」

「『シャワーを浴びてきます』と、言っていました」

「そうなのですか？」

「はい。『XとY。その謎が解けました』と……」

「Xと……Y？」

言葉を失い、訝しげな表情を浮かべる藤毅に代わり、蟻川が言った。

「君、なぜ彼を止めなかったのかね？」

「……止める？」

エルサが、きょとんとした表情で首を傾げた。

「なぜ、止める必要が？」

「そりゃあ、決まってるだろう。こんなときに、どうして独りにさせるんだ」

「こんなとき、とは？」

「ほら、あれだ、人が殺されて……」

「殺されたら、独りには、できない？　それは、なぜ？」

「そりゃあ、また……」

蟻川が、言葉に閊える。

だが、その消えた語尾に蟻川が何を言いたかったのかは、その場にいる誰もが、解っていた。

また――殺されるかもしれないだろう。

とはいえ、口にすれば言霊が新たな悪夢を呼び寄せるかもしれない。言葉を濁した蟻川の気持ちは、百合子にもよく理解できた。

「……十和田さんは？」

一瞬の沈黙の後、今度は神が、十和田に問うた。

「ずっとそこにいた十和田さんならば、朴さんが出ていかれたのに気づいていたのではないですか？」

「……ああ」

大ホールの唯一の出入り口。

その扉の横で、老いた番犬のように立ち続けていた十和田は、眼鏡のブリッジをそっと押し上げながら頷いた。

「もちろん、見ていた」

「やっぱり。でも、止めなかったんですね」

「ああ。僕には、その権限がない」

「つまり、それは禁忌《タブー》であった。規則《ルール》であったということですね？」

「……そう考えてもらって構わない」

十和田はそう言うと、俯きがちに目線を逸らした。

結局――。

朴が出ていくことに気が付かなかったか、気が付いていても止めることをしなかったのだ。

「……朴さんがシャワーに行くと言って出ていったのは、いつごろだ」

蟻川が、誰にともなく問う。

「三時、十分です」

平板な口調で、エルサが答える。

「じゃあ、今は？」

「三時二十五分」

今度は、神が答えた。

「不在時間は十五分ね」

「十五分か……シャワーを浴びると言っていたなら、戻ってきてもいい時間か？」

「そうとは限りませんね」

藤毅が、掠れた声で答えた。

「入浴時間には個人差があります。戻ってこなくとも不自然ではありません。しかし……」

「……心配だな」

「……心配です」

そう——間違いなく心配ではあった。すでに二人が命を落とした大聖堂で、「二度あることは三度ある」が絶対にあり得ないなどと、なぜ言えるのか。

「行こう」

「行きましょう」

蟻川と藤毅、奇しくも二人の立会人の一致した意見のもと、一同はまた、鉛のように重い腰を上げた。

朴の部屋は、同じ7階にある。

もしもシャワーを浴びるというのなら、朴は自室のユニットバスにいるのが道理だろう。

だが、案の定と言うべきか――。

朴の部屋に、朴自身の姿はなかった。

しん、と静まり返る部屋にも、ユニットバスにも彼はおらず、乾いたバスタブからは、シャワーを使った形跡すら見当たらなかった。

「……同じだな」

誰かが、囁くような声で呟いた。

その誰かは解らない。だが、その誰かが「何と」同じだと述べているのかは、すぐに察せられた。

そう――ノーランドのときと、同じ。

しかも、大橋のときとも、同じだ。

彼らはどちらも自室にはおらず、その代わり、別の場所で発見されたのだ――無残な姿となって。だとすると――。

「……あとは、風呂場だけだな。シャワーを浴びることができるのは」

蟻川が、ぼそぼそと言った。

4階、浴場。

そこに朴はいるのだろうか？

いるとして――どんなふうに？

最善のものと、最悪のもの、二つの想像を頭に過らせつつ、百合子たちは亡者の群れのような力のない足取りで、7階から4階の浴場へと降りていった。

そして――。

一同は、溜息とともに知ったのだった。

想像はやはり、後者が的中していたということを。


ピト、ピト――。

ピト、ピト――。

朴は、浮かんでいた。

白い蒸気が充満する浴場、その中央にある浴槽の、ちょうど真ん中で俯《うつぶ》せになり、水面の僅かな揺動とともに、ゆらり、ゆらりと揺れていた。

衣服は、着用していた。だがそのTシャツの色は、見覚えのある白――ではなかった。

いや、衣服だけではない。浴槽のすべてが、恐ろしい色に染まっていたのだ。

それは――紅。

彼の身体から流れ出した血の一色に、すべてが彩《いろど》られていたのだ。

ピト、ピト――。

ピト、ピト――。

背中にはTシャツ越しにも幾つもの深い傷が見えた。傷口は皮膚から内臓まで達しているのか、白い肋骨《ろっこつ》や、黄色い脂肪組織、形容するのも悍《おぞ》ましいグニャグニャとした何かも覗き見ることができる。

思わず目を背けてしまいそうになるこの惨状こそ、浴場を赤一色に染める原因となったもので、加えて、何度も何度も背後から鋭い刃物を突きたてられた証に他ならなかった。すなわち――。

朴は、この浴場で、何者かに刺殺されていたのであった。

※　図9「朴の刺殺死体」参照

「……どうして？」

図９　朴の刺殺死体

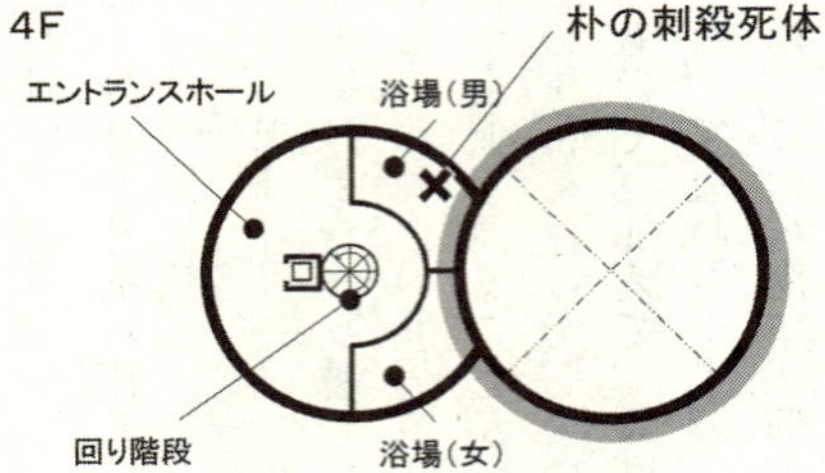

百合子は思わず、独り言のように呟いた。

どうして朴は、こんなところで、こんな目に遭っているのだろう?

だが――。

「…………」

百合子の問いに答える者がないまま、沈黙だけが湿っぽい浴場を支配した。

ピト、ピト――。

ピト、ピト――。

静けさの中に、何かが滴《したた》る音だけが、薄気味悪く響く。

湯気なのか、それとも、何か別のものなのかは、判別もつかない。

生臭さと鉄錆《てつさび》臭さがブレンドされた、嘔吐《おうと》中枢を支配する臭いに耐えながら、百合子は、今の時刻を確かめる。

――午後三時半。

まだ、そんな時刻なのか。

もう、そんな時刻なのか。

早いのか、遅いのか？　尋常なのか、異常なのか？　いや、それよりも――。

私は、正気でいられているのか？

現実に攪拌《かくはん》される脳髄。あやふやな足元と、ぐるぐると回る世界から、眩暈のような非現実感が百合子を襲った。

だが、そのとき――。

「……えっ？」

視界の端で、百合子は見た。

浴場の入り口。脱衣所と洗い場を隔てる引き戸。

その、閉じられた引き戸の、すりガラスの向こうを、フッ――と、確かに人影が横切ったのを。

3

百合子は、目を何度も瞬き、今自分が見た映像を心の中で反芻する。
見間違い――？

いや――見間違いではない。

今、確かに、脱衣所を誰かが横切ったのだ。

そう思うや、百合子は浴場を見回した。

まず視界に飛び込むのは、目の前にある朴の死体。

次いで、湯の中に浮かぶその死体を遠くから見守るように、浴槽の縁に立ち竦む六人をひとりひとり確認する。

蟻川、藤毅、エルサ、神、百合子、そして――十和田。

全員、ここにいる。

そして、その誰もが洗い場におり、脱衣所にはいない。

だと、すると――。

意を決するや、百合子は、走り出した。

「おい君、ちょっと待て」

「宮司さん、どうしたんですか」

蟻川と藤毅の声を背に、引き戸をガラリと開けると、百合子は脱衣所へと戻る。

人の姿は――。

ない。

だが、入り口の扉がほんの少し、揺れている。まさに今、出ていったかのように

——。

　間違いない。

　誰かがいる。

「誰か、いたわね」

　いつの間にか横にいた神が、言った。

「誰でしょうか？」

「わからないわ。でも……」

「ここにいた六人でないことは確か」

「そうね。……確かめる？」

「もちろん」

　鼻息荒く頷くや、百合子は浴場から廊下へ駆け出る。

　目の前には、回り階段があり、湾曲した廊下が左右に伸びる。

　人影は——。

「……あっ」

　いた。

　ちょうど、回り階段の向こう、左側からエントランスホールへと消えた影があった。

百合子を追って、蟻川が追いつく。

「……いたか？」

巨体の割には意外と俊敏な蟻川に、百合子は「はい」と頷くと、影が消えた先を指差した。

「あっちに行きました」

「よし、階段は上がってないなら、君は左から追え。私は右から行こう」

「挟み撃ちですね」

「理解が早いな」

蟻川がニヤリと口角を上げるや、百合子は人影を追って右回りに走り出した。

蟻川もドスドスと足音を踏み鳴らし、左回りに走り出す。

大聖堂の４階は、位相幾何学的にはドーナツ――すなわち「トーラス」だ。いかに人影がすばしこいとしても、両側から追い詰めれば捕らえることができる。

だが――。

あの人影は一体、何なのか？

ノーランド、大橋、そして朴を手に掛けた殺人鬼なのだろうか？　だとすれば、それを捕らえようというのは、もしかすると無謀ではないのか。

いや、そもそもあれは誰なのか？

ここにいる六人ではないとしたら――別の人間だろうか？　そして、そうだとしたらその別の人間は、どこから来たのだろうか？

大聖堂の外か？　それとも――。

「……いや、考えている場合じゃない」

頭を振って脳髄から思考を追い払うと、百合子はキッと前を見る。

数多の疑問はある。だがそのすべてを、きっとあの人影が知っているはずだ。

そう――まずは、あの人影を捕まえるほうが先だ。

その一点に心を集中すると、百合子は短い廊下を駆け、そのままエントランスホールへと出た。

誰も――いない。

向こう側に逃げたのか？

だが――。

「……えっ？」

その当の向こう側から現れたのは、蟻川だった。

蟻川は、険しい顔で百合子に問うた。

「いたか？」

「……いません」

百合子は首を横に振る。

「こっちにもいなかったぞ？　あいつ、どこにいったんだ？」

「…………」

百合子は——。

困惑しつつも、右横を見た。

大聖堂の４階というトーラスから脱出する方法は二つある。ひとつは回り階段で上階に行くこと。だがこれは、人影が回り階段に入らなかったのを確かめているからあり得ない。だとすると——。

——エレベータだ。

エレベータを使って、下階に降りたとしか考えられない。

百合子は、小さく息を吸い込むと、エレベータに向かって声を掛ける。

「……『開け』」

だが——。

扉はやはり、開かない。

勿論、その向こうでエレベータの機械が稼動している雰囲気も、ない。

「開かないのか？」

「……ええ」

蟻川の言葉に、百合子は胡乱《うろん》に頷いた。

やがて、残る四人が百合子たちに追いつく。

藤毅も、エルサも、神も、人影はなかったと述べた。

すなわち――。

人影は、消えたのだ。

呆然とする一同。もしかするとあれは、見間違いだったのだろうか？

いや――それはない。

なぜならば、全員が見ていたからだ。その、消えゆく影を。一目で尋常ではないことが解る存在感を放っていた、あの人影を。

そして――。

「……百合子ちゃんは、見た？」

百合子にだけ聞こえるように、神が囁く。

百合子は、思う。もちろん、見たとも。

だが、神の問いの真意が、見たか、見なかったかという単純な話ではないことも、もちろん解っていた。

問われているのは、何を見たか、だ。

そして、見間違いでなければ、百合子は確かに、その人影が何であったか――いや、誰であったかを見ていたのだ。

だから――。

「ええ……見ました」

百合子は、尋常でないほど高まる鼓動に胸を押さえつつ、言った。

「あれは、確かに、藤衛でした」


その人影を見たのは、一瞬だった。

しかしその一瞬で瞼の裏に焼き付けられたその姿は、信じられないほど明瞭で、忘れようもなく百合子の脳髄に刻み込まれていた。

人影は――小柄な男だった。

服装も、スクリーンで見ていたものと同じだった。それだけでも、「あの男だ」と気づくには十分なものだっただろう。だが、その疑念を確信に変えたのは、人影がほんの一瞬振り向いた、その面相だった。

すなわち、生え際が後退した白髪頭。

実年齢とは乖離した、精悍な顔つき。

そして、異様にせり出した額と、真っ黒な瞳。

そう、それは紛れもなく藤衛であったのだ。でも――。

「……なぜ、あの男がここに？」

百合子は、無意識に呟いていた。

ほんの三十分ほど前に、大聖堂から――本ヶ島から遠く約百六十キロメートルも離れた襟裳岬にいたはずの藤衛がなぜ、ここにいるのだろうか。

三十分でここまで来るには、少なくとも時速三百二十キロで移動する必要がある。それだけのスピードを出せるのは飛行機やヘリコプターしかないが、険しい本ヶ島には飛行機は着陸できず、ヘリポートも壊れているのだ。

つまり、物理的に藤衛は、ここへ来ることができないのだ。

にもかかわらず――藤衛は、ここにいた。

正確に言えば、その姿を見せたのだ。

だとすると――。

「もしかして、誰かが変装していた姿？　それとも……藤衛は双子だった？」

「それは、ないわ」

神がすぐ、腕を組みつつ答えた。

「あの禍々しい雰囲気は、誰かの変装で出るものじゃない。もちろん双子だということもないわ。あの男は、唯一無二を自負する存在なのだから」

「確かに……」

だとすると、本人だということになる。

だが、ならばなぜ藤衛は、ここにいたのかが問題となる。まさか――。

「……旅《ミウラージュ》？」

ムハンマドが神《アツラー》の意志により、カアバ神殿からエルサレムまでを一夜で旅したという伝説。

二十四年前の事件が、神の御業たるミウラージュを介在させなければ明確に理解できなかったように、今、百合子が見たものも、ミウラージュなくしては説明ができない。

裏を返せば、藤衛がミウラージュという奇跡を起こすことができるのならば、それは可能になるのだ。

だが――それは、ある信じがたい仮定の上にしか成り立たない理屈である。

その仮定とは、すなわち――。

藤衛は、奇跡を起こす、神である。

「……数学では、あらゆる仮定が許容されるわ」

神が、言った。

「どんなに突飛で、どんなに信じがたい仮定であっても、数学の世界ならば、その結論が矛盾をきたすまでは否定ができない。ひとつの球が二つに組みなおせることも、自然数の総和がマイナス12分の1になることも、論理が破綻《はたん》しない限りにおいて否定不可能な事実なの」

「ミウラージュも、否定はできない」

「ええ。たとえそれが直感では受け入れられないものだとしても、可能性のひとつとして捉えなければならないの。それが、明確な矛盾をきたすまでは」

「矛盾……」

そう——神の言うことは正しい。

数学的には、矛盾しない限りにおいて、それらの仮定はすべて等価なのだ。

だが、矛盾しない仮定のすべてを等価とすることが、現実世界において本当に正しいのだろうか？　そもそも、数学と現実とは等価なのだろうか？

私は——何を拠《よ》り所《どころ》にして、物事を解釈すればいいのだろうか？

「……百合子ちゃん、落ち着いて？」

思考が混乱し始めた百合子の肩に、神がそっと触れた。

はっとして、百合子が俯いていた顔を上げると、神は、泣きそうになるほど優しい口調で、言った。

「慌てなくても大丈夫……まず、ゆっくりと深呼吸をして、心を落ち着けて」

「……はい」

言われるがまま、素直に息を吸い、吐く。

単なる暗示かもしれない。でも、心なしか頭が冷えたような気がした。

「いい子ね」

神は、嬉しそうに目を細めた。

「今の私たちが恐れるべきは、不可解さでも、不気味さでもない。ましてや、見かけの不可能性でもない。私たちが恐れるべきは、ただ私たち自身が働けなくなることだけよ」

そう——確かに、そうだ。

すべての不可解さや、不気味さや、不可能性は、ただ百合子たちの思考を奪うために存在していると言っていい。なぜなら、それこそが百合子たちをこの場所に閉じ込めている男の、真の狙いだからだ。

こくり、と頷いた百合子に、神は続けた。

「どれだけ不可解でも、不気味でも、不可能に見えても、そこには必ず解がある。私たちはきっと、その解を得られるだけの材料をすでに与えられてもいる。だとすれば、私たちに必要なのは……」

これだけよ。

そう言うと、神は、自らの額を指した。

百合子もまた、真似をするように、自分自身の額を指差した。

「これだけ、ですね」

「……ふふ」

百合子と神は、まるで鏡像のごとくに、笑みを浮かべ合った。


朴の死体を、どうするか。

その問いに、一同はさして悩むことなく「そのままにしておく」という結論を下した。

再度、浴場に戻り確認した百合子たちは、朴は確かに死んでいるようだという判断を下した。とはいえ、だから血の海に入り込んでその身体を引き上げようという気にはならなかった。肉体的にも、精神的にも疲労していたし、何より時間的に余裕がなかったからだ。

間もなく午後四時、藤衛の講演が再開しようかという時刻である。

ノーランドや、大橋のそれと同じように、百合子たちは、とりあえず彼の遺体も現状のままにしておくことを決めたのだった。

こうして六人が――エルサと蟻川、藤毅、百合子と神、そして十和田が大ホールへと戻ってきたとき、ちょうど藤衛の講義は二度目の休憩を終え、彼は壇上へと戻り、最後のセクションへと入ろうとしているところだった。

「……ゆっくり休めたかね？　諸君」

開口一番、そう言うと藤衛は、疲れのひと欠片も見せることなく、精力に満ちた笑みをニヤリと浮かべた。

午前八時前にスタートした講演は、都合二時間の休憩を挟んでいるとはいうものの、もう六時間以上に及ぶ。その間、壇上に立ち、ひたすら喋《しゃべ》り続けているのだが、しかし藤衛の声色はほんの僅かも掠れることなく、むしろ前にもまして朗々とよく響く声を張っている。

老骨に鞭打《むちう》ち、というのではない。まさしく無尽蔵のエネルギーが溢れ出てくるように、藤衛はその大きく黒い瞳に爛々《らんらん》と炎を宿しながら、言葉を紡いでいくのだ。

このパワーは一体、どこから出てくるのだろうか？

あるいは、彼が「諸君」と呼び掛ける聴衆から、奪い取っているのだろうか？

それとも、これこそが、藤衛の「原点」たる証拠なのだろうか？

いや——きっと、そのどちらも「真」なのだろう。

だからこそ、聴衆はすでに魅了されている。

魅了され、そして骨抜きにもされているのだ。

こうして、聞けば聞くほどに「解がない」ことがありありと伝わってくる講演であるにもかかわらず、催眠術にでも掛けられたようなとろんとした目で、人々を崇拝の道へと導く藤衛は、まさに洗脳者である。世が世ならば世界宗教の創始者となったであろうし、あるいは悪名轟く独裁者となったかもしれない藤衛は、現代のこの世において、驚異的な脳髄とともに、まさに数学の神として降臨したのである。

そして人々は、この生ける神に対して忠誠を誓い、同時に悟るのだ。

神は――すべてを語らない。

むしろ人の側に語らせる。

すべてを知っていながらにして黙し、真実に反すると解るやそれを断罪する。あらかじめ定められていない法典に照らされ下される厳罰に、しかし人々は、なぜかそこに神の慈悲と万能性を見出し、そして祈りを捧げるのだ。

だが、それが解っていながらにして、人は信仰を止めることができない。

なぜなら、これこそが神の本質だからだ。すなわち――。

語らないからこそ、神は、神なのだ――と。

だから――。

「……このような論理展開は、一見すると矛盾するものであり、諸君には奇異なもののように映るだろう。しかしこれは、論理的に正しい。その正しさは、諸君への宿題として残しておこう」

「……論法は全体に敷衍する。すなわち私が定義した概念を八種に拡張すればよいのだ。拡張の方法については省略するが、今は残り七つも正しいものとして認識したまえ」

「……諸君が知るべきはこの形式だ。形式の導き方には工夫を要するが決して不可能なものではない。正確には、不可能性を定義することで別の領域の可能性が定義できるということだが、これは諸君の想像力に任せよう」

——藤衛の講演は、証明のようでいてもっとも大事なところは言及しない。

リーマン予想を追いかけてきた数学者たちが本当に知りたいその核心を、決して教えることはないのだ。

だが、だからこそ藤衛は神となる。

語らないからこそ、藤衛は、恐ろしき神となったのだ。すべての数学者たちを——いや、数学者だけでなく、彼を取り巻くあらゆる人々を——吸収し、収束あるいは発散させ、その結果としてゼロに帰着させる原点に——。

そして、だからこそ藤衛は、もはやこんなにあからさまな言葉さえ発するのだ。

「……私はかく証明した。だがその内容は述べない。そうだ、トントゥよ、地平まで来るがいい。数多の星々が彩るマンデルブロの黒き器に」

——なんと卑怯《ひきょう》で、偉大なのだろう？

人々に、その言葉は神の宣託として聞こえるだろう。

そして、加えて百合子には、リーマン予想における藤衛の圧倒的優位性とともに、こんな言葉もまた、テレビの二重音声のように聞こえていたのだ。

私はかく証明した。だがその内容は述べない。

私はかく人を殺した。だがその謎は教えない。

悔《くや》しければ諸君は、私の地平まで自力で解明したまえ、と――。

呆れるほどダイレクトな、宣戦布告。

だが百合子には、まだこの戦いにおいて兵刃《へいじん》を交えるだけの態勢は整っていない。リーマン予想も、連続殺人も、解決に向けた何の糸口も得られてはいなかったからだ。

だから百合子は、下唇《したくちびる》を噛みつつ、どこにもぶつけようのない腹立たしさに、思わずスクリーン上の藤衛から顔を背けた。

そして、その背けた視線の先に――。

エルサが、いた。

「……どうしたのですか？」

百合子の視線に気づいたのか、エルサが微笑んだ。

抑揚とともに現実感の乏しい声色。なぜか思わずどぎまぎとする百合子に、エルサは、どこか焦点の合わない瞳で言った。

「百合子さん。私は……思うのです。自然は、すべて、単純な図形にできる、と」

「単純な図形に、ですか？」

目を瞬く百合子。一体エルサは、何を言っているのだろうか？　だが――。

「ええ。すべての、世界は、単純なものに、変わるのです」

「……ああ」

百合子は、すぐにピンときた。

すべての世界は、単純なものに変わる。

すなわち、あらゆる複雑性はよりシンプルなものへと変形し、やがては大原則に帰着する――エルサが述べているのは、まさにリーマン予想への言及だ。

エルサは、藤衛の講演から、彼女なりの感想を持ち、それを百合子に伝えようとしているのだ。

だから――百合子は、問う。

「もしかして、エルサさんは理解したのですか？　リーマン予想の解を」

「……いいえ」

震えるように、エルサは首を横に振った。

髪質は違えど、神と同じように、それそのものがひとつの生き物でもあるかのように動く滑らかな銀髪が、エルサの肩口で踊る。

「理解には、私の力が、とても足りません。とても、私には、及ばない世界なのです。でも……それでも、いいのです」

「それでもいい？　解らなくてもいい、ということですか」

「解らないのは、いやです。でも」

エルサはふっと、何かが憑依《ひょうい》したかのように目を大きく見開いた。

「解けるなら、いつでも、いい」

「……ええと？」

どういう意味だろうか？

言葉の真意を測りかね、言い淀む百合子に、エルサは言った。

「予想は、死ぬ前に、解けなくてもいい。死んだ後でも、いいのです」

「そ……それは、なぜですか？」

「私が知ることに、価値はないから。だって……」

――私は……妖精《fairy》だから。

そして、にこりと――思えば、これが初めてだった――魅力的な笑みを浮かべると、エルサは、百合子の目をじっと眼鏡越しに、瞬きをしない瞳で見つめ続けながら言った。

「私は、前にも言いました。私は妖精。妖精は、どこにも存在しない。今も、死んだ後も。でも、もし、世界がここと、向こうと、二つあるなら、私は……二つの世界を、皆のために、繋ぐ存在になる」

「繋ぐ存在……」

「ええ。私は、ひとつの証明になるのです」

ひとつの――証明？

まるで鸚鵡返しのように、エルサの言葉を言い直し、あるいは心で呟く百合子に、エルサは、以前の無表情に戻ると、まるで宙に浮くように席を立った。

「……行かなくちゃ」

そして、どこかへと歩いて行こうとする。

「ど、どこに行くんですか？　エルサさん」

呼び止める百合子。一瞬ちらりと無意識に見た腕時計が、午後五時十分を指していた。もう、そんな時刻なのか――頭の片隅で驚く百合子に、エルサは、後ろを振り返ることもなく言った。

「……アトリウム」

「ええと、何をしに？」

「空を、見るの」

「……空？」

「ええ。だって、この空と星と宇宙が見える場所にこそ、秘密が、あるのだもの」

それだけを言うと、動きはないが、恐ろしく滑らかな所作で、エルサはそのまま、音もなく大ホールを出ていった。

そんな彼女の動きに気づいていたのは、百合子と、神と、そして十和田だけだったかもしれない。だが、その三人のいずれも、ごく当然のことでもあるかのように、誰も彼女を止めることはなかった。

そして、エルサが消えた扉を呆然と見つめ、エルサの存在が幻であったのではないかという疑念さえ抱きつつ、百合子は——心の中で呟く。

エルサは——一切、頓着《とんちゃく》していないのだ。

そして数学の解決にも、自らの生死にも、一切こだわっていない。解決は次世代でよいし、生きるも死ぬもありのままにあるべきだと感じている。エルサのそんな姿勢こそ、まさしく、その存在に明確な意図や理由が存在しない妖精そのものじゃないか、と。だが、そう考えると——。

百合子は、こうも思う。生物とは押しなべて、妖精のようなものなのかもしれないと。

なぜなら、永遠の命など持ちえる生物はいないからだ。

永遠ではない、有限の存在であるからこそ、生物は自ら次世代への「繋ぎ」であろうとする。

知識や、知恵や、ＤＮＡを受け継ぐ存在であろうとするのだ。

そして――だからこそ生物は、いや、人は、飽くなき探求を続けるのだ。

その存在を永遠のものとするには、どうしたらいいのか。そのために、人は何を求めるのか。

永遠の命、だろうか？

消えることのない存在証明、だろうか？

いや――。

そのどれもが、不足している。

世界に残るだけでは、世界に記録させるだけでは、永遠とはならない。真の意味で永遠となるためには、世界を残し、世界を記録しなければならないのだ。つまり、それこそが――。

世界の「真実」を、手中に収めること。

そう気づいた、瞬間――。

「そうだとも、諸君」

スクリーンの中で、まるで百合子の心の声に答えるかのように、藤衛が言った。

「それこそが、『リーマンの真実』なのだよ」

4

ハッとする百合子に、まるで説教をするような口調で、藤衛はなおも続けた。

「はっきりと言おう。そもそも『知』とは何だろうか？　それは、世界の解明だ。したがって、知の探究とは、世界における己の位置を確かめることに他ならない。裏を返せば、それなくして存在する生命は、単なる歯車だということになる。物理的因果《いんが》関係にのみ支配された、言わばただの装置、機械にすぎないのだ」

藤衛は、まるで君たちがそうなのだ、と言いたげに聴衆を指差した。

「基本的人権、人間原理、人類愛。世の中には盛《さか》んに感傷的な言葉が用いられがちだが、私から見れば、それは非常に滑稽《こっけい》なものに映る。機械に権利があるのだろうか？　装置に物理法則以外のいかなる原理を適用するのか？　そもそも歯車に愛はあるのか？　世界における己の役割すら解らず、この世界がいかなるものなのか理解しようともせず、単に物理現象としての生命を消費する存在が、なんと分不相応なことを述べるものだろうか。私にはそれが、激しい怒りとなって感じられるのだ」

拳《こぶし》を握り、演台をドンと叩くと、藤衛は忌々しげな表情はそのままに続ける。

「……話を戻そう。そもそも『知』とは何か、それは世界の解明であり、知の探究とは、世界における己の位置を確かめることだ。そして、それなくして生命は歯車にしかなり得ないと今、私は述べた。この命題の意味は、生命が生命たるためには、己が世界の秘密と意味を理解し、むしろ世界をコントロールしなければならないということだ。さて、ここでひとつ諸君に問おう。諸君は、世界をコントロールできているかね?」

「…………」

その問いに答える者は——誰もいない。

だが、その静けさを、むしろ満足げに睥睨すると、藤衛は一言だけ、述べた。

「そう。それでいいのだよ。なぜなら、神とはいつでも単数形なのだからね」

——神とは、いつでも単数形である。

藤衛の言う神とは、G《God》であり、すなわち藤衛自身のことである。

それ以外の者は、Gの理不尽に曝されるだけの装置であり、機械であり、あるいは歯車である。

——なんと、傲慢な考え方なのだろう。

そう、藤衛は、迂遠にこう言っているのだ。諸君が——すなわち百合子たちが知るということには一片の価値もない。歯車には、歯車以外のものになろうとする意味もない。すなわち、百合子たちＧでないものは、生きている必要がないのだ。

なんという傲慢さか。

激しい憤りを覚えつつ、しかし百合子は、そのときふと、彼女の言葉を思い出していた。

——私が知ることに、価値はないから。

それは、エルサが言ったことだ。

私が知ることに、価値はない。それは、酷く自らを卑下するような物言いだ。だが、こうも考えられる。もしかするとエルサは、藤衛の思想に深く共鳴していたのではないか。藤衛をＧ、それ以外をＧでないものとしたとき、Ｇ以外であるエルサ自身は、単なる歯車であり、無価値なものだと確信していたのではないか。

そして、こうも言える。自らを無価値なものと置く、エルサは、それであるがゆえに、自らの生命にすら執着していないと。

だとすると——。

彼女が発したあの言葉にも、もしかすると、とてつもなく大きな意味が生まれるのではないだろうか？　すなわち——。

——私は、ひとつの証明になるのです。

「そう。そうだ。そのとおりだとも、諸君」

スクリーンの中で、再び——そう、暫く前の台詞をなぞるかのように、また、藤衛が言ったのだった。

「それもまた、明らかなる『リーマンの真実』なのだ」

藤衛が、ニッと、尖った犬歯と、洞窟《どうくつ》のように真っ黒な口の中を見せる。

それは、百合子が知る限り、世界で最も醜悪な笑みだった。

そして——。

どれくらいの時間が経っただろうか。

藤衛の講演を耳にしながら、また自らの心と対話を続けていた百合子は——。

ふと、気づいた。

エルサが、もう十五分以上経つのに、戻ってきていないということに。


「……まさか」

百合子は、反射的に立ち上がった。

エルサが戻ってきていない——そうなるかもしれないと予感はしていた。そうなるだろうと予期もしていた。だが、実際にそうなる前に気づかなかったのは、どうしてだろう。

考え込んでいた私自身のせいだろうか？　それとも、藤衛の話術のせいだろうか？

あるいは——。

——いや、今はそれよりも、彼女自身を探すほうが先だ。

そう心に決めるや、百合子は大ホールの出口に向かって駆け出した。

そんな百合子を、扉の横にいた十和田が止める。

「どこに行くんだ」

「アトリウムです。エルサさんを追って」

「行って、どうする？」

「どうするって？　ええと……」

どうするつもりなんだ、私は。

思わず言葉に詰まった百合子の代わりに、音もなく後ろを追いかけてきた神が言った。

「確かめるんです」

「確かめる。何をだ」

「何を？　ふふ……そんなの、決まっています」

十和田の顔に、自らの顔を近づけるようにして立つと、神は言った。

「十和田さんが、正しいかどうかかを」

「……なんだと」

十和田が、愕然としたように、眉根を寄せた。

神の一言は、百合子にとっても意外だった。アトリウムに行く。それは、エルサの無事を確かめるためだ。けれど神は言った。それは、十和田が正しいかどうかを確かめるためなのだと。

一体、どういうことなのだろう——。

だが、困惑する百合子を、神が促す。

「さあ、行きましょう。百合子ちゃん」

「あ……はい」

百合子は一旦、頭の中の不可解さを棚上げにすると、気を取り直したように、勢いよく大ホールを出ていった。


回り階段を、アトリウムへと上がっていく。

最上階、8階。アトリウムの天井には、水色から黄色へと、美しいグラデーションを描く雲ひとつない空が広がっていた。

西の空には夕日が輝き、橙色の光を放っている。

暖色を帯びたその光景に、百合子は思い出す。昨日もこのくらいの夕刻に、百合子たちはこのアトリウムにいた。あのときは午後六時前、そして今は五時三十分。昨日の印象よりも少しだけ明るいのは、ほんの少しでも時刻が早いからだろう。

いや、それよりも——。

「……エルサさん、どこに？」

気を取り直した百合子は、周囲を見回した。

だが、アトリウムには——誰もいない。

「エルサさん、ここには、いないの？」

「……いいえ？」

肩で息をする百合子に比べ、まったくいつもどおり、疲れひとつ見せず泰然とした神が、百合子の横で言った。

「彼女は、ここにいるわ」

そう言うと、神は、そっと東を見る。

その視線の先にあるのは——扉。

黒い湾曲する壁にぽつんと存在する、吹き抜けへの扉だ。つまり——。

「ここに……」

扉の向こうに、エルサはいる。

なぜエルサはそこにいると、神は解ったのか。そしてなぜ神の言うとおりだと、百合子も確信したのか。

理由は、解らない。

だがひとつ、明確に言えるのは——その扉からは、何かただならぬ雰囲気が解き放たれていたということだ。

冷ややかで、酷薄な、何か。それが、扉の向こうから百合子の背後に忍び寄り、彼女の背筋をさっきからそっと撫でていたのだ。

そう——あの向こうには、何かがある。

「……行ってみる?」

「もちろん」

神の問い掛けに、わざと大きく頷くと、百合子は口を真一文字に結んだまま、大股で扉へと歩いていく。

その一歩一歩を踏み出すたびに、いやな感覚が百合子を襲い、ぞわりと鳥肌が立つ。

構わず進む百合子の周りには、いつの間にか神だけでなく、蟻川と藤毅、そして十和田もいた。突然大ホールを出ていった百合子のことを慮《おもんぱか》り、彼らも上がってきてくれたのだろうか。

扉の前まで来た百合子は、一度険しい顔をした彼らに振り返ると——。

「……開けます」

そう言って、一枚目の扉をカチャリと引き開ける。その途端――。

サッ――。

百合子の身体の両側を、何か悍ましいものがすり抜けた。

恐怖感に身体を竦めつつも、百合子は腹の底に力を入れると、暗闇の奥にあるさらなる二枚目の扉のノブをぐっと摑んだ。そして――。

「……エルサさん」

彼女の名を呼びつつ、まったく抵抗することのない扉を、勢いよく押し開けた。

ザッ――。

再び、より魂を抉るような感覚を伴う何かが、百合子の身体をすり抜けた。

わっ――思わず目を閉じた百合子は、ややあってから、そっと薄目を開け、周囲を窺う。

エルサは――。

いた。

大橋の死体の反対側、床に腰を下ろし、手すりに背を凭《もた》せ掛けながら、吹き抜けのガラス天井を見上げるような姿勢で、じっとしていた。

「ああ、エルサさん。やっぱりここにいたんですね」

ほっとした百合子が、エルサに駆け寄る。

だが、エルサは——呼び掛けには答えない。

微動だに、しない。

「……エルサさん？」

百合子は、異変に気づく。

気づきつつ、しかしエルサの正面に回ると、しゃがみ込み、その顔を見た。そして
——。

「エ、エルサさん……一体、どうして」

百合子は漸く——はっきりと理解したのだ。

エルサが、その場で、息絶えていたことを。

エルサの顔は——真っ青だった。
白く透きとおるような肌も、桃色の唇も、もはや生気を失っていた。
銀色の滑らかな鏡のような髪の毛が、百合子の吐息にパリパリと音を立てた。
半分だけ開いた瞳は、生命の気配はなく、もはや瞬きもしないまま、長い睫毛から
細い氷柱《つらら》を幾つも下げていた。

図10　エルサの凍死体

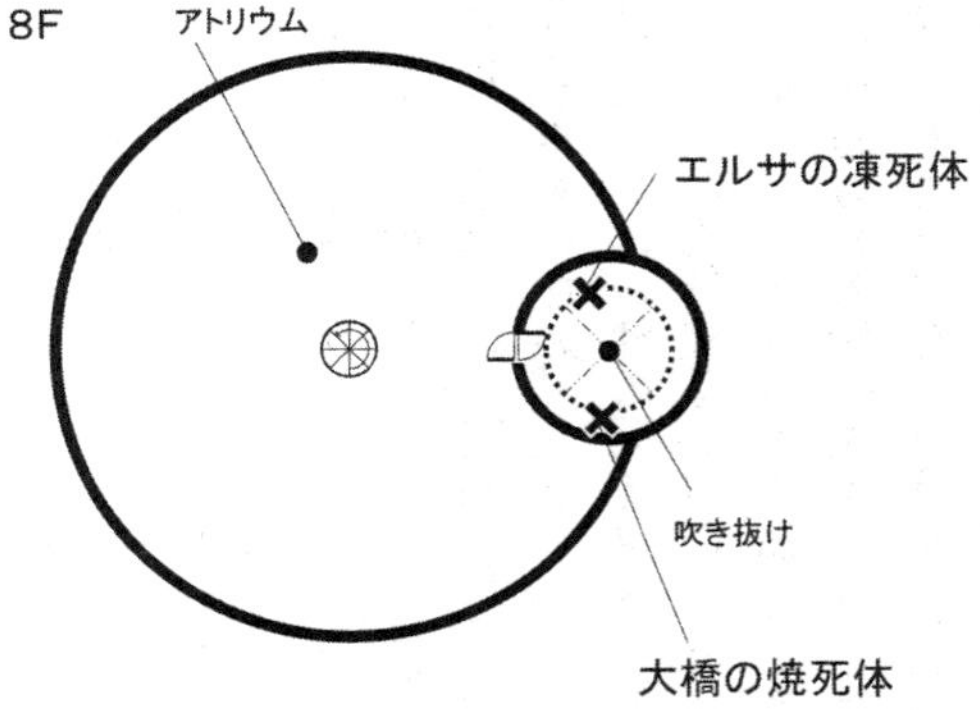

もはや息をすることもなく、僅かも動くことのないエルサを前にして、百合子は——。

嘆息とともに、言った。

「凍死……している」

ああ——。

やはり、遅かったのだ——。

愕然としながらも、百合子は、青白く凍り付いたエルサの身体を、なぜか美しいと感じながら、暫し惹きつけられるように、じっと見つめ続けた。

※　図10「エルサの凍死体」参照

第V章　凍死・闇

1

それは——さながら氷の女王だった。

氷に生命を奪われ、あるいは氷の中に生命を永遠に閉ざされたエルサは、言い方を変えれば、氷点下の、時間が止まった世界に、永遠の美を封じ込めた、ということもできるかもしれない。

それほどにエルサの死体は美しく、氷の女王にふさわしく幻想的で、威厳があり、しかし限りなく無残なものだったのだ。

そして、奈落に開いた穴のごとき吹き抜けを挟み、エルサがいる場所の反対側には、相変わらず大橋の死体もあった。

先刻見たのと同様、全身が焼け焦げ悲惨な肉塊となった大橋だが、今は煙の燻りもなく、同じ場所で静かに横たわっていた。先刻と違うのは、その身体がエルサと同様に凍り付いていることだ。黒い炭や、赤や黄色、原色の爛れに彩られていた肌も、うっすらと氷に覆われ、その無残さを幾分か和らげている。

氷の女王と、彼女にかしずく焼死体。

その光景は、まるで雪女が二人に冷たい息を吹きかけた跡がごとく、凄惨《せいさん》だが、なぜか清々《すがすが》しさも感じさせる、非現実的なものだった。

とはいえ——。

非現実的なものを、現実世界に持ち込まれて、平常心でいることは、普通の人間には困難なことだ。

普通の人間の代表格であろう蟻川が、震える人差し指でエルサの死体を指しながら言った。

「あ、あれは……あれは一体、一体何なんだ？」

声が、酷く上ずっていた。

もちろん、それもいたし方のないことだ。普通の人間であれば——一日にしてすでに幾つもの死体を目撃した彼のことを普通の人間と呼んでいいのかどうかは疑問もあるが、それでも、氷の死体に関してはいまだ見たこともなければ、どうしてそんなものが生まれたのかも解らないのだから。

わなわなと唇を震わせる蟻川と同様、藤毅も、険しい表情のままで言った。

「凍っている、のですか……？」

「そ、そうだ。見れば解る」

「確かに、そうですが」

しかし——と疑わしげに眉を顰めると、藤毅は、そっとエルサの死体に歩み寄った。

「あ、あんた一体、何を？」

「…………」

狼狽えるような蟻川には構わず、藤毅は、エルサの死体の傍にしゃがみ、顔を近づけ、そして——指先で触れる。

「……冷たい。間違いない。これは氷です」

「そうだ、氷だ。私はさっきからそうだと言っているじゃないか」

「しかし、それは少なくとも、触れてみるまで解りません。氷を装った樹脂のオブジェかもしれないのですから」

「ぐっ……」

言葉に詰まる蟻川には構わず、藤毅はなおもエルサに目を細める。

「目が、開いています。瞬間的に冷却されたのでしょうか……？　だとすると死因は、身体の熱を奪われたことによる凍死だ、と考えられますね」

「瞬間的に冷却された……」

呟くような藤毅の分析。百合子も、藤毅の傍まで行くと、腰を屈めて問いを投げた。

「それは、逃げる暇もないほど、瞬間的だった、ということですか」

「確かに、ごく短時間ではあったでしょう。ただ、その間に逃げられなかったものでもないはずです」

「しかし、逃げなかった。だとすると、エルサさんは……」

「ええ。自ら死ぬことを悟って、ここに腰掛けたのだろうと思います」

黙禱《もくとう》するように数秒、目を閉じると、藤毅は静かに立ち上がった。

「もちろんそれは、自殺というものではないでしょう。むしろ、逃げても無駄だということを、聡明なエルサさんは悟ったのかもしれません」

「悟った。だからエルサさんは、こんなにも平穏な顔をしているのでしょうか」

「おそらくは。エルサさんらしいと言えば、らしいです」

風貌も、言動も、纏う雰囲気も、すべてがこの世のものとは少し異なるように見えた、エルサ。自らを妖精と称し、ともすれば死ぬことすら大したことではないのだと考えているようでもあった彼女にとって、氷の中で人生を閉じるという選択は、必ずしも悲劇的なものでなかったのかもしれない。

そういえば——百合子は思い出す。

エルサ・オッリカイネンは、フィンランドの数学者だ。氷に閉ざされることは、彼女にとってむしろ、懐《なつ》かしい故郷へ帰るようなものだったのかもしれない――。

「しかし、問題は、もっと別のところにあるでしょう」

「……そうですね」

なおも険しい顔つきを止めない藤毅に、百合子も小さく頷いた。

「問題は、どうして氷漬けになったのか、ですね」

「まさしく」

藤毅もまた、首を縦に振ると、背広のポケットから煙草を取り出した。そして、煙草にライターで火を着ける。ゆっくりとしてはいるがいかにも慣れた動作だ。それから、煙を胸いっぱいに吸い込み、それから「フー……」と時間を掛けて吐き出すと、藤毅は苦笑いを浮かべた。

「……暫くは、止めていたのですがね」

後悔を滲ませつつ、まだ長く残っている煙草を携帯灰皿の中に放り込む。

でも本当は、初めから吸うつもりだったのだろう。だって、煙草を持ってきたのだから。しかも、携帯灰皿も――そう思う百合子に、藤毅は言った。

「なぜ、エルサさんと、大橋さんの身体は、凍り付くほどに冷却されたのだと思われますか」

「それは……」

単純《シンプル》、かつ直接的《ダイレクト》な問いだ。

予期はしていた。だが、あえて一拍の間を置くと、百合子は答えた。

「……解りません。しかし、温度を上げるよりも難しいことは間違いありません」

「確かに、そうですね。先刻、僕たちはここで大橋さんの死体を目の当たりにして、レーザーによる方法、マイクロ波による方法、そしてレンズの集光による方法を検討しました。もちろん、そのどれもがすでに否定されていますが、加えて、そのどれもが『物体を冷却する』ことはできない方法だということを、確認しておく必要があります」

レーザーは物体に直接エネルギーを与える。

マイクロ波も物体内の水分子に振動を起こさせる。

レンズはそのまま、太陽光を一点に集約する。

その効果はすべて「温度上昇」である。そして同時に、これらの方法ではどれも「温度下降」が不可能であるということも、即座に解る。

だとすれば――。

「別に、冷却装置があった、ということでしょうか。つまり、この吹き抜けそのものが、巨大な冷凍庫となった」

「それは、最も合理的な答えです。しかし同時に、最もあり得ない答えでもあります」

「…………」

百合子は継ぐべき言葉に詰まった。

そう――そうなのだ。

吹き抜けが巨大な冷凍庫となった。これは、誰もが思いつく、かつ最も合理的な答えだろう。エルサだけでなく大橋の死体も凍り付いていたということは、この空間ごと冷えたということ。すなわち、空間そのものがすべて冷やされていた――巨大な冷凍装置によって、と考えるのが、最も理に適っているのだ。

だが一方で、藤毅が言うように、それは最もあり得ない、すなわち理に適わない方法でもある。

なぜならば――。

「……これだけの大空間を、瞬時に冷却することなどできないから、ですね」

吹き抜けは、おそらく何万立方メートルにも及ぶ大きさを持っている。

そのすべてを冷却する――しかも物体が凍り付くまでの温度に――ことは、それ相応の装置を必要とするばかりでなく、それなりの時間をも必要とするだろう。

翻って、エルサが大ホールを去ったのは五時十分。そして百合子がアトリウムに上がりエルサの死体を発見したのは五時三十分。この高々二十分の間に、吹き抜けを零下何十度にまで下げ、エルサたちを凍り付かせ、それから再び常温に戻したなど、どんな装置を用いても不可能だ。

まさしくそのとおりです――百合子の答えに首肯しつつ、藤毅は続けた。

「もちろん、もしかすると冷やされたのは大空間のすべてではなかった、という考え方もあるでしょう」

「エルサさんと大橋さんのいる場所だけが、スポットクーラーのようなものを用いて、局所的に冷却された、ということですか？」

「ええ。しかしその考え方も、もちろんすぐに否定されます」

「そんなスポットクーラーなど、どこにもないから、ですね」

そう言うと百合子は、周囲を見回す。

もちろん、どこを見ても、局所的に冷風を与える装置など見当たらないどころか、送風口すら存在していない。

「本当に……厄介な謎です」

藤毅は改めて、煙草を取り出し、火を着けた。

「温度が上がる。これは実のところ、トリックを想像しやすい謎でもあります。温度上昇、すなわちエネルギーを与えるプロセスは、考えようによっては幾つも思いつくことができます。しかし……」

再び、フーと煙を吐き出すと、藤殺は独り言のような口調で言った。

「エネルギーを奪うプロセスは、難しい。ましてや、エルサさんの温度をどうやって下げたかなど、まるで見当もつきません。これでは、まるで……」

──神の御業です。

本当にそう言ったのかどうかは、濁った語尾に確信の持ちようもなかった。

だが百合子もまた、それと似たようなことを、心の中で呟いていた。

こんな、人間には不可能なことを可能にするなど、人間でないものにしか、できやしないのだ──と。

だが──。

「……惑わされてはだめよ、百合子ちゃん」

神が、そっと百合子の肩に触れる。

ハッとして振り返る百合子に、神は、いつもの悠然とした微笑みの中にも凛々《りり》しさを湛えながら、言った。

「神のすることが不可能なのではない。不可能に見えることを、私たちが勝手に神によるものと決めつけているだけ。因果関係を逆転させてはいけない」

「……はい」

百合子は、素直に返事をした。

そう、こんな局面になど幾らでも直面してきたのだ。今までだって、そして、今だって。

怯えていてはいけない。これは、神の御業ではない。人間のトリックなのだ。その謎を解いてやろうというのに、いちいち畏怖してなどいられないじゃないか。

「そうよ、百合子ちゃん」

ふん、と鼻から息を吐いた百合子に、神は頼もしげに言った。

「かつて人間は、代数と幾何を別のものと考えていた。未知数を解く学問を代数、図形の神秘を繙く学問を幾何と呼び、別物として扱った。でも、千年を超える探究の後、フランス生まれの数学者が、その壁を打ち払った」

「デカルト、ですね」

百合子も、微笑みで返した。

同じ喩えを昨日、神自身が述べていたことを思い出したのだ。

「デカルトは未知数を平面上の座標として扱うことによって、代数と幾何がそれぞれ同じ数学の一側面であることを発見した……んですよね」

それもひとつの突破口として、数学はルネサンス期以降のヨーロッパで花開いていったのだ。だが――。

今、デカルトが、何だというのだろう？

「ふふ……そんなに難しい顔をしてはだめよ」

神が、指先で百合子の額に触れた。

きっと、深く皺が刻まれていただろう眉間の力を抜いた百合子に、神は続けた。

「代数と、幾何は、別物だった。けれど、その根底には同じ数学が存在していた。このことは、まさにこの場所にも言える。……焼却と、冷却は、別物よ。でも、同じ現象の一側面にしかすぎない」

「それは……分子の振動？」

「そう。その振動の大きさが、そのまま私たちの感知し得る別々の物理状態を引き起こした。裏を返すと、その振動の変化にこそ、謎を解くヒントが存在することになる」

「謎を解く、ヒントが……」

百合子は——瞬時に、思考する。

分子の振動の変化に、ヒントがある。

それが大きいか小さいかには関係なく、振動が変わるのだということが、重要であり、その物理的挙動を引き起こすこと、それこそが、ヒントになっている——。

暫し、顎に手を当てて考え込む百合子に、神は、さも楽しげに言った。

「そういえば、百合子ちゃんは気づいた？　あれが開いていたことに」

「あれ？　……あれって何ですか」

訝しげな百合子に、神はふと真顔になった。

「二重扉よ」

「えっ……？」

指摘されて、思い出す。

確かに――ついさっき押し開けた、吹き抜け側の二重扉は、まったく抵抗することなく開いたことを。

「エルサさんが閉め忘れたのでしょうか」

「二重扉の片側だけ？」

「うーん……確かに」

考え込む百合子に、神は、ややあってから言った。

「……ほんの少しの気づきが、思いもよらない解を与えることは、よくあるわ。だとすれば、百合子ちゃん……私たちは、この気づきを、最大限有効に生かし、解を導くことができるかしら？」

「…………」

まるで、なぞなぞを楽しんでいるかのごとき神に、百合子は、できる、とも、できない、とも答えることができないまま、ただ無言で返すより他になす術はなかった。

2

大聖堂に生き残るのは、五人だった。

四人はすでに、信じられない姿かたちで亡くなり――おそらくは、殺され――すでにこの世の存在ではなくなっている。もしこんなことになるのがわかっていたなら、はたして彼らはこの大聖堂まで来ただろうか？　藤衛の講演が、多少の危険を冒してでも聞くべき価値のあるものだということは、数学者であれば当然なのかもしれないが、それでも、こんな結末を知っていたならば、あえて日本の東の果ての孤島を訪れようなどとは、思わなかったかもしれない。だが――。

百合子は、ふと思う。

もしかすると――藤衛の講演以上の何かとてつもないものが、この本ヶ島、そして大聖堂には隠されていたのではないか。

言わばその「秘宝」を手中に収めるべく、彼らはこの場所に来たのではないか――まさしく、彼ら自身の命を懸けて。

もちろん、本当のところは、もはや解らない。

すべてが、今は後の祭りだからだ。

この世に残されながら、いまだこの世界からは隔離された五人——神と百合子、蟻川と藤毅、そして十和田は、無言のまま大ホールに戻ると、半ば呆然としたまま、再び藤衛の講演を聴き続けた。

そして、あっという間に午後六時になると——。

「……かくして、我が予想は、定理となるのだ」

そんな言葉とともに、天を仰ぐように胸を張り、真上を向くと、藤衛は漸く、ホッとひとつ息を吐いて、言ったのだった。

「これで、私の説明を終わる。諸君のご清聴に心より感謝する」

決して誰にも感謝などしていない、そう言いたげな居丈高さとともに、藤衛は自らの言葉を終えたのだった。

——スクリーンの向こうは、すでに黄昏の襟裳岬だった。

穏やかな海を背景に、長時間の講演をまっとうした藤衛が、じっと聴衆を睨みつけるように見回していると——。

パン。

誰かが、手を叩いた。

パン、パン。

他の誰かも、つられるように二度、手を叩いた。

それに影響されたように、パン、パン、パンと連鎖的に拍手が続き、いつしかそれは、スクリーン越しにも熱気の伝わる万雷の拍手となっていた。

もっとも、大ホールで拍手に加わる者はいなかった。百合子たち五人の目の前で、立て続けに繰り広げられた惨劇に、手を叩く元気すらなかったというのもあるが、むしろ百合子は――おそらく神も、十和田もそうだと思うが――拍手などできない、明確な理由を持っていたからだ。それは――。

講演が、終端を持ってはいなかったということだ。

薄々気づいていたとおり、講演にははっきりとした「証明終わり《Quod Erat Demonstrandum》」がなかった。また、証明の経路も十分には明らかにされないまま「我が予想は、定理となる」とだけ結論づけられた。論述者が藤衛であるかどうかということは別にしても、その講演の内容は、極めて不完全なものだったのだ。

きっと、万雷の拍手を送る聴衆も、そのことには気づいていたはずだ。だがそれでも、彼らは手を叩かざるを得なかった。なぜなら彼らは、人間だからだ。

そして、もうひとつ――。

百合子には解っていた。

この明確なる不完全もまた、藤衛の明快かつ意図的なものであるということを。

だからこそ藤衛は、その存在を讃《たた》える割れんばかりの拍手の中心にありながらも、決して笑みを見せることなく、むしろつまらなそうな顔で、時折その拍手すら疎《うと》ましそうに眼を細めるのだった。まるで、自らの真意すら汲《く》み取《と》れない愚かな羊の群れを見下すような、侮蔑《ぶべつ》の視線とともに——。

そして、拍手が何分も続き、やがて、それが漸く収まると、藤衛は姿勢を僅かも動かさないまま、誰にともなく問うた。

「さて、何か、質問はあるかね？」

はっと息を飲むように、襟裳岬の聴衆が静まり返る。

質問は、あるか。

ただ問うているだけなのに、まるで叱《しか》られる子供が身を竦めるかのように、襟裳岬が委縮する。

不気味な沈黙の中、百合子はすぐに理解する。

藤衛の問い掛けは、襟裳岬の聴衆に対するものではない。私たち本ヶ島の——大聖堂にいる者に向けて発せられたものであると。

藤衛は初めから、襟裳岬の聴衆など見てはいなかった。この講演はただ、藤衛が大聖堂に集う者たちに向けて開いたものだった。だから——。

襟裳岬が依然として静かな緊張感に包まれたまま、藤衛もまた、襟裳岬ではなく、大聖堂からの言葉を待っているように見えた。いかにもこれこそが、神と人との正しい関係でもあるのだと言いたげに。

そして、だからこそ――。

「……質問しても、いい？」

問いは、やはり一方の神の側である大聖堂から、発せられた。

その声に、藤衛は口角を上げて答えた。

「なんだね。善知鳥神君」

大ホールの後ろに腰掛けていた神が、名を呼ばれ、すっくと立つ。

ふわり、と黒髪と黒いワンピースが、重力の存在を無視するように舞う。

藤衛の視線も、いつしかこちらに向けられていた。

スクリーンを挟み、そして襟裳岬と大聖堂という空間を超越し、藤衛と善知鳥神が対峙していた。

神は――睨みを利かせるメデューサの蛇を思わせる艶やかな黒髪を背後に、しかし、あくまでも柔和な笑みとともに、問うた。

「この大聖堂にいた四人の数学者に代わり、私から質問します。あなたは今日、朝から今までの長い講演の中で、実に興味深いことをお話しになりました。しかしながら、この物語そのものの結末は、依然としてヴェールの向こうに隠されています。そこで、問います。結末とは、リーマン予想の解であった……すなわちリーマンの定理であったと考えてよいのですね？」

おお――。

低いどよめきが、襟裳岬に起こる。

それは、誰もが明確に信じながら、誰もが明確に証明し得なかった事実であったからだ。藤衛の講演を聞いてさえ、半信半疑のままであり続けた結末を、改めて神が口にしたことで、人々は漸く我に返ったのだ――それはきっと、本当のことなのだ、と。

人々の心の声を形にした神の問いに、藤衛は、数秒の間を置いてから、黒目の奥に無限の闇を湛えつつ頷いた。

「それは、総論において真である。しかし、各論においては偽である。いいかね神君、真理とはヴェールなどではなく、御簾《みす》の向こうにあるものなのだよ」

真理とはヴェールなどではなく、御簾の向こうにある――。

日本では古来、神の領域と下界とを区別する結界として御簾を用いてきた。それは、高貴さの象徴であり、また神聖なるものを人々から隠すという役割をも持っていた。

御簾の向こうにある。そう藤衛が表現したのは、まさに真理とは神聖なものであり、凡人が覗き見てよいものではない、あるいは資格を持つ者以外が触れてはならないのだという宣言に他ならない。つまり――。

藤衛は、婉曲《えんきょく》にこう述べているのだ。

高貴でない諸君らには、垣間見る資格すらないのだ、と。

そのあまりの傲慢さに、沸々とした憤りを覚える百合子の横で、しかし神は「なるほど」と頷きつつ、なおも挑みかけるように言った。

「しかし、エレガントではありませんね」

「そうかね？　一貫性を持ち、かつ最大の美しさを持っていると考えるが」

「真理を真と偽の間に置くこと自体が曖昧だとは考えませんか？」

「排中律など無視すればいいのだ。むしろ、なぜ人間が作っただけの矩《のり》を頑なに守る必要があるのか。そもそも、これはただの傍論だ。君が問いたいのは、本論が真であるか否かではないのかね」

「確かに、おっしゃるとおりです」

一歩引きつつ、神は再度問う。

「では、再度問います。今日、リーマン予想に関しあなたがお話しになった内容は、不完全なものに聞こえました。論理を繋ぐべき部分をあえて説明なしに飛ばして話をされましたね？　核の部分の証明がないまま、結論を御簾の向こうに隠されましたね？　このような韜晦がある限り、あなたが述べたように『我が予想は、定理となる』とは、言えないのではありませんか」

「ふむ。フェアではないかね？」

「そうは述べていません。フェアかフェアでないかは結果論です。むしろ私が問いたいのは、あなたがあえてそうされた真意です。あなたはなぜ、そんな不完全な説明をされたのですか？」

「不完全。確かにそのとおりかもしれない。神君、君の指摘は的を射ている。しかし、これはいたし方のないことでもあるのだ」

「なぜですか？」

「すべてを語るには、余白が狭すぎるからだよ」

フフフ、と藤衛が含み笑いをする。そのくぐもった笑い声に、ふと百合子は神との類似性を覚える――。

しかし、神はなおも問い詰める。

「では、その余白部分に書かれたものを、いつ発表されるつもりですか？」

「発表する？　何の世迷言かね。それはすでに発表されているではないか」

「今の講演で十分だと？」

「必要条件は満たしている。行間を読めないとすれば、ひとえに君たちの勉強不足だということだよ。むしろ、その間隙を埋められないとすれば、そもそも全体を通じての論理の理解可能性がないのだ。残念なことだがね。……逆に、善知鳥神君。君には、解らなかったのかね？」

「…………」

神が、沈黙する。

その沈黙が、彼女の「理解」を意味するものなのか、それとも「不理解」を意味するものなのかは、客観的には解らないものだっただろう。

だが、百合子には——百合子だからこそ、解っていた。

父の意図を、娘は把握している。

神は——藤衛の領域まで、達していると。

そして、だからこそ藤衛は、神を閉じ込めたのだ。この永遠の「堂」の中に——。

——ほんの数秒、しかし永遠のごとき沈黙の後、藤衛は「ふむ」と唸ると、両手を広げた。

「神君の進言も、理解できないことはない。そうだな……今日は特別に、その行間を、私から直接、大聖堂にいる諸君だけに教えても構わない」

「直接……？」

百合子は思わず、横から口を挟んだ。

「それは、私たちに、今から襟裳岬に来いということですか？」

「違う。逆だよ。水仙君」

百合子の名を呼ぶと、藤衛は言った。

「私が自らそこまで行こう。本ヶ島の大聖堂、君たちが横たわる、その場所にね」


――なんだって？

百合子は一瞬、自分の耳を疑った。

――私が自らそこまで行こう。本ヶ島の大聖堂、君たちが横たわる、その場所に。

今、藤衛は間違いなくそう言った。聞き違いではなく「そこまで行こう」と言ったのだ。

つまり、藤衛は自ら、来ようとしているのだ。

この、大聖堂に。

そして――気づく。

もしも藤衛がここに来ようというのならば。

百合子は、初めて直接対面することになる。

そう、初めて会うのだ。

自らの——「父」と。

「先生は、今から来られるのですか」

百合子から離れた場所で、誰かが問うた。

スクリーンの中の藤衛が、小さく頷く。

「もちろん、今からだが、何か問題でもあるのかね？　十和田君」

藤衛の言葉に、十和田は、遠慮するように頭を下げて、答える。

「大聖堂のヘリポートが壊れています。お越しになるには不便が伴うかと」

「構わんよ。ヘリなど不要だ。今から船で出れば二十一時には本ヶ島の港に着くだろう。山は二時間で越えられる。大聖堂へは二十三時には着く。それまで待てないかね？」

「まさか。一同でお待ちしております。しかし……」

「しかし？」

「大聖堂のエレベータも止まっているのですが」

「止まっている。それが何か問題かね」

「……いいえ」

十和田は、いかにも意味ありげな間を置いてから、首を横に振った。

その間の意味に、百合子も気づいた。

ここは藤衛の大聖堂だ。あらゆる大聖堂の出来事は、藤衛の統制下にある。たとえそれが不慮の事故であったとしても、そもそもこの堂そのものをコントロールする藤衛にとって、何ら問題ではないのだ。

あるいは、その問題すら、藤衛の意図的なものである可能性が高いから――。

十和田が、続けた。

「先生は、おひとりで来られるのですか」

「ああ。足手まといは不要だ」

「そうですか」

「何を心配しているのかね」

「それは……」

言いにくそうにしながら、十和田は言った。

「……おひとりで、大丈夫でしょうか」

そんな気遣いの言葉を掛ける十和田に、藤衛は――。

「君は、誰に物を言っているのかね」

途端に、顔を険しく歪めた。

静かだが、威圧的な口調に、十和田はぐっと詰まりつつも、いかにも恭しく頭を下げた。

「余計なことを言いました。忘れてください」

「…………」

なおも咎《とが》めるような沈黙。

僅かな時間。だがひりひりと、まるで百合子自身が責められているような感覚に陥る数秒だ。

十和田が、自らを律するように一歩下がり、直立するのを見てから、藤衛は漸く、顔の強張りを緩《ゆる》めつつ、スクリーンに向かって厳かに口を開いた。

「……では、二十三時。そちらのアトリウムで、諸君と会おう」

楽しみにしているぞ――藤衛がそう言うと、直後、スクリーンが暗くなった。

同時に、プツリと音を立て、遠隔会議システムそのものが消えたのだった。

3

藤衛が、来る――。

その事実が、一同に、これまでとは異なる種類の感情を呼び起こさせていた。

スクリーンの向こうで、驚くべき言葉を紡いだ、尊敬と畏怖の対象たる藤衛が。

何にも与《くみ》せず、誰にも屈せず、他者すべてを蔑むように睥睨していた藤衛が。

襟裳岬において、太陽すら欠けさせ、まるで神のごとき力を見せつけた、藤衛が。

今から、ここに、来る。

そして、その予告が百合子たちにもたらしたものは――。

――静寂だった。

かつて、ヴィトゲンシュタインは哲学的に論理というものを探究した末に、こう言った――語りえぬものについては、沈黙しなければならない。

あるいは、ゲーデルも数学的に論理と向き合い、かく結論を導いた――世の中には、決定不能であり、何も答えることのできない命題が存在する。

語りえない。決定できない。だから沈黙する。何も答えない。百合子たちにまとわりつく静寂は、まさしくその賜物《たまもの》だ。だからこそこの静寂は、人間の限界をあからさまに見せつけるように、なお百合子たちを責め立てるのだ。

藤衛が、来る――。

――お前に、彼を理解できるのか？

呆然としたまま、やがて、一同はその場所を食堂へと移した。

スクリーンが何も映さなくなると、途端に大ホールは広く、寒々しいものに感じられたからだ。時刻はすでに六時半――夜へと入ろうとしており、朝からの講演と立て続けに発生した惨劇に、身体は、肉体的にも精神的にも疲弊していた。空腹こそまだ感じる余裕はなかったものの、何か温かいものを飲みたい、喉を潤《うるお》したい――そう考えるのも、当然のことだった。

食堂へと降りると、終始、難しい顔つきの十和田が――一貫して険しい態度でいるという点では、十和田が大聖堂において最も「変化がない」のかもしれない――無言で厨房に行き、インスタントのコーヒーとティーバッグ、そしてお湯を入れたポットを運んできた。

「好きなものを、自分で入れてください」

簡潔かつぶっきらぼうな言い方。だがそれが、今の百合子にはありがたく感じられた。誰かのペースで飲み物を出されるよりも、自分のペースで好きなときに好きなものを飲めるほうが、今は落ち着く。

「十和田君、申し訳ないが、何か食べるものはないか」

蟻川が、青い顔で十和田に申し出た。

昨日から比べると、十歳は老け込《こ》んでしまったと思うくらいに、蟻川は疲れ切っていた。食堂のテーブルに片肘《かたひじ》を突き、額の右半分を抱えたまま、目を閉じている。

「食パンと、レトルトの白米があります。あとはクラッカー、ドライフルーツ、缶詰……」

「クラッカーでいい。あと、酒はあるか」

「申し訳ありませんが、ここには」

「ないのか……」

がくり、と蟻川は肩を落とした。

理解できない出来事に混乱する心を、アルコールで落ち着けたい。そんな蟻川の望みは、あっさりと砕《くだ》かれた。

「……百合子くんは、何か食べるか」

十和田が、無感情な口調で問うた。

百合子は、暫し考えた後、首をゆっくりと左右に振った。

「すみません。今は……」

「……そうか」

それだけを言うと、十和田は蟻川のクラッカーを取りに行くためだろう、厨房へと消えた。

その、やけに小さく感じる背中を見ながら、ふと——百合子は、心の中で呟くように、考えた。

百合子は——。

かつて、十和田に憧れていた。

一冊の本をきっかけにして十和田を知り、憧憬を抱き、面識を持ち、同じ事件に直面し、そして——十和田の本性を知った。

十和田只人とは、只の人ではなかったことを、知ったのだ。

だが——。

それから、百合子は解らなくなった。只の人ではなくなった十和田只人は、一体、百合子にとって何と言える存在になったのか？

憎むべき相手か？　——たぶん、そうじゃない。

相変わらず憧れの人か？　——そうでもない。

あらゆる感情を呼び覚まさない、本当の意味での只の人か？　——まさか。そんなことなど、あり得ない。

そう、今もなお、十和田は百合子にさまざまなことを思わせる、そんな存在であり続けているのだ。

それは、なぜか？

理由は、嫌というほど解っていた。

変わっていないからだ。十和田は。

彼が殺人に手を染めたのだとしても、兄を死に追いやったのだとしても、原点に与し闇に取り込まれた哀れな存在なのだと解っても、それでもなお——十和田只人の核には、いつも、百合子の知る十和田只人そのものがあるのだ。

初めて『眼球堂の殺人事件』を読んだとき、十和田に抱いた極めて純粋な印象――それは今もなお、確かに、目前にいるやつれた男の中に、きちんと存在し続けているのだ。

そして、それを知るのは、百合子だけではない。

当のその本を書いた本人である陸奥藍子――いや、善知鳥神も、同じ感情を抱いているはずなのだ。

二人が、同一人物だと気づいたのは、いつのことだっただろう？

今になれば、もう思い出すことはできない。けれど、伽藍堂にいたときには、すでに百合子は理解していたのだ。あの本《The Book》の作者が、神なのだと――。

そして――だからこそ。

百合子は――あるいは、神もきっと――思うのだ――思っているに違いないのだ。

当の十和田は、今、何を思うのだろう？

間もなく十和田は食堂に戻り、クラッカーを載せた皿を――正方形のクラッカーは一切の飾り気もなく、大雑把に盛り付けられている――蟻川の前に置くと、そのまま、百合子のテーブルの、ちょうど向かい側に、静かに腰掛けた。

テーブルの奥行きは、一メートル以上ある。

けれど、手を伸ばせば、届くかもしれない距離だ。

触れられる、だろうか？

触れる、べきか？

いや——私は、触れたいのか？

何を考えているのだろう、私は——百合子は無言で首を左右に振ると、不穏に揺れる内心を誤魔化すように、無意識の問いを口にした。

「十和田さんは、なぜ、こんなことを？」

十和田さんは、なぜ、こんなことを？　——言葉にしてから、それを追い掛けるように心の中で反芻し、百合子は初めて、自らが発した問いの意味と、無造作にあまりにも直接的な問いを発してしまったことを知り、愕然とした。

私は一体、何を訊いているんだ？

だが、そんな百合子に、十和田は——。

「…………」

何も、答えない。

何も答えないから、だから百合子は——。

「なぜ、四人も殺してしまったんですか」

なおも、問うた。

そんな質問をしたい欲求など、微塵《みじん》もなかった。なのに、それでも口を衝《つ》いて出てくるのは、それが百合子の本心だからか、それとも、今でなければ訊けないことなのだと、本能的に感じていたからだろうか。

百合子が、他でもない自分自身に戸惑ううち、十和田は、やがて伏し目がちの灰色の瞳を漸く、力なく百合子に向けると、ずり落ちた鼈甲縁の眼鏡をそっと押し上げた。

そして、吐息ばかりの聞きづらい声色で、言った。

「僕は……何もしていない」

「何も……していない、ですって？」

――本当ですか？

「……本当だ。信じてくれ」

百合子の問いを先取りするように、十和田は、真剣な目つきで言った。

「僕は、何もしていない。彼らを殺してはいない。これは本当のことだ」

「でも、導きましたよね？　この大聖堂に」

「それは……」

詰め寄るような百合子の一言に一瞬、十和田は言い淀み、たじろいだ。

だがすぐ、ずり下がってはいない眼鏡のブリッジに、まるで心を落ち着けるようにそっと触れると、十和田は言った。

「……導いた。ああ、確かに導いた」

「それは間接的に、殺したことにはならないのですか」

「百合子くん。君の言わんとしていることは解る。仮に僕が単なる関数だったとしても、最終的には彼らをゼロに変換する役割を果たしたことに変わりない。だが……」

「……だが？」

「導いた僕もまた、導かれているのだ。導くように、と」

「…………」

謎掛けのようにも聞こえる、十和田の答え。

だが、その真意は百合子にも伝わる。

だからこそ、その伝わった真意に対する素直な表現が、反射的に飛び出した。

「それは、卑怯です」

「そうか、卑怯……か」

くくっ、と喉から笑う。

だが、その目に愉《たの》しそうな色を宿すことはなく、むしろ寂しそうな口調で、十和田は続けた。

「君の言うとおりだ。まったく、そのとおりだ。百合子くん、僕は卑怯なんだよ。それ以上でも、それ以下でもない」

「それが解っていながら、なぜ、あえて導かれようとするんですか？」

「解っているから、導かれるんだよ」

「楽だから、ですか」

「いいや。苦しいからさ」

「自力で生きるのが、苦しいと？」

「その程度はもちろん、苦しみとは言わないさ」

「じゃあ、なぜ」

苛立つような百合子の言葉に、十和田は、暫し間を置いてから、答えた。

「……僕は、知ってしまったんだ。僕は決して独りでは生きられない。僕の頭脳には、それが許されてはいないと」

「神とのゲームに、負けたんですか」

「負けないために、こうするしかなかったんだ」

「…………」

堂々巡りの問答だ。

だが、百合子は呆れも怒りもしなかった。そこにあるのは、ただひたすら寂しさだったからだ。

だが――百合子は、こうも思う。

そこにあるのが、寂しさだけだからこそ、まだ言えることも、ある。

だから――。

百合子は、なおも問う。

「教えてください。十和田さんが導かれたその先には、一体、何があるんですか」

「それは……『真理』だ」

「『真理』？　何の『真理』ですか？」

「もちろん、世界の『真理』だ」

「だとしたら、違います。それは、ありません」

百合子は、きっぱりと言い切った。

「十和田さんの導かれる先は、特異点です。そこにあるのは、何ものも定義し得ない『死』のみです」

「『死』……」

十和田が、沈黙する。

まるで継ぐべき言葉を失ったかのように、俯いたまま微動だにしない十和田に、百合子は続ける。

「十和田さんが導いた先には、死があった。同じように、十和田さんが導かれた先にも死がある。対称性を考えれば明らかです。十和田さんが死を求めるのならば、私には何も言うことはありません。でも……十和田さんが魅せられているものが、私たちと同じものであるならば……」

——そこにこそ、希望も、救いも、ある。

沈黙を続ける十和田に、百合子は、努めて静かな口調で質問を続けた。

「真理とは、死と引き換えにしても、手に入れたいものなのですか？」

「……………」

「イエスかノーか。いずれかで答え得る問いに答えられないのは、これが決定不能命題だからですか？　それとも、別の理由が？」

「……………」

「十和田さん。解ってください。私は、十和田さんを追い詰めているんじゃないんです。ただ、こう言いたいだけなんです。十和田さんは今、本当の十和田さんじゃないって。それを解ってほしいから、こうして話しているんです。それとも、私の言葉を聞いてはもらえないほど、十和田さんは私のことが嫌いなんですか？」

「……………」

十和田は——答えない。

微動だにしない。

けれど百合子は、それでも、頰に熱いものが流れ落ちていくのを感じながら、続けた。

「きっと、十和田さんはもう解っているんでしょう？　十和田さんがいつも、ひとりにならないと眠れないのは、十和田さんの胸にわだかまるものがあるからじゃないんですか？　十和田さんがイエスともノーとも答えられないのは、今の十和田さんが自分自身を真だと思えないからじゃないんですか？　そう、十和田さんは、本当は、本当の十和田さんに戻りたいって、ずっと思い続けているんじゃないんですか？　ねえ……十和田さんっ」

魂から叫ぶように語り掛ける百合子に、十和田は――。

不意に、すっくと音もなく席を立った。

そして――。

「……すまない」

あまりにも小さな掠れ声でそう言うと、俯いたまま踵を返し、逃げるようにその場を去ろうとした。だが――。

「待って。十和田さん」

そんな十和田を、強い口調で、誰かが呼び止める。

その声の主は――善知鳥神。

神は、鋭い視線で十和田の背中を見つめつつ、言葉を投げ掛けた。

「私にもひとつ、十和田さんに言いたいことがあります。聞いてくれますか？」

「……なんだ」

囁くほどの小さな声で、しかし後ろを振り返ることなく、十和田が答える。

そんな促しに、神は、心を落ち着かせるように数秒、間を置いてから続けた。

「十和田さんは、気づいていますか？　人の心は……いつも、回るものだということに」

「…………」

「昨日、心にあったことと、今日、心にあったことは違う。もちろん明日、心にあることとも違う。好きはいつしか嫌いになり、目にも留めなかったことがやけに気になっている。躁《そう》は鬱《うつ》になり、その逆もある。……それらはまるで回転するように、変わりゆくものなんです」

「……原点を、中心としてか」

どこか自虐的な十和田に、神はきっぱりと言い切った。

「いいえ、違います。軸にあるのはいつも、十和田さん。十和田さんはただ、十和田さん自身を軸として、回っているだけなんですよ」

「僕が……軸」

「そうです。十和田さん、あなたは、回転とは常に何かの周りを回ることだと考えている。二体運動のように、影響を受け、かつ与えながら、しかし強大な物体に対しては取り込まれるべきものだと思い込んでいる。でも、本来の回転とは、点あるいは軸を中心として自分自身が回ることをいうんです。このとき回転は、当の自分自身にとっては大きな動きに感じられます。自分のすべてが変化してしまうような錯覚もします。何が正しくて、何が誤っているのか、すべてが拠り所を失って混乱します。でも、それは客観的に見る限り、何も変わってはいないんですよ。それはただ、同じ場所で回り続けているだけのこと。だから……」

神が——一歩前へ出る。

そして、右手をそっと差し出すと、十和田の、型崩れしたブレザーの背を撫でるように、それでいて決して触れることのない微妙な距離で、指を這《は》わせた。

「私は、あなたを責めないし、私も、私自身を許すのです。なぜなら、いかに立場や、立ち居振る舞いや、考え方が変わったとしても、私たちの芯《しん》にあるものは、決して変わることがないのだから」

「……………」

十和田は、無言を貫く。

その静けさが何を意味するものなのか。十和田の拒絶なのか、それとも、十和田自身の心が揺さぶられている証なのかは、百合子には解らない。けれど――。

百合子にはそれでも、ひとつだけ理解できていた。

それは――神の言葉の、正しさ。

私たちの芯にあるものは、決して変わることがないのだから。

そう――決して、変わらないのだ。

夜空を運行する満天の星において、北極星《ほっきょくせい》だけは常にその位置をほとんど変えないように、いかに回転する回転体であっても、その中心にある自らの芯は、決して動かない。自分が何かの周りを回るのではなく、自分自身が回っているのならば、真心こそが、その動かない中心に存在している。

それは――真理だ。

そして、藤衛が提示する宇宙の形と真っ向から衝突する、この新しい真理を、神は、なおも十和田に説いていった。

「解りますか？　十和田さん。あなたがかしずくのは、藤衛ではない。もちろん、神でもないし、絶対的な真理でもない。あなたがかしずくべきは、ただ……あなたの真の心のみなんです。それを、十和田さん……どうか、解って？」

懇願するような神の言葉に、十和田は、酷く躊躇するような数秒の後――。

「……むう」

低く唸るような声を発すると、小走りで駆け出した。

「十和田さん、待って」

その場にいることを恥じるように逃げる十和田を、百合子は追い掛けようとする。

だが、そんな百合子の行く手を、神のしなやかな手が遮った。

百合子は、冷たい神の手に触れながら言った。

「お、追わなくていいんですか？」

「……大丈夫よ、百合子ちゃん」

まるで白磁でできているような、くすみひとつない白い腕で百合子を制しながら、

神は、静かに首を左右に振った。

「十和田さんはかつてリーマン予想と藤衛のことだけを見ていた。けれど今は違う。十和田さんはきっと、私たちのことも見ている。私と、百合子ちゃんのことをね。今の十和田さんは、まだ闇だわ。でもいずれ、光になる。私には、それが解る。なぜならば、それが十和田さんの真心だからだもの。そうよ、それが解っているから、私は……」

ふと――。

神の視線が、十和田が消えた先に吸い込まれた。

彼女が初めて見せる、物憂《ものう》げな眼差しに、百合子は――。

「……私は？」

問い返した。

だが――。

「……なんでもないわ」

神はすぐ、いつもの神に戻ると、艶やかな黒髪を靡かせながら、首をゆっくりと左右に振ったのだった。

4

8階のアトリウムに上がると、すでに夜が天を覆っていた。

夏の夜空は賑《にぎ》やかだ。星々が隙間なく輝くその中央を、天の川が横切っている。夏の大三角形――確か、こと座のベガ、はくちょう座のデネブ、わし座のアルタイルだったっけ――だけでなく、多くの一等星が他者に負けじと光を放っている。都会にいれば頼りない光点も、空気が澄んだ海上の孤島ではくっきりと色も鮮やかで、だからこそ宇宙の深遠さを感じさせる。

十和田は――。

アトリウムにいた。

とはいえ、百合子が食堂を出たのは、十和田を探しにいくためではなかった。沈んだ人々の一方、藤衛が本ヶ島に来るまでの手持《て も》ち無沙汰《ぶ さ た》な時間に何かができないかと考えれば、その結論に至るのは必然でもあった。すなわち――。

館の中を調べてみること。

今一度、隈なく調べつくし、何かの異常がないかを自らの目で確認することが、今、改めて必要なのではないか――そう思えたのだ。

もちろん、こんな行動は無駄に終わるかもしれない。

あるいは、まだ何らかの危険が排除されていない可能性だって否めない。けれど、それでも百合子は、神の眼差しに後押しされるようにして、食堂を出ると、8階へと上がってきたのだった。

そして――知った。

終始、微動だにせず、ただただ口を真一文字に結んだまま星空を見上げている十和田が、そこにいたことを。

だから――というわけではないのだけれど。

百合子は、十和田には話し掛けなかった。

きっと十和田は、百合子が来たことが解っていただろう。だが、それでも、何かを話し掛けるでもなく、水素が核融合を起こして以降、悠久の時を経て到達した光に思いを馳せ続けている十和田に、百合子は、言葉は掛けるまいと決めたのだ。

その代わり、隣に立った。

そして——心の中で、語り掛けた。

——ねえ、十和田先生。覚えていますか。

——私は初めて、五覚堂で先生とお会いしました。

——でもね、私は以前から先生のことを知っていたんですよ。眼球堂での先生の活躍には心が震わされたし、双孔堂に先生がいることだって、知っていた。いいえ……それよりももっと、ずっと前から知っていたんです。

——きっと、私の記憶には、そのことが刻まれていた。

——私は、物心つかないころから十和田先生のことを知っていた。それが、私が先生に惹かれた理由なんです。

——もちろん、それは、姉も、同じ。

——姉も、私も、だから十和田先生に、特別の思いを抱いたんですよ。

——ねえ……知ってますか？

——私、今、とっても数学がしたいんですよ。

——まだまだ知識も力も足りないけれど、先生みたいに、たくさんの人と数学の話がしてみたいんです。

——私と、先生と、姉を繋いでくれた数学のことを、もっともっと学びたい。そうすれば、きっと、世界の秘密が解るような気がするんです。

——それはもちろん、リーマン予想……も、そうなんですけれど、必ずしもそれだけじゃない。

——数学はまだまだ、たくさんの秘密を隠している。リーマン予想なんて、その一角にしかすぎないんです。それを手中にすれば世界を支配できる、そんなふうに誰かは思っているみたいですけれど、まったく、全然、そんなことはなくって、きっと、リーマン予想が定理になったって、もっとずっと面白くて難しい予想が出てきて、それを解くためにたくさんの数学者たちが喜怒哀楽を露わにしていくんです。フェルマーの最終定理だって、ポアンカレ予想だって、四色問題だって、ケプラー予想だって、ゴールドバッハ予想だって、ＡＢＣ予想だって、それがゴールじゃない。スタート地点なんです。ましてや、ゴールしたからすべてに超越するなんて、そんなこと、絶対にないんです。

——そう。世界は、そんなに単純なものじゃないんです。だから……。

「だから……先生？」

「…………」

無意識の呼び掛けに、十和田は答えない。

だから、百合子は――。

心の中で、そっと呟いた。

だから――先生。

私は、私たちは、先生のことを信じています。


十和田はそのままに、百合子は、隣の吹き抜けへと足を踏み入れた。

そこには、暗いガラス天井と、底の見えない吹き抜けが、上に下に、口を開いていた。


百合子はふと、想像する。

――煉獄《れんごく》。

これは、煉獄だ、と。

煉獄とは、天国にも行けず、地獄にも堕《お》ちることができなかった数多の魂が向かう場所とされている。

そこは、聖性を得るために魂を浄化するための場所なのだろうか。それとも、ウィル・オー・ザ・ウィスプのように、天国にも地獄にも立ち入りを拒否された魂が永遠に彷徨《さまよ》う場なのだろうか。

いずれにせよ、それは善の国でも悪の国でもなく、あるいは人間の世界でもない、もっと曖昧な場所だ。

そう考えると――まさに、見上げれば美しい夜空があり、覗き込めば奈落があり、そして、曖昧な死体が二つもあるこの場所は、煉獄と呼ぶに相応しいのだ。

すなわち――全身が焼け焦げた大橋の死体。

そして、今は氷が溶け、全身が水に濡《ぬ》れた、エルサの死体。

彼らこそ煉獄の住人であり、そんな煉獄に迷い込んだ百合子こそ、ウェルギリウスに導かれたダンテに他ならないのだ。

ぞくり――と、誰かに首筋を撫でられたかのような悪寒に、百合子は思わず、逃げ出すように、小走りで吹き抜けを去った。

なおも8階アトリウムで立ち尽くす十和田をそのままに、百合子は再び7階へと降りる。

大ホールには――誰もいなかった。

スクリーンは変わらず暗く、昼間の興奮など嘘のように、ホールは静まり返っている。

誰もいないからこそ、不意に感じる寒々しさに、百合子はふと、空恐ろしさを覚えた。

もしかして、こうしてひとりでいるのは、危険なのではないか？

ノーランドも、大橋も、朴も、エルサも、自らひとりになり、そのひとりになった瞬間に死んでいたのだ。理由は解らないが、ひとりになるということが、死への引き金になっているとは考えられないだろうか？

俄かに、恐怖が駆け上がる。

だが、その恐怖感を、百合子は胆力で抑え込んだ。

ひとりでいることが、それほど危険なことなのだろうか？

確かに、そうかもしれない。

少なくとも、こうしている瞬間に背後から襲われたならば――例えば、そっと忍び寄られ、喉笛《のどぶえ》を鋭利な刃物で切り裂かれたならば、百合子は抗いようもなく命を奪われるだろう。

けれど――その一方で、百合子は思う。

四人の数学者たちが、ひとりになった瞬間を狙われ、殺された。

だからこそ、百合子は殺されないのだ。

なぜなら、もしもそうなのだとすれば、百合子はとうに殺されていてしかるべきだからだ。百合子がひとりになった瞬間は、今に限らず幾らでもあった。もしも百合子も殺害の標的にされていたのだとすれば、その瞬間が遠慮なく狙われていただろう。

にもかかわらず、殺されなかった。

その理由はただひとつ——百合子は、標的ではないからだ。

そう理解するや、百合子はあえて、胸を張る。

標的ではないのなら、ひとりになることをびくびくする必要だってないのだ。開き直るようにして、そんな虚勢を張る百合子は、しかし、頭の片隅で理解していた。

確かに、百合子は標的ではない。だから生き残っているのだし、今も怯える必要はないだろう。

だが、それが今後の身の安全を保証するものになるわけでもないのだ。なぜならば、百合子がこれから次なる標的にならないという保証は、どこにもないのだから——。

必死で不安に虚勢を上塗りしつつ、百合子は7階にある、四人の被害者たちの部屋を見て回った。

扉を開けるたび、その向こうにいる無慈悲な殺人者を想像するが、現実にあるのは、空虚でしんと静まり返る部屋と、そこに残された被害者たちの遺品のみだった。

7階には、何も異常はない。そのことを確認すると、百合子は、無意識にほっと胸を撫で下ろしつつ、6階へと降りていった。

食堂には、いまだ三人がいた。

椅子に凭れ、憔悴しきったように呆けた表情で天井を見つめる蟻川、その横で何か思いつめたように俯く藤毅、そして――いつもと同じように、今日の出来事にも一切心を動かされず、超然とした態度の、善知鳥神だ。

ふと――。

百合子の脳裏に、先刻の台詞が蘇《よみがえ》る。

――十和田さんは、まだ闇。でもいずれ、光になる。それが十和田さんの真心だから。そうよ、それが解っているから、私は……。

「……どうしたの？」

神に話し掛けられ、百合子ははっとして首を左右に振った。

「あ、いえ、なんでも……」

「なんでもない？　……ふふ」

目を細めて、妖《あや》しくも艶やかに微笑む神。

その魅力的なえくぼの向こうで、神は何を考えているのだろうか――。

「何か、見つかった？」

問われて、百合子は再び、我に返った。

「いいえ。このフロア以上には、何も……」

「そう。ならば、急がないと、時間が来てしまうわね」

「……時間」

促されたように、腕時計を見る。

時刻はすでに、午後八時半を回っていた。

藤衛が来るのは、午後十一時ごろと見込まれている。それまでに、時間があるといえばあるが、ないといえば、ない。

「……いってらっしゃい」

神が、心の内を見透かしたように、百合子に笑みを見せた。

百合子は、その笑顔に後押しされつつ、問うた。

「一緒に、行きませんか？」

「……私が、百合子ちゃんと？」

「ええ」

「…………」

意味深な沈黙を挟んでから、神は答えた。

「ひとりで、いってらっしゃい。きっと、そのこと自体に、意味があるはずだから」

5階に降りると、百合子は、藤の書斎ではなく、先に神と自分の部屋を見て回った。

案の定、というべきか、どちらの部屋にも何ら異変はなかった。

自分の部屋は、記憶にあるとおりの自分の部屋だった。荷物の中身には、紛失していたり、逆に増えていたりといったことはなく、シーツも、朝起きたままの形に皺が寄っていた。ユニットバスにも異変はなく、シャワーを浴びた後の水滴もすでに乾ききっていた。

神の部屋も、神の部屋だった――というよりも、まったく何ひとつ手の付けられていない状態だった。神は、部屋の一切の備品を使わなかったか、あるいは、使った上で完全に元の状態に戻したのかもしれない。そのどちらであっても、いかにも神らしい、と百合子は感じた。

二つの部屋を見終えた上で、百合子は、藤の書斎の扉を開いた。

書斎の内側には、先刻にも増して、嫌悪感を抱かせる臭いが充満していた。

それは、具体的には表現できないものだ。血の臭いか、肉の腐った臭いか、あるいは死そのものの臭いか。そのどれもが、人間の生物としての本能を呼び覚まし、今すぐここから退避すべきだという確信そのものに訴え掛けるものであることは、間違いがなかった。

口元を押さえつつ、百合子はノーランドの死体に変化がないことを確かめると、念のため、書斎の壁際を右回りに見て回った。

書斎の壁一面に設置された書架を見上げつつ、百合子はふと、考えた。書籍が収められていない本棚——これはまるで、主を失った蜂《はち》の巣《す》のようだ、と。

種類によって、蜂は季節が変わるたびに女王蜂を中心にして新たな巣を作り直すものがあるという。夏を越すための巣は巨大化し、蜂の種類によってはひと抱《かか》えもあるほどのコロニーを形成する。そんな、立派な巣であっても、蜂はあっさりとその巣を捨てる。そして、次の季節には巣をまた一から作り上げていくのだ。

百合子は、思う。それこそ、まさに——この大聖堂のようだ、と。

大聖堂もまた、その用途のために、一から作り直されたのだ。以前に作られた大聖堂はあっさりと壊された。けれど、二十四年の時を経て、同じものがまた作られた。

作り直された理由は、明らかだ。

藤衛が、目的を達成するためだ。

目的を達成する、ただそれだけのために、藤衛は巨額の費用を投じて、この大聖堂を作り直したのだ。

これだけの規模のものを、こんな場所に作るのには、信じられない金額を要しただろう。だから一般的には、あまりにも荒唐無稽で、あまりにも無駄な話に聞こえるかもしれない。

だが、百合子には解っていた。

かつてBT教団を作り上げ、今もある意味では日本数学界の教祖として奉られているほどの藤衛にとっては、数十億、数百億程度の金額を捻出《ねんしゅつ》することは容易であろうと。そして、藤衛が達成しようとしている目的は、その数十億、数百億など物の数ではないほどの価値があるものなのだ、ということを――。

そのうち、百合子はぐるりと書斎を回り終える。

書斎は、書斎だ。何の異常もない。

だが、その異常のなさが何より尋常ではないことだ。そんなふうに感じながら、百合子はそっと、書斎を去った。

そして――。

百合子は、4階へと降りた。

男性用の浴場には、いまだ朴の死体がぷかぷかと浮かんでいた。

湯は血液で真っ赤に染まり、浴槽の縁で、マグマのような流れを作り、固化している。

それ以外に、特に先刻と違いは感じないまま、女性用の浴場に行くと、今度は、死体もないのに浴槽が薄い赤に染まっていた。

おそらく、男性用浴場と女性用浴場で、湯を共有し、循環させているのだろう。ワイン風呂を想起させるなんだか幻想的な浴槽からは、しかし濃厚な血の臭いも漂っていて、百合子はすぐに現実に引き戻された。

だが、いずれにせよ――。

浴場から出ると、百合子は回り階段の横をとおり、エレベータの前へ出て、足を止めた。

そして、心の中で呟いた。

結局、大きな変化はなかった。

大聖堂の8階から4階まで、改めて、自分が納得するまで隅々までチェックしたが、その結果解ったのは、それぞれの部屋や死体に顕著な異常は見当たらない、ということだけだったのだ。

――うーん。

再び、心の中で唸りつつ、百合子は腕を組んだ。

ふと、腕時計が目に入る。

時刻は、午後九時ちょうどだ。

と同時に、どっと、疲労感が足腰に滞留していることに気づく。考えてみれば、早朝からほとんど休むこともなく、藤衛の講演と、次々と起こる殺人事件とに遭遇してきたのだ。疲れないはずはない。一方でまったく空腹を感じないのは、交感神経ばかりが働いているからだろう。俄かにこめかみの辺りがピリピリと痛みを訴えた。長い緊張状態に、肉体的にも精神的にも、もう限界が近いのだ。

ふう――と長い溜息を、無意識に吐いた。

そして、無意識に天井を仰ぐと、無意識に輝く照明に目を細め、それから、無意識にエレベータの扉をぼんやりと見ながら、百合子は、無意識に言葉を発した。

「……『開け』」

呟くような、声。

だが、ややあってから――。

「……ええっ？」

百合子は、自分でも素《す》っ頓狂《とんきょう》だと恥ずかしくなるくらいの声を、脳天から発していた。

一瞬、百合子には、何が起きているのか解らなかったからだ。

だがすぐに、百合子は理解した。

そう――開いたのだ。

エレベータの扉が。すっ――と、音もなく。百合子の声に、反応して。

「なるほど……確かに、開きますね」

エレベータを前に、自ら『開け』と言葉を発して試した後、藤毅は、なんとも複雑な感情を込めた声色で言った。

「びっくりしました。まさか、本当に直っているとは……」

「お、おい、いつの間に直ったんだ、こいつは……というか、どういうことなんだ。どうして今さら直ったことに気づくんだ、我々は」

蟻川も、怒っているような、呆れているような、それでいて困ったような口調で続けた。

神と十和田だけは、いつもと同じく、超然と、そして憔悴したように、その後ろに、無言で立っていた。まるで、こうなることが初めから解っていたような態度を表しながら――。

――エレベータが、反応する。すなわち、動く。

そのことを百合子が発見してから五分後。呼んで回った百合子によって、一同はこのエントランスホールに再び集められていた。

一同は――特に蟻川は半信半疑だったが、百合子が『開け』と実演し、次いで藤毅も扉を開けることができたのを目の当たりにして、もはや疑うことはしなかった。

それでも――。

だから、何と言えばいいのか。

暫し、周囲を窺うようなびくびくした数秒が過ぎた後――。

神が、ごく普通の口調で言った。

「降りてみないのかしら？」

その、あまりにもいつもどおりの促しに、誰も反対する者はなく、神の「『開け』『1階へ』」という言葉に導かれるように、大聖堂の外へと出たのだった。


ほぼ、三十時間ぶりの「外」だった。

だが百合子には、その三十時間がたっぷり三十日はあったくらいの長さに感じられていた。百合子だけではない。蟻川や藤毅にとってもそうだったのだろう。久しぶりに直接見上げる夜空――本ヶ島から見上げるのはいつも、文句のつけようもない一面の星空だ――と、その解放感に、何を言うでもなくただ、ぼかんと、口を開けていた。

百合子もまた、星空に吸い込まれそうになりつつ、慌てて首を強く左右に振ると、自分を取り戻し、周囲の様子を確かめた。

もっとも、人工的な明かりが、大聖堂の入り口の扉から放たれるものしかない本ヶ島において、島がどうなっているかを確かめるのは難しかった。見えるのはせいぜい、星がなくなることで解るカルデラ山の稜線と、カルデラ湖に架かる桟橋の一部くらいだ。ましてや、あれから何か異変があったのか、ここを行き来した者がいたのかどうかまでは、解りようもない。

暫し——。

各々が各々で、大聖堂の外に何かを感じた後。

「さて……どうする?」

神が、さも面白がっているような口調で、言った。

彼女にとって、この状況が予測の範囲内だったのか、それとも、そうではなかったのかは解らない。それこそまさに、彼女のみが知るのだろう。だが神が、今のこの状況を「歓迎すべきもの」と捉えているようだと、百合子には思えた。

「どうする? ……頑張って、脱出してみる?」

再び、神が言った。

その言葉に、ややあってから蟻川が「……いいや」と、大柄な身体ごと首を左右に振った。

「さすがに無理だろう。夜だしな。それに、正直今さら逃げ出す気にもなれん」

先刻まで、呆けていたはずの蟻川は、しかし今は、片側から照らす淡い光のせいか、妙に苦み走った顔つきで続けた。

「こうなったらとことん、付き合えるところまで付き合ってやろうじゃないかと思っているよ。それが、立会人の務めというものだ。そもそも、私がここに来たのは、二十四年前の因果を解くためだ。今さら逃げ出すわけにはいかん」

「因果……？」

「言わなかったか？　私は記者時代、この場所で取材をしているんだよ。藤御大が起こした事件の」

「そうだったんですか」

「立会人に指名されたのも、それが理由だろう。うん、そう考えればなんだか、長らく忘れていた記者魂がメラメラと燃え上がってくる気がするな」

そう言うと蟻川は、はっはっは、とおそらく彼本来の鷹揚《おうよう》で大きな笑い声を上げた。

「僕も、蟻川さんの意見に同意します」

藤毅が、蟻川に続けて言った。

「僕も、この事件の行く末を最後まで確かめたい、見届けたいと思います。そして……願わくば、問《と》い質《ただ》しもしたい」

「何を、ですか？」

百合子の問いに、藤毅はにこりと、柔和な笑みを浮かべた。

「父の、真意を。そう……僕は、父の言葉を聞きたいのです」

――それきり、再び一同は口を閉ざした。

神も、十和田も、そして百合子も、自分がどうしたいかについては述べなかった。

だが述べずとも、言葉を交わさずとも、すでに一同は解っていたのだ。もはや、今ここに集う五人の総意がひとつのものであるのだということを。すなわち――。

ここに留まる。

間もなく到着する藤衛と、対峙する。そして――。

その真意を、問い質す。

そんな強い決意とともに、百合子はふと――十和田を見る。

十和田は――。

「…………」

なおも、零れ落ちそうな星空に目を細めていた。

鼈甲縁の眼鏡が、ずり落ちてくるのにも構わず。

じっと、微動だにせず――どこか、寂しそうに。

百合子は、だから――心の中で、そっと呟いた。

十和田さん――あなたは今、何を思うのですか。

5

一同は、4階で藤衛を待った。

大聖堂に入り、エレベータを上がり切ったこのエントランスホールこそ、藤衛を迎えるに相応しい。誰がそう提案したわけでもないが、しかし、それはいつの間にか、一同の暗黙の了解になっていたのだ。

エレベータを前に、五人は立ち尽くす。

時刻は、午後十時五十分を回っている。

――間もなくだ。

しん、と静まり返るエントランスホールで、百合子たちはそれぞれに、さまざまなことを思いながら、物言わぬエレベータを、じっと見つめていた。

思い返せば――。

昨日から今日にかけて、驚くほどの出来事が起こり続けた。

北海道沖に浮かぶ絶海の孤島。

二十四年前と同じ異形の建築。

集められた人々と、主の不在。

現世からの隔離と、蝕の奇跡。

そして——藤衛の講演と、死。

撲殺と、焼死。刺殺と、凍死。

百合子は、だから、思うのだ。

これら異常死の背後には——。

藤衛の「企み」があるのだと。

かくして——。

四人の数学者たちが異常死を遂げ、残された五人が——正確には、五人と、四つの死体が——今、ここで、当の藤衛を、館の主を、迎え入れようとしている。

まるで渇望するように、待っている。

そう、百合子たちは、待ち侘《わ》びているのだ。あらゆる種類の疑念と、困惑と、そして最大の疲労感とともに——。

「……知っていますか、宮司さん」

ふと、百合子の横で、誰かが呟いた。

そっと振り向くと、その声の主は、藤毅だった。

藤毅は、顔をエレベータの扉に向けたまま、独り言を言うように続けた。

「本当のことを言うと、僕はね……あなたたち姉妹に、終始、嫉妬しているんですよ」

「えっ……？」

嫉妬――？

思わぬ単語が飛び出してきたことに戸惑っていると、藤毅は、まるで恥ずかしがるような皺をこめかみに寄せ、目を細めた。

「僕は、あなた方が羨《うらや》ましくて仕方がないんです。なぜなら、あなた方は僕が欲しかったものをすべて持っているんですから」

「欲しかったもの……それは」

「解りませんか？」

ちらり、と藤毅が、立派にせり出した額を百合子に少しだけ向けた。

「父の、愛です」

「……愛？」

父の愛――藤衛の愛、だって？

思わず、百合子は眉を顰めた。

だが、藤毅は、そんな百合子の表情が面白いのだと言いたげに、僅かに口角を上げた。

「ふふ……『そんなものはない』とでも言いたげですね。あんなにも独善的で利己的な男に、愛なんかあるのか、と」

「…………」

——図星だ。

返す言葉を失う百合子に、しかし藤毅は、まるで昔語りをするように、滔々と続けた。

「でもね、宮司さん。理解を超えるほど独善的で、利己的で、かつ万能の人であればこそ、その愛の形もまた、人並み外れるものなのです。ご存じですか？　父にとっての愛とは、まさしく、敵視に他ならないのですよ」

「て……敵視、ですか」

「ええ、そうです。敵視、ライバル視、といってもいいかもしれません。父は、自らの高みに到達しそうな者があると、それを敵視し、ライバル視し、つまり、『認める』のです。父という存在と比肩し得ると認めた上で……」

藤毅が、一瞬言い淀む。

「認めた上で、どうするんですか」

問い返す百合子に、藤毅は剣呑な表情で答えた。

「叩きのめし、亡きものにしようとする。つまり、抹殺するのです」

「……抹殺」

つまり——殺す。

息を飲む百合子に、藤毅はややあってから、なおも続けた。

「一方、僕はこの歳まで、何の苦難もなく過ごすことができました。僕の身辺に、父である藤衛は何も手を出してはこなかったのです。このことが、どういう意味を持つか……宮司さんには解りますか？」

——解る。

だが、答えられないでいる百合子に、藤毅は、寂しそうに言った。

「僕はね、『認められなかった』のです。父に」

「…………」

暫し、沈黙で藤毅の述懐に答える百合子に、藤毅は、ひとつ「ほっ」と短い溜息を挟んで、何事もなかったかのように続けた。

「……父は、あなた方を認めています。だから多くの危険と喪失に、あなた方は直面してきたのでしょう？　それは、苦難に満ちたものだと理解しています。もし僕の身に起これば、僕は父の子として生まれたことを後悔するに違いないほどのものでしょう。でも……それでも、僕はあなた方を心から羨ましく感じるのです」

「……藤衛が、私たちを認めているから、ですか」

「ええ。父が、僕を決して認めないから、です」

「…………」

「もっとも、僕はもう開き直っています」

再び沈黙する百合子に、藤毅は、どこかせいせいしたような口調で言った。

「認められるか、認められないか。そんな他律的な要因に振り回されるのはもうたくさんです。僕は、僕自身が自律的に判断すべきだ。この歳にして漸く、そんな悟りを開いたんです。そう、僕が認めるか、それとも認めないか。認めなければ……その人は、もはや僕と関係がある者ではない。そう断じることにしたんですよ。だから……」

だから——何だと言うのだろう？

しかし藤毅は、その先にある彼自身の結論を述べることなく嚥下《えんか》すると——。

「…………」

そのまま再び口を閉ざしたのだった。

そんな藤毅の傍で、百合子は——思う。

言葉にできない結論は、きっと、藤毅の本心だ。

本心であって、最も彼が大事にしているものだ。

最も大事にしているものであって、そして、あまりにも生々しく、決して人の目に触れさせたくはないものなのだろう。だから——。

彼は口を閉ざしたのだ。
そう、それは、真理なのだ。
大事にしているからこそ、それは心の奥深くにしまわれる。
決して人前で披露することなく、まるで、そんなものはなきがごとくに振る舞う。
それでも——。
確かに、それは存在している。
存在していないという虚像と表裏一体にして、それは、確かに存在しているのだ。
これは——まるで——。
百合子は、いつも心の拠り所としてきたその言葉を、無意識に呟いた。
「……『大切なことは、目に見えない』」

百合子は、ふと気づいた。
ああ——そうか。
そういうことだったのか。
私には、見えていなかったのだ。真実の姿が。
そう——。
いつだって——大切なことは、目に見えなかった。

複雑に絡み合う機微も。

苦しみ喘ぐ人々の懊悩も。

超然の中に抱えた強い決意も。

そして、兄の愛と、私たちの運命も。

でも、それらは決して明らかにならなくったって、日が当たらなくったって、誰にも知られなくてさえ、いつも「そこ」に、大切なものとしてあったのだ。存在していたのだ。まるで、常に存在が無視されながら、しかし常に必要とされ続けている、この空気のように——。

そう、だからこそ——。

——ああ、そうか。

百合子は、溜息とともに、ポケットから何かを取り出した。

それは——地図だった。

ずっとポケットに忍ばせていて、今や百合子の体温でほんのりと温かくなった、本ヶ島の地図。

その地図を見つめながら、百合子は——。

——やっぱり。

再び、気づいた。

そして、理解した。
この本ヶ島の、この大聖堂の、この忌まわしい事件に隠された、「大切なもの」を。
だから――百合子は、神を見た。
神は――。
「…………」
優しく、微笑んでいた。
その微笑みに、百合子もまた、微笑みで返した。
――お姉ちゃん。私、解ったよ。

6

やがて――。
午後十一時となった。
では、二十三時。そちらのアトリウムで、諸君と会おう――そう藤衛が宣言した時刻。
その予告した時間きっかりに――。
――ブン。

エレベータが、鈍《にぶ》い音を立てた。

扉は開いてはいない。だがその向こうで、何かが蠢いているような気配があった。

緊張が、走る。

誰が、エレベータに乗ったのか。

疑うまでもない疑問。それでも万が一はあり得る——だから一同は、固唾を飲み、エレベータの扉を見つめた。

そして——数十秒後。

エレベータの扉が、静かに開いた。

その扉の向こうにいたのは——。

「……やあ、諸君。出迎えかね」

藤衛、その人だった。

第VI章　神・光

1

一見すれば、小柄で、年老いた男である。

すでに社会の一線を退き、人生の黄昏を迎えているようにも見える。だが、よく観察してみれば、彼が只者ではないことが誰にでも理解できるだろう。しゃんと真っすぐに伸びる背筋、艶のある皮膚。そして、グレーの背広越しにも盛り上がっていることが解る、十分な筋肉。何よりもその精悍な顔つきには、いまだ衰えることのない精力が、今にも溢れ出さんばかりに漲っている。

九十三。藤衛のその実年齢を匂わせるものは、もはや白髪しかない。その瞳とて、黄色く濁ることもなく、まるで水晶のようにきらきらと輝いているのだ。

何よりも、彼が直接周囲に放つオーラは、かつて百合子が体験したことのないほどのエネルギーに満ちていた。

そう、彼は——藤衛は、一言でいえば、想像していたとおりの藤衛だったのだ。

だが、その一方で、そんな藤衛があまりにも人間からは逸脱し、超越していることに、百合子は酷く混乱した。

今日は朝からの講演で、半日以上も立ったまま喋り続けている。

しかも藤衛は、講演の後、船に乗って本ヶ島まで来ると、二時間を掛けて約四百メートルのカルデラを乗り越えてきたのだ。

年齢と、体力、疲労。今目の前にいる藤衛の立ち居振る舞いに、それらがどうしてもそぐわない。つまり——。

藤衛という男は、疲れを知らない超人か？

だが、百合子はこうも思う——天才的な頭脳に、超越的な体力。それがあるからこそ藤衛は、日本数学界の天皇として君臨してこられたのだと。

あるいは、死刑囚という身分すら物ともしないほどに司法制度を嘲笑い、宗教というまやかしを利用して人々すら操ってもきたのだ。それほどの男であればこそ、このくらいのことは疲労にさえならないのかもしれない。

だからかは、解らないが——。

「…………」

百合子たちはただ、無言で藤衛を出迎えた。

誰も、挨拶《あいさつ》し、声を掛ける者はいない。十和田でさえも——険しい表情で、口を真一文字に結んだまま、その場所で突っ立っている。

暫し、痛々しいほどの静謐《せいひつ》が、その場所に満ちた。

その静けさをもたらしたのは、藤衛の存在だ。そして、その静けさを打ち破るのもまた、藤衛その人だった。

「出迎えは大いに結構。だが私には、ひとつ不満なことがある」

少し不機嫌そうに、藤衛が言った。

「諸君はなぜ、私の言葉どおりにしないのか。私は言ったはずだ。『二十三時。そちらのアトリウムで、諸君と会おう』と。にもかかわらずなぜ、諸君はアトリウムではなく、ここにいるのか」

「…………」

誰も――何も、答えない。

教師から頭ごなしに怒られる児童のように、項垂《うなだ》れながら、ただ、藤衛の説教を聞くのみだった。

だが、そんな様子に却って満足したのか、藤衛は「まあよかろう」と、僅かに口角を上げた。

「これも諸君の誠実さゆえだと、好意的に理解しておこう。いずれにせよ、ご苦労なことだ」

そう言うと藤衛は、一同を一瞥することもなく大股で回り階段へと向かい、そのまま迷いのない足取りで階段を上っていった。

「……わ、私たちも行かねば」

ややあってから、はっと我に返った蟻川が、慌てて回り階段へと向かった。

その後に藤毅が続き、三人が残った。

十和田、神、そして――百合子。

十和田は、神と百合子をちらりと見ると、無言のまま、いつもの足取りで回り階段へと消えた。

そんな十和田を見つめながら、神は言った。

「……百合子ちゃんは、気づいた？」

百合子は、ややあってから頷いた。

「はい。あまりにも冷ややかでした」

「あれが、藤衛という男よ」

「…………」

無言で答える百合子に、神は続けた。

「藤毅さんは、さっき、こう言っていたわね。私たちは認められていると。けれど、こうしてあの男と向かい合えば、それがあり得ないことだと、よく解る」

「ええ。藤衛は……私たちのことなど、認めたりはしていません」

そう――あの、百合子たちを見た冷ややかな視線。

まるで、虫けらでも見るような、まるで感情を伴わない瞳が、その主が、百合子たちを認めているなどということが、あるわけがない。

強い嫌悪感とともに、頷く百合子。

その指先にそっと、自らの指先で触れると、神は言った。

「行きましょう。あの神を倒すために」

触れた、指先――。

そこから伝わる熱を、身体中で感じながら、百合子は、神の指先をぎゅっと強く握り返した。

「はい。お姉ちゃん」

そして、百合子たちは、手を取り合いながら、回り階段へと向かっていった。

アトリウムへと上がると、藤衛は少し離れた場所で背を向け、後ろに手を組み、そして夜空を見上げていた。

微動だにせず、無言のままの藤衛。百合子たちはゆっくりと、まるで藤衛に気づかれまいとしているかのように、少しずつ近づいていく。

だが――。

「……美しいとは思わないかね」

藤衛は、振り向くことなく、百合子たちに語り掛けた。

思わず足を止める百合子――そんなふうに動くのだとあらかじめ解っていたのだと言いたげに、くくく――と、藤衛はさも満足げに喉の奥で笑った。

そして、なおも瞳――まるで、世界のすべてを吸い込もうとしているかのような二つの瞳孔で、宇宙のすべてを見つめながら、続けた。

「私は、このアトリウムを、宇宙を映す覗き穴とすべく設計したのだ。この場所に立てば、私は世界の半分を視《み》ることができる。運行する惑星。質量を輝きへと変える恒星。永遠の渦を巻き続ける銀河。その向こうにある原始の太陽……そう、百億光年以上の時を経た光が、ここにはあるのだ。そして私は、その歴史のすべてを一望する。水晶体を介して、脳髄へと収めていく。そうだ。私という器の中に、宇宙が取り込まれていくのだよ。この美しさを、この愉悦を、はたして諸君には、理解することができるだろうか？」

藤衛は、湧き上がる笑いを嚙み殺すかのように、肩を揺らした。

そんな藤衛に――。

「愉悦、ですって？」

神が、問うた。

「アトリウムからは、こんなにも美しい宇宙のすべてが見とおせる。あなたはそれが愉悦だと言う。でも……それは、欺瞞よ」

百合子よりも一歩前に出る神——凛と背筋を伸ばし、威嚇するように黒髪をなびかせつつ、決して瞬きをしない瞳で見つめる神の非難に、藤衛は——。

「……欺瞞？　面白いことを言う」

ゆっくりと、振り返りながら答えた。

「ここには宇宙のすべてが、私の思うとおりに存在するのだ。この喜びを、愉悦でなくて何と呼ぶのだ……神よ」

神よ——。

藤衛が、娘の名を口にした。

そして、このとき、百合子は感じ取る。

藤衛のその口調は、決して、慈愛に満ちたものではない。もっと、ずっと、酷薄なものだと。

そう思った瞬間、百合子の皮膚に、ぞわりと鳥肌が立った。

そして同時に、百合子は、思わず眉を顰めた。どうして藤衛は、そんなにも冷たい声色を出すのだろうか、と。だが——。

その理由は、すでに百合子には解っていた。

神。人はその名を創造主として呼ぶ。だが藤衛は、その名を創造物として呼ぶ。

藤衛にとって、神は自分ひとり。

それ以外のものは、物《モノ》なのだ。

その冷酷な価値観が、腹立たしくも隠されることなく、声にそのまま表れているのだ。


そう、だから――。

藤衛は、決して笑わない。

声で笑っても、表情で笑っても、藤衛が振り返った瞬間、すべてが伝わるのだ。その底なしの闇ばかりの瞳には、決して、笑みが浮かぶことなどないのだと。

そんな、藤衛の闇に、神は――。

「それは……ただの『錯覚』よ。あなたが自分を『至高の独裁者《ファシスト》』だと錯覚しているだけのこと。どうしてこんな簡単なことに、気づかないの？」

「錯覚だと？　……はっ」

藤衛が、口を開く。

その奥に、どす黒く不気味な舌が覗く。

舌が――不穏な言葉を紡ぐ。

「そう、錯覚なのだよ。神よ……知っているのだろう？　この世界は、物事の数学的本質が見せる錯覚にすぎないのだということを。そして、すべての人間は錯覚に惑わされ、自らただのモノとなり果てるのだということを。しかし、錯覚に眩んだ瞳を見開けば、その向こうには本質が必ずある。我思う故《ゆえ》に我あり。我思考する故に世界もあるのだ。物理法則は正しく数にしたがい、人間は正しく式にしたがう。本質には欺瞞など存在せず、宇宙はすべて過去へも未来へも開かれているのだ」

「しかし……」

「聞け、神よ」

藤衛は、一喝した。

「今すぐ、錯覚に眩んだ瞳を見開くがいい。見開けば、すべての靄《もや》は晴れる。十方世界は己がものになる。そうだ。見開くのだ。見開くことができるものならば」

「…………」

神が――口を閉ざした。

だが神は、その黒い瞳で、自らにその瞳を与えた黒い瞳を、瞬きもせずに見つめ続けていた。

まさしくこの状況自体が愉悦なのだと言いたげに口角を上げた藤衛は、しかし、これ以上神に構うことはなく――。

「……さて」

不意に、視線を横にずらした。

その視線の先にいたのは——蟻川と、藤毅。

二人が佇むそのちょうど中間辺りを見ながら、藤衛は言った。

「ご苦労。君たち二人の役目はここまでだ。今すぐ下がりたまえ」

「え……？」

蟻川が、不思議そうに目を瞬いた。

「ふ、藤先生……？　今何と？」

「聞こえなかったかね。今すぐ下がれ、ここから出ていけと言っている」

「待ってください、それはない」

冷酷に切って捨てるように言う藤衛に、蟻川の横にいた藤毅が、食って掛かった。

「どうしてですか。僕たちもいるべくしてここにいるのです。なぜ、その僕らがここから出ていかなければならないのですか」

「単純なことだ。君たちには資格がないからだ」

「資格？　何の資格ですか」

「解らないのか？」

藤衛が、まるで耳元を飛ぶ蚊でも見るかのように、忌々しげに顔を歪めた。

「君たちは初めからただの『立会人』だ。ここにいる資格がない」

「立会人……」

「そうだ。大聖堂の証明を完遂したとき、『私の不在』を私のために証言することだけが、君たちの役目なのだ。……神には決してなり得ぬ毅よ、そしてかつてこの場所で私の奇跡を目の当たりにした蟻川よ、君たち自身も、それが分相応だと感じているのだろう？」

「ぐ……」

「いずれにせよ、君たちの役目はそれのみだ。決して、世界の真理を知るに値しないのだよ」

「…………」

継ぐべき言葉を失ったかのように口を閉ざす藤毅。

そんな藤毅に代わり、蟻川が「待て待て」と口を出した。

「藤先生、いくら何でもそれはない。立会人？　確かにそうかもしれん。だが、ただの立会人とて、この場に呼ばれた客人のひとりだ。だとすれば、この出来事を最後まで見届ける権利と義務があるのではないか」

彼らしからぬ理路整然さで、蟻川は抗弁した。しかし――。

「五月蠅《うるさ》い」

そんな蟻川も、藤衛は目もあわせることなく一蹴した。

「えっ？　う……五月蠅い？」

「そのとおり。意味のない言葉を吐くことはここでは許されない。君のような『人間』は言葉を慎《つつし》まなければならぬ。ここは、真理を解する神の空間なのだから」

「か、神の……」

低く威厳のある声に、気圧《けお》された蟻川が再び口を噤む。

その横で、再び藤毅が言った。

「ここは、神の空間なのですか？　だから、僕たちに出ていけと？」

「神聖な場所に、真理に到達できない人間は不要。自明のことだ」

「確かに、僕にはあなたの言葉は理解できないかもしれない。しかし……」

藤毅が、一歩前に出た。

「それでも僕は、あなたの背を見てここまで来たのです。言葉を追って、漸くここまで辿り着いたのです。そんな僕に、あなたは……同席すら許さないのですか？　お父さん」

「…………」

まるで縋るような藤毅の言葉に——。

冷ややかな沈黙ののち、藤衛は、あまりにも残酷な一言を、述べた。

「人間である貴様に父と呼ばれる筋合いはない」

「……っ」

藤毅が、眉間に、悲しげな皺を寄せる。

そして、一歩引くと、それきり何も言わずに、俯いた。

そんな藤毅と蟻川に、藤衛はくるりと背を向けた。

「繰り返す。藤毅。蟻川八郎。貴様らは今すぐ、ここを出ていけ。これは最後通告だ」

「…………」

「……行こう、藤先生。何を言っても無駄だ」

暫し無言の抗議を続けていた藤毅は、蟻川の促しに漸く、不承不承、踵を返すと、蟻川とともに回り階段へと向かっていったのだった。

やがて、蟻川と藤毅――二人の立会人がアトリウムから姿を消したのを確かめると、藤衛は――。

「……ふふ、やっと、不純物が消えたな」

口角を広げ、まるで悪魔を思わせるような笑みを浮かべた。

「ここからは、我々の聖なる時間だ。聖なる時間には、聖なる場所が相応しいが、このアトリウムはそうだとは言えない。ここはただの前室。単なる目晦ましだ。君たちに相応しい場所は、ここではないのだ」

そう言うと藤衛は、百合子たちに向くこともなく、力強い足取りで、歩き始めた。

その行く先には――吹き抜けへと続く二重扉があった。

「……何をしている。ついてきたまえ」

藤衛が、異様な広さを感じさせる背中で促す。

百合子と神、そして十和田の三人は、その言葉に操られるように、藤衛の後を、無言で追う。

だが――。

ふと、百合子は気づいた。

十和田が、いつの間にか、その手に何かを持っていたことを。

どこから取り出したのだろう。あるいは、最初から持っていたのに気づかなかったのだろうか。だが、いずれにせよ――それは明らかに、一冊のノートだった。

特別なものじゃない。文房具屋ならばどこにでも売っているような、ごくありふれた大学ノートだ。

だが、強く握り締めたためか、表紙は彼の手の形に折れてしまっている。

その無残に曲がったノートを見て、百合子は――。

無意識に、呟いた。

「……『ザ・ブック』」

その声に、十和田が、はっとしたように振り向いた。

「百合子くん、君は今、何と？」

「…………」

怒っているような、あるいは怯えているような十和田の表情に、百合子は思わず言葉に閊える。

十和田は、そんな百合子の様子に、一瞬、何かを言いたげに口を小さく開閉したが、すぐに、ふっと顔を背けると、藤衛の後を追ったのだった。


二重扉をくぐり、あの吹き抜けの間へと、百合子たちは足を踏み入れる。

暗い照明がぼんやりと丸い天井を取り囲み、その向こうに浮かび上がる星空を強調する。

藤衛はいつの間にか、吹き抜けの向かい側に移動し、手すりに手を掛けていた。

十和田が、慌てた足取りで藤衛に駆け寄る。

だが藤衛は、二つの死体をまるで阿吽《あうん》の仁王《におう》像のように従え、また十和田という片腕をも侍《はべ》らせながら、しかし、そんなものどもには一切の興味もないのだと言わんばかりに、ただじっと、百合子と神に目を向け続けていた。

めていたのだ。

そう——眼下に落ちていく奈落の底。それよりも深い闇が二つ、百合子たちを見つ

「……漸く、ここまで来た」

神が、横で呟く。

「私たちの未来は、この場所で決まる。星空へ上る運命か、それとも奈落に落ちる運命か……決まる」

「…………」

はい——と、百合子は無言のまま、心の中で頷いた。

そして、暫し——。

百合子と神は、吹き抜けを挟み、藤衛と対峙する。

宇宙の下。そして、地獄への入り口の、縁。

決して目を逸らすことなく、藤衛と——すなわち、百合子たちの敵にして実の父であるあの男と、真っ向から視線をぶつけあいながら、それでも百合子は、なんだか妙な気分に襲われていた。

——トクン。

なんだろう——とても、不思議だ。

——トクン。

私は、この期に及んでも、奇妙なほど安らかだ。
――トクン。
あらゆる出来事が収束し、ひとつの値を示そうとしているのに。
――トクン。
こんなにも、心が静かだなんて。
ほら、心臓が、乱れのない鼓動を打っている。
ほら、呼吸も穏やかだし、汗も掻いていない。
ほら、私の脳髄だって、熱くも冷たくもない。
ついさっきまで、憔悴し、困惑していたのに。
今はとっても、静かだ。おそろしいくらいに。
でも――。
――トクン。
だから、このことそのものが――証明なのだ。
私が間違いなく、あの男の、娘であることの。
だから――。
――トクン。トクン。トクン。
私が、いや、私たちが手にするこの「解」も。

きっと──真だ。

「……さて、君たちに問おう」

瞬きをしない目で見つめながら、藤衛が問う。

「君たちには、『解』が導けたかね?」

解が──解が──解が──。

導けたかね──導けたかね──導けたかね──。

朗々とした声が、吹き抜けの中で不気味に砕け、遂には、断末魔《だんまつま》の叫びにも似た轟《ごう》音《おん》へと変わっていく。

だが、二人は決して動じない。

たとえ異質な貌《かたち》に姿を変えたとしても、どれだけ恐怖に訴えかけようとも、言葉の本質、核となる命題は変わらず、余計な装飾を削《そ》ぎ落としさえすればいつもひとつしか存在しないものなのだと、すでに知っているからだ。

──そう、私たちはすでに、知っているのだ。

たったひとつの、真実を。

だから──。

百合子は、神の手を握る。

その手を、神が握り返す。

黒い服の神。そして、白い服の百合子。

血を分けた姉妹は、一瞬だけ、お互いに目を合わせると――。

「……ふふっ」

二人揃って左右対称の笑みを同時に浮かべ、事件の真実を、静かに語り始めた。

2

「私たちが目の当たりにしたものは、総体として不可思議そのものだった」

まず口を開いたのは、神だった。

神は、一歩前に出ると、眼前の藤衛と十和田を真っ向から見つめながら、淀みなく美しい声を紡いでいく。

「カンファレンスと称し、あなたが講演を続けた襟裳岬からは遠く離れたこの太平洋上で、集められた人々が謎の死を遂げていく。けれど、この不可思議はその実、一切の不可解さを伴わないことが、私には解っていた。なぜなら、ここはあなたが建てた大聖堂だから。ここで起こる現象も、そのすべてはあなたの理に則っていて然るべき。したがって、不可解なことは何もない」

そう――ここは、藤衛の大聖堂。

藤衛の領域《テリトリー》において起こることに、何ひとつ不可解はない。むしろ、限りなく理路整然としたものであるはずなのだ。

百合子は、思う。神がそう断言できるのも、きっと、神自身がそうしてきたからだ。神がかつて、沼四郎の遺産の上で、神の理を駆使して構築した幾つもの殺人劇は、いかに不可思議を伴ったとしても、不可解なものではなかった。

藤衛においても、それは同じ。

数学者の思考は、魔法《magic》だ。

それを知らない者には、原理すら解らない。

けれど、ひとたび彼と同じ土俵の上に乗ることができてしまえば、それはむしろ、清々しいほどに合理的な理論《theory》であることが手に取るように解るものなのだ。

だとすれば、大事なのは、藤衛の思考を辿ること。

辿り、理解すること。

そして——凌駕することだ。すなわち——。

「不可解を可解にするために、私は……その不可解を三つの謎に分解して論ずることにする」

——そう、分けるのだ。整然と。合理的に。

神が、百合子の心の中をなぞるように、論述した。

神の思考でもあり、百合子の思考でもあるそれは、藤衛の眉をほんの少しだけ動かした。

「なるほど。では、その謎のひとつめとは？」

「……『死の秘密』よ」

「ほう。死か。ひとつめから核心を突くとは、勇気のある論陣を張ったものだ」

「ふふ……そうかしら？」

神が、挑戦的な笑みを浮かべた。

「死は、単なる物理現象よ。生物がその活動を維持できなくなったときに訪れる不可逆の故障に、死という大袈裟なラベリングを行ったにすぎない。それは、決して核心を突くものではないわ」

「生命の喪失を、随分と軽んじたものだな。神よ、君はいつそれを失っても構わないのかね」

「ええ、そうよ。それを失いたくないと思う日まではね」

藤衛の言葉に、神は一歩も引かない。

神は、いかなる黒よりも濃い瞳で、いかなる闇よりも深い瞳を見つめながら、続けた。

「死の秘密。それは四人のＢＯＯＫの死に関するもの。すなわち、誰が、なぜ、どうやって彼らを殺したのかということ。……もちろん、そのうち誰が、なぜということについては明白ね。あなたが殺したのよ。ノーランドさんを殴り殺し、朴さんも刺し殺した。他の二人もそう。あなたが殺した。殺した理由は、あなたにとって四人が邪魔だったから。あなただけが住む『リーマンの定理』の城を、彼らが侵す可能性があったからよ。あなたは、自らの城の住人はひとりだけだという公理を立てている。それを脅かす存在があれば当然、公理には反する。誤った前提に立って論理に矛盾を生じさせるわけにはいかない。だから、殺した」

「数学的に当然の帰結ではないかね？」

「確かに、一貫した矛盾のない展開ね……公理の正当性はともかくとして」

神の黒髪が、ふわりと膨らむ。

彼女から激しく放たれる憤りをいなすように、藤衛は鷹揚に答えた。

「そう、そのとおり、君の述べる命題は紛れもなく『真』だ。私が殺したのだよ。だがね、神君。その命題の証明はいささか困難だとは思わないかね？　そう……不可能なのだ。この大聖堂にいなかった私には、犯行の実現可能性がないのだよ。さて、その点について君はどう解を導くのかね？　まさか、ここにいる十和田君が私の代わりを果たしたなどという陳腐な証明などはしまいな？」

「もちろん。十和田さんが犯人ということはない」

剣呑な顔つきのまま微動だにしない十和田をちらりと見ると、神は、続けた。

「十和田さんは終始、私たちの傍にいた。姿が見えない瞬間はほとんどなかった。すなわち、十和田さんには犯行可能な時間がなく、犯人とは言えない。一方、ノーランドさんと朴さんが殺されたとき、あなたは休憩中だった。壇上にはおらず、アリバイはなかったの。このことからもはっきりと言えるわ。犯人は、あなたよ」

「よかろう。では私が犯人だという仮定をここに置こう。この仮定に対しては、私がここにいなかったという点を除いても幾つかの矛盾が指摘できる。例えば、エレベータはどうだろう。大聖堂のエレベータは止まっていたという事実だ」

藤衛が、口元に不敵な笑みを湛えつつ、述べた。

「この事実は、大聖堂の4階以上を閉じたものとする効果を持っただろう。君の仮定が正しいとすれば、私はその閉じた場所に、自由に出入りができたことになる。この点をいかに解するのかね？　……おっと、私がエレベータを自由に動かせたという落ちは、なしだ。そんな解はまったく、エレガントとは言えない」

「そのとおり、美しくはないわ。この問いには、もっと単純《シンプル》な解が用意されている。つまり……」

一拍の間を置いてから、神は続けた。

「大聖堂は『閉じていなかった』。そう考えるのが論理的だわ。そうよね？　百合子ちゃん」

不意に、神が百合子を見た。

えっ――一瞬ドキリとした百合子だったが、しかし、すぐに気を取り直し、頷いた。

「はい。大聖堂は閉じていなかった。そう考えれば、自由な出入りの問題は解決します」

はきはきと――自分でも驚くくらい明瞭に答えた百合子に、藤衛は、眉の上に小さな皺を寄せると、その無限の空虚を有する瞳を向けた。

「それは、どういうことかね？　説明してもらおうか、水仙君」

藤衛の、有無を言わさぬ強制力を持つ促しに、百合子は、躊躇うことなく答えた。

「確かに、エレベータは動きませんでした。私たちがいくら呼びかけても一切の反応がなかった。私たちが大聖堂を出る手段はエレベータしかありませんから、それが反応しないことは、そのまま閉じ込められたことを意味します」

「閉じたのだな。大聖堂は」

「いいえ、それは違います。確かに私たちは閉じ込められました。けれど、閉じてはいなかったんです」

「…………」

藤衛が、無言になる。

続けたまえ——それは、促しを意味する静けさだ。

百合子は、怖じることなく自説を述べた。

「エレベータが動かなくなったとき、殺された朴さんが、こんなふうに言っていたんです……」

——どの言語にも反応しないということは、モードの問題ではなく、物理的に機械が動かなくなっている可能性が高いのかもしれませんね。

——認識系統の破損か、電気の供給系統の途絶か。原動機が故障している可能性も否定できません。電子制御機械なら、どれも想定できるものですが。

——少なくとも自動で開くことはありません。

「……『自動で開くことはありません』。そう、朴さんはそう言っていたんです。だから私は、この命題の対偶を取ってみました。対偶を取ることで、命題は真偽を損《そこ》なわずに言い換えることができます。すなわち……『開くとすれば、自動ではない』」

「……ほう」

藤衛が、意味ありげに尖った犬歯を見せた。

百合子は、なおも続ける。

「このことから、私はひとつの仮定を置きます。それは、『エレベータの扉は手動で開く』というものです。エレベータの鉄扉は重く、手動で開けるとすれば相応の力が要るでしょう。でも、もし開けることができたならば、エレベータの縦穴に入ることができます。この縦穴には、保守点検のための梯子が設けられているでしょう。これらのことから、エレベータの扉が手動で開くという仮定は、次の結論を導きます。つまり……エレベータ内を上り下りすることで、大聖堂の4階への出入りが可能となるのです。大聖堂は、閉じられてはいなかったのです」

淀みなく述べながら、百合子はふと、自らに疑問を投げた。

大聖堂は、閉じられてはいなかった。この結論は、反則的なものだろうか？

だがすぐに、百合子は自らその疑問に答えた。

それは——違う。

エレベータが音声認識をしなくなったときに、私たちはエレベータがもう動かないものだと考えた。このことにより、大聖堂に閉じ込められた、すなわち大聖堂が閉じられたと思い込んでしまったのだ。

しかし、その思い込みの裏側で、実はエレベータの扉は人力で開けることができた。しかも縦穴を自由に上り下りすることさえできた。

つまり——大聖堂は閉じられてなどいなかったのだ。

「……この結論は、大聖堂での出入りが自由にできたことを意味します。朴さんが殺された後、私は不審な人影を目撃しました。それは……藤衛さん、あなたです。エレベータの扉を手動で開閉し、縦穴を上り大聖堂の4階に侵入したあなたです」

無意識に、一歩前へ——。

「あなたは凶器を手に、エレベータの縦穴から出入りし、ひとりでいたノーランドさんと朴さんを殺した。現場から凶器が見つからなかったのは、まさしくあなたが大聖堂の外に持ち去ったからです。そうですね？　違いますか？」

決して怯むことなく藤衛に対峙する百合子に、当の藤衛は——。

「……ふむ。なるほど」

むしろ感心したように、大きく頷いた。

「さすがに、君たちほどの人間ともなれば、最低限の素養は身に着けているらしい。いや、むしろこのくらいの障壁は易々《やすやす》乗り越えていただかないと、私としても面白くはないのだがね」

百合子の解の正しさを追認するように、くくっと喉から笑うと、しかし藤衛は、すぐに真顔になった。

「だが、それではまだ十分とは言えない。君の解が示し得る射程は、一定の範囲にのみ留まる」

「はい。ノーランドさんの死と、朴さんの死についてのみです」

藤衛が大聖堂に侵入し、犯行に及んだ。

このことが示し得るのは、ノーランドと朴を藤衛が殺し得たという事実のみだ。

ではなぜ、大橋とエルサの死に対しては示し得ないのか。その理由を——。

「よかろう。では再び、仮定しよう」

藤衛が、述べた。

「私が犯人だとする仮定、加えて私が大聖堂に自由に入れたという仮定も加えて、ここに置こう。この仮定より、ノーランドと朴の死は証明される。しかし、大橋とオッリカイネンの死は証明されない。なぜならば、私には両者にあのような死をもたらすことができないからだ」

「…………」

あのような死——それはもちろん、大橋とエルサの、あの不可解な死にざまのことだ。すなわち——。

焼死と、凍死。

「賢明な君たちのことだ。すでになぜあのように死んだのか、その検討は済ませているだろう。そして、私にはそのような死を与えられないこともまた、結論を出しているはずだ。……違うかね」

「……そのとおりです」

百合子は、頷く。

まさしく、藤衛が直接、大橋やエルサにあのような死をもたらすことができるかといえば、それは不可能だ。

短時間で人体を焼損させる火炎放射器や凍結させる冷却器などは存在しないからだ。

だとすれば、大聖堂そのものに何らかの謎があるのではないかというところまでは、容易に思考が及ぶ。

問題は、この大聖堂を利用して、どうやって藤衛は二人を焼死させ、凍死させ得たのか、という点にあるのだが――。

「では、問おう」

疑問を前に、藤衛が挑戦的に問うた。

「二人はいかにして、私に焼殺され、あるいは凍死させられたのだろうか。その解や如何《いかん》?」

「…………」

百合子は――。

ちらり、と再び神を見る。

そして、目で問うた。

――答えていい?

神は、慈しむような眼差しで、答えた。

――ええ。あなたには、簡単な問いでしょう?

――ありがとう。お姉ちゃん。

大きく頷くと、百合子は再び藤衛に向き直った。

「焼死と凍死の謎。その解は……これも、実に単純《シンプル》なものでした。なぜならば、この二つの死は、まるで代数と幾何がひとつの数学の二側面であったように、同じひとつの現象の二側面にしか過ぎなかったからです」

「……ほう」

藤衛の眉が片方、興味深げに上がる。

「その現象とは、何かね?」

「それは……」

百合子は――思う。

その現象のヒントは、いつもそこにあった。

今も、そして過去も、百合子の拠り所であったその言葉。常に百合子の心の中にあり続け、百合子の傍にいた司も、そして神も、その言葉を、百合子に与えさえした。

そう、それこそが何より、大切なことだったのだ。

だから——。

——百合子は、言った。

「大切なものは、目に見えない。その現象とは……『温度』です」

——深夜、零時。

天上から地獄まで、吹き抜けを貫く不気味な静けさの中、百合子はなおも言葉を続けた。

「そう。すべては温度が問題だったんです。大橋さんとエルサさん、二人はそれぞれ焼死し、凍死しました。一見してあまりにも違う異常な死に方です。でもその原因は、いずれも異常な温度に曝されたことに帰着します。すなわち、この吹き抜けにおいて、発火点を超えるほどの高温、あるいは凝固点を下回るほどの低温という、尋常ではない温度が発生したことが原因であったわけです。そこで……私は思考をさらに一歩進めました。仮に、この吹き抜けにおいて温度を自在に操る何らかの方法があると仮定すれば、問題は容易に解に至るだろう。だとすれば、その温度を自在に操る方法とは、何か」

何か——その語尾が、長い反響を経て静寂に至るまで、わざともったいぶるような間を置いてから、百合子は続けた。

「それは、光でしょうか？　残念ながら違います。光は物体の温度を上げることはできても、下げることができません。焼死は説明できても、凍死が説明できないのです。では、マイクロ波では？　あるいは電磁波ではどうか？　もちろん、どちらも結果は同じです。光波もマイクロ波も波長の異なる電磁波の一種ですから、それらが輻《ふく》射《しゃ》により物体にエネルギーを与えることはできても、奪うことができない。そこで、発想を逆転させます。温度を下げること、すなわちエネルギーを奪うことができる方法が存在するのだろうか？　私は悩みました。物体から熱を奪う方法は、実のところ容易ではありません。そんな方法が、はたしてあるだろうか、と……でも、私ははたと気づいたんです。解決の糸口は、『あれ』にあったのだと」

そう言うと百合子は、吹き抜けの西の壁面の『あれ』を指で示した。

その人差し指の先にあるのは——。

「……『二重扉』ね」

神が、口角を上げた。

そうです、と小さく頷くと、百合子は続けた。

「白い塔と黒い塔を、つまりアトリウムと吹き抜けとを分ける二重扉。意匠の上では、あえてあそこに二重の扉を設ける特段の意味はないように思えます。しかし、この大聖堂において意味のない、エレガントではないものがあえて設置されるとは思えない。だとすれば……あの扉の役割は何でしょう？　温度を遮断するためでしょうか？　それとも防音のため？　あるいは、何らかの回転をスムースに行うための仕掛けでしょうか？」

まさしく、かの眼球堂のように――。

けれど百合子は、大きく首を左右に振った。

「いいえ。もちろん、そのどれとも異なるのです。大聖堂の二重扉は、それらとはまったく異なる役目を担っていた。そう、『変化に耐える』役割を持っていたのです」

――変化に耐える。

「変化、とは、何のことかね？」

その表現の意味を、おそらくは最も理解しているのだろう藤衛が、小さく顎を上げて問う。

百合子は、即座に答えた。

「圧力です。吹き抜けの空気の圧力の変化に耐えるために、二重扉は設置されていたんです」

「ふむ。なるほど。詳しく説明したまえ」

「はい。つまり……」

藤衛の促しに、百合子は淀みなく答える。

——この吹き抜けは、黒い塔の内側にあり、言わば大きな空洞となっている。今、この吹き抜けの大気圧が変化するものと仮定する。例えば十気圧か、あるいは〇・一気圧か。荒唐無稽な仮定ではあるが、一旦はこれを受け入れるものとする。

——このとき、もしアトリウムと吹き抜けとを仕切る扉が一枚しかないとすると、ある問題が生ずる。それは、気圧差により扉が開いてしまうかもしれないということだ。扉の開閉方向と、圧力の高い方から低い方へ流れる方向が一致すると、扉が圧力差に負けて開いてしまう可能性があるのだ。そこで——。

「……二重扉としたのです」

百合子は、力強く断言した。

「二枚の扉を、アトリウムの方向と、吹き抜けの方向へ、それぞれ反対方向にのみ開くように作ったのです。このような仕組みにより、吹き抜けの圧力がどのように変わっても二枚の扉がどちらも開くということがなくなります。つまり、圧力差により二枚の扉が開いてしまうおそれがなくなったのです」

「なるほど。言わば、吹き抜けを密閉することと同値だ、というわけだな。……しかし」

藤衛は、さも納得したかのように大仰に何度も頷いたが、すぐさま次なる疑問を呈《てい》した。

「二重扉が吹き抜けの圧力の変化のために設けられた。仮にそれが正しいとして、そもそも吹き抜けに起こる圧力の変化とは、一体何なのか？　どのような仕組みで、起こるものなのか？」

どのような仕組みで、気圧の変化が起こるのか――。

なるほど――極めて、まっとうな疑問だ。

百合子は納得する。藤衛の論は、実は決して意地悪なものではなく、そのときに最も疑問となる点を鋭く突き、論点とする。多くの人々が藤衛を尊敬し、崇拝し、時として畏怖するのも、まさにこのような思考の鋭利さにあるのだ。

だが、百合子の思考は、すでにその鋭さの先を行っていた。

百合子は、大きくひとつ深呼吸を挟むと、吹き抜けの正体を――すなわち、大聖堂の正体を、暴《あば》いた。

「それは……水です」

――水。

それは、常温で液体であり、自在に形を変える、生物になくてはならない物質だ。

だが、そんな水が、どうして気圧差を生んだのか。

そして――どうして焼死と凍死をもたらしたのか。

その謎に、百合子は解を与えていく。

「実は、この大聖堂が建つ小島には、極めて大掛かりな仕掛けが施されています。それは、島の東側に隠された巨大なポンプです。あまりに巨大で、それを動かすために必要な燃料タンクも並外れて大きいものですから、もはや丘のようになっています。ともあれ、あの丘の下には、巨大ポンプが……すなわち、吹き抜けに極めて短時間で大量の水を一気に出し入れするための機械が備わっているのです」

——吹き抜けに、水が短時間で出し入れされる、ということ。

俄かには想像しがたいことだ。この底なしの吹き抜けが、実は巨大な容器となっていて、そこにポンプを用いて水が短時間で出し入れできるようになっている、とは——。

だが——それは、事実だ。

なぜなら、それを事実とする仮定の上に、焼死と凍死の謎もあるのだから。つまり——。

「仮に、この吹き抜けに、急激に大量の水を流入させるとします。このとき、空気はどうなるでしょうか。吹き抜けは空洞ですが、二重扉により密閉されているため、容積は一定です。水が流入すれば、空気はその分だけ一気に圧縮されていきます。つまり……『断熱圧縮』が起こるのです」

――断熱圧縮。

これは、外部に熱が逃げないようにして気体を圧縮すると、その気体自体の温度が上がる物理現象のことだ。

例えば注射器の中に紙屑《かみくず》を入れ、出口を塞いだ状態でピストンを思いっきり押し込むと、紙屑が燃え出す。なぜこんな現象が起こるかというと、気体を熱が外に逃げる間もなく一気に圧縮したからだ。注射器の中で、断熱圧縮が発生したのだ。

つまり、それと同じことが、この吹き抜けでも起こったのだ。

「吹き抜けは上部が窄まった形状をしていますから、その分空気は効果的に圧縮され、断熱圧縮に近い状態となります。このため、吹き抜けの中の温度は急激に上がりました。ごく簡単な計算ですが、常温から摂氏五百度程度まで上昇させるには、気体の体積を約10分の1にすれば足ります。裏を返すと、それだけの水を一気に流入させれば、人体が容易に火傷《やけど》を負う程度にまで吹き抜けの内部の温度を上昇させることができるのです。そして、これこそが、大橋さんが焼死したからくりなのです。つまり……」

――大橋が吹き抜けにいるとき、吹き抜けに水が一気に流入する。

これにより断熱圧縮が起こり、吹き抜けの中は急激に温度上昇を起こした。

哀れな大橋は逃げる間もなくその場に倒れ込み、高温に曝され、焼死した。

「もちろん、直後には再び水が抜かれて元の状態に戻るので、私たちが吹き抜けに入ったときには温度も元に戻っていた、というわけです。そして、エルサさんの死についても、この原理によって説明ができます。エルサさんが吹き抜けにいたときに起こったのは、断熱圧縮の逆、断熱膨張です。大橋さんが吹き抜けにいるときに一気に貯《た》められた水が、依然としてそこにありました。それを一気に抜くことで、今度は吹き抜けの温度を断熱膨張により下げたのです。これによってエルサさんは冷気に曝されれ、そして凍死したのです」

つまり——。

——エルサが吹き抜けにいるとき、貯められていた水が一気に流出する。

これにより今度は断熱膨張が起こり、吹き抜けの中の温度が急激に下降した。

氷点下何十度、百何十度にも至っただろう中、エルサは静かに息を引き取り、凍り付いたのである。

吹き抜けに水が溜《た》まっていることに私たちが気づかなかったのは、吹き抜けの奥には光が入らない仕組みになっていたことはもちろん、大橋の死体に気を取られて、吹き抜けの底まで気が回らなかったのが原因だろう。

もっとも、今にして思い出せば、確かに吹き抜けの底には水が溜まっていた。大橋の死体を発見した直後、ポトーンとこだましたあの音は、吹き抜けに溜まった水に何かが落ちた音だったのだ。

そして——。

「……これが、吹き抜けで起きた悲劇の真相だったのです」

静かな口調で、百合子は解を導いた。

そんな百合子に、藤衛は——。

「ふむ……なるほど」

小さく頷くと、ぱん、ぱんと手を大きく二度、叩いた。

「よく考慮された解だ。しかし、完璧とは言えない」

「と、いうと」

「例えば、二重扉に関する解釈が不足している」

藤衛は、せり出した額の下で、二つの瞳を大きく見開きながら言った。

「あれは、気圧差により開閉させないためだけのものではない。むしろ、それにより中にいる人間の逃亡を防ぐためのものなのだ。強大な気圧差により、確実に閉じ込め、死に至らしめる。二重扉は、そのための装置なのだ」

言葉を失う百合子の前で、滔々と、藤衛が言葉を継ぐ。

その言葉は、自《おの》ずと藤衛の犯罪告白となっていた。だがそれは、罪悪感による自白というよりも、むしろ自らの犯罪のエレガントさを誇示するような、禍々しさを含んでいた。

藤衛は、なおも続ける。

「あるいは、大橋とオッリカイネンがなぜこの吹き抜けまできたかという点についても分析が不足している。吹き抜けのからくりに封じ込めるためには、まずその吹き抜けまで彼らを連れてこなければならないだろう。この点について、水仙君はどう解するかね」

「それは……」

百合子は、ぐっと詰まった。

確かに、彼らは吹き抜けの虜になった。だが、虜になるにはそもそも、自ら吹き抜けへとこなければならない。

どうして、彼らは自らここへきたのか。

継ぐべき言葉に悶える百合子。

だが、その横で——。

「あなたよ」

神が、言った。

神は、藤衛をじっと睨むように見つめながら百合子の代わりに続けた。

「あなたは、大橋さんとエルサさんを言葉巧《たく》みに導いた。例えば大橋さんは、あなたがこう言ったのを聞いて、自分は吹き抜けへ行くべきだと感じた」

——私は天に証明を求めるのだ。この言葉の意味が、諸君には解るかね？

——私の言葉こそが算木であり、天こそがそれらを並べる算盤である。言わば地獄まで吹き抜ける『天の啓示』そのものなのだよ。

「大橋さんは和算を専門とする研究者よ。『算木』や『算盤』といった言葉から、それが自分に向けられたものだと明確に意識した。さらに『天に証明を求める』という言葉や『地獄まで吹き抜ける天の啓示』という言葉から、必然的に吹き抜けを連想し、そこにリーマンの定理に関する何らかのヒントが示されていると理解した。だからこそ、そこに行かねばならないと感じたの」

つまり——藤衛は、言葉で誘導したのだ。

大橋が、死地へと向かうように。

「同じように、あなたはエルサさんにも暗示した。つまり、あなたはこう言ってエルサさんを」

——私はかく証明した。だがその内容は述べない。そうだ、トントゥよ、地平まで来るがいい。数多の星々が彩るマンデルブロの黒き器に。

「『トントゥ《tonttu》』はフィンランドの妖精。自らを妖精《fairy》に喩えたエルサさんは即座にそれが自分のこと《tonttu》だと気がつく。しかも『数多の星々が彩るマンデルブロの黒き器』という言葉には、マンデルブロというエルサさんが専門とするフラクタルの創始者の名前も含まれている。彼女が、黒き器、すなわち吹き抜けに何らかのヒントがあり、そこに自分が呼ばれていると解釈したのは当然のことね」

「…………」

「もちろん、大橋さんとエルサさんの二人だけじゃない。ノーランドさんも朴さんも、あなたは誘導していた。私は、あなたの言葉をはっきりと覚えているわ。『それまでは諸君も、正方格子で種数3のプレッツェルでも味わっていたまえ』……種数3のプレッツェルとは、まさしくトポロジーにおいて穴を三つ持つ図形のことを意味する。トポロジーを専門とするノーランドさんは、それが自らに向けられた暗示だと解して、正方格子、すなわち正方形の格子状に本棚が並ぶ書斎へと誘い出された。『10の10の100乗乗《googolplex》の彼方に湧き出る真実の泉へと向けて』……朴さんの専門は巨大数論。そこに湧き出る真実の泉という言葉で水をイメージさせられ、そのまま浴場へと誘い出された」

「言葉とは、心に語り掛けるものだ」

藤衛が、どうということもなさそうに言った。

「上手に使えば、身体を意のままにすることなど訳はない。ましてや彼らのごとき青く瑞々《みずみず》しい果実は味が単純だ」

「どう調理するのも、あなたなら造作もない」

「確かにそうだ。だが誤解はせずにいただきたい」

あえて皮肉のように言う神に、藤衛は首を横に振った。

「彼らを導き得るのも、すべては彼らが私の期待どおりに聡明だったからだよ。凡人には理解できない『数学の言葉』を我々は共有している。だからこそ彼らは、私の言葉に共鳴し、その意図を見事に汲み取ったのだ。その意味で彼らは、十分に期待に応《こた》えてくれたのだ。それができる人間は限られているのだからな」

ニヤリ、と藤衛は歯茎を見せた。

その表情に、あからさまな嫌悪感を表しながら、神は証明を続けた。

「こうして、四人の死の秘密は証明された。ノーランドさんと朴さんはあなたが直接殺した。大橋さんとエルサさんも、あなたが吹き抜けの仕掛けを利用して間接的に殺した。……誤謬はある？」

断言する神に、藤衛は――。

「十分だよ、神君。水仙君の証明の穴を上手に埋めている。だが……」

頷きつつも、なおも疑問を呈した。

「まだ、十分なものだとはいえない」

「ええ、解っているわ。どうやれば『吹き抜け』が起動できたのか。その補完がまだだわ」

「解っているようだな」

続けたまえ——そう言うと藤衛は、さも面白そうにパンと手を打った。

神は、そんな藤衛を見つめながら、続ける。

「あなたは吹き抜けの仕掛けを利用した。でも、それを証明するためには、仕掛けの起動、つまり『どうやって仕掛けの発動スイッチを入れることができたのか』の謎を解かなければならない。任意のタイミングで仕掛けが起動できなければ、思うとおりに焼死、凍死は演出できない。でも……蓋を開けてみれば、その答えは極めて単純なものだった。それは……」

一拍の間を置いて、神は言った。

「『言葉』よ」

「『言葉』？　私が吐く言葉か」

「そのとおり。あなたがスクリーン上で口にした、ある『言葉』により、吹き抜けの仕掛けはコントロールされたの」

「なるほど。では、その言葉とは何か？」

決して動かずして、しかしまるで逃げ道をなくすように、狡猾《こうかつ》に、そして執拗《しつよう》に詰め寄る藤衛に、神は一歩も引くことなく、答えた。

「それが……真実《truth》よ」

――真実。

そう。真実《truth》だ。百合子にもそれは解っていた。

もちろん、この言葉を「ここで」「生のまま」で使うのは少し危険が伴う。なぜならば――。

「真実《truth》。正確には『リーマンの真実《truth》』。あなたはこの言葉をキーワードとして、この場に存在せずして、吹き抜けの仕掛けを自在にコントロールすることができた。これが……証明の最後の一ピースよ」

そのとおりだ。

神の言葉に、百合子も心の中で大きく頷いた。

――『リーマンの真実』という言葉。

それこそが、大聖堂の吹き抜けを動かす鍵となっていたのである。

その証拠に、この大聖堂において『リーマンの真実』という言葉が四回使われている。すなわち――。

――素晴らしき、我が『リーマンの真実』なのだ。

――そう、それが『リーマンの真実』なのだ。

——それこそが、『リーマンの真実』なのだよ。

——それもまた、明らかなる『リーマンの真実』なのだ。

いずれも、藤衛がスクリーン上から発したもの。

そして、ひとつめの『リーマンの真実』と二つめの『リーマンの真実』の間には大橋の焼死が、三つめの『リーマンの真実』と四つめの『リーマンの真実』の間にはエルサの凍死が発生した。

この事実は、まさしく『リーマンの真実』という言葉が発せられたことが、吹き抜けの仕掛けと連動していた、ということの証左である。

「あなたの言葉に、大聖堂は反応した」

神は、おもむろに続けた。

「大聖堂には、最新の音声認識技術が使われている。例えばエレベータにはボタンがなく、すべて音声でコントロールするものとなっていた。だとすれば、吹き抜けにも同じ技術が使われていると考えるのは自然なこと。つまりあなたは、大聖堂の『耳』を作った。その『耳』が『リーマンの真実《truth》』という言葉を聞いたとき、大聖堂が吹き抜けを動かすように仕組まれていた。すなわち……」

——一度目の『リーマンの真実』で、水面が一気に上昇し、断熱圧縮により温度が急上昇する。

――二度目の『リーマンの真実』で、水面が元の位置に戻り、温度も元の状態に戻る。

――三度目の『リーマンの真実』で、水面が一気に下降し、断熱膨張により温度が急下降する。

――四度目の『リーマンの真実』で、水面が元の位置に戻り、温度も元の状態に戻る。

※ 図11「断熱圧縮・断熱膨張」参照

「こうすることで、あなたは、遠隔地からスクリーンを介して吹き抜けの水を操作し、断熱圧縮と断熱膨張による焼死と凍死を演出することを可能にしたのよ」

これが――『死の秘密』に関する証明のすべてよ。

そう言うと神は、小さく、ほっ――と息を吐いた。

そんな神に、藤衛は――。

「…………」

暫しの沈黙――それから、やがて感心したように何度も首を上下に振りながら言った。

「なかなかだよ。神君。なかなかの推論であり証明だ。そこまで見抜いているとは、

図11　断熱圧縮・断熱膨張

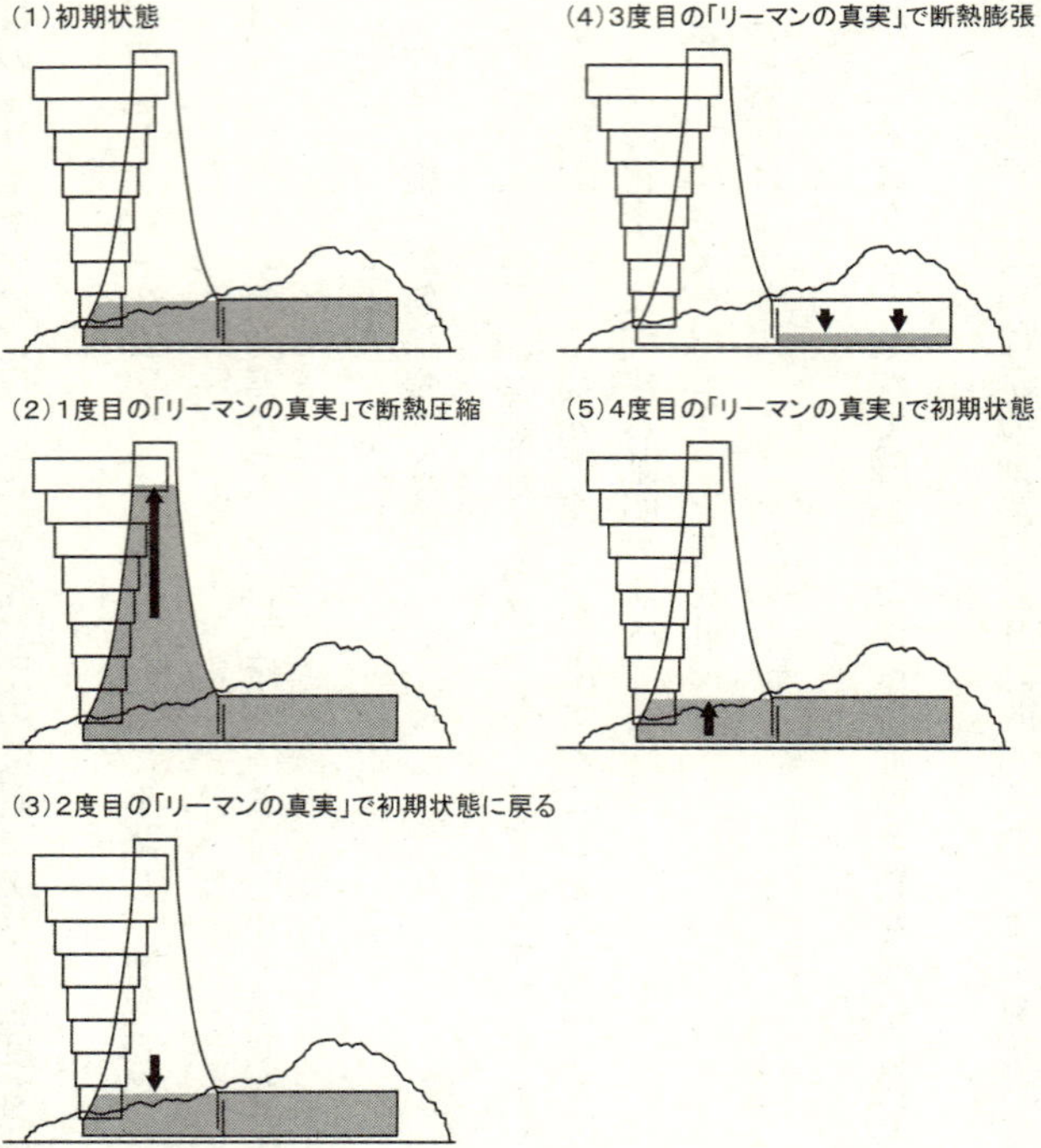

さすがは我が眷属。素晴らしい働きだよ」

もはや、皮肉のようにしか聞こえない賛辞を挟みつつ、藤はしかし、肩を竦めた。

「もっとも、君たちの証明は、各論において正しくとも、総論において誤っていると言わざるを得ないもの。なぜならば……」

「あなたがここに来た。それが『真実《truth》』であるとは、まだ言えない」

「……そのとおりだ」

言葉を神に先取りされたことが気に障《さわ》ったのか、片眉の上に不愉快そうな皺を寄せつつ、藤衛は続けた。

「君たちによれば、ノーランド君と朴君を殺したのは私であるそうだ。この私がエレベータを手動で開き、大聖堂の4階に侵入したという。しかし、そもそもこれには大きな事実誤認がある。すなわち、私はそのとき襟裳岬にいたのだ。遠く離れた太平洋上のこの大聖堂に、どうやって、あんなにも短時間の内に現れ得たというのかね？」

百合子は、無意識に身体を強張らせる。

そう――そうなのだ。

襟裳岬から本ヶ島までは約百六十キロメートルの距離で隔てられている。

ヘリコプターはヘリポートが破壊され使えない。水上機やヘリも、乱気流に阻まれカルデラ湖には進入できない。

使えるのは船のみだが、どれだけ速いクルーザーを使っても、まず本ヶ島へ行くのに二時間は掛かり、ここに山越え二時間を含めれば片道四時間は費やされてしまうのだ。

すなわち、往復八時間は必要なのだ。

だが、二度の犯行時、藤衛がスクリーン上から姿を消していたのは、いずれも一時間しかなかった。片道三十分。犯行時間を含めればもっと短くなるこの時間の謎を、百合子たちははたして、いかに解すべきなのだろう？

だが――。

実のところ、すでに百合子は――おそらく神も――この謎に対する解を得ていた。

つまり――。

「まさか君たちは、私があの長大な距離を一瞬で旅したとでも言うのではあるまいな？」

――そう。まさしく、『旅』だ。だから――。

藤衛の挑むような言葉に、神が、静かに答えた。

「その、まさかよ。それこそが、二つめの謎……『旅《ミウラージュ》の秘密』なのだから」

旅《ミウラージュ》の秘密――。

そう名付けた問いについて、神は、一拍の間を置いてから、順を追って証明を開始した。

「あなたが指摘するとおり、あなたが自らこの大聖堂で犯行に及ぼうとするならば、まずあなたはこの場所に来なければならない。けれど、実際に行き来するにはあまりに隔てられすぎていて、それは不可能に思える。一見するとまったく不思議としかいいようのないこの現象を、一体どうやれば証明できるのか。……ねえ、百合子ちゃん？　あなたはどう思う？」

「……はい」

話を振られ、背筋を伸ばす百合子に、神は優しく問うた。

「きっと、あなたはもう証明を終えている。そのくらいの証明は訳もないと、あの人に教えてあげてもいいんじゃない？」

「……そうですね。教えてあげても、いいかもしれませんね」

冗談めかした神の言葉に、百合子は、思わずくすりと笑みを浮かべる。

だがすぐに、そんな百合子たちを不愉快そうに見る藤衛に向かって、百合子は胸を張った。

「この問題は、確かに難問です。でも私は、そのヒントをさまざまな所から拾うことができました。そう、『ＢＯＯＫ』からも、多くのことを教えてもらいました」

「BOOK。『ザ・ブック』のことかね?」

藤衛の言葉に、横にいた十和田が、ぴくりと肩を震わせる。

ザ・ブック――。

神のみぞ読むことのできる本。

この世界のすべての真理が書かれているものと定義される「本《The Book》」。

誰よりも渇望していた十和田が、まるで動揺するように目を伏せる。

だが百合子は、藤衛に見せつけるように、大きく首を横に振った。

「違います。ザ・ブックなんか空想上のもの。何の頼りにもなりません。私が言っているのは、あなたが殺したBOOKのこと……朴さん、大橋さん、エルサさん、ノーランドさんのことです」

「…………」

百合子に否定された藤衛は、その否定されたことそのものに立腹するように口を曲げる。

だが百合子は、そんな藤衛には構わず、なおも言葉を継いでいく。

「例えば大橋さんは、こんなことを言っていました」

――あの池にはオオカミウオがウヨウヨしているのですよ。

――可能であれば、ぜひあの魚を捕まえて、食べてみていただきたいですね。

「オオカミウオは、帆立貝を食べる魚、すなわち海水魚です。そんな魚が、なぜカルデラ湖に生息しているのでしょう。理由は簡単、そこに海水があるからです。海水があるから、海水魚であるオオカミウオも棲《す》むことができるのです。だとすると問題は一点に集約されます。すなわち、なぜ海水が、カルデラ湖に溜まっているのか？」

「…………」

「この問いに対する合理的な答えもまた、シンプルです。つまり……『カルデラ湖は、どこかで海と繋がっている』」

そう、繋がっているのだ。

だからカルデラ湖には海水が流入し、その海水の中でオオカミウオが生息しているのである。

百合子は、なおも続ける。

「ノーランドさんも、こんなことを言っていました」

――だって、こんなにも優しく教えてくれるのだからね。常識とは、常に疑うべきものだということを。

「常識。そうです。それは常に疑うべきものなのです。奇しくもそのことを、私は皆さんから教えてもらいました。あなたからも、十和田さんからも、お姉ちゃんからも、そして沼四郎からも」

百合子は——学んでいた。

これまで、幾つも繰り返された「堂」の事件。

それらのすべてにおいて、「常識」がいつでも覆されてきたことを。

眼球堂でも、そうだった。

双孔堂でも、そうだった。

五覚堂でも、そうだった。

伽藍堂でも、そうだった。

教会堂でも、そうだった。

鏡面堂でも、そうだった。

いつも、百合子の頭の中にある常識を軽々と飛び越え、荒唐無稽で信じがたい非常識が、易々と実現されてきたのだ。

だから——。

「だから……私には、解るのです」

百合子は、声を張った。

「私は、常識を疑います。あなたがここにきたという常識を。そして、その代わりに、信じがたい非常識が実現されたのだということを指摘します。すなわち……」

百合子は、何かに後押しされるように、さらに一歩前に出て、言った。

「『旅』したのは、あなたではない。大聖堂が聳え立つこの島そのものが、『旅』したのです」

すなわち——。

旅《ミウラージュ》したのは、藤衛ではない。

この島そのものが、旅《ミウラージュ》をした。

本ヶ島の内側にあるカルデラ湖。その湖に浮かぶ、大聖堂の建つ小島が、大海原を旅したのだ。

百合子が言い放つ、この非常識。

だが誰もが、その非常識に反論しようとはしない。

なぜならば、解っているからだ。

その非常識こそが、『真実』であると。

だから——。

「……説明します」

百合子は、その非常識の皮を被った真実を、語り始めた。

「この本ヶ島のカルデラ湖は外海と繋がっているということは先ほど述べました。繋がっているということは、カルデラ湖と海とを繋げるトンネルがあるということです。もし、大聖堂が建つ小島がそのトンネルを通り外海へと出て、より襟裳岬に近づくことができたならば、あなたが大聖堂に来た道のりは大幅にショートカットできたということになります。そうですね？」

「…………」

藤衛が、沈黙する。

沈黙しながらも、しかし藤衛は、鋭い視線で百合子を見つめる。その瞳は、静かにこう述べていた。

――いいぞ。続けたまえ。

「はい」

頷くと、百合子は説明を続ける。

「島が動く。これは、少々荒唐無稽に過ぎる発想かもしれません。しかし、私はその荒唐無稽さを現実のものとした実例をひとつ、すでに知っています。だとすれば、同じことが今できないということはないはずです。そう。大聖堂が建つ島そのものが実は浮島であって、それそのものが巨大なタンカーのように移動できるとしても、まったくおかしなことではないのです」

「…………」

「しかも、この島には巨大な原動力が存在しています。吹き抜けに水を出し入れするためのエンジンです。その能力を推進力に傾けることができたならば、この島を動かすことは不可能ではないでしょう。というよりも、間違いなくこの島が動いていたのだということを、私は体感していました。そう……この島は頻々と『揺れ』に見舞われていたんです。それは火山の活動によるものでしょうか？　ええ、もちろんそれもあったでしょう。しかし、そうではないものもあった。つまり……人工的な『揺れ』、まさしくこの島自体が動くときの揺動も含まれていたのです」

「…………」

「もっとも、その移動の速さはさして速いものではなく、時速三十キロ程度であったでしょう。タンカーの時速も大体同じくらいだそうですし、それよりも動きが速くなると揺れ振動も大きくなり、大聖堂が島ごと動いているということが露見してしまいます。そうはならないぎりぎりの速さとして、時速三十キロは適切な数字であると考えます」

「…………」

藤衛は、やはり――語らない。

なぜ語らないか？　それはきっと、百合子の証明がまだ終わっていないからだ。

だから百合子は、なおも言葉を継いでいく――。

「さて、ここで、『島が動いた』という前提に立って、ある計算をしてみます。それは、あなたが休憩を取っていた一時間で犯行を終えられたとするならば、移動にどのくらいの時間が掛けられるかです。といっても、難しい計算ではありません。あなたが大聖堂に来て犯行を終えるまでの時間を大体二十分と仮定して一時間から引き、二で割るだけです。答えは……二十分。つまり、襟裳岬から大聖堂に来るまでが二十分で済むならば、犯行可能となるのです」

「…………」

「二十分あれば、クルーザーならば十キロメートル以上航行することができます。つまり、大聖堂が襟裳岬から十キロメートルの位置にありさえすれば、犯行可能だというこことになるのです。そして……大聖堂は、時間さえ掛ければ、そこまで移動することができるのです。『旅《ミウラージュ》』できるのです。つまり……」

こういうことなのです——と、百合子は、具体的な数字とともに説明した。

——本ヶ島は、襟裳岬から百六十キロメートルの距離にある。

午前六時。この本ヶ島から、大聖堂の建つ島だけが外海に出て、時速三十キロ弱で旅を始める。

五時間後、すなわち午前十一時。島は旅を終える。動いた距離は三十かける五イコール百五十。止まった位置は、したがって百六十マイナス百五十イコール十。すなわち襟裳岬から十キロメートル地点だ。

大聖堂がそこまで来てしまえば、藤衛の犯行が可能となる。

ノーランドを殺害した午前十一時台。そして朴を殺害した午後三時台。そのいずれにおいても、藤衛の講演が休憩に入った直後、襟裳岬の陰に停泊させておいたクルーザーに乗り込み、二十分後に大聖堂には到着していた。エレベータを手動で開けて忍び込み、犯行を手早く終えると、再びクルーザーで襟裳岬に戻り、何食わぬ顔をして講演を再開したのだ。

その後、午後四時には再び島は元の位置に戻るために移動を開始する。

五時間。往路と同じ時間を掛けて移動した後、午後九時には、大聖堂は元の場所へと戻っていた。

それと同時に、エレベータは再び動き出し、そして——百合子たちは、外へ出て、そこが本ヶ島であることを確かめたのだ。

そして二時間後。午後十一時。

藤衛は満を持して、本日三回目の訪問を果たし、そして——。

「……今に、至ります。この一連の流れこそが、『死』の秘密、『旅《ミウラージュ》』の秘密の全貌《ぜんぼう》であり、そして、あなたの犯行の全貌なのです」

百合子は、毅然《きぜん》として言い放った。

「これで、証明を終わります」

※　表　大聖堂移動のタイムテーブル

百合子が説明する間、藤衛は終始黙したまま、百合子のことをただひたすら、瞬きをしない瞳で見つめていた。

真摯に耳を傾けると同時に、しかし決して妥協をしない意思を隠さないその姿は、高潔であり、峻厳《しゅんげん》であり、ある意味では神々しくもあった。

百合子が、証明を終えると、ややあってから藤衛は――。

「……素晴らしい」

一言だけそう述べ、パン、パン、パンと三回、手を叩いた。

ぞんざいな拍手だ。だが、その手のひらの力強い音は、吹き抜けにこだまし、不気味な嵐のような余韻を残していった。

再び静寂が訪れると、藤衛は言った。

「完璧だ。驚いたよ。まさか、そこまでとは」

まさか、そこまでとは――この言葉が持つ意味に、百合子は思わず身を強張らせる。

藤衛は今、明確に理解したのだ。百合子と神が、彼の想像する以上の存在であったことを――。

表　大聖堂移動のタイムテーブル

時刻	藤の動き	大聖堂の動き
6:00		本ヶ島のカルデラ湖から移動を開始
		↓
7:40	講演開始	↓
	(日蝕が最大)	↓
8:00	開会・藤衛講演	
11:00	休憩・大聖堂へ	襟裳岬から10kmの地点に到着
11:30頃	大聖堂でノーランドを撲殺・襟裳岬へ戻る	
12:00	講演再開	
14:30頃		吹き抜けで大橋焼死
15:00	休憩・大聖堂へ	
15:30頃	大聖堂で朴を刺殺・襟裳岬へ戻る	
	講演再開	
16:00		大聖堂が帰還を開始
		↓
17:30頃		大聖堂でエルサ凍死
18:00	終演・大聖堂へ	↓
21:00	本ヶ島に到着	大聖堂が本ヶ島に帰還
23:00	大聖堂に到着	

それが証拠に、藤衛の雰囲気は、先刻までの感じとは明らかに異なっていた。硬く冷徹な表情。そして、底なしの瞳に宿り始めた、妖しい紅炎。それらは確かに、先刻までの余裕のある藤衛にはなかったものだ。すなわち——。

百合子は、身構える。

藤衛が漸く、本性を表そうとしているのだと。

——なおも、威圧的な拍手を続ける藤衛。

だが、そんな藤衛に——。

「……まだ、終わってはいないわ」

神が、ピシャリと言った。

その言葉に、藤衛が手を叩くのを止める。

途端に、耳が痛くなるほどの静寂が再び吹き抜けを覆う。

時刻は——。

深夜。

まさに、丑三《うしみ》つ時《どき》。

古来、怪異と出会うと伝えられるこの時刻に、現代の怪異が、爛々と目を光らせる。

だが、決してたじろぐことなく、神は首を横に振った。

「まだよ。私たちはまだ三つの謎のすべてを解いたわけではない。つまり、証明はまだ終わってはいない」

「…………」

あからさまに眉を顰める藤衛に、神は、一歩前に出ると、高らかに宣言するように言った。

「私たちは、証明するの。二十四年前に起きた事件、すなわち、あなたの『過去の秘密』も」

艶やかな髪が、ふわりと膨らむ。

黒いワンピースが、妖艶に靡く。

風を纏ったのだ――神の周囲の。

その風が、どこから吹き込んだものかは、解らない。いや、そもそも密閉された吹き抜けには、吹き込む隙間などないはずだ。

なのになぜ、風が吹き込むのだろう？

気のせい？

神自身が起こしたもの？

それとも――。

「二十四年前。あなたは今日と同じように、四人のＢＯＯＫを殺害した」

神は、淡々と言葉を紡ぐ。

「バーニャース。ウード。オットー。ケネディを、あなたは殺した。彼らだけじゃない。私の母も、司さんのご両親も巻き添えにして殺した。その真相を人々が知ることはできなかったけれど、今はもう明らかになっている。あなたは……今日と同じことを、二十四年前にも行った。原理は一緒。国際会議の場から抜け出し、殺人を行った。吹き抜けの仕掛けを起動させて焼死、あるいは凍死させたの」

「…………」

「ただ、今とは違うことも幾つかあった。そのひとつは、あなたがハバロフスクにいたこと。当時のソヴィエト連邦にいたあなたには、自力でハバロフスクを出ることができなかった。けれど、ソ連にいたということを、むしろあなたは利用した。そう、ソ連政府と取引をしたのよ」

「…………」

「数学は、暗号技術の基礎になる。第二次世界大戦でドイツが負けたのも、チューリングにエニグマを解読されたからよ。暗号の軍事的価値は極めて高く、その基礎になる数学も、有用な取引材料になり得た。とりわけ、暗号において重要な要素である素数に関わるリーマンの定理の成果は、冷戦中のソ連にとってものどから手が出るほど欲しかったものであるはずよ。いずれにせよあなたは、自らの数学的成果と引き換えにして、ソ連から潜水艦を提供させることに成功したの」

「…………」

「あの日も、大聖堂は本ヶ島を出て五時間ほど移動し、ソ連が占領していた択捉島まで百五十キロメートル程度の距離まで近づいていた。ハバロフスクから択捉までは約一時間、潜水艦に乗り換えればそこから二時間もかからずに本ヶ島まで辿り着ける。つまり、片道が三時間になったの。あのとき、あなたには八時間の余白があった。往復が六時間かかったとしても、残りは二時間もある。その間に大聖堂で、今日と同じように二件の殺人を犯すのは、造作もないことだったでしょうね」

「…………」

「ソ連と結託したことは、警察の捜査においてもプラスに作用した。つまり、外交筋から捜査に横槍《よこやり》を入れることができたの。大聖堂を徹底的に捜査すれば、いくら最後に建物を破壊したとしても、巨大な原動機や吹き抜けの仕掛けを看破されるおそれもあったでしょう。でも、そうはならなかった。まさに、ソ連を通じて、あなたが裏から手を回したからよ」

「…………」

「二十四年前の事件で今と違ったことは、他にもあるわ。それは……十和田さんの位置づけ」

「……っ」

名を呼ばれた十和田が、ピクリ、と肩を震わせた。

神は、そんな十和田と藤衛、二人のことを交互に見ながら続けた。

「二十四年前の事件でも、混乱を作り出すために、あなたがいない場面で焼死と凍死を起こす必要があった。けれどあなたには、ハバロフスクという遠隔地にいて吹き抜けを操作することはできなかった。だから、その役目を、十和田さんが負ったの。……ですよね？　十和田さん」

「…………」

無言で、十和田が顔を逸らすように横に向ける。

だが皮肉にも、そんな態度こそ、指摘の正しさを意味するものだった。だから神は、なおも続ける。

「まだ高校生だった十和田さんは、あの日も大聖堂にいた。そして、タイミングを見計らい吹き抜けを起動させたの。十和田さんに指示をしたのは、もちろんあなたよ。リーマンの定理という餌《えさ》をぶら下げられていた十和田さんが、その指示の意味をどれくらい理解していたかは解らない。けれども、ひとつ言えるのは、十和田さんはあなたの指示を忠実に実行したということよ」

「…………」

「ただ、この方法は、あなたにとっては画竜点睛《がりょうてんせい》を欠くものでもあった。というのも、共同研究者がいる論文のようなもので、自分ひとりの成果とは言えなかったから。だからあなたは……二十四年後の今日は、そのすべてを自力で行ったの。音声認識という技術を用いて。そして、ある意味ではより『エレガント』な解法により、犯罪を遂行したのよ」

「…………」

「そして、二十四年前、四人の数学者たちを殺したあなたは、さらなる証拠隠滅のために、大聖堂をわざと爆破した。建物は崩れ、生き残った者も瓦礫の下敷きとなって命を落とした。私たちの母も、見つかったときには無残な姿だったと聞いているわ。ただ……幸運なことに、私はその瓦礫の隙間にあって、命を長らえた。百合子ちゃんと司さんも、頑丈なエレベータの中にいたお陰で危機を免《まぬが》れた。司さんが、長く閉じ込められたせいで酷いエレベータ恐怖症になってしまったのは、少し可哀《かわい》そうだったけれどね」

「…………」

「これで、最後の『過去の秘密』の証明も終わり。さあ、あなたの罪はすべて明らかとなった。この事実が世間にも暴かれれば、もうあなたは終わりよ。どれだけ虚勢を張っても、たとえあなたが神だとしても、あなたの首を絞める縄から逃れることは不可能。さあ……どうするの？　藤衛さん？」

神が——顎を上げ、問う。

百合子もまた、藤衛を睨みつけるように、真っ向から見据える。

百合子の胸中には、今、形容しがたい複雑なものが渦巻いていた。

それは——怒り。

私の家族は、こんな男に殺されたのか、という、激しい怒り。

けれどそれは、悲しみでもあった。そして動揺でもあり、憎しみでもあり、戸惑いでもあった。

なぜならば、目の前にいるこの男こそが、家族の仇であり、同時に——家族でもあったのだから。

だから、百合子は——。

哀れみ。

そう、いつしか果てしない憐憫《れんびん》の情を抱いていたのだった。この、数学に取りつかれ、自ら特異点に吸い込まれた、この哀れな男に。

だが——。

「……はっ」

藤衛はひとつ、大きく息を吐いた。

その息は、はっ、はっ、と何度も繰り返され、やがて痙攣《けいれん》するような声へと変わった。

「はははははははは……」

――呵々大笑《かかたいしよう》。

いつしか大口を開け、紫色に濁った喉を見せつけながら、藤衛は、大声で笑っていた。

何十秒も笑い続ける男に、百合子は思う。

一体、何がおかしいというのだろう？

この男のどこに、いまだ笑っていられるような余裕があるというのだろう？

苛立ちと不安が綯い交ぜになった奇妙な感情に囚われる百合子に、藤衛は、やがて――。

「…………」

ぴたりと、笑うのを止めた。

そして一転、無表情のまま、酷薄な眼差しで神と百合子を一瞥すると、漸く、低い声色で言った。

「滑稽だよ。そこまで解りながら、君たちはいまだ真理に到達できないでいるのだからな。いつまでも私の周りをぐるぐると、道化のように回り続けるしかない。そして、それが解っていながらにして輪廻《りんね》から脱し得ないとは。……まったく、それだから君たちはいつまでも、神にはなれないのだよ」

藤衛は、蔑むような眼で、冷たく言い放った。

「まだ気づけないのかね？　真実はいつもひとつなのだよ」

パチン――。

藤衛が、指を鳴らした。

その鋭くも清々しい音は、藤衛の指から放たれた後、吹き抜けの壁に反響し、吸い込まれ、そして水滴が蒸発するように、消えた。

ふと――。

百合子は、気づいた。

「……えっ？」

藤衛の傍に、十和田が――いない。

――十和田は、どこにいった？

そう思った、まさにその瞬間。

百合子の首を、誰かが、後ろから激しく摑み上げた。

3

「ぐっ」

無意識に、喉の奥から声が出る。

首に指が食い込み、激しく痛む。

咄嗟《とっさ》に、首に掛かったその指を振りほどこうと手を掛けるが、強靭な力を前に、百合子にはなすすべもない。

一体、誰がこんなことを――。

力を振り絞り、百合子は後ろを振り返る。

そこにいたのは――。

「とわだ、さん？」

――十和田只人、だった。

十和田が、右手で百合子の首を摑み上げていたのだ。そして――。

「お、お姉ちゃん」

もう片方の左手では、神の首を摑んでいた。

神は、苦しげに顔を歪め、十和田の手を解こうと試みていた。だが十和田は微動だにすることなく、険しい表情のまま、無言で、百合子にしているのと同じように、神の首を摑み上げていた。

「や……止めて……十和田、さん」

百合子は、呻き、懇願した。

だが十和田は、決して指に込めた力を緩めることはなく、むしろ百合子の声に、爪《つめ》を立て、肌に食い込ませる。

もがく二人。

だが、細く痩《や》せた身体のどこからそんな力が湧いて出るのだろうか、十和田は、顔色ひとつ変えずに二人を締め上げたまま、一歩前へと出た。

その先にあるのは——吹き抜けの、奈落。

ぽっかりと口を開けた、地獄への入り口だ。

「十和田さん、私たちに何をするつもり？」

掠れた声で、神が問う。

「まさか、私たちを殺す？　手すりの向こうに、突き落とそうというの？」

「…………」

「あなたは、本気なの？　それがあなたの、真実なの？」

「…………」

十和田は——答えない。

答えない代わりに、これが返事だとでも言うように、一歩前へと出た。

死へと開いた穴が、その分近くなる。

一歩、また一歩。

穴の奥に——闇が見える。

死という、無限の漆黒が。

だが——。

「……待ちたまえ」

藤衛が、十和田を止める。

愉快そうに肩を揺らしながら、十和田と、十和田に捉えられている百合子たちの前に立つと、藤衛は、にやりと口角を上げた。

「このまま特異点へと放り込まれるのも、君たちには面白くないことだろう。哀れな君たちに、私の講義を聞かせて差し上げようじゃないか」

「あなたの講義なんか……聞きたくない」

「そう硬いことを言うな。神よ」

呻くように言う神に、藤衛はやれやれと言いたげに肩を竦めた。

「他ならぬ私の思し召《おぼ》《め》しなのだ。ありがたく拝聴すべきではないかね？」

「ぐ……」

より強く、十和田に首を摑まれたのか、神が苦しさに声も出せず、ただその整った顔を歪める。

そんな神を楽しそうに見ながら、藤衛はおもむろに、朗々と響く声で講義を始めた。


「私があの問題を解決したのは、もう何十年も前に遡る。数学の神髄に触れ、数の神秘を垣間見た私は、まさにあのとき、人間を超越したのだ。この愉悦が君たちに解るかね？　しかも、あれから幾年月が過ぎた今となっても、君たち人間は相変わらず未解決の泥沼を這《は》い回《まわ》っているのだから、これほど面白いことはないのだ。だが……人間を超えた私は、まだ自らが人間なのではないかという疑いを持っていた。だから、試しに教団を開いた。私が仮にまだ人間であれば、その試みは失敗に終わるだろうとね。だが、結果は、ご覧のとおりであったよ」

くくく、と馬鹿にするような笑みを浮かべながら、藤衛は続ける。

「気が付けば人は意のままだ。私が右を向けと言えば彼らは一斉に右を向き、死ねと言えば死んだ。彼らが集めてきた富もごく自然と私に貢がれた。伽藍堂などというものも簡単に造ることができたし、この本ヶ島もあっさりと手に入った。人間とはなんと哀れなものかと呆れたものだが、同時に、私にとって価値のあるものは、物質や金品などではないということもよく解った。私にとって価値があるものは、まさしく、私を私たらしめる神秘にあったのだ。すなわち、神秘たる素数であり、素数たる定理であった。それこそが最も大事なものであって、それがある限り私はいつでも、すべてをゼロに戻すことができるのだとね」

「…………」

――ゼロ。

――原点。

すなわち――特異点。

あらゆる形式で表現される藤衛の本質の源泉は、まさしくリーマンの定理にあるのだ。

だから、百合子は思う。定理の知不知が世界を左右する？　自らの神性の有無を表す？　そんな馬鹿な。たかがそれだけのことで、人間が神になどなるものだろうか。

だが――。

それでも、人は神となった。

なぜならば、神にしか読むことの叶わない本《The Book》を、読んでしまったのだから。

仮にそれを読んでしまったとき、読んだ者自身が自らに神の名をつけることは、決して不自然なことではない。

他ならぬ百合子でさえ、そうならない自信など、どこにもないのだ――。

藤衛はなおも、続ける。

「そんな私に挑もうとした人間が、かつてひとりだけ存在した。そう……沼四郎君だよ。彼は悲しいほど数学の才覚に欠けた男だったが、建築家としては有能で、私の神殿を作るのには相応しい人間であった。だから私は礼亜を払い下げ、沼君を我が眷属としたのだ。だが……どうしたわけか沼君は、この私に反抗を試みたのだ。君たちも……知る鏡面堂などというものを造り、仕えるべき神を凌駕しようとしたのだ。結果は……これも言わずもがなだ。まったく、馬鹿な男だ。あれから彼は正気を失ってしまったが、失ってもなお私の周りを『回る』ことばかり考えていたようだから、何とも哀れな男だ」

「…………」

――藤衛が滔々と語り続ける間、十和田の握力は、なおも弛《ゆる》むことなく百合子の首を締め上げる。

声も出せず、足掻《あが》き続ける百合子たちの前を、藤衛は、後ろに手を組み、かつん、かつんと靴の踵《かかと》を鳴らしながら、ゆっくりと左右に往復する。

「もっとも、彼に限らず神の領域に上らんと人間が試みるのは、当然のことではあったのかもしれない。この点、そう簡単なことではなかろうと楽観視こそしていたものの、一方で、徒党を組む人間の力を侮っているわけでもなかった。多くの歴史と前例が雄弁に語るように、人間とは和ではなく積の生き物であることを、私は忘れてはいなかったのだよ」

和ではなく、積。

藤衛は、人と人が手を結ぶとき、本来の彼らが持つ以上の力を発揮することを知っていたのだ。

いや、もしかすると、それは単に知っていたのではなく「焦り」にも似たものであったのかもしれない。人と人が交わることで、神を侵す。藤衛は何よりも、それを恐れていたのかもしれない。だから――。

「バーニャース。ウード。オットー。ケネディ。彼らの試みに正直私は眉を顰めたが、その侵略行為は侮れなかった。数学者とは、若いほど柔軟な頭脳を持つ。それが四つ揃ったとき、計り知れない相互作用が起こるだろうことは十分に想像がついたからだ。だからこそ私は、侵略者たちに対して天罰を下したのだ。これにより危機は去った。そして私も、その後、自ら引きこもることにしたのだ。誰にも邪魔されることのない、静かなる神殿に……」

天罰――藤衛がそう呼ぶ出来事こそ、二十四年前、ここで起きた事件だ。

そして、静かなる神殿と藤衛が名付けた場所こそ、死刑囚として収監された拘置所だ。

人間にとっては絶望しかないその場所を、しかし誰にも邪魔されない静かなる神殿であると定義づけるとは――。

百合子は、驚きとともに改めて思う。藤衛はなんと――神々しいほどの狂気に満ちているのだろう？

「……だが、やがて、長い私の平穏は再び崩されることになる」

ふと足を止めると、藤衛は忌々しげに述べた。

「私の領域がまた侵されようとしたのだ。例えば、大石《おおいし》。例えば、常沢《つねさわ》。例えば、ノーランド。例えば、大橋。例えば、朴。例えば、オッリカイネン。奴《やっ》らは手を組み、我が聖なる世界を土足で踏みにじろうとしたのだ。解るかね？　これは到底、許されるものではないことなのだよ。だから……」

「あ、あなたは……拘置所を出た」

神が、苦痛に耐えながら、掠れた声で呻くように言った。

「そして、殺したのね、彼らを」

「そう。我が手でゼロに戻したのだ。彼らにとっては光栄なことにね。だが、さらなる問題が私を煩わせることとなった。そう……他でもない君たちだ」

不意に、藤衛が、神の顔に自らの顔を近づけた。

「最も私の世界を汚そうとしているのは、誰か？　沼か？　バーニャースか？　ウードか？　オットーか？　ケネディか？　大石か？　常沢か？　ノーランドか？　大橋か？　朴か？　オッリカイネンか？　いいや、違う。そのどれとも異なるのだ。私の世界を汚し、壊し、秩序立った宇宙の公転を狂わせようとしているのは、そう、君たちなのだよ」

「…………」

嫌悪感からか、顔を歪める。

しかし神は、決して視線を逸らすことはない。

十和田に締め上げられながらも、神は、藤衛を真っ向から睨みつつ、戦い続けていたのだ。

そんな神に、藤衛は一層肩を怒らせる。

「神君。君の役割は『目印』だったはずだ。神界に最も近づくことがあるとすれば、それは君であろうと私は二十四年前に看破していた。期待どおり、君は才能を開花させ、見事にリーマン定理へと近づいていった。言わば、君がいる場所こそが人間の到達できる最前線であると私に忠実に知らせてくれたのだ。お陰で私は、君を基準として愚かな人間を排除することができる。そう期待していたのだ……」

藤衛は、肩を竦めると、くるりと背を向け、吐き捨てるように言った。

「まったく、見下げたものだ。まさか、単なる目印である君が、よもや水仙君とともに私に挑むとは」

「…………」

自らの、あまりにも屈辱的な役割。

それを知らされた神は、なおも無言のまま、藤衛を睨み続ける。

彼女の胸中にあるのは、何だろうか。

怒りか、それとも、哀しみか。

到底想像がつかない。できるはずもない。だがそれでも、百合子には、はっきりと解っていた。

だから彼女は——戦おうとしたのだ。

沼四郎を殺してでも、あらゆる他者を、踏みにじってでも、自らが神となり、藤衛を超えるために。

だが——。

藤衛はなおも、呆れたような声色で続けた。

「持つ者は、持たざる者を支配する。それが世界の根源にある理だ。弱肉強食などという曖昧なものではない。上位概念が下位概念を支配し、数学的に上下関係が定まるという、ごく当然の理なのだ。そしてそれこそが、神の神たる理由だ。そう、支配こそが、すべてなのだよ。宮司潔は私に支配された。沼四郎は私に支配された。宮司司も私に支配された。君たちもまたここにいる。なぜか？　私に支配された下位概念だからだよ。平たく言えば、君たちは持たざる者、何も知らぬ者なのだ」

「…………」

「なぜクラスPとクラスNPが等しくないと知らない？　なぜ非特異な複素射影多様体上のすべてのホッジ類がその複素部分多様体のコホモロジー類の有理数係数の線形結合となると知らない？　なぜ単連結な三次元閉多様体が三次元球面に同相であると知らない？　なぜ楕円曲線上の有理点と無限遠点のなす有限生成アーベル群のランクがL関数のsイコール1における零点の位数と一致すると知らない？　なぜ、ゼータ関数の非自明な零点の実部がすべて2分の1であると知らない？　そうだ……諸君の『真実を知らないこと』は、それそのものが傲慢であり、怠惰であり、罪なのだ。だからこそ私は、それだけで君たちを気の毒に思い、そして……」

長い間を挟むと、藤衛は、唾棄《だき》するように言った。

「……侮蔑するのだ」

静寂――。

いや、聞こえるのはただ、神の呻き声のみ。

百合子は、だから思う。

この男に――藤衛に、何とか一矢報《むく》いたいと。

だが、決して手を緩めることなく、無表情のまま首を締め上げ続ける十和田に、百合子たちはなす術もない。

やがて、背を向けていた藤衛が、再び振り返る。

その表情に浮かんでいるのは、何か汚いものでも見ているかのような、忌々しい表情だ。

そんな藤衛に、百合子は――。

喘ぎながら、問うた。

「……十和田、先生は？」

「ん？　……なんだと」

「あなたにとって、と……十和田先生とは、何なんですか？」

「……十和田君、か？」

藤衛が、目を細めつつ、十和田を見た。

神と百合子を摑み上げたまま、微動だにしない十和田。そんな十和田を暫し試すような表情で見ると、ややあってから、藤衛は言った。

「彼は、ただの人間だ」

「ただの……人間？」

「そうだ。十和田君は決して私に勝つことはできない。そう宿命づけられた人間だ。だからこそ、神の忠実な僕《しもべ》として、ひたすら地を這い、負けないことだけを夢見た生を歩まなければならないのだ。……そうだろう？　十和田君」

「…………」

十和田は、しかし——答えない。

ただ忠実に、自らの役割を果たし続ける。

藤衛は、なおも続けた。

「だが十和田君は、二十四年前も、そして今も、私の手足として働くことを許されている。これは実に幸運なことだ。まさしく、人が神に、子が父に従うように、ただ言うことを聞いていればよい。そうすれば私の血の一滴を手にするという恩寵《おんちょう》に与《あずか》れるのだ。これを幸せと言わずして、何と言うのだ？　なあ……十和田君」

再び問われた、十和田は——。

やはり、僅かも動かず、一言も答えない。

だが、それこそが僕の役割である。僕とは、決して主の求めること以上に及んではならないのだ。だからこそ、むしろ満足そうな笑みを浮かべると、藤衛は——。

「さて……戯言《たわごと》はこのくらいにしよう」

藤衛は不意に、禍々しいまでの真顔になった。

「君たちに与えるべき必要十分条件は満たされた。後は、エレガントに証明を終えるまでだ」

そう言うと再び、パチンと指を鳴らした。

同時に――。

首に掛けられた手が、動き出した。

神と百合子の身体が、人間のものとは思えないほどの強い力に、抗いようもなく前に押される。

手を振りほどこうと、足をばたつかせてもがく。だが、そんな抵抗など物ともせず、十和田は少しずつ、百合子たちの身体を吹き抜けへと押しやっていく。

哀れな二人を見ながら、藤衛がさも面白そうに笑った。

「ははは。抵抗しても無駄だ。君たちの命運はもう尽きている。これが宿命なのだ。真実なのだ。大人しくその真実に従いたまえ」

そして、十和田に向かって大声を張った。

「そうだ、十和田君。そのまま落とすのだ。それで君には栄誉ある『かく示された《Quod Erat Demonstrandum》』の称号が手に入るのだ。ははは、そう、その調子だよ」

「…………」

無言のまま、藤衛の言葉に従容としたがい、じりじりと百合子たちを追いやっていく、十和田。

やがて――。

十和田は、吹き抜けの縁に立つ。

そしてなおも、百合子と神をそのまま、強大な力で動かしていく。

足が浮き、それから身体が手すりの向こうへと押しやられていく。

百合子の眼下に、光のない闇が浮かぶ。

すなわち――虚無。

百合子と神の身体は、もはや大きく開いた口の上にあった。

もしも今、十和田が手を離したら――。

「ははは、あと少しだ。そのまま手を離すのだ、十和田君」

――二人は、吸い込まれていく。

生命を塵《ごみ》へと変える無慈悲な器へと。

百合子は――思う。

――死にたくない。

こんなところで――死ぬなんて。嫌だ。

だから――。

「……やめて」

懇願した。

呻くような声で、心から言った。

「やめて、十和田さん……私たちを、助けて」

ふと――。

「…………」

十和田の手が、止まった。

「と、十和田さん？」

「さあ、十和田君、あと少しだぞ」

藤衛が、十和田に言った。

「世界の真理はもう君の目前にあるのだ。躊躇うことなく一息にやりたまえ」

藤衛の促しに、十和田の手に再び力が入る。

だが――。

「だめ……十和田さん……言うことを聞いては」

神もまた、掠れた声で呻いた。

「私たちを、落とせば……あなたは、原点に取り込まれます。それだけは……だめ……」

「何をしているのだ、十和田君。やれ、やるのだ」

「だ……め……」

十和田の手が、止まる。

その手は、まるで逡巡するように震えていた。

だから、百合子は――。

十和田の傍に落ちているあるものを見て、言った。

「十和田先生、お願い……足元を、見て……」

足元――。

百合子の言葉に十和田の視線が、一瞬だけ下を向く。

そして、そこにあるものを見て――。

「……っ」

小さく、呻いた。

そこにあったのは――ノート。

十和田が持っていた大学ノートだ。ごくありふれた、しかし十和田が強く握り締めたせいで、折れてしまったもの。

「十和田先生……それ……『ザ・ブック』なのでしょう？」

「……………」

「それは、神の本……でも、そこには、初めから何か、書かれているのじゃ、ない。あなたが、そこに、真実を書くためのもの……そうでしょう？」

「……………」

「十和田先生、お願い……気づいて……あなたがそこに書くべき真実は……本当は、何なのかを」

「……………」

「そのノートに書かれるべきは、『リーマンの定理』だ」

百合子の言葉に、十和田ではなく、藤衛が答えた。

「そこに私が書く。それを十和田君が読む。そのために十和田君は私の僕となったのだ。それこそが世界の真理であり、たったひとつの真実なのだよ」

醜悪な表情で、冷酷に言い放つ藤衛。

だが、百合子は——。

「そんなの……違う」

男を睨みつけながら、言った。

「十和田先生が、お仕着せの真理を望むなんて、思えない。そんなのは、真実とは言えない」

「いいや、真実だ。私が定義したのだから、誤謬など存在しない。さあ、十和田君、何をぼやぼやしているのだ。さっさと二人を殺してしまえ」

「違う！　十和田先生、目を覚まして！　真実はたったひとつしかないわけじゃない。この男の言葉だって、真実とは限らない。十和田先生だって、十和田先生の真実を選べるの」

最後の力を振り絞ると、百合子は――腹の底から叫んだ。

「十和田先生なら、解るでしょう？　だって、真実はいつも自分の力で手にするものだ……それを私に教えてくれたのが、十和田先生なんだもの！」


フッ――。

力が、抜けた。

胃と、身体中の血液が、浮く。

百合子たちの身体が、重力に従い、落ちていく。

――ああ。

百合子は、心の中で諦めの溜息を吐き、そして、スローモーションの世界の中で、静かに目を閉じた。

終わった。

神への反乱は、敗北の名の下に終わったのだ——。

——だが。

「……痛っ」

百合子は直後、落ちた。

奈落の底ではなく、手すりの真上に。

固い手すりに叩きつけられた百合子は、激しい痛みと、一瞬の混乱の後、すぐ理解した。

自由落下する寸前、十和田が百合子の身体を手前に引いたことを。そのお陰で百合子は奈落ではなく、手前にある手すりの上に落ちたのだということを。つまり——。

十和田が——自分を助けたのだということを。

目を開けると、神も吹き抜けに落ちることなく、目の前で、床の上に倒れていた。

百合子は、ほっとした。

よかった——十和田先生は、お姉ちゃんも、助けたのだ。

だが——。

安堵は束《つか》の間《ま》だった。

百合子自身の身体が、手すりの上でバランスを崩し、再び奈落へと滑り落ちてゆく。

慌てて手を伸ばすと、手すりを摑み、間一髪、百合子は両手でそこにぶら下がった。

危ない——冷や汗を掻く百合子の頭上で、声がした。

「おい、何をしているんだ、十和田君」

それは、狼狽えたような藤衛の声だった。

「もう一度、神と水仙を落とすんだ。今すぐやれ……おい……どうしたんだ？　十和田君？」

必死でぶら下がりながら、手すり越しに見ると、そこには驚くべき光景があった。

十和田が、藤衛の首を摑んでいたのだ。

藤衛が、驚愕《きょうがく》の表情とともに呻く。

「な、何をするんだ？　十和田、やめろ」

「…………」

だが十和田は、藤衛の命令には耳を傾けることなく、その小柄な老人の身体を吹き抜けの縁の手すりに押し付け、そして、持ち上げる。

「な、何をしようとしているんだ、まさか、私を……この私を、落とそうというのか？」

「…………」

「……っ、止めろ、貴様、その手を離せ、一体私を誰だと思っているんだ」

恫喝するような藤衛の問いに、十和田は、俯きながらも小声で答えた。

「……藤衛、先生です」

「ならば止めろ！」

「……止めません」

「なぜだ！　真理を知りたくはないのか！」

「……僕は」

「僕は？」

十和田は――。

顔を上げ、キッ――と藤衛を睨んだ。

「自分の力で、真理を手に入れます」

トン――。

十和田が、軽く藤衛の身体を押した。

だが、そんな軽い力が、腰を支点として藤衛の身体を回転させる。

その先にあるのは――。

吹き抜け。

地獄。

つまり――闇。
「あああああああああああああああ……」
断末魔の叫びが、轟く。
それは、藤衛の、最後の雄叫《おたけ》び。
重力に従い、その声が奈落の底へと落ちていき、やがて長い、長いデクレシェンド
とともに残響と余韻と、そして静寂だけになっても――。
その咆哮《ほうこう》は、いつまでも耳の奥に渦巻いていた。
いつまでも――いつまでも――。

茫然と――。

手すりに必死で摑まりながらも、頭の片隅では、まるで気が抜けたように、ただい
つまでもその光景を――藤衛の死を、何度も反芻し続けていた百合子の目の前に
――。

「大丈夫か？」

十和田が、ひょこっと顔を出した。

「ヘリウム……二人ともよく頑張った。百合子くんも、今助ける」

そう言うと十和田が、手すり越しに、百合子に向かって手を差し伸べた。

「……ヘリウム？」
百合子は、その骨ばった指先を見ながら、思い出した。
そうだ、十和田には——。
そういう口癖《くちぐせ》があった。
数字を原子番号に見立て、元素名に変える言い方。
例えば、37はルビジウム。
例えば、27はコバルト。
例えば、17は塩素《クロリン》。
例えば、6は炭素《カーボン》。
そして例えば、2は——ヘリウム。
ヘリウムとは、だから、二人のこと。神と、百合子のこと。
つまり——。
「ああ、よかった……」
十和田は、藤衛の世界から、こちらの世界に戻ってきたのだ。
以前の十和田に、戻ったのだ。
よかった——十和田さん。
ほっ、と溜息を吐いた、その瞬間。

「あっ！」

手すりに掛けていた両手が、滑った。

「百合子くん！」

十和田が手を伸ばした。

だが、その手を――。

百合子は、摑むことができなかった。

そして、百合子の意識は――。

重力が彼女を引き下ろすに任せたまま、深く無慈悲な奈落の闇へと落ちていった。

第Ⅶ章　十和田・解

1

気が付くと――。

彼女は、目を閉じたまま、横たわっていた。

ここは――どこだろう？

冷たいコンクリートの上でも、無慈悲な鉄の上でもない。ほんのりと温かくて、干したての布団のように柔らかな、土の感触だ。

ふと――。

淡い金木犀《きんもくせい》の香りがする。

どこか遠くで、さらさらと水が流れる音がする。

優しいそよ風が頬を撫でる。

瞼の向こうに、煌めくような光が溢れているのが解った。

だから、彼女は――。

もう一度、思う。

ここは――どこだろう？

不思議に感じながら、瞼を開こうとする。

けれど――。

「目を、開けてはいけないよ」

誰かが、すぐ傍で言った。

力強くて、優しい声。

とても、懐かしい声。

彼女は、その声の主が誰だか知っている。

知っているからこそ――問い返す。

「開けちゃ、だめなの？」

「ああ。そうだよ」

「なぜ？」

「君には、ここは眩しすぎるからね」

「…………」

「僕の言うことを、聞けるね？」

「……うん」

彼女は——その人の言葉に従い、ぎゅっと目を閉じた。

「そうだよ。君は……聞きわけがいいね」

誰かが、そっと、彼女の頭を撫でる。

優しい声。優しい手。

金木犀の香りの中で仄《ほの》かに漂う、その人の匂いを嗅《か》ぎ、胸を締め付けられそうになりながら、彼女はそれでも、その人の言葉を守り、目を閉じ続ける。

その人のことが、彼女は、大好きだったから。

そうして——。

どれくらい、時間が経っただろう。

愛おしそうに、彼女の頭を撫で続けるその人に、ふと、彼女は問うた。

「もしかして、私……死んだの？」

「…………」

その人の手が、止まる。

止まり、そして、離れる。

離れて、彼女は不安になり、それでも——。

その人の言葉を、守る。

決して、目を開けない。

その人は――。

「いい子だね」

そう囁くように言うと、彼女の手を握った。

温かく、包み込むような手。

彼女のことを、ずっと包み込んできた、大きな手のひら。彼は、この手で学び、仕事をし、彼女を守り、育ててきた。

その尊さが、彼女の手に伝わる。

泣きそうになりながらも、ぎゅっと目を閉じ続ける彼女に、その人は――。

「大丈夫だ」

諭すように、言った。

「僕が守る。すべて上手《うま》くいくさ」

――何が？　何が上手くいくの？

「そう。君には、まだすることがあるんだ」

――まだ、すること……？

――それは、何？

問う彼女に、その人は――。

答えない。

答えないまま、長い沈黙を挟んでから、漸く――言った。
「……戻らなければ」
――戻る？　どこに？
「僕も君も、いるべき場所に」
その人が――。
彼女の傍を離れる気配。
彼女は、必死で問う。
――ねえ、教えて？
――それは、どこなの？
「すぐに、解るさ」
その人が、消えていく。
――ねえ、待って！
彼女は、叫ぶ。
けれど、その声は、声にはならない。
それでも彼女は、心から叫ぶ。
――待って。
――また、会える？

虚空に消える言葉。

彼女の必死の言葉。

その言葉にまつわる幻想のように、たったひとつだけ――。

言葉が、向こうから返ってきた。

――ああ。

――また、いつか……。

声が、霧消した。

彼女の意識も、また――。

虚空の中に、再び吸い込まれた。

2

「……お兄ちゃん！」

百合子は、上半身を勢いよく起こした。

そこは――。

吹き抜けだった。

薄暗く、淀んだ空気に満ち、けれど、天井のガラスには満天の天の川が横たわる、黒い塔の内側。

その頂上で、吹き抜けの縁で、百合子は目を覚ましたのだ。

一体、何があったのか。

よく、思い出せない――。

頭を強く左右に振りながら、百合子は混濁する記憶を取り戻そうとする。

そんな百合子の、一メートル先に――。

「気が付いたか」

十和田が、いた。

十和田は、手すりに大きく凭れながら、片膝《かたひざ》を立て、肩で息をしていた。

「……十和田、先生？」

きょとんとしたまま、百合子は目を瞬く。

そして――漸く思い出す。

私は、落ちたのだ。

十和田が藤衛を奈落の底に突き落とし、そして手すりにぶら下がっていた百合子を助けようと手を伸ばした。けれど――。

私は、落ちてしまった。

その手を摑むことができなかった。

そして、藤衛のように、奈落の底へ落ちた。

でも――。

「私……生きてる？」

そう。生きている。

生きて、吹き抜けの縁にいる。

でも――。

なぜ？

「百合子くん。君は何をしたんだ？」

十和田が、困惑する百合子に問うた。

「何をしたって……」

何？　何って――どういうこと？

「気づいていないのか？」

「え、ええ……何のことだか」

「右手を見てみろ」

「……右手？」

百合子は、促されるまま、自分の右手を見た。

何ということもない、いつもの右手だ。生まれてこの方二十年以上見続けた、私の手。でも――。

そこに、何かが、絡みついている。

紐《ひも》のようなものだ。

その紐のようなものが、そのまま十和田の左手に伸び、百合子と同じように彼の手首に絡みついている。

「私と、先生……結ばれている？」

「そうだ。結ばれている」

「先生が結んだんですか？」

「僕か？　まさか」

十和田は、ゆっくりと首を左右に振った。

「僕はてっきり、君がしたことだと思ったが」

「私……が……？」

一体、十和田は何を言っているのだろう？

だが――。

ふと、百合子は気づく。

この紐のようなものには、見覚えがある。

色褪《いろあ》せ、毛羽立つ布。

何年もの間、彼はこれを首に巻いて、毎日の仕事に出かけて行った。

百合子は何度も「買い換えたらいいのに」と言ったけれど、彼は頑なにこれを使い続けた。

――でも、もうぼろぼろだよ？

――それがいいんだ。味があるだろう？

――もっといいのがあるのに。お兄ちゃんに似合う格好いいのが。

――いや……君が最初に買ってくれたという事実にこそ、本当の価値と、格好良さがある。

――そんなにぼろぼろなのに？

――ああ……ぼろぼろだから、いいのさ。

――ふーん。変なの。

「君、本当に覚えがないのか」

「え……ええ」

十和田の言葉に、胡乱に頷きつつ、百合子ははっきりと理解していた。

これは――ネクタイ。

汚れ、ちぎれそうになっているが、これは間違いなく、百合子が持っていた、司の遺品のネクタイだ。

「僕の見たことが幻覚でなければ、だが」

十和田が、鼈甲縁の眼鏡のブリッジを押し上げながら続けた。

「僕は、君の右手を摑み損ねた。だが、君が落ちてゆく瞬間、君のポケットの中から、これが伸びてきた。そして、一瞬で君と僕の手に巻きついたんだ」

「ネクタイが……ですか」

「ああ。だから僕は、君を摑むことができた。そして百合子くん、君の命も助かった」

「…………」

百合子は、言葉を失った。

何と答えるべきか、解らなかったからだ。

だが、発すべき言葉を失《な》くしながらも——。

確信していた。

ネクタイが、百合子と十和田を結んだこと。

それで、九死に一生を得たこと。

これは、百合子自身が無意識に起こした行動の結果なのだろうか？

それとも、超自然的な何かの働きによるものなのだろうか？

百合子にはもちろん、真実など解らない。

でも、その解らない真実が何であったとしても——はっきりしていることが、ひとつある。

それは、今、この場に百合子がいられるのが、誰のお陰なのかということだ。

ふと——。

誰かが掛けてくれた言葉が、脳裏に蘇った。

——あなたの周りには、あなたを助け、守ってくれる人が常にいます。

そう——。

私の周りには、私を助け、守ってくれる人が、常にいる。

十和田只人。

善知鳥神。

そして——宮司司。

だから百合子は、きっとそうだと思う。

きっと、司が——お兄ちゃんが、助けてくれたのだということを。

死してなお、私のことを守ってくれたのだということを。

「……お兄ちゃん」

百合子は、小さく呟いた。

歪む視界の中で、溢れ出した熱い涙が頬に伝うのを感じながら。

そんな百合子の背に、温かい手が触れる。

顔を上げると、そこには――。

「百合子ちゃん。よく頑張ったわ」

「……お姉ちゃん」

神が、いた。

黒いワンピースと、艶やかな黒髪。そして、底知れぬ瞳。けれど今は、その瞳の奥に、不思議なほど落ち着く淡い光を湛えながら、神は、そっと優しく百合子の背を撫でた。

「でも、これであの等式が正しかったことが証明された」

「あの……等式？」

「オイラーの等式よ」

百合子の視線の先。神が空中に、指で等式を書く。

――「$e^{i\pi}+1=0$」

神は、しなやかな指でその一文字ずつを指差しながら言った。

「気づいていた？　この等式は、私たちのことを示すものよ。例えば、超越数である『e』は私。『π』は十和田さん。『i』は、百合子ちゃん、あなた。そして唯一の実数である『1』は……」

「誰、なんですか？」

「すべての人々よ」

神が、百合子に優しく微笑んだ。

「例えば、あなたのお兄さんである司さん。例えば、沼四郎。あなたと私を取り巻くすべての人々が、唯一の実数となって私たちに力を与えた。その結果、私たちは匹敵した」

「それは……」

「そう。『0』よ。原点であり特異点であり、すべてを無とするあの男に、匹敵したの」

「…………」

百合子は、無意識にごくりと唾を飲み込んだ。

$e^{i\pi}+1=0$

オイラーの等式が示すこと。

それは――『超越する者』、『超越しない者』、あらゆる者が力を合わせることで、決して乗り越えることのできない『無』と同値になるということ。

つまり――。

手の届かない神など、存在しない。

それはただ、人が創《つく》り出《だ》したもの。

神に対して、勝つことはできない。

でも——神もまた人には勝てない。

勝負はすべて、引き分けに終わる。

オイラーの等式がそれを証明する。

だから——。

「……お姉ちゃん」

「……百合子ちゃん」

ふふっ、と——百合子と神は、微笑み合った。対称性を持ちながら。


ドン——。

不意に、足元から突き上げるような揺れが襲う。

次いで、床が小刻みに動く。それは、まるで地の底から湧き上がるような、不穏な揺動のように——。

ドン——ドドン——。

不安げに周囲を見回しつつ、百合子はゆっくりと立ち上がった。

この揺れは、何だ？

何が、起こっている？

まさかまた——島が移動している？

「……島が動いているのじゃ、ないわね」

神が、百合子の心の声に答えるように言った。

「島じゃない？　じゃあ……大聖堂の崩壊？」

藤衛は二十四年前、事件を大聖堂の崩壊によって終わらせた。

あのときと同じことが起こっているのでは、と思う百合子に、神は「それは、違うわ」と首を横に振った。

「藤衛は死んだ。十和田さんも正気に戻った。大聖堂を崩壊させる理由は、もうない。つまり……この振動は、もっと別の理由によるもの」

神は、手すりを支えに立ちながら、眉根を寄せ、掠れた声で呻くように続けた。

「これは、もっと別のものよ……誰かが怒りに震えているような……触れてはならぬものに、触れてしまった……」

「……お姉ちゃん？」

どうしたの？　——苦しげな神に声を掛けようとする百合子に、十和田が言った。

「二人とも、まずいぞ」

「まずい？　何がですか」

問い返す百合子に、なおも不穏な揺れが続く中、十和田が、自らの手に巻き付いたネクタイを解きながら、視線を上に向けて、言った。

「空を、見てみろ」

「空……？」

促されて、見上げるガラス天井。

その透明な天井の向こうにあったものは——。

夜明けの、藍色の空。

消えゆく星々の、最後の煌《きら》めき。

そして——。

ゆらゆらと不穏に立ち上る、黒煙。

「あ、あれって……」

かつん——かつん——。

何かが、ガラス天井に当たっている。

黒い、小石だ。いや——。

小石は見る間に、石になり、そしてより大きな、ごつごつとした岩石へと変化している。

ピシリ——ガラスに罅《ひび》が入る不吉な音。

よろめきながら、神が、天に目を細めた。

「火山が、活動を再開した」

「火山が……」

百合子は——思い出す。

本ヶ島は、活動期にある、今なお生き続ける活火山であることを。

それはつまり、破滅的な現象が起きる可能性がある、ということ。幾度か感じた火山性の微動が、まさにその予兆であったとすれば——。

「……噴火する」

「…………」

神が、頷いた。白い顔に、汗を浮かべたつらそうな顔で——。

——お姉ちゃん、どうしたの？

そう百合子が声を掛けようとしたとき——。

十和田が、大声で言った。

「このままだと危険だ。逃げるぞ、二人とも！」

百合子たちは、急いで吹き抜けを出る。

アトリウムの美しいガラス天井は、ところどころ火山弾によって破壊され、床には黒々とした岩石とガラスの破片が散らばっていた。

「ついてくるんだ。足元に気を付けて」

十和田が、百合子たちを先導する。ひょこひょこと、身体全体を上下させる不気味な走り方は——十和田本来の挙動であり、また十和田が十和田自身を取り戻したことの証だ。

百合子は、神と手を繋ぎ、そんな十和田を追う。

神は——。

もつれる足で、走っていた。

涼しげないつもの神は、そこにはいない。顔を歪めながら、転びそうになりながら、神は、必死で十和田についていこうとしていた。

一体、神に何があったのだろう？

心配だ。だが今は、逃げるほうが先だ。

百合子は、神の手をぎゅっと握りながらも、十和田の後を追い、回り階段を下りて行った。

——4階のエレベータは、幸運なことに動いていた。

島の電源がまだ生きているのだろう。十和田が「『開け』」と叫ぶと、扉はあっさりと開いた。飛び込むようにエレベータに入ると、十和田は「『1階へ』」と指示し、ほどなくして地上へと辿り着いた。

大聖堂の外に出て、見る風景は――。

異様だった。

夜明け前。薄らと黎明《れいめい》の光が生まれ始めた空。

大聖堂を取り囲むように、くっきりと浮かび上がる、島の稜線。そして――。

本ヶ島の西端から立ち上る、噴煙。

空高くまで、真っ黒な煙を噴《ふ》き出《だ》す、その噴火口は、西の稜線にあり、妖しい紅の光を発していた。

破滅的な噴火が、始まっているのだ。

「き、君たち、生きていたのか！」

小さな石が飛《と》び交《か》い、辺りにパラパラと不気味な音を立てる中、百合子たちに、蟻川と藤毅が駆け寄ってきた。

彼らはいち早く大聖堂の外へ出ていたのだろう。そしてここで、本ヶ島の噴火を目の当たりにしたのだ。

「本当に、心配していたんだぞ！」

大きな身体の蟻川が、神と百合子の手を取り、何度も労《いたわ》った。

「こんなことになって、よくぞ……よくぞ、生き延びた。偉い！　君たちは偉いぞ！」

小心な言動の多かった蟻川だが、彼は彼なりに百合子たちのことを心配し、だからこそここで待っていたのだろう。

「心配だったのです。でも、あなたたちが無事でいてくれて、僕は……嬉しい」

藤毅もまた、実父のことよりも、百合子たちの無事に安堵し、目にうっすらと涙さえ溜めていた。

ひとしきり喜ぶ五人。しかし――。

すぐに蟻川が、十和田に向かって言った。

「火山が活動を始めている。私たちも早く逃げないと危険だ。だが……どうすればいい？　君は何か知っているか」

問われた、十和田は――。

鼻先までずり落ちた鼈甲縁の眼鏡を、くい、と押し上げつつ、言った。

「この小島の裏に、避難用のモーターボートが隠してあります」

「そ、そうなのか！」

「藤先生が、万が一のために用意していたものです。それを使えば、逃げられます」

――十和田の言葉の後、五人は走ってその場所へと向かう。

周囲には、いつの間にか硫黄の臭いが漂っていた。

時折、ドスンドスンと突き上げるような揺れが、百合子たちを襲った。

火山弾も見る間にその激しさを増し、百合子の傍にもドスン、ドスンと土煙を上げて落ちていた。

握《にぎ》り拳《こぶし》か、ひと抱えもある火山弾も落ちている。当たったらひとたまりもないだろう。

うっすらと浮かぶカルデラ湖にも、時折、ポトン、ポトンと水柱が立つ。火山弾が落ちているのだろう。その波紋を見ると、水面から湯気が立っていることに気づく。沸騰はしていないものの、水温が大きく上がっているのだ。

ふと、思う。

あのオオカミウオは、ここにいたら茹《ゆ》で上《あ》がってしまうだろう。無事に逃げられたかな――。

――そんなことを考えているうち、幸運にも五人は誰ひとり怪我《けが》することなく、小島の東端に辿り着いた。

東端の崖には、長い草が一面に生えている。

草むらをかき分けて進む十和田に従い、その奥へと入っていくと――。

――あった。

確かに、小さなモーターボートが一艘、ゆらゆらと浮かんでいた。

小型だが、五人ならば乗ることができる大きさだ。

「おお……こんなところにあったのですね」

藤毅が、ほっと安堵したように言った。

だが――。

「それにしても、誰が運転するんだ」

蟻川が、今気づいたと言いたげに、険しい顔で言った。

「私はこんなの、操縦できないぞ」

「それは大丈夫です。僕が運転できます」

藤毅が、胸を張った。

「学生時代、船舶の小型操縦士免許を取得していましてね。あの傲岸な親父《おやじ》にはできないことをしてやろうと、反抗心から取ったのですが……まさか、こんなところで役立つとは」

「そ、それなら助かる。だが……」

蟻川はなおも、眉を顰める。

「どこからどうやって逃げればいいんだ？　ここはカルデラ湖だぞ？　モーターボートを使ったところで、本ケ島からは逃げられないのじゃないか」

「それも、おそらく大丈夫です」

藤毅が、即座に答えた。

「カルデラ湖と外海は、トンネルか何かで繋がっているものと思います。そうでなければ、父が万が一のために用意することはないでしょう」

「い、言われてみれば、確かにそうだな」

破顔すると、蟻川は納得するように大きく頷いた。

そう――百合子たちが吹き抜けで看破したように、確かに、このカルデラ湖と外海とは繋がっているのだ。だが――。

「ですが、問題がひとつあります」

藤毅はなおも、眉根に皺を寄せて言った。

「問題？　そ、それは、何かね」

「そのトンネルが、どこにあるか、です」

「あ……」

蟻川が、固まった。

険しい表情の藤毅が、十和田に問う。

「残念ながら、そのトンネルの場所が解りません。解るとすれば、十和田君、あなただけでしょう。そのトンネルがどこにあるか、ご存じではないですか」

「それは……」

十和田は、小さく肩を竦めた。

「解りません」

「解らない」

「ええ。申し訳ないのですが、僕はここから外海に出るためのトンネルがどこにあるか知らないのです。藤先生から、教えて貰《もら》ってはいないので」

「な、なんだと……」

唖然としたように、口をぽかんと開ける蟻川。

だがすぐ、誰にともなく食って掛かるように言った。

「じゃ、じゃあ……どうやってここから逃げると言うんだ？　どこにトンネルがあるかも解らないというのに！」

地団駄のように、足で地面を踏みつける蟻川。

なおも額に皺を寄せ続ける藤毅。

万事休す、なのか――。

――だが。

「……大丈夫よ」

そんな二人に、神が微笑んだ。

苦しそうに額に皺を寄せ、百合子に凭れ掛かるようにして立つ神は、しかし、いつもの柔和な口調で二人に言った。

「トンネルならば、どこにあるか、私が知っているから」

「そ、そうなのか？」

青い顔で詰め寄る蟻川に、神は、薄く目を細めつつ、百合子を見た。

「そうよ。もちろん、あなたにも解っているわね？　百合子ちゃん」

不意に問われた、百合子は――。

「ええ……もちろんです」

自信とともに頷いた。

そして、苦しそうな神の代わりに、説明を始めた。

「……この本ヶ島を眼下に望み、地図を初めて見たとき、私は直感的に、島の形が『ほぼ真円だ』と感じました。そして、こうも思ったのです。この『真円』であるということには、何か大きな意味があるのではないかと。そう考えると、他のことにも意味があるようにも思えます。例えば鳥居があるということの意味。ヘリポートの意味。それらが島の外周ぎりぎりに作られていることの意味。本ヶ島が三つの岩礁に取り囲まれていることの意味。……ずっと疑問だったのです。それは何なのだろうと。でも……」

ドン――百合子の傍に、岩が落ちる。

だが百合子は構わず、証明を——この本ヶ島に隠された、最後の謎の証明を、続けた。

「私、気づいたんです。これらの意味を統合する、通底する原理。それは……『五心』だったんです」

百合子は、ポケットに忍ばせていた本ヶ島の地図を取り出すと、一同に広げて見せた。

「ここと、ここを見てください。真円である本ヶ島の円周には、ヘリポートと鳥居があります。もしもうひとつ、何かが円周にあれば、そこには、本ヶ島という円に内接する三角形が作られるはずです。その『何か』とは、何なんでしょう？　……ところで、三角形には『五心』というものが存在しています。すなわち……」

内心——三角形の内接円の中心。すなわち三つの角の二等分線の交点。
外心——三角形の外接円の中心。すなわち三つの辺の垂直二等分線の交点。
重心——三角形の三つの辺の中点と向かい合う点を結ぶ直線の交点。
垂心——三角形の三つの頂点から向かい合う辺に下した垂線の交点。
傍心——三角形の三つの外角の二等分線の交点。三角形の外側に三つ存在する。

「……これらの点が、本ヶ島の内外で何か意味を持つように三角形を構成したならば、何かが見えるのではないか？　そう考えた私は、三角形の内心と重心がそれぞれ、大聖堂が建つこの島の東端と西端とに重なるように三角形を考えてみたのです。そうしたら……」

「な、何があったんだ！」

焦る蟻川に、しかし百合子は、あえて穏やかな笑みを見せた。

「符合したんです。垂心と傍心が……あまりにも美しく」

「符合……した」

興味深げに顔を寄せた藤毅に、百合子は、地図を示し、その表面を指でなぞりながら説明を続けた。

「見てください。まず垂心が、カルデラ湖の湖畔と綺麗に重なります。そして三つある傍心も、まるで示し合わせたように三つある岩礁と重なるのです。これは、偶然でしょうか？　……いいえ、そうではないはずです。何らかの幾何的意味が意図的に持たされたからこそ、こうなったに違いないのです。そう考えると不可解なのは、こうして作られた三角形のもうひとつの頂点と垂心の意味です。地図でその場所を見ても何もありません。単なる海岸線と、湖の稜線です。しかし、逆に『何らかの意味があるはずだ』という前提で見つめれば、この二つの地点にも意味があるのだということがすぐに解ります。すなわち……」

小さく息を吸うと、百合子は言った。

「カルデラ湖と外海とを繋ぐトンネルが、この二つの地点の間に作られているということなんです」

※　図12「本ヶ島全図（五心図①）」参照

※　図13「本ヶ島周辺図（五心図②）」参照

「すべてが合致するんです。大聖堂の四つの殺人、本ヶ島の旅《ミウラージュ》、そして藤衛の犯行。そのすべては本ヶ島に隠された五心とも符合し、この幾何的秘密がそのまま、事件の真相にもなっていた。これこそが……本ヶ島の証明のすべてだったのです」

結論を述べた百合子は――。

背後に聳える大聖堂を、見上げた。

それは――堂。

あらゆる神への渇望を体現した、藤衛の堂だ。

『堂』という言葉には、神仏を祀《まつ》る建物という意味がある。

藤衛が自らの城を『堂』と呼んだのも――藤衛に敗北した沼四郎がそれを真似たのも――すべては、自らを神になぞらえるためだったのだろう。だけれども――。

藤衛は、滅びた。

図12　本ヶ島全図（五心図①）

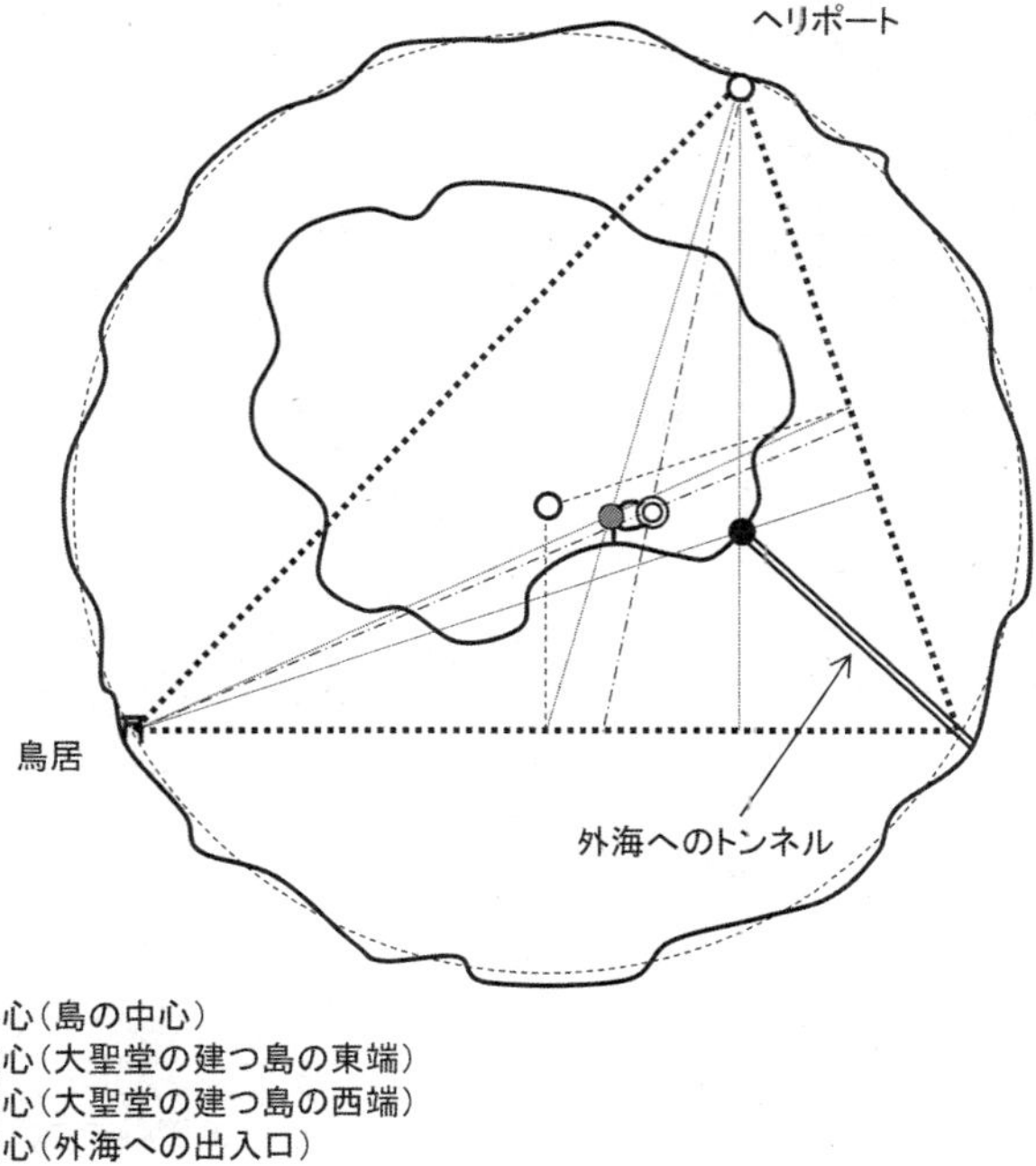

図13　本ヶ島周辺図（五心図②）

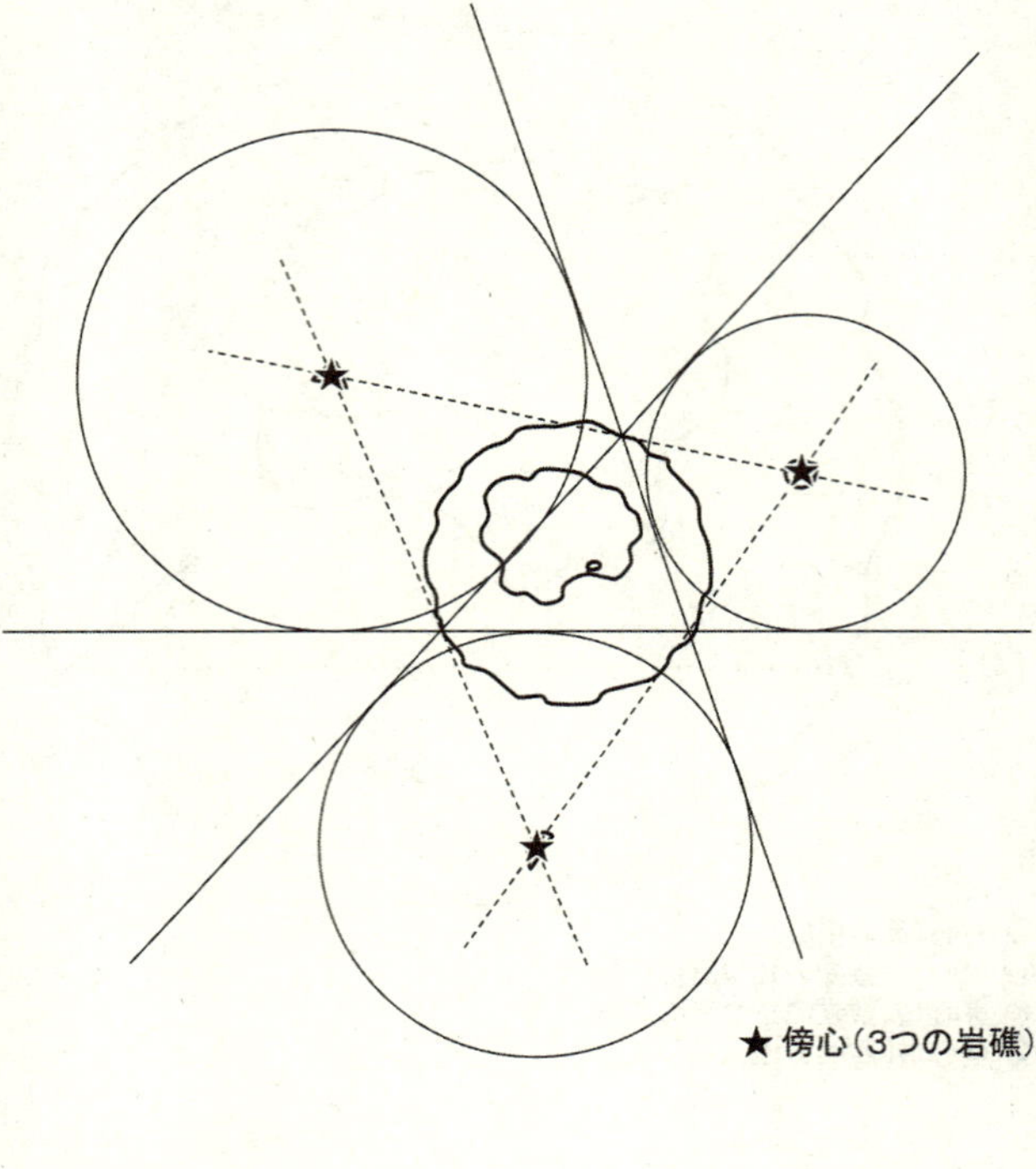

自らの野望が達成されたのかどうかさえ、証明し得ないままに。

だから――。

無意識に百合子は、滅びゆく大聖堂を見上げながら、小さく呟いた。

「可哀そうな……お父さん」


――ドン！


「わっ」

突然、足元が強く突き上げられる。

同時に、ゴゴゴ、という地面を引き裂くような轟音が響き渡る。

はっ、とその音のする方向を見上げる。

本ヶ島の、西側。

今まで黒煙を噴き上げていたまさにその場所が大きく割《さ》け、赤々としたマグマがボン、ボンと何度も、天に向かって赤い舌を伸ばしていた。

「こりゃあまずいぞ！　島ごと持っていかれる！」

蟻川が、絶叫する。だがその叫びは、ザアッと一面に降り注ぐ石礫《せきれき》の音に掻き消された。

噴火したマグマは、そのままカルデラ湖に流れ落ちる。湖面は見る間に、熱せられた水蒸気によって白濁していった。

「急ごう！　君らも早く船に乗れ！」

蟻川の言葉に、まず藤毅がボートに飛び乗り、百合子たちに向かって手を差し出す。

彼の手を取って、よろめきながらも神が、次いで百合子がボートに乗ると、その後で蟻川が足元を確かめながら乗った。

その間、二十秒。だがその二十秒の間にも、ボトン、ボトンと周囲には火山弾が落ちる鈍い音が響いていた。

藤毅が、モーターボートを起動させながら叫ぶ。

「十和田君、さあ、あとは君だけだ！」

不気味な火山の震動、そして火が入ったエンジンが放つガソリンの臭いの中、しかし、十和田は――。

「…………」

無言で、立ち尽くしていた。

蟻川がボートから手を差し伸べて促す。

「どうしたんだ？　早く乗れ！」

「…………」

しかし――十和田は、ぴくりとも動かない。

「何してる！　早くボートに乗れ！　そうじゃなきゃ出発できないだろう！」

苛立ち、急《せ》かす蟻川に、十和田は――。

ふっ――と、思い出したように顔を上げると、ピクピクと不気味に肩を何度も痙攣させた。

それから、くいっと鼻先にずり落ちた眼鏡を押し上げると、明瞭な声色で言った。

「悪いが、君たちだけで行ってくれ」

「なっ……」

「僕はここに残る。構わずボートを出したまえ」

「…………」

予想もしない答え。

口を鯉《こい》のようにぱくぱくと開閉させるだけの蟻川に代わり、百合子は言った。

「どうしてですか？」

右手を差し出しつつ、叫ぶように問うた。

「どうして十和田さんは、私たちと一緒に来てくれないんですか？　まさか……この島と運命をともにしようなんて言うんじゃないでしょうね？」

「そういうわけじゃない」

「だったらこっちに来てください！　さあ、この手を取って！」

「…………」

ビク、と右手だけを大きく痙攣させると、十和田は答えた。

「それはできない。なぜなら……漸く解ったのだからね」

「解ったって、何がですか」

「初めから、勝負なんてどこにもなかったってことさ。そう……初めから、僕が真理を見つけられるか否か、ただそれだけのことだったんだ」

「な、何を言っているんですか？」

「解らないかな。つまり、もうすぐ解けそうなんだよ。リーマン予想が」

「えっ？　今、ですか？」

「ああ」

十和田は、これ見よがしに人差し指を立てて見せた。

「藤先生は、この大聖堂に大きな秘密を隠した。教会堂に関孝和の算額を残したように。それが解っていたからBOOKの四人もあえてこの場所に来た」

「…………」

絶体絶命の状況で、十和田は何を言っているのか。

けれど頭の片隅で、百合子は――思い当たる。

十和田の言葉に対応する、ＢＯＯＫの言葉。

ノーランドは言った――僕らは皆気づいているんだ。大聖堂には藤天皇が隠した秘密があることをね。だからこそ……あえて、死地に飛び込んでいるのさ。

大橋は言った――大聖堂という座標に隠された、秘密がね。

朴は言った――ＸとＹ。その謎が解けました。

そして、エルサも言った――だって、この空と星と宇宙が見える場所にこそ、秘密が、あるのだもの。

彼らの言葉の意味するところは、すなわち――。

緯度と、経度だ。

本ヶ島の緯度と経度、その数字の羅列にこそ、きっと、リーマン予想を解決するヒントがあるのだ。

「君も理解したようだな。そう、その解釈で間違いない。その出発点から考えることが大事なんだ。……そう、僕の悲願も間もなく成就する。もう少ししたら解けるんだ。解けたら、そこに乗るよ。だから、それまで待ってくれないかな」

悠長な十和田の語尾に被せるように、百合子は問う。

「もう少しって、どのくらいですか！」

「そうだな……あとジンク分くらいかな」

ジンク――亜鉛《zinc》――その原子番号は、30。

「三十分も待ってられません！」

絶叫する百合子。

だが、そんな百合子に、困ったような表情とともに肩を竦めると、十和田は、立てていた人差し指をそのまま真下に向けた。

「じゃあ、先に行ってくれ。僕はここに残る」

「で、でも！」

――ドーン。

やにわに、生まれてこの方経験したことのない轟音が、背骨まで届く震動とともに響き渡る。

顔を上げると、マグマが花火のように炸裂している。その噴火口から、カルデラ湖に沿って亀裂《きれつ》が走り、その割れ目からは赤々とした地獄の炎が溢れ出ていた。

カルデラ湖の湖面にも、幾つもの泡《あわ》が浮かび始めている。有毒ガスが発生しているのか、それとも沸騰しているのだろう。

まさに今、島が、噴煙とマグマの中で滅びようとしているのだ。

「もう限界です！」

口元をハンカチで押さえながら、藤毅が叫ぶ。

その手はハンドルに掛かり、いつでも発進できる態勢を整えている。

百合子は、叫んだ。

「十和田さん！　来て！」

しかし、十和田は――。

頑なに、首を左右に振った。

「僕に構わず、行くんだ」

「で、でも！」

「…………」

十和田が、何かを口にした。

彼が何を話したのかは、噴火と噴石がもたらす爆音に掻き消され、聞こえない。だが――。

轟音の中、百合子は、不思議な静けさを感じていた。

その静けさの中――十和田は、淡々と言った。

――大丈夫だ、百合子くん。

――必ずまた、君と会える。

「十和田さんと会える？　本当ですか？」

――ああ。

——なぜなら、僕も君も、そういう運命のもとにあるのだからね。

——……信じられないのか？

——ふむ。ならば……ひとつ約束をしよう。

——僕が、君と再会を果たしたとき。そのときに、僕から君にひとつプレゼントをする。

「プレゼント？　それって、何ですか？」

——知りたいか？

ふと、引きつったような、それでいて優しい笑みを浮かべると、十和田は——。

——リーマンの定理。それを君に、差し上げる。

そう言うと十和田は、ひょこっと足を上げ、思い切り、モーターボートの腹を蹴った。

ぐらり、とボートが傾く。

「すみません、行きます！」

叫ぶと同時に、藤毅がスロットルを最大まで開く。

ブオン、と甲高いエンジン音とともに、ボートが急発進する。

「十和田さん！」

バランスを崩しながらも、百合子はボートの後ろに手を伸ばす。

だが、背後はもはや、ボートが上げる高い水柱と黒煙に遮られ、何も見ることはできなかった。

ボートが――加速を続ける。

見る間に去りゆく島と、主を失ったまま、滅びゆくままに屹立する、大聖堂。

悲鳴のごとくに唸りを上げるエンジンの音を聞き、全身にすでに熱湯となった水飛沫《みずしぶき》を浴びながら、百合子は――。

それでも、ずっと背後を見つめていた。

酷い硫黄臭の風に頬を叩きつけられても。

降り注ぐ轟音に押し潰されそうになっても。

島が大聖堂とともに小さくなっても――なお。

そこに残っているはずの十和田の姿を、求めて。

いつまでも――。

いつまでも――。

いつまでも――。

モーターボートは、最高速度で唸りを上げながら、カルデラ湖から外輪山へと突進していった。

3

外海に繋がるトンネルがあるはずだ。

それは、本ヶ島を外接円として内接する三角形が示す頂点のひとつと垂心との間に結ばれているはずだ。

百合子が示した推理を素直に理解した藤毅が、迷うことなくその外輪山の一点に向かって、ボートを走らせる。

「ほ、本当に大丈夫なのか？」

疑わしげな蟻川に、藤毅は、真剣な表情のまま、しかしどことなく楽しげに答えた。

「もちろん大丈夫ですよ。大船に乗った気持ちでいてください。まあ、小舟ですが」

「し、しかし……」

行く手の、もうすぐそこにある外輪山の麓《ふもと》には、トンネルらしきものはなく、ただ鬱蒼《うっそう》とした木々が水面まで垂れている。

「…………」

言葉を失う蟻川に、藤毅は言った。

「大丈夫。数学的には正しいのですから」

そして――。

オォン。

雄叫びのようなエンジン音とともに、ボートが外輪山に激突する。

百合子は思わず、目を瞑った。

そして――。

数秒後。周囲の雰囲気が変わった。

轟音がくぐもり、熱かった空気がやけにひんやりとしたものに変わる。

薄らと、目を開ける。

そこには――モーターボートが行く手に放つデッキライトの、白い光のみがあった。

慌てて周囲を見回す。

存在するのは、真っ暗な空間だけだ。

だが、暗さに目が慣れると、その宇宙空間のような暗闇の中に、後方に向かって高速で流れているものが見えた。

それは、水面と、岩肌だった。つまり――。

――トンネル。

五心によって推測されたとおり、そこにはトンネルが走っていたのだ。

そして、啞然とする間もなく、ボートはトンネルを抜け、外海へと走り出していた。

ゴォン!

やにわに背後で爆音が轟く。

振り返ると、そこには――。

本ヶ島から天高くまで噴き上げる、赤々と光るマグマがあった。

「……火柱だ」

蟻川が、空を見上げながら、呆然として呟いた。

百合子もまた、その声に追随するように小さく頷きながら、その恐ろしい光景に、ただただ、目を奪われていた。

――モーターボートはなおも甲高いエンジン音とともに、水平線に向かい、真っすぐに突き進んでいく。

その行く手にあるのは――光。

夜明けの太陽が顔を出す直前の、橙色に彩られた暖かな光だ。

二分、五分――そして、十分。

黎明の光が百合子たちの煤で汚れた顔をはっきりと照らし出したとき、ボートは漸く、その場で停止した。

――ゴォン。

鈍く、くぐもった音が、橙色から藍色へと美しいグラデーションを示す雲ひとつない空に、轟く。

振り返れば、そこには、激しく噴火する島があった。

それは、かつて本ヶ島と呼ばれたもの。

リーマン定理を守る堅牢《けんろう》な城として、野望の象徴たる大聖堂を立ち上げた、カルデラ島。

今、それが無残に崩壊していた。

噴き上げるマグマが島の稜線を崩し、海の中へぼとぼとと落ちていく。

聳え立つ山々も吹き飛ばされ、ここに来たときに見た美しく深い緑も、もはやない。

やがて、地球の鼓動は島全体を包み込み、何事もなかったかのように海の底に消していくのだろう。

そうなれば、本ヶ島が――大聖堂があった場所は、ただの海となる。

極点や磁極のような特別な場所ではない、ましてや原点ですらない、ただの一地点に戻る。

かつて藤衛は、リーマンの定理とともにここにひとつの伽藍を作り上げた。ブラックホールとホワイトホール、すなわち双孔を持った城。人々の眼球を見開き、五覚を刺激する、彼の教義を授けるための教会だ。しかしそれも、やはり砂上ならぬ海上の楼閣であったのだろう。彼の妄想とともに、海の藻屑《もくず》と消えていったのだ。まるで鏡面のごとくに穏やかな、海の中へと。

まさしく、夢の跡だ。原点という妄想を追い求め、原点になろうとして、そして自ら原点に吸い込まれていった男の、夢の跡――。

そんな、無残な光景を、百合子たちはエンジンが止まった静かなボートの上に揺られながら、ただただ見つめていた。

藤毅も、蟻川も、呆気《あっけ》に取られたように、無言で眼差しを黒煙が立ち上る空に向けていた。

百合子も――そして、神も。

だが、ボートの縁に凭れ掛かり、今にも気を失いそうだった神は、ややあってから――。

「……ねえ、百合子ちゃん？」

百合子を呼んだ。

その口ぶりは、いつもの神と微塵も変わるところがない。まさに、飄々としながらに透徹しているような。あるいは、無邪気な幼女のようでいて老獪《ろうかい》な魔女のような。

「どうしたの、お姉ちゃん」

神の傍に座ると、百合子は神の手を握る。

滑らかな絹のように肌理《きめ》が細かく、白磁かと思うほどに真白な皮膚が、火傷をしそうなほどに冷たい。

ぎゅっと握り締め、自らの熱を移そうとする百合子に、神は、つらそうな様子とは裏腹に、口元に微笑みさえ湛えて言った。

「私は、あなたに伝えなければならない」

「伝える？　……何を？」

「あなたはまだ、知らないことがある……」

神が、目を閉じる。

「お姉ちゃん？　……大丈夫？　お姉ちゃん！」

「ああ……大丈夫《ここ》よ。少し疲れただけ。すぐに終わるから……」

まるで凍えているように唇を震わせた神は、ひとつ小さな呼吸を挟むと、百合子の目を、その漆黒の瞳で真っ向から見据えながら、続けた。

「私と、百合子ちゃん、二人の母は……善知鳥礼亜ね？」

「うん、知ってる。藤衛は、彼女に私たち二人を産ませた。そして……あの大聖堂で殺した」

「それはね……」

神は、意識が消えゆこうとする欲求に抗おうとするかのように、眉間にひとつ大きな皺を作ると、なおも続けた。

「半分正しいわ。でもね、半分誤りなの」

「誤り……？」

「そう。藤衛は、母、善知鳥礼亜を大聖堂の瓦礫の下に埋めた。これは、正しい。でも……あの男が、私たち二人を生ませたのは、誤り」

「…………」

何を——神は何を、言っているのだ。

言葉に閊《つか》えた百合子に、神は、最後の力を振り絞って、おもむろに言った。

「藤衛が生ませたのは、あなただけ。あなたは確かに、藤衛の子供。でも……私は、違う。私は……沼四郎と善知鳥礼亜との間にできた子供なの」

——えっ？

百合子は一瞬、神が言っていることの意味が解らず、目を何度も瞬いた。

何――だって――？

私は藤衛の子で、神が沼四郎の子？

それは、つまり――。

「そうよ、百合子ちゃん。私たちは異父姉妹なの」

「異父……姉妹……」

それ以上、百合子は返す言葉を失う。

そんな百合子に、神は、優しく諭すように一言ずつ区切りながら続けた。

「神話とは、違うのよ。私はゼウス。けれど、決して神ではない。なぜなら神クロノスの子供ではないから。ハーデスであるあなたは、神。なぜなら神クロノスの血を引く子供だから。神の子こそが、神なのよ。そう、最初から……神に打ち勝てるのも、あなただけだったのよ……」

「…………」

言葉が――出ない。

何と言ったらいいか、解らない。

心の中で激しく取り乱しつつも、それでも百合子はひとつだけ、やっとの思いで問いを口にした。

「だ……だから私たちは、藤衛に打ち勝てたの？」

「それは……」

百合子の言葉に、神はじっくりと思考するような長い間を置いてから、漸く答えた。

「……半分正しいわ。でもね、半分誤りなの」

「どういう……こと？」

「あの男には、勝った。でも、まだ神には勝てていないから」

「…………」

沈黙する百合子に、神は、口元にチャーミングなえくぼを浮かべると、囁くように言った。

「たった数秒。すべてを伝えるには、あまりにも短い。でも、大丈夫ね。あなたはすでに解っている。だから……次は、あなたが神に勝つ番よ。リーマン予想という、神に」

不意に――。

神の手が、力を失った。

「……お姉ちゃん？」

重力にいつも逆らうようだった神の身体が、百合子にその質量をずしりと預ける。

それでも百合子は、神の身体をしっかりと支え、氷のような手を握りながら――。

「お姉ちゃん、どうしたの？　ねえ、起きて！　……お姉ちゃん！」

父の異なる姉を、必死で呼ぶ。

――太平洋に囲まれた、この場所で。

何度も、呼ぶ。

――太陽が水平線から顔を出したとき。

何度も、何度も、呼ぶ。

――柔らかな朝日に頬を照らされて。

何度も、何度も、何度も――。

絶叫する。

けれど、神は。

うたた寝でもするような、穏やかな表情で目を閉じたままの、美しく尊い女神像のごとき、善知鳥神は――。

それきり、瞼を開くことは、なかった。

そして、時が過ぎた――。

終章　百合子・本

1

「……はい、解りました。それで結構です。ええ……ええ。とても長い話の終わりですから、少しご無理を申し上げるかもしれません。でも……これは私にとって、とても大事な意味を持つものなのです。はい。ですから……どうぞよろしくお願いいたします」

そう言うと彼女は、スマートフォンの通話を切って、研究室のデスクの上に、そっと置いた。

それから、ブラインド越しにも燦々と夏の日差しが差し込む窓の方に向くと、ガラス窓を隔てたグラウンドで体育会系の学生たちがアメリカンフットボールの練習をしている光景を見ながら、大きく背伸びをする。

「ふう……」

無意識に、大きな溜息がひとつ、出る。

そんな姿を、もしかしたら研究室の学生たちに見られてはいまいか、と、はっと後ろを向くが、幸いにも誰もいなかった。

ほっと安堵しつつ、彼女は再び、デスクの前の、自らの椅子に腰掛けた。

そして、ペンを取り、つい先刻まで続けていた書き物を再開しながらも、その作業にはまったく心が入らないまま、心の中で呟いた。

漸く――ピリオドが打てる。

研究の傍ら、長く続けてきたもうひとつの仕事が、今やっと、完結しようとしているのだ。

それは、とても嬉しいことだ。

だが同時に、それは新たな心懸かりを生むことでもあった。

なぜなら、この仕事が完結し、世の中に放たれたときに、それは漸く始まるからだ。もっとも、決して彼女の期待どおりには動かないかもしれない。そうあれかしと考えても、彼女は神ではない。世界が――彼が、そのとおりに動いてくれるとは、限らない。

すなわち――。

期待と、不安。

二つの感情が、渦巻いていた。

けれど、彼女は知っている。それでも、世界はいつも、相反する二つの要素が絡まりあい、成立するものなのだということを。

それは、例えば——黒と、白。

それは、例えば——善と、悪。

それは、例えば——知と、不知。

それは、例えば——生と、死。

それは、例えば——神と、人。

二元は交わり、複雑に混濁し、やがて混沌となり、そして、その混沌から新たな二元が生まれていく。

その混沌を、恐れてはならない。

そう、私はそのことを、よく知っているのだ。

だから——。

「…………」

これから始まる、自らの使命への誓いとともに、彼女は——宮司百合子は、静かに目を閉じた。


あれから、もう十年以上が経っていた。

ほんの十年、されど十年。世の中はあれから、大きく変わっていた。古い秩序の崩壊と新たな混乱。停滞期に落ち込む経済。何よりも急速な情報化技術の進歩が、生活を変えていた。常識は非常識となり、非常識が常識となった。こんなにも簡単に、誰にでも情報が手に入る時代になるなんて、誰が予想しただろう?

だが、変わったのは世の中だけではない。

彼女もまた、大きく変わっていた。

百合子は今、ひとりの数学者となっていたのだ。

そう、あの事件の後——。

百合子はすぐ、T大学に戻った。

そして、数学を学び直すと、研究生活に没頭し始めた。

寝ても覚めても数学、それ以外のことは考えず、ひたすら数学の新たな地平を目指して突き進む。そんな生活を送ったのだ。

彼女の数学の才は、二十歳を超えて初めて自覚されたものだった。ガウス、ガロア、ライプニッツ、リーマン——多くの数学者が早熟であり、若くして数学に興味を持つのに反して、百合子はそうではない。数学とは瑞々しい若さによって新しい発想をもたらすものでもあり、その点で百合子には大きく遅れを取っていた。

だが百合子は、その溝を努力で埋めた。

もちろん、彼女自身がそれを自覚して以降、年齢を感じさせないほどの人並み外れた才能を発揮したというのも事実だ。だが数学とは、決してそれだけで新たな領域に踏み込めないことも、百合子は知っていた。数学とは、飽くなき探究の上に立つものであり、その背後には、決して表舞台に出ることのないまま埋もれた涙や、あと一歩で成就する栄光に届き得なかった挫折、何より数学を通じて神の領域を垣間見んと夢想しながら、夢を夢のまま諦めざるを得なかった多くの人々がいる。彼らへの敬意が、百合子をして、何よりも尊い数学の世界へと向かわせたのだ。

そして――。

百合子は今、ひとりの数学者となった。

彼女の業績は誰もが認めるものとなり、T大学数学科の准教授の職を得た。

だが彼女は、それに満足することなく、ライフワークとして掲げたある研究に、今もなお邁進《まいしん》し続けていたのである。その研究とは、すなわち――。

――リーマン予想について。

その解決を、百合子は求めたのだ。

実のところ、日本、のみならず世界の数学界は、百合子がリーマン予想にこだわることにそれほどの益があるとは考えていなかった。

彼女ほどの数学者であれば、あらゆる研究で成果を出せる。リーマン予想解決のような「あまりにも高い壁」に、巨大な風車に挑みかかるドン・キホーテのごとく無謀な挑戦を続けなくとも、彼女ならば別の分野で多くの顕著な業績をもたらすことができる、そのほうがずっと有益なはずだ——百合子に対してそう助言する者さえあったくらいだ。

だが——彼女は、そんな言葉に、ふふふ、と思わせぶりに微笑みつつ、こう答えた。

「……約束したのです。あの予想に勝つと」

誰との約束なのか。

いつ約束したのか。

なぜ約束したのか。

その詳細について、百合子はもちろん、誰にも話したことはない。察しのよい者ならば、その理由がかつて太平洋で勃発《ぼっぱつ》した本ヶ島の事件、すなわち藤天皇を始めとする数学者たちの悲劇に百合子が居合わせたことと無関係ではないと思っただろう。だが、その本当の理由——彼女をリーマン予想に駆り立てる原動力は、まさにあのとき、爆発的噴火を起こした本ヶ島を呆然と見つめながら、ボートで彼女の言葉を聞いた者たちにしか、解り得ないものだった。

そう——。

百合子の心には、いつもあの言葉があったのだ。

――だから……次は、あなたが神に勝つ番よ。リーマン予想という、神に。

だが――。

その言葉を原動力とし、寝食さえ忘れて打ち込もうとも、残念ながら――この予想の奥にひた隠しにされた真実は、岩戸の奥に隠れた天照大御神のごとくに、いまだ、百合子の目前にその姿を現すことはなかったのである。

けれど――。

それでも、百合子は決して落胆していなかった。

なぜなら、探究心はゼロではないのだから。

可能性もゼロではないのだから。

つまり――。

百合子は、ゼロではないのだから。

「……あなたは数学者として、どのような展望を持っていますか？」

かつて、インタビューの場でこう問われた百合子は、即座に答えた。

「ひとつ、訂正させてください。私は確かに、日々数学というテーマについて取り組んでいます。だから皆さんも、私の職業が数学者であると認識されているかもしれません。でも……本音を言うと、自分のことを数学者ではないと考えているんです」

「えっ？　数学者ではない……と、いうと……」

困惑したインタビュアに、百合子は、ふふ、と小さく口角を上げた。

「私は、自分を数学者ではなく、妄想家だと考えているんですよ」

「モーソーカ？　ええっと……空想する的な、妄想のことですか」

「ええ。その妄想です」

予想外の答えに、インタビュアをどぎまぎさせてしまった。だが、その言葉には嘘はなかった。

厳密に言えば――。

百合子は数学を通じて何かを知りたい、というのではなかった。

もちろん、誰かがこう言うかもしれない。それは、彼女が必死でリーマン予想の解決に取り組んでいる事実とは矛盾しているのではないか、と。

だが、その指摘に百合子はこう答えるだろう。

矛盾はしません。なぜなら数学とは、ひとつの答えを導き出すこと以上に、その過程において生まれるさまざまな副産物にこそ、より多くの価値が見出せるものなのだから、と。

そう――百合子は気づいていたのだ。

数学は、結果ではない。

結果は、ただの知識だ。それよりもむしろ、その知識に至る過程において人間が、人間たちが必死で生み出していく叡智《えいち》、言い換えれば無限の想像力にこそ、真価がある。

そう、原点を回り続けるという輪廻、いつまでも特異点に取り込まれない、未解決という悪夢、すなわち「知らねばならぬ」という固執から解脱するために、自らを無限の世界に解放しなければならないのだ——そのことを百合子は、多くの先人たちから学んでいたのである。

だからこそ、解けないことは、負けではない。

たとえ解けなかったとしても、神との勝負で百合子が負けたわけではないからだ。百合子が十分に想像力を働かせて広げた世界の向こうに、百合子の後に続く人々が、さらなる想像力を働かせ、この勝負に挑み続けていくだろう。まさに、百合子が神の後を継いだように、百合子の後に続く人々がいるのだ。

その営みにゴールはない。難攻不落の予想さえ、陥落し定理となったその暁には、どうせまた新たな予想が生まれるのだから。

数学とは、その無限に続く道のりの踏破であり、まさしく世界の発散そのものだ。決してただ一点に収束させ得るものではない。そのための努力が人々により続けられる限り、知性が神に負けることも、ないのだ。

それがはっきりと解ったからこそ。

それが真理だと解ったからこそ。

百合子は自らのことを、そう定義づけたのだ。

私は「妄想家」なのだ——と。

百合子には、自らを妄想家であるとするもうひとつの理由があった。

彼女の本業は数学者であったが、実は、もうひとつのライフワークを密かに続けていた。

それが——小説だった。

かつて神は、自らの経験を本《The Book》にして世に出した。その本をきっかけにして百合子は十和田を知り、運命的に神と、そして藤衛と繋がったのだ。

本とは、数多の人々に語り掛ける媒体だ。

世界で最も多くの人に読まれた「聖書《Bible》」が人々に宗教的思考を促したように、次いで多くの人に読まれた「原論《Elements》」が、同じくらい合理的思考を促したように、不特定多数の人々に向けられた本は、それそのものが世界を、社会を、そして誰かの人生を左右し、人と人とを繋ぐ存在ともなるのだろう。

そして、本質的に「妄想家」である百合子にとって、小説を書くという試みは決して不自然なものではなかった。むしろ、小説家が妄想家の一類型であれば、ごく自然なものでもあった。

しかも、百合子は、神からバトンを引き継いでもいたのだ。

だとすれば、善知鳥神が陸奥藍子名義で行ったように、百合子もまた、自らの見聞きしたもののすべてを、事件の経緯を、人と神との相克を、そして真実を、小説の形で表現しようとしたのも、当然の成り行きだったのかもしれない。

かくして百合子は六年前、その長い物語の序章を形にすると、Ｍ新聞社のＯＢとなっていた蟻川の口利きである出版社を紹介してもらい、その本を世に出したのだ。

その本の名は――『眼球堂の殺人』。

すなわち、陸奥藍子の真実の物語だった。

そして百合子は、この本を刊行するに当たり、特定の者に向けた二つのメッセージを込めていた。

ひとつは、副題だ。

つまり、『眼球堂の殺人』の副題「The Book」――百合子は、きっと彼ならば、この副題の意味に気づいてくれるだろうと信じていたのだ。

そして、もしも彼が戻ってきてくれたならば。

きっと、彼女も目を覚ますはずだ。

あの日から昏々《こんこん》と、病院で眠り続けている「お姉ちゃん」も、私たちの世界に戻ってきてくれる。きっとそうなるはずだと——心から信じていたのだ。

だから——。

もうひとつのメッセージを、百合子は、その場所に込めた。つまり——。

彼の口癖。

数字を原子番号に見立て、元素名に変える言い方。

ルビジウム。コバルト。クロリン。カーボンそしてヘリウム。これらの原子がいつも、ドミトリ・メンデレーエフが発見した周期に則り、規則正しく並ぶという事実。

すなわち——周期律。

百合子は、信じていたのだ。

きっと、彼ならば、この真実に気づいてくれるだろう。自らの口癖とともに、回り続けた堂のイメージを、彼はそこに見出してくれるはずだ。そうに違いない——と。

かくして、「眼球堂の殺人」に始まる彼女の物語が、順調に続刊され、すでに第六巻を数え、言わば「Books」となった今。

百合子が望む再会は、しかし、いまだ果たされてはいなかった。

彼は——十和田只人は、あの日以降いまだ行方不明のままだった。

それでもなお、彼女は信じていた。

きっと――きっと、私の物語のピリオドを打つことになる次の巻で、答えは出る。

長い物語の解が、明らかになる。そうなるはずだ、と。

――たくさんの、期待。

そして――たくさんの、不安。

百合子は、それらを携えて、出版社との最後の打ち合わせに臨んだのだった。

2

「周木《しゅうき》さんとも、随分と長い付き合いになりましたねえ……」

新宿の、雑居ビルの地下にある喫茶店。

そのもっとも奥にある静かな一角で、トントンと分厚いゲラを整えながら、彼は人懐こい笑顔を見せた。

「足掛け六年です。さぞ大変だったと思います。でも、これで漸く、周木さんの肩の荷が下りますね」

「ええ。河北《かわきた》さんには色々とお世話になりました。ここまで担当していただいて、本当に、感謝してもしきれません」

百合子は、深々と頭を下げた。

担当編集者である河北は、有能な男だ。理系でもあり、百合子の本業である数学者という仕事にも理解がある。商業小説家としては未熟な百合子にとっては心から信頼できる相手であり、また河北なくして、百合子の小説がきちんと本になることはなかっただろう。

「あ、いえ、そんな」

そんな百合子に、河北は、酷く慌てたように手を振った。

「むしろ感謝するのは僕のほうですよ。周木さんの本、きちんと売れてくれましたし、なんというか……儲《もう》けさせていただきました。こちらこそ、ありがとうございます」

冗談めかしつつ、決して不愉快な言葉は選ばない。

蟻川の紹介があったとはいえ、河北に担当してもらえたのも、幸運だっただろう。

いや──。

幸運というよりも、引き合わせかもしれないな。

百合子はひとりそう思うと、ポケットの中でそれに──兄の遺品であるぼろぼろのネクタイに、そっと触れた。

「ともあれ、これで原稿は大丈夫です」

端を揃えたゲラを、大きな肩掛け鞄《かばん》に丁寧にしまうと、河北は言った。

「これにて入稿させていただきます。ありがとうございました。あと……確認なんですけれど、タイトルは『大聖堂の殺人』でいいんですよね？」

「ええ。前作までの並びもありますから、それでお願いします」

「副題はどうしましょう。未定のままでしたが、何にしますか？」

「そうですね……」

百合子は、人差し指をそっと顎に当てた。

いつからかそうするようになった、百合子が考えるときの仕草。

ややあってから、百合子は答えた。

「……『The Books』にします」

「ブックス。複数形ですか」

「ええ。絶対的なものは存在しない。人それぞれ、秘密の本を持ち、それぞれに真理を書きつけている。我々は、ただ一点を廻るだけの道化じゃない。そんな思いを込めました」

「なるほど……」

河北は、小さく頷くと、暫し考えてから、やがて、納得したように答えたのだった。

「素敵な副題ですね。周木さんの物語のテーマに、ぴったりですよ」

「……ああ、そうだそうだ」

打ち合わせを終え、席を立とうとしたとき、河北が何かを思い出したように言った。

「ごめんなさい、言おう言おうと思いつつ、うっかり言うのを忘れていたんですが……先日、周木さんにはお伝えしておいたほうがいいかなと思うことがあったんですよね」

「……？　どんなことですか」

上げ掛けた腰を下ろした百合子に、河北は続けた。

「実は、数日くらい前なんですけれど、変な人がいきなり編集部を訪ねて来たらしいんですよ。同僚が対応したので、僕自身はよく解らないんですが……なんでも周木さんの本を出して『このシリーズを書いた作者と会いたい』って言ったらしいんです」

「作者と……会いたい……？」

ドキン――。

百合子の心臓が、波打つ。

「雰囲気的に、周木さんとお知り合いっていうわけでもなさそうだったので、『会ってどうされるんですか？　というかあなた誰ですか？』って聞いてみたところ、その男、こう答えたらしいんです……」

——僕は、この人物と、数学に関する共同研究がしたい、只の人間だ。

「『只の、人間』……」

ドキン——。

「ええ。そう言う割にかなり変な人っぽかったそうですよ。誰かお心当たりってありますか？」

「…………」

ドキン——。

「なんだったら通報しときます？」

「…………」

ドキン——。

「……周木さん？」

ドキン——。

ドキン——。

ドキン——。

「あれ、周木さん、どうされました？」

唐突に俯き、黙り込んだ百合子に、河北が心配そうな表情を浮かべた。

だが、ややあってから百合子は——。

顔を、上げた。

そして、酷く破顔すると、涙声で言った。

「その人こそ、私の『真実』です！」


（完）

あとがき

ようやく、シリーズに「完」の一文字を打てた。ここまで、シリーズ七冊を通読いただいた皆様方には、まずもって、心より感謝したい。ここまでの長きにわたりお付き合いいただき本当にありがとうございました。

メフィスト賞の受賞という偶然から始まったこの「堂」シリーズは、一応、ゴール地点こそ想定して出発はしたものの、基本的には行き当たりばったりの連続で、巻を進めるのにはかなりの苦労が伴った。特に、四作目となる『伽藍堂』の辺りで、「あ、これはちょうど『中心点』の話だ。だから話が回転したのだ」と気付いたのだが、ならば残り三作で着地するはずで、だとしたら一体どのような着地を図るべきなのだろうか——この壁を乗り越えるのにはほとほと苦心した。折しも他作の同時進行がきつい時期でもあったせいで、長い沈黙を挟んでしまったのは、思い返すに申し訳のない限りだ。

ともあれ紆余曲折《うよきょくせつ》を含む足掛け五年、こうしてシリーズを（たぶん）無事に終えられたのだが、もちろん、こうした難局をすべて自分の力だけで乗り切ってきたのだとは、僕は考えていない。適切な評価をくださった読者の方々や、シリーズの継続を根気強く待ち売ってくださった書店の方々、素敵なカバーを作ってくださったデザイナー、イラストレーターの皆様、何より、シリーズを通じて担当をいただいた編集者の尽力なくしては、シリーズは終えられなかっただろうことは間違いない。

とりわけ、僕にとって、編集者であるY氏の助力をいただいたことはとても大きかった。

そもそも、メフィスト賞で僕を拾い上げたのがこのY氏である。受賞作から引き続きシリーズを担当してくださったことは、本当に大きな意味があったと思う（ちなみにYはイニシャルではなく、メフィスト誌座談会での名称だ。僕が最初に投稿した小説が、座談会でY氏にけんもほろろに評価されたことを今も僕は忘れてはいない。そう、決して忘れてはいない）。

Y氏は僕に、小説家としてのイロハを教えてくれた。時に優しく、時にスパルタ式に、それこそ業界慣行から契約のあり方、物書きのルールから「ボツ。そんな甘いことを言ってはいけません」というようなお小言も含めて——そして、話に行き詰まりがあると感じたときには怪しげな飲み屋に僕を連れて行き、燃料代わりの醸造アルコールを僕の口の中に注ぎ込みながらみぞおちの辺りに何発ものジャブ（アドバイス）

をくれた。満身創痍《まんしんそうい》である。が、血反吐《ちへど》を吐きながらも何とか原稿は書き上がった。完成だ！　これで終わった――とほっとするのも束《つか》の間《ま》、その後Y氏から、鬼のような改稿指示が来るのだ。指摘だらけの原稿を前に、僕は白目を剝《む》く。あはは、ゲラが真っ赤《か》っかだ。僕は軋《きし》む身体にムチを打つと、薬物（アルコール）を摂取し（飲み）ながら、泣いているのか笑っているのかわからない表情のまま、原稿をブラッシュアップしていくのである（このプロセスは、命を削るようにしてn回繰り返される……）。

――といったようなことを七作分重ね、「堂」シリーズは無事に終えられた。以上のような経緯から、「僕は本当に編集者に恵まれた」と、しみじみ嚙み締めるとともに、この感謝の気持ちをどうにかして厚く恩返ししてやりたいと、今般、Y氏に「解説」の執筆を依頼した次第である。

本来、解説をその担当編集者が書くというのはある種のルール違反なのかもしれない。裏方である編集者がそうした場に出るべきではないという批判もあろうし、編集者に解説を行うだけの素養があるか不明である。そもそも自作自演《マッチポンプ》なのではないかという疑念も抱かれてしまうだろう。だから、そうした例はこれまでほとんどないはずであろうし、少なくとも僕は前例を知らない。

だが、先述のとおり、僕には沸々《ふつふつ》とした感謝の気持ちがある。

だからこそ、当該編集者に解説という名の文章を書かせることにより、いかに文章を書くのが大変かを理解していただき、その上で、そこにダメ出しなり校正なりの容赦ない攻撃が再三にわたり加えられることがいかに辛いことかを思い知らせてやりたいのだ。あははははは。

――という事情があるので、どうかご理解を賜《たまわ》りたく存じます。

以上、あとがきに、まったくふさわしくない文章で恐縮です。

最後になりますが、改めて本シリーズをお読みいただいた皆様には、改めて感謝を申し上げるとともに、今後ともどうか、周木律という小説家を応援いただきますよう心からお願いして、僕からのあとがきの締めとさせていただきます。

本当に、ありがとうございました。

二〇一九年一月　周木 律

解説、という名のお礼のお手紙

Y　こと　講談社文芸第三出版部　河北壮平

周木　律　様

「堂」シリーズ最終巻『大聖堂の殺人　～The Books～』、本日校了いたしました。これで、あとは読者の皆様にお届けするだけ。ついに完結を迎えられた嬉しさと、ついに終わってしまったという一抹《いちまつ》の寂しさとともにこのお手紙を書いています。

まずは「堂」シリーズを最後まで書き上げてくださり、本当にありがとうございました。

ゲラの最終ページまで確認し終えたとき、二〇一二年の「メフィストVOL.3」号でのメフィスト賞の選考を思い出しました。そう、投稿作として『眼球堂の殺人』を読んだときの記憶です。探し出した当時の僕の読書メモにはこのように書いてあります。

「数学者や建築家、館に集《つど》う天才たちが織りなす推理の饗宴。二転三転する真実の果て、読者が手に入れるのは本格ミステリの享楽！　これはメフィスト賞として絶対世に出そう！※」

あのときの興奮を昨日のことのように覚えています。推理に重きを置く「本格ミステリ」と呼ばれる小説ジャンルの中でも、奇妙な建築物を訪れた人々が事件に巻き込まれる「館ミステリ」は特別な題材です。『十角館の殺人』で鮮烈なデビューを飾った綾辻行人《あやつじゆきと》さんの「館」シリーズを筆頭に、多くの作家さんたちが数々の傑作を上梓《じょうし》されています。ただ、その人気とは裏腹に、謎の練度が求められ完成までの道のりが困難なサグラダ・ファミリアのようなミステリでもあります。

ですが『眼球堂の殺人　～The Book～』は、既存の名作「館」の謎の魅力を引き継ぎ、今の時代に蘇らせた傑作でした。

眼球をモチーフにした異形《いぎょう》の館を訪れたのは、放浪の天才数学者ポール・エルデシュをモデルとした変人数学者・十和田只人《とわだただひと》と、ルポライターの陸奥藍子《むつあいこ》。そこには、他にも物理学者や芸術家など各界の俊才たちが集まっていた。一夜明け、大理石の柱に串刺しにされた館の主の建築家が発見される！　死体は人の手では移動不可能な距離にあった。一体、誰が、どうやって!?　天才たちが繰り広げる理系薀蓄《うんちく》満載の会話、いかにも仕掛けがありそうな館の見取り図。絡み合った難事件の解を十和田が証明した瞬間、それは盲点だった、と膝を打ちました。

そして挑んだ座談会。※熱い応援演説でメフィスト賞受賞へと推そうとしたのですが、僕の意気込みが空回りするほど編集部員の絶賛を受け、第四十七回メフィスト賞受賞作が誕生したのです。

初めてお目にかかった日のことは覚えていらっしゃいますか？　あれは、銀座の喫茶店でした。一年半で九作の作品を投稿していただいた周木さんにお目にかかり、ぜひ作品を一緒に作らせていただき、この才能を世に問いたい、というお話をしました。僕も理系の出身ではありましたが、ここまで数学や建築をモチーフとしたミステリを書かれる方なので、ひょっとしたらすごく気難しい人かもしれない、とドキドキしていたところに現れたのは、とても気さくで優しい、お仕事ができそうな方でした。二人でペンネームをどうするかも相談しましたね。いろんな案を出し、これだ、

※メフィスト賞は、作家さんや書評家さんが選考委員となるのではなく、編集者自身がすべての投稿作を読み、受賞作を決める小説新人賞です。
※メフィスト賞の選考は、編集部員それぞれが世に出したい投稿作を持ち寄り、語り合う座談会の形式で行われます。

となったのは、理系らしく、周期律……から名前を取った、周木律さん、でした。今でも、作品を表す素敵な名前だと思います。

デビュー作に、理系ミステリの第一人者、『すべてがFになる』で第一回メフィスト賞を受賞された先輩作家の森博嗣《もりひろし》さんから「懐かしく思い出した。本格ミステリィの潔さを」と推薦コメントをいただけたのも幸せなことでした。

もうひとつ、僕が嬉しかったのは「『眼球堂』を読んで初めて館ミステリの面白さを知りました」という読者からのメッセージ。

『眼球堂』で初めて「館」を訪れた読者が、本格ミステリの面白さを知ってくれて、過去に遡《さかのぼ》り数々の傑作※の「館」を訪れてくれると嬉しいね、デビュー作が発売となり初めての書店周りのあと、祝杯をあげながらそう話したことも覚えています。そうそう、あの夜は疲労困憊になりつつも「堂」シリーズの今後の構想を語り合いましたね。


あれから六年が経とうとしています。あの頃の構想通りの部分もあれば、そうではなくなった部分もありますが、周木さんは数々の館を本格ミステリ界に建築してくれました。

『眼球堂』に続く『双孔堂の殺人 ～Double Torus～』は、孔《あな》の空いた堂。冒頭、論理的な推論から「犯人は僕だ。そうでしかありえないんだ」と宣言するのは、前作で探偵役を務めた十和田先生です。新しく探偵役として登場したのは、シリーズ全体で重要な役割を果たす警察庁キャリアの警視・宮司司《ぐうじつかさ》と、その妹の百合子《ゆりこ》の兄妹《きょうだい》でした。果たして、十和田は本当に犯人なのか……トーラスというモチーフの通り、読者の意識の孔を突く見事な推理に快哉《かいさい》を叫びました。そうそう、あの段階で司のトラウマは構想されていたことにも驚きを覚えます。

『五覚堂の殺人 ～Burning Ship～』は、雪の残る山中の堂。「五覚堂。この建物は『回転』します」と、ミステリの大ネタを最初に宣言してしまう、十和田を凌《しの》ぐ天才数学者、善知鳥《うとう》神《かみ》の驚愕。その上で、読者に「では、どう回転するのか」を挑む斬新な物語でした。この作品には個人的にも大好きなトリックがあります。脱稿したあとに「魅力的な謎が足りない、まだもうひとつ大きな謎を加えられるはず！」などと無茶なお願いをしたにもかかわらず、そのオーダーに全力で応えてくれました。……まさか五覚堂にあんな秘密があり、しかもそれを使って×が××るだなんて。

『伽藍堂の殺人 ～Banach-Tarski Paradox～』は、孤島の堂。マイクスタンドに突き刺さった二つの死体の謎。トリックの衝撃度はシリーズ最大といっても過言では

※著者のデビュー作や新刊の発売の際に、書店さんに著者とご挨拶周りをすることがあるのです。

ありません。特殊なガジェットを組み合わせたダイナミックな堂での壮大な謎解き。そして、サブタイトルにあるように、パラドクスとともに、白と黒が反転する結末は、まさに周木ミステリの真骨頂。主要登場人物たちの今後が気になり、シリーズはキャラクターノベルとしても色がさらに鮮やかになりました。

『教会堂の殺人 ～Game Theory～』は、デスゲームの堂。ここでシリーズは大きく飛躍を遂げます。十和田の足跡を追い、新たな館にたどり着いた司。その司の後を追う百合子。そこで待ち受けていた罠《わな》とは……。ずっとシリーズのテーマにしてきた「回転」が次元を超える物語でもあります。そして、あのエンディング！　結末の是非については二人で議論しましたね。この『教会堂』のあと、次作の刊行までは三年以上の月日を要してしまいました。※ですが、今となっては、あの結末と、この月日は、「堂」シリーズに必要だったのだと思います。

『鏡面堂の殺人 ～Theory of Relativity～』は、過去と現実を繋《つな》ぐ鏡の堂。三年以上の充電期間を経て、講談社文庫での書き下ろしとして、物語は再び幕を開けます。今に繋がる、主要登場人物たちの過去の事件。それは、全ての黒幕とされる数学者・藤を巡る原点《ゼロ》の物語でもありました。

そして、ついにたどり着いた本書『大聖堂の殺人』……。十和田の、百合子の、神の物語に解は存在し得るのか。ここまでお付き合いいただいた読者の皆様には、多くを語る必要はないでしょう。どうか彼らが導き出した解をその目でご確認ください。

そうそう、もうひとつ。忘れてはいけない周木さんの「館」ミステリは「煙突館の実験的殺人」(『謎の館へようこそ　白　新本格30周年記念アンソロジー』/講談社タイガ所収)です。目覚めると不思議な館に閉じ込められていた八人男女。そして巨大な煙突の上空五十メートルに吊り下げられた死体の謎！　彼らは一体何のために集められ、そしていかにして不可能殺人は起こったのか。

これは『眼球堂の殺人』と同時にメフィスト賞に投稿された作品を、全面的に改稿したものでした。長編作品を短編にまとめ直した結果、物語の密度が上がり、真実が明かされたときの世界が一変する様はさらに爽快になりました。「堂」シリーズ愛読者の方々にも是非読んでいただきたい物語です。

デビューから、シリーズの完結まで伴走者として走り抜けられたことは本当に幸せでした。僕にとっての周木さんは、見事な「館」ミステリを設計してくださる建築家であり、そして同時に、尊敬すべき社会人としての先輩でもあります。ほら、実は編

※その間、周木さんは、昭和初期を舞台に、謎を解くたびに感覚を失う美貌の名探偵・六元十五を主人公とした『LOST 失覚探偵（上）（中）（下）』（講談社タイガ・刊）をはじめ、出版各社で多くの作品を刊行されています。いずれも周木作品の新たな発見がありおすすめです！

集者のお仕事というのも、日々、様々な難事件が起こっているものです！　どんな事件に巻きこまれたときにも（自業自得も多いですが……）、周木さんは僕に新たな指針を示してくださいました。入社十年を過ぎ仕事に悩む僕に、「それは社会人の思春期ですね」と論理的に社会人の心得を解説してくださる周木さんはまるで名探偵のようでした。どちらかというと、周木さんは、十和田先生よりは面倒見のいい司タイプだと思いますが……。そんな恩人である周木さんに、僕は鬼編集として何度も何度も改稿をお願いしてしまうという！　……本当に申し訳ありません。ですが、周木さんは毎回、僕の無理難題を乗り越え、想像以上の作品を書いてくださいましたね。

解説を依頼されたときには、編集者がこのような場で作品について語るのは不遜であると感じたのですが、解説ではなく、周木さんと、そしてここまで読んでくださった読者の皆様へのお礼のお手紙としてであれば、僕にしか書けない裏話などがあるかもしれない、と思い、筆を執らせていただきました。

本書に出てきた長くてトリッキーな旅《ミウラージュ》。それはまさに周木さんと（そして読者の皆様と僕の）「堂」シリーズそのものだったのかもしれません。

完結、本当にお疲れさまでした、そして、ありがとうございました。

さあ、次はどんな魅力的な謎が待ち受ける旅に出ましょうか？

本書は書き下ろしです。

|著者|周木 律　某国立大学建築学科卒業。『眼球堂の殺人 ～The Book～』（講談社ノベルス、のち講談社文庫）で第47回メフィスト賞を受賞しデビュー。著書に『LOST 失覚探偵（上中下）』（講談社タイガ）、『アールダーの方舟』（新潮社）、「猫又お双と消えた令嬢」シリーズ、『暴走』、『災厄』（角川文庫）、『不死症《アンデッド》』、『幻屍症《インビジブル》』（実業之日本社文庫）などがある。
〔〝堂〟シリーズ既刊〕
『眼球堂の殺人 ～The Book～』
『双孔堂の殺人 ～Double Torus～』
『五覚堂の殺人 ～Burning Ship～』
『伽藍堂の殺人 ～Banach-Tarski Paradox～』
『教会堂の殺人 ～Game Theory～』
『鏡面堂の殺人 ～Theory of Relativity～』
『大聖堂の殺人 ～The Books～』

大聖堂《だいせいどう》の殺人《さつじん》 ～The Books《ザ ブックス》～
周木《しゅうき》 律《りつ》
© Ritsu Shuuki 2019
講談社文庫
定価はカバーに
表示してあります

2019年2月15日第1刷発行

発行者――渡瀬昌彦
発行所――株式会社 講談社
東京都文京区音羽2-12-21　〒112-8001
電話 出版 (03) 5395-3510
販売 (03) 5395-5817
業務 (03) 5395-3615
Printed in Japan

デザイン―菊地信義
本文データ制作―講談社デジタル製作
印刷―――信毎書籍印刷株式会社
製本―――加藤製本株式会社

落丁本・乱丁本は購入書店名を明記のうえ、小社業務あてにお送りください。送料は小社負担にてお取替えします。なお、この本の内容についてのお問い合わせは講談社文庫あてにお願いいたします。
本書のコピー、スキャン、デジタル化等の無断複製は著作権法上での例外を除き禁じられています。本書を代行業者等の第三者に依頼してスキャンやデジタル化することはたとえ個人や家庭内の利用でも著作権法違反です。

ISBN978-4-06-514532-6

講談社文庫刊行の辞

二十一世紀の到来を目睫に望みながら、われわれはいま、人類史上かつて例を見ない巨大な転換期をむかえようとしている。

世界も、日本も、激動の予兆に対する期待とおののきを内に蔵して、未知の時代に歩み入ろうとしている。このときにあたり、創業の人野間清治の「ナショナル・エデュケイター」への志を現代に甦らせようと意図して、われわれはここに古今の文芸作品はいうまでもなく、ひろく人文・社会・自然の諸科学から東西の名著を網羅する、新しい綜合文庫の発刊を決意した。

激動の転換期はまた断絶の時代である。われわれは戦後二十五年間の出版文化のありかたへの深い反省をこめて、この断絶の時代にあえて人間的な持続を求めようとする。いたずらに浮薄な商業主義のあだ花を追い求めることなく、長期にわたって良書に生命をあたえようとつとめるところにしか、今後の出版文化の真の繁栄はあり得ないと信じるからである。

同時にわれわれはこの綜合文庫の刊行を通じて、人文・社会・自然の諸科学が、結局人間の学にほかならないことを立証しようと願っている。かつて知識とは、「汝自身を知る」ことにつきていた。現代社会の瑣末な情報の氾濫のなかから、力強い知識の源泉を掘り起し、技術文明のただなかに、生きた人間の姿を復活させること。それこそわれわれの切なる希求である。

われわれは権威に盲従せず、俗流に媚びることなく、渾然一体となって日本の「草の根」をかたちづくる若く新しい世代の人々に、心をこめてこの新しい綜合文庫をおくり届けたい。それは知識の泉であるとともに感受性のふるさとであり、もっとも有機的に組織され、社会に開かれた万人のための大学をめざしている。大方の支援と協力を衷心より切望してやまない。

一九七一年七月

野間省一

講談社文庫 最新刊

佐々木裕一　**狙われた旗本**
〈公家武者 信平《のぶひら》(五)〉
信平の後ろ盾となっていた義父の徳川頼宣《とくがわよりのぶ》が逝去し、露骨な出世妨害が……。頑張れ信平！

矢月秀作　**ACT《アクト》3 掠奪**
〈警視庁特別潜入捜査班〉
中国への不正な技術流失を防げ！ 決死の〝非合法〟潜入捜査が始まる！〈文庫オリジナル〉

鈴木英治　**大江戸監察医**
人足寄場《にんそくよせば》で底辺を這《は》う男・仁平《じんぺい》が驚くべき医術を発揮する。待望の新シリーズ！〈書下ろし〉

西村京太郎　**東京駅殺人事件**
東京駅に爆破予告の電話が。十津川警部と犯人の息詰まる攻防を描く「駅シリーズ」第一作！

彩瀬まる　**やがて海へと届く**
震災で親友を失ってから三年。死者の不在を祈るように埋めていく喪失と再生の物語。

島田荘司　**屋　上**
そこは、自殺する理由もない男女が次々に飛び降りる場所。御手洗潔《みたらいきよし》、シリーズ第50作！

海堂　尊　**極北クレイマー2008**
存続ぎりぎり、財政難の市民病院。新任の「非常勤」外科部長・今中良夫は生き抜けるのか？

周木　律　**大聖堂の殺人**
〈～The Books～〉
天才数学者が館に隠した、時と距離を超える最後の謎。大人気シリーズ、ついに終幕！

鳥羽　亮　**金貸し権兵衛**
〈鶴亀横丁の風来坊〉
攫《さら》われた美人母娘を取り戻せ！ 彦十郎の剣が冴えわたる、痛快時代小説〈文庫書下ろし〉

講談社文庫 最新刊

藤沢周平　長門守の陰謀

「御家騒動もの」の原点となった表題作ほか、初期の藤沢文学を堪能できる傑作短篇集。

加藤元浩　捕まえたもん勝ち！〈七夕菊乃の捜査報告書〉

ミステリ漫画界の鬼才が超本格小説デビュー。緻密にして爽快な本格ミステリ＆警察小説！

川瀬七緒　潮騒のアニマ〈法医昆虫学捜査官〉

ミイラ化した遺体が島で発見された。法医昆虫学者・赤堀に「虫の声」は聞こえなかった！

カレー沢　薫　非リア王

暗い未来に誰よりも最適化した孤高の存在。問題山積の日本を変えるのは〝非リア充〟だ！

熊谷達也　浜の甚兵衛

三陸の港町にも変わりゆく時代の波が押し寄せる中、甚兵衛は北の海へ乗り出していった。

近衛龍春　加藤清正〈豊臣家に捧げた生涯〉

朝鮮出兵から関ヶ原へ。対家康政策で、清正の判断は正しかったのか！　本格長編歴史小説。

小松エメル　総司の夢

仲間と語らい、笑い、涙し、人を斬る。新選組・沖田総司を描いた、著者渾身の一代記。

本格ミステリ作家クラブ・編　ベスト本格ミステリTOP5〈短編傑作選００２〉

裏切りの手口。鮮やかな謎解き。綺麗に騙《だま》される悦楽。世界が驚愕！　本ミス日本最高峰！